# GEHÜTETE GEHEIMNISSE

Übersetzung aus dem Englischen: Ursula Mirwald

Lektorat: Birgit Davis

Cover Artist: Karri Klawiter

# GEHÜTETE GEHEIMNISSE

*Whispering Pines – Das Flüstern der Kiefern, Band 2*

## Shawn McGuire

# Kapitel Eins

Als die Dämmerung des Junihimmels in Dunkelheit überging, tauchte wie aus dem Nichts ein knapp drei Meter großer Clown auf, der von Kiefer zu Kiefer stakste und die zwischen den Ästen baumelnden Solarleuchten einschaltete. Ich lächelte amüsiert. Der Typ auf Stelzen hatte meine Frage beantwortet, wie diese wohl zum Leuchten gebracht werden würden. Praktischer wären natürlich solche gewesen, die automatisch angingen, sobald das Tageslicht zu schwinden begann, aber so war es eindeutig unterhaltsamer.

Schon seit über einem Monat hörte ich immer wieder Erstaunliches über den legendären Whispering Pines-Zirkus, und heute hatte ich es endlich geschafft, mir gemeinsam mit meinem Freund Tripp Bennett selbst ein Bild davon zu machen.

„Was möchtest du als Nächstes tun?", fragte Tripp gerade. „Karussell fahren oder karamellisiertes Popcorn essen?"

Besagtes Karussell war das beeindruckendste Fahrgeschäft, das mir je untergekommen war, eine doppelstöckige Augenweide mit jeder Menge Tieren. Wie bei fast jedem anderen war auch dieses mit den obligatorischen Pferden bestückt, aber ebenso mit Kaninchen, Rentieren, Kamelen,

Löwen, Katzen, Giraffen, Fröschen und Ziegen. Für die kleinen Besucher, die noch nicht auf ein Tier zu klettern vermochten, gab es eine Bank in Form eines Schwans und ein U-Boot, das aussah, als wäre es direkt einem Unterwasser-Fantasy-Roman von Dr. Seuss entsprungen.

„Was für eine Frage." Ich deutete auf das Oberdeck des Karussells. „Dieses Zebra hat es mir von Anfang an angetan."

„Na, dann mal los." Er zeigte auf das schillernde Tier hinter meinem Wunschtransportmittel. „Und ich werde auf diesem lila-blaugrünen Seepferdchen-Drachen-Ding reiten."

Während wir darauf warteten, dass unsere Favoriten gleichzeitig frei wurden, bestaunten wir die Nebenattraktionen, die sich über den ganzen Rummelplatz verteilten. Speziell eine Frau stach uns ins Auge. Sie musste mindestens zwei Meter groß sein und hatte rote Haare, die ihr fast bis zu den Knien reichten. Gekleidet war sie wie eine Puppenspielerin, und die Fäden, die sie in der Hand hielt, waren an einem kleinen einarmigen Jungen befestigt, der sich wie eine Marionette bewegte. Die beiden waren entzückend.

Ein paar Meter weiter balancierte ein Mann auf einem großen Ball und jonglierte dabei mit brennenden Fackeln. Die um ihn herumstehenden Eltern feuerten ihn zwar lautstark an, hielten aber ihre Kinder aus Angst vor möglichen Brandunfällen vorsichtshalber auf Abstand.

„Ich kann nicht glauben, dass er blind ist", sagte ein Mädchen im Teenageralter, das gerade mit ihrer Familie an uns vorbeilief.

„Der Jongleur?", fragte ich erstaunt.

„Genau der", bestätigte ihr Vater. „Ist das nicht unfassbar?"

Definitiv, aber nicht mehr oder weniger als alles andere hier.

Gegenüber dem mit roten Ziegeln gepflasterten Mittelweg hing eine Frau an nur einem Bein in einem Ring, der zwischen zwei großen Kiefern befestigt war. Sie drehte sich so schnell, dass man sie kaum noch erkennen konnte. Und dann, von einem Augenblick auf den anderen, wirbelte sie herum, sich nur noch mit einer Hand festhaltend, und schlussendlich drehte sie sich sogar, während sie nur noch am Hinterkopf hing. Ich war absolut fasziniert von all den Verrenkungen, die sie ihrem Körper zumutete. Nach Beendigung ihrer Darbietung ließ ihr Helfer sie zunächst auf den Boden herab, wo sie sich vor der Menge verbeugte, und ihr zuwinkte. Dann brachte er ihr einen Rollstuhl. Sie setzte sich hinein und legte ihr rechtes Bein auf der Fußstütze ab.

„Sieh doch nur", sagte ich, an Tripp gewandt. „Sie scheint halbseitig gelähmt zu sein. Ich hätte das, was sie gerade gemacht hat, nicht einmal mit vier Beinen und Superkräften bewerkstelligen können."

„Komm, wir sind an der Reihe." Tripp nahm meine Hand und zog mich eine kurze Treppe hinauf zur Karussellplattform und dann zu einer weiteren, die zum oberen Deck führte.

Wie aufgeregte Kinder eilten wir zu unseren Tierfiguren. Ein kleines Mädchen schmollte, als es sah, wie ich das Zebra in Beschlag nahm, entdeckte dann jedoch zum Glück ein Stück weiter ein weißes Einhorn mit einer wunderschönen, wallenden Mähne.

Ich blickte mich zu Tripp um, der breit grinste, während sein Seepferdchen-Drache zur Drehorgelmusik auf und nieder glitt, und fühlte mich so leicht und unbeschwert wie schon lange nicht mehr. Als das Karussell zum Stillstand kam – ich schwöre, unsere Fahrt war wesentlich kürzer als alle anderen zuvor –, sprang er von seinem Reittier und half dann mir beim Absteigen. Ich tätschelte meinem Zebra den Hintern und dankte ihm für den tollen Ritt.

„Bist du bereit, nach Hause zu gehen?", fragte er, als wir wieder festen Boden unter den Füßen hatten.

Bevor ich antworten konnte, kam eine Frau auf uns zu – *Anfang dreißig, dunkelbraunes Haar zu einem Zopf geflochten, der ihr*

*über den halben Rücken reichte, olivfarbene Haut, schwarzbraune Augen.*
In ihrer khakigrünen Cargohose, dem grauen Tanktop und
den Wandersandalen sah sie aus, als käme sie geradewegs aus
einem südamerikanischen Dschungel.

„Entschuldigen Sie die Störung", sprach sie uns mit einem
leichten spanischen Akzent an. „Ich hätte ein paar Fragen an
Sie, wenn es Ihnen nichts ausmacht. Mein Name ist Lupe
Gomez, ich bin Journalistin und arbeite an einer Artikelserie
über Whispering Pines. Mich würde Ihre Meinung zu diesem
Zirkus interessieren. Dürfte ich Ihre Namen erfahren?
Wohnen Sie in der Nähe oder machen Sie lediglich Urlaub
hier?"

„Ich bin Jayne O'Shea, und das ist Tripp Bennett",
stellte ich uns vor. „Man könnte sagen, wir sind nur
vorübergehend ortsansässig, da wir das Haus meiner
Großeltern renovieren und zum Verkauf vorbereiten. Meine
Meinung zum Zirkus? Wie kann man ihn nicht lieben? Es ist
ein fantastischer Ort."

„Das sehe ich genauso", stimmte Tripp mir zu. „Hier
findet man Menschen jeden Alters, von winzigen Babys bis zu
älteren Semestern, und ich habe bisher niemanden gesehen,
der kein Lächeln im Gesicht hatte."

Ich blickte zu ihm hinüber. „Wirst du etwa dafür bezahlt,
Werbung für den Zirkus zu machen?"

„Mir war gar nicht bewusst, dass es solch einen Job gibt.
Ist er lukrativ?"

Lachend wandte ich mich wieder der Reporterin zu. „Sie
sagten, ihr Name sei Lupe? Für wen schreiben Sie?"

„Ich arbeite für ein Online-Reisemagazin aus Wisconsin.
Es heißt *Unique Wisconsin*. Was hat Ihnen hier und heute am
besten gefallen?"

„Die Vorstellung im Zirkuszelt", sagte ich.

„O ja", stimmte Tripp mir zu. „Die war großartig."

„Bleiben Sie auch noch zur Abendaufführung?",
erkundigte sich Lupe.

„Ich denke nicht, dass wir uns alles ein zweites Mal ansehen müssen", erwiderte er.

„Die Abendvorstellung ist nur für Erwachsene … Wenn Sie verstehen, was ich meine." Sie zwinkerte uns zweideutig zu.

„Oha, also eine Art erotische Show?" Plötzlich bemerkte ich, dass Tripp viel zu nah neben mir stand und ich wurde rot.

Lupe schüttelte den Kopf. „Nichts in der Art, aber die Kostüme sind freizügiger, die Darbietungen gewagter und die Atmosphäre … Na ja, überzeugen Sie sich selbst."

„Vielleicht sollten wir uns das wirklich nicht entgehen lassen", wandte sich Tripp an mich, und seine Augen glänzten in freudiger Erwartung. „Meinst du, Meeka würde noch eine gute Stunde durchhalten?"

Meeka war mein West Highland White Terrier.

„Das sollte sie schaffen", sagte ich. „Sie hat einen anstrengenden Tag hinter sich. Erst hat sie stundenlang am Ende des Stegs gestanden und jedes Boot, jeden Jetski, jeden Schwimmer und auch noch jeden Fisch angebellt, der sich in die Nähe unseres Grundstücks wagte. Und dann hat sie auch noch irgendetwas Unsichtbares durch den Garten gejagt. Als ich sie hereinrief, war sie dermaßen ausgepowert, dass sie auf ihrem Kissen eingeschlafen war, noch bevor ich die Tür geschlossen hatte."

„Dann lass uns doch die rasanten Schwertschlucker anschauen", bettelte er.

„Aber bevor Sie gehen …" Lupe hielt eine professionell aussehende Kamera hoch. „Dürfte ich für unsere Website ein Foto von Ihnen beiden machen?"

Ich stützte eine Hand in die Hüfte und lehnte mich an Tripp, der seinen Arm um meine Schultern legte. Lupe schoss ein paar Bilder, ich gab ihr meine E-Mail-Adresse, und sie versprach, das beste auszuwählen und es mir ebenfalls zukommen zu lassen.

„Ihr zwei seid wirklich süß zusammen", stellte sie lächelnd

fest, als sie durch die Aufnahmen scrollte, hielt dann jedoch irritiert inne, als sie meinen finsteren Blick bemerkte. „Entschuldigung. Wie auch immer, viel Spaß noch. Ich bin sicher, wir laufen uns irgendwo wieder über den Weg, denn ich habe vor, den ganzen Sommer hier zu verbringen."

Wir schlenderten die Festmeile entlang, vorbei an den Spiel- und Fahrgeschäften für die Kleinsten, und betraten zum zweiten Mal an diesem Tag die Manege. Was die Nachmittagsvorstellung anbelangte, hatten wir die Zahl der Zuschauer unterschätzt. Wir kamen zu spät und ergatterten gerade noch Plätze in der hintersten Reihe. Dieses Mal jedoch waren die Tribünen praktisch leer. Entweder wir waren zu früh dran oder es versprach bei weitem nicht so interessant zu werden, wie Lupe es uns glauben ließ.

Es war dasselbe Zelt, aber die Stimmung war eine völlig andere als zwei Stunden zuvor. Die traditionelle Dekoration war verschwunden und durch etwas ersetzt worden, das mich an eine Show im Stil des *Cirque du Soleil* erinnerte. Am Nachmittag hatten grelle, schwenkbare Scheinwerfer für die nötige Beleuchtung gesorgt. Jetzt waren diese gedimmt und tauchten das Innere des Zeltes in ein rosafarbenes, romantisch anmutendes Licht. Auch die langen Stoffbahnen, die als Hintergrund für die drei Manegen dienten und den Bühnenbereich für die Artisten abtrennten, waren ausgetauscht worden. Waren sie am Nachmittag noch bunt gestreift – rot, gelb, grün und blau –, schillerten sie jetzt schwarz, rot, gold- und elfenbeinfarben. Von irgendwoher erklang leise die romantische Musik eines französischen Akkordeons. Inzwischen war ich extrem neugierig, wie sich diese Vorstellung von der vorherigen, familienfreundlichen unterscheiden würde.

Tripp legte eine Hand an meinen unteren Rücken, was mich trotz des heißen Abends erschauern ließ, geleitete mich zu Sitzplätzen direkt gegenüber der Manege und ließ sich dicht neben mir nieder. Zu dicht für mein Empfinden. Das komplette Dorf tuschelte eh schon darüber, dass wir ein Paar wären. Seit wir vor ein paar Stunden auf dem Gelände angekommen waren, hatte ich mindestens ein Dutzend Male erklären müssen, dass wir lediglich als Freunde unterwegs waren. Klar, Tripp hatte mir bereits des Öfteren deutlich zu verstehen gegeben, dass er gerne mehr wäre, ich jedoch war noch nicht bereit, diesen Schritt zu gehen.

Indem ich vorgab, ich bräuchte etwas Luft, rutschte ich ein Stück von ihm weg. Sofort fühlte ich mich besser, wenn auch nach wie vor leicht nervös. Warum nur? Wir waren doch lediglich zwei gute Bekannte, die sich einen entspannten Tag im Zirkus gönnten. Vielleicht hatte meine plötzliche Panik auch gar nichts mit uns zu tun. Misstrauisch blickte ich mich um, suchte das Zelt nach allem ab, was auf Ärger hindeuten könnte. Fehlanzeige! Also lag es anscheinend doch an dem Gerede der Leute über uns und unser mögliches Verhältnis.

Allerdings war ich ein Ex-Cop und vertraute immer meinen Instinkten. Und die rieten mir, wachsam zu bleiben, nur für den Fall der Fälle.

# Kapitel Zwei

ZUSÄTZLICH ZU DEM BÜHNENUMBAU WAR AUCH DAS Vorprogramm völlig anders. Anstelle der lustigen Clowns in farbenfrohen Kostümen startete dieses Programm mit aufreizend gekleideten Possenreißern. Die Frauen trugen kurze Kleider oder hautenge Bodys mit den traditionellen Narrenstreifen oder Blockmustern in Rot, Schwarz und Weiß, die Männer mit nackten Oberkörpern gestreifte Leggings, die wie aufgemalt aussahen und wenig der Fantasie überließen. Sie begrüßten jeden, der das Zelt betrat, und flirteten schamlos mit den Besuchern. Mist … Wir waren offensichtlich ein paar Minuten zu früh gekommen.

Als Tripp bemerkte, wie ich sie mit offenem Mund anstarrte, hielt er mir eine Hand vor die Augen. Ich revanchierte mich mit der gleichen Geste, als eine sexy Frau in einem sehr kurzen schwarz-roten Cancan-Kleid, schwarzen halterlosen Netzstrümpfen und welligem honigblondem Haar an uns vorbeiging. Sie trug eine große Stange, an der Tüten mit Karamellpopcorn hingen. Ein sich langsam drehendes Schild an deren Spitze zeigte den Preis an: *2 Dollar pro Stück.*

Tripp erhob sich und zog damit ihre Aufmerksamkeit auf sich. „Entschuldigung, wir hätten gerne Karamellpopcorn!"

Als sie sich zu uns umdrehte, verschlug es uns beiden für einen Moment die Sprache. Ein dichter Vollbart sowie ein dünner Schnurrbart zierten ihr ansonsten sehr weibliches Gesicht. Dann brachen wir unisono in Gelächter aus.

„Bitte entschuldigen Sie", prustete ich los, „aber damit hätte ich jetzt nicht gerechnet."

„Meine Liebe", sagte die Frau in höflichem Ton. „Wenn ich jedes Mal, wenn ich diese Antwort höre, einen Vierteldollar bekäme, könnte ich mir so viele Rasierklingen kaufen, dass sie für drei Leben reichen würden." Dann strich sie sich über den Bart. „Sie brauchen sich nicht zu entschuldigen. Ich bin Künstlerin und habe diesen Job gewählt, weil ich den Menschen Freude bereiten möchte. Es ist doch der perfekte Beruf für jemanden mit dem Körper einer Frau und dem Gesicht eines Mannes, finden Sie nicht auch?"

Ich nickte, und Tripp zog einen Geldschein aus der Tasche und reichte ihn ihr. „Zwei Tüten, bitte."

Die bärtige Verkäuferin zwinkerte ihm zu und wackelte kurz mit dem Geldschein, bevor sie ihn in ihrem Dekolleté verschwinden ließ und davonstolzierte.

„Wie peinlich, oder?", sagte ich, während ich meine Snacktüte öffnete.

Tripp hatte sich bereits die erste Ladung der süßen Köstlichkeit in den Mund geschoben und schloss genießerisch die Augen. „Du vergisst, wo du bist. Jeder hier ist ein bisschen anders."

Damit meinte er mit Sicherheit nicht nur den Zirkus, sondern Whispering Pines im Allgemeinen. Das Dorf in den Northwoods von Wisconsin hatte an die eintausend dauerhafte Einwohner, von denen die meisten Anhänger der Wicca-Religion waren. Während der Sommerhochsaison allerdings verdreifachte sich diese Zahl. Mit seinem Renaissance-Jahrmarkt und dem mittelalterlichen England-

Flair war das gemütliche Dorf, an einem tiefblauen See gelegen, ein Touristenmagnet.

Während wir unser Karamellpopcorn knabberten, ließ ich meinen Blick erneut durch das Zelt schweifen, sowohl auf der Suche nach etwas Verdächtigem als auch, um einfach die Menge auf mich wirken zu lassen. Mein ursprüngliches Gefühl, dass diese Vorstellung nicht sehr beliebt sein dürfte, hatte mich gründlich getäuscht. Die Sitze füllten sich immer schneller.

Um uns vor Beginn der tatsächlichen Show bei Laune zu halten, gab es neben den sexy Narren noch ein paar Aufwärm-Acts. Direkt vor uns in der Hauptmanege führte eine Frau von der Größe einer Achtjährigen ihre Löwen vor, und während des gesamten Auftritts hielt sich ein Mann mit einem Betäubungsgewehr in ihrer Nähe auf. Das war ja schön und gut, aber sollte eines der Tiere sie spontan angreifen oder als Abendmahlzeit auswählen, wäre es bereits zu spät für den Pfeil.

Zu unserer Rechten entdeckte ich dieselbe Luftakrobatin, die zuvor schon draußen aufgetreten war – diejenige, die alle überrascht hatte, als sie sich nach ihrer Darbietung in den Rollstuhl setzte. Sie hatte ihr schlichtes Trikot gegen ein rotes Trägertop sowie schwarze Hotpants und Netzstrümpfe eingetauscht. Dieses Mal achtete ich genauer auf ihre Bewegungen und bemerkte, dass sie die meisten ihrer Tricks mit dem linken Bein ausführte. Und wenn sie doch einmal ihr rechtes benutzte, hielt sie ihren Fuß fest, um es zusätzlich zu stabilisieren. Dennoch war sie großartig, und ich fragte mich, warum man sie nicht im Hauptprogramm auftreten ließ.

„Ist hier noch frei?"

Ich drehte mich um und sah mich einem Mädchen im Teenageralter gegenüber, das sich offensichtlich nicht entscheiden konnte, ob es die langen Haare lieber glatt oder lockig wollte. Der Junge neben ihr hatte die weißesten Zähne, die mir je in meinem Leben untergekommen waren.

„Hallo Lily Grace, hey Oren. Euch beide habe ich ja schon Ewigkeiten nicht mehr gesehen."

„Das ist mein erster freier Abend seit Saisonbeginn", sagte Lily Grace.

„Ich habe zwar öfters frei, aber normalerweise bin ich zu erschöpft, um noch etwas zu unternehmen", fügte Oren hinzu.

„Viel zu tun im Jachthafen?", erkundigte sich Tripp.

„Allerdings. Diese Woche waren sämtliche Boote, Wakeboards und Kajaks jeden Tag verliehen. Heute hatten wir gerade mal ein Kanu und ein Windboard übrig. Solch einen Ansturm habe ich noch nie zuvor erlebt." Er sah müde aus und hatte dunkle Ringe unter den Augen.

„Dein Vater ist bestimmt glücklich darüber." Tripp hielt ihm seine Popcorntüte hin.

„Das ist die Untertreibung des Jahres." Oren nahm sich eine Handvoll. „Ich weiß nicht, wie er durch die Dollarzeichen in seinen Augen überhaupt noch etwas sehen kann."

„Und du?", wandte ich mich an Lily Grace, die jüngste Wahrsagerin des Dorfes. „Wie läuft es mit den Prophezeiungen?"

„Tausende zufriedener Kunden." Es gelang ihr, ungefähr zwei Sekunden lang ernst zu bleiben, bevor sie in Gelächter ausbrach. „Eigentlich eher Hunderte, aber es fühlt sich an wie Tausende." Sie kratzte an dem pinkfarbenen Lack herum, der von ihrem linken Daumennagel abblätterte. „Und das ist einzig und allein Ihre Schuld, Jayne. Ich hatte mich bereits auf einen Sommer eingestellt, in dem ich in eine Kristallkugel schaue und lediglich den abgekarteten Hokuspokus von mir gebe." Sie schlug sich die Hand vor den Mund und riss erschrocken die Augen auf. „Upps. Habe ich das jetzt tatsächlich laut gesagt?"

Oren wiederum hielt sich die Hand an die Stirn. „Wenn ich in deine Zukunft blicke, sehe ich eine Reise und jemanden mit einem R in seinem Namen. Und ich sehe Geld."

„Geld, das reinkommt oder rausgeht?", neckte Tripp ihn und ließ sich auf sein Spielchen ein.

„Da muss ich nochmals genauer hinschauen", sagte Oren, und die beiden brachen im Gelächter aus.

Lily Grace hingegen starrte ihren Freund ungehalten an und zog eine Augenbraue hoch, woraufhin dieser verstummte und die Hände in den Schoß legte.

An dem Tag, an dem ich Lily Grace kennenlernte, erzählte sie mir, dass sie eine Wahrsagerin sei, die nicht in der Lage wäre, wahrzusagen. Dann nahm sie meine Hände und hatte das erste Mal in ihrem Leben eine Vision. Zumindest behauptete sie das. Ich für meinen Teil glaubte nicht an die Dinge, von denen die Dorfbewohner behaupteten, sie seien real, wie beispielsweise Hellsehen und Hexerei. Als Dank dafür, dass ich die Gabe in ihrer Enkelin geweckt hatte, schickte mir Lily Graces Großmutter einen Korb mit Scones und Keksen von *Treat Me Sweetly*, der örtlichen Konditorei. Und auch wenn das mit Sicherheit nicht mein Verdienst war, nahm ich die Leckereien doch gerne an.

„Sind Sie ebenso skeptisch wie Ihre Freundin, Mr Bennett?", wandte sich Lily Grace an Tripp, während sie sich Luft zufächelte und ihr langes Haar gekonnt zu einem Zopf flocht. „Meine Güte, ist das heiß heute Abend."

„Ich bin eigentlich offen für alles", entgegnete dieser. „Aber nenn mich bitte nicht Mr Bennett. Ich bin doch kaum älter als du."

„Sie ist gerade mal siebzehn und du achtundzwanzig, in ihren Augen sozusagen ein Greis", belehrte ich ihn.

„Dann bist du mit deinen sechsundzwanzig Jahren aber auch schon uralt", stichelte er zurück.

„Apropos Skepsis", richtete ich meine Aufmerksamkeit erneut auf das junge Mädchen. „Du hast doch selbst nicht an deine Fähigkeiten geglaubt, bis du es bei mir probiert hast, oder?"

Sie jedoch ignorierte meinen Einwand und streckte Tripp die Hände entgegen. „Soll ich Ihnen aus der Hand lesen?"

„Jetzt und hier? Nein, lieber ein anderes Mal."

„Okay." Lily Grace zuckte lässig mit den Schultern. „Sie wissen ja, wo Sie mich finden können."

Nachdem dieses Thema abgehakt war, lehnten wir uns auf unseren Plätzen zurück und beobachteten, wie sich die Tribünen weiter füllten. Die Kleine hatte recht, es war verdammt heiß heute Abend, und je mehr Menschen in das Zelt strömten, desto stickiger wurde es. Die Zirkuscrew stellte rund um die Sitzreihen große Ventilatoren auf, um zumindest für etwas Abkühlung zu sorgen, aber ich schwitzte nach wie vor heftig. Allerdings trug ich auch einen Pullover, natürlich nicht, weil mir kalt war, sondern weil mein Kleid im Landhausstil einen extrem tiefen Ausschnitt hatte, was mir irgendwie peinlich war. Jetzt allerdings hielt ich es nicht mehr aus, zog ihn mir über den Kopf und verstaute ihn unter meinem Sitz.

„Lass mich den später nicht vergessen", sagte ich, an Tripp gewandt, der wie gebannt auf mein Dekolleté starrte. Ich deute auf mein Gesicht. „Meine Augen sind übrigens hier oben."

„Das ist mir schon klar." Dennoch haftete sein Blick nach wie vor bewundernd auf dieser Partie meines Körpers, so dass mir nichts anderes übrig blieb, als ihm einen Stoß zu versetzen, um ihn aus seiner Erstarrung zu reißen.

Plötzlich blinkten die Lichter kurz auf, die Vorgruppen verbeugten und zogen sich zurück. Leah, die winzige Löwenbändigerin, brachte die Raubkatzen wieder in ihre Käfige. Sobald sie weg waren, schob der Mann mit dem Betäubungsgewehr die hohen Gitterteile, die die Tiere im Ring gehalten hatten, zur Seite, um Platz für die nächsten Attraktionen zu schaffen. Da die erst kurz zuvor aufgestellten

Ventilatoren zu laut waren, schaltete die Belegschaft alle ab, bis auf den zu unserer Rechten. Dann senkte sich Dunkelheit über das Zelt, und das Gemurmel der Menge verstummte. Aus den Lautsprechern ertönte die rauchige, erotische Stimme eines Mannes.

„Meine Damen und Herren, der Circus von Whispering Pines freut sich, Sie zu unserer Abendvorstellung begrüßen zu dürfen."

Sie gehörte dem Zirkusdirektor, der direkt vor der Manege auftauchte und von einem einzelnen Scheinwerfer angestrahlt wurde. *Ungefähr einen Meter achtzig groß, schlank, leicht gebräunt, schätzungsweise Ende dreißig.* Er hatte bereits durch die Nachmittagsvorstellung geführt, sah jetzt jedoch ebenfalls komplett anders aus. Die schwarze Hose und das rote Smoking-Jackett waren verschwunden, stattdessen trug er rot-weiß gestreifte Leggings, die in kniehohen schwarzen Stiefeln verschwanden. Sein nackter, durchtrainierter Oberkörper steckte in einer eng anliegenden Satinjacke mit langen Schößen, die im Licht glänzte.

„Mein Name ist Creed, und ich bin Ihr Zirkusdirektor", fuhr er mit stolzer Stimme fort. „Ich werde Sie heute Abend auf einer Reise begleiten, die Sie so schnell nicht vergessen werden. Und nun bitte ich um einen tosenden Applaus für Dallas Brickman, unseren Messerwerfer."

Mit diesen Worten streckte er einen Arm aus, klopfte zweimal fest mit seinem kristallbesetzten Gehstock auf den Boden und verbeugte sich dann tief. Das Licht des einzelnen Scheinwerfers erlosch und andere wurden eingeschaltet, die die Manege erleuchteten.

Dallas war als Pirat verkleidet und bewarf sein Opfer – eine wunderschöne Frau in einem eng anliegenden Kurtisanenkostüm, das kaum etwas von ihrem wogenden Busen verhüllte –, mit Messern, Schwertern und kleinen Dolchen. Wie auch die anderen Männer war er unter seiner Jacke nackt und besaß einen dermaßen krassen

Waschbrettbauch, dass ich mich kaum auf seine Darbietung konzentrieren konnte. So wurde mir auch erst nach der Hälfte der Nummer klar, dass sein Holzbein eine echte Prothese und keine Requisite war. Wie viele Halloween-Kostümwettbewerbe mochte er mit diesem Piratenlook wohl schon gewonnen haben?

Ein Auftritt ging nahtlos in den nächsten über, und ehe wir uns versahen, wurde die letzte Nummer des Abends angekündigt. Berlin, Luftakrobatin und Star der Show, tauchte im Nebel unterhalb der Zeltspitze auf, wo sie sich langsam an einem Vertikaltuch drehte. Ihr Bodysuit hatte die gleiche Farbe wie ihre Haut, sodass es aussah, als wäre sie nackt. Das Licht brach sich auf einer wunderschönen, vergoldeten Maske, die die rechte Hälfte ihres Gesichts bedeckte. Ihr blondes Haar hatte sie zu einem kunstvollen Knoten hochgesteckt. Scheinbar eins mit dem Tuch, vollführte sie in der Luft Drehungen und Verrenkungen und verbog ihren Körper auf anmutige Art und Weise, bevor sie sich in einen Spagat sinken ließ, der mich mit Sicherheit in zwei Teile gerissen hätte. Dann begann sie, ähnlich einer Ballerina auf einer Schmuckschatulle für Kinder, zu kreisen, wobei der Stoff sich um sie bauschte. Schließlich kletterte sie bis ganz nach oben und befand sich jetzt gut fünfzehn Meter in der Luft.

„Irgendetwas stimmt nicht mit den Seidentüchern", warnte Lily Grace. „Die sehen aus, als hätten sie sich verhakt, finden Sie nicht auch?"

Glücklicherweise bemerkte Berlin es ebenfalls. An der Spitze des Zeltes baumelnd, deutete sie zuerst auf die Vertikaltücher und dann auf den laufenden Ventilator. Ein Mitglied des Teams huschte in den Schatten und sorgte dafür, dass der Stoff wieder frei hing, während ein anderes den Lüfter ausschaltete. Sobald sie sich in Sicherheit wähnte, fuhr sie mit ihrer Nummer fort. Sie wickelte die Tücher wieder und wieder um ihre Taille, stürzte sich dann, sich immer schneller um sich selbst drehend, in die Tiefe und kam nur wenige Zentimeter über dem Boden zum Stillstand. Es war zwar ein spektakulärer Sprung, aber der Zauber ihrer Darbietung war verflogen, die volle Wirkung des rasanten freien Falls durch das Verhaken der Seidentücher zunichtegemacht.

Eine sichtlich wütende Berlin befreite sich aus dem Vertikaltuch und machte einen tiefen Knicks in Richtung des Publikums. Auch die anderen Akteure betraten die Manege, nahmen in einer Reihe hinter ihr Aufstellung und verbeugten sich. Jemand dimmte das Licht, sie verschwanden im Schatten, und dann richtete sich der Scheinwerfer wieder auf Creed, der jetzt direkt mittig vor den Zuschauern stand.

„Vielen Dank, dass Sie heute Abend unsere Gäste waren. Wir würden uns freuen, Sie bald wieder hier begrüßen zu dürfen und wünschen Ihnen noch einen angenehmen Aufenthalt in Whispering Pines."

Für ein paar Sekunden versank das Zelt in völliger Dunkelheit, bevor die Lichter erneut angingen. Das Publikum spendete ein letztes Mal jubelnd Applaus, bevor es sich auf den Weg nach draußen machte.

Tripp deutete auf den Ventilator zu unserer Rechten. „Sieht so aus, als wäre dieses Teil dafür verantwortlich, dass sich der Stoff aufgebläht und irgendwie verhakt hat."

„Wahrscheinlich in dem Gitter des Löwenkäfigs", stimmte Lily Grace ihm zu, die sich hinter mir befand. „Dafür wird Gianni ordentlich eine auf die Mütze kriegen."

„Wer ist Gianni?", fragte ich.

„Der Typ mit dem Betäubungsgewehr", erklärte sie. „Er ist Tierarzt, arbeitet ausschließlich für den Zirkus und ist die einzige Person, die mich nach wie vor ermutigt, zur Uni zu gehen und Veterinärmedizin zu studieren, anstatt hierzubleiben und den Leuten ihre Zukunft vorauszusagen." Sie bedachte Oren mit einem vielsagenden Blick, den ich nicht zu deuten vermochte, aber mit Sicherheit wollte er, dass sie blieb. „Jedenfalls hat Berlin ihn Dutzende Male gebeten, die Käfigteile nach Leahs Auftritt weiter nach hinten zu schieben. Entweder er hat das schon wieder vergessen oder er ist einfach nur stur."

„Berlin hätte sich ernsthaft verletzen können." Ich starrte auf die fraglichen Gitterteile.

„Es muss ein Versehen gewesen sein", sagte Lily Grace, als müsste sie sich selbst davon überzeugen. „Gianni würde nie jemandem absichtlich wehtun."

„Allerdings ist es auch nicht ausgeschlossen, dass jemand ein Problem mit Berlin hat", widersprach Oren.

Mein ehemaliger Cop-Instinkt erwachte zum Leben. „Welche Art von Problem?"

„Na ja, ich will nicht sagen, dass sie eine Diva ist …", begann Oren, aber Lily Grace fiel ihm prompt ins Wort.

„Das ist sie auch nicht, lediglich eine willensstarke Frau, die in dem, was sie tut, großartig ist."

Oren warf Tripp einen verständnisvollen Blick zu, und meine Vorahnung meldete sich erneut mit einem Kribbeln. Vielleicht war das Zirkusleben doch nicht so bunt und fröhlich, wie es den Anschein hatte.

# Kapitel Drei

Iᴄʜ ᴘᴀʀᴋᴛᴇ ᴍᴇɪɴᴇɴ Cʜᴇʀᴏᴋᴇᴇ ᴠᴏʀ ᴅᴇʀ Gᴀʀᴀɢᴇ ɴᴇʙᴇɴ Tripps altem F-350 Pickup-Truck. Seit dem Tag meiner Ankunft wohnte ich in dem Apartment über dem Bootshaus, welches für Meeka, meinen kleinen Hund und mich perfekt war. Nach Tripps Angebot, mir bei der Renovierung des Anwesens zu helfen, war er mit seinem Faltcaravan vom Campingplatz in der Nähe der Autobahn hierher umgezogen. Darin hauste er nach wie vor und benutzte lediglich die Küche und das Bad im Keller des Hauses. Im Sommer stellte Campen auch kein Problem dar. Sollten wir jedoch immer noch hier sein, wenn der Winter in Wisconsins Einzug hielt, müssten wir uns etwas einfallen lassen.

„Das war ein richtig schöner Nachmittag", sagte er gerade.

Ich verkniff mir ein Gähnen. „Definitiv."

Die letzten Wochen hatten wir wirklich hart gearbeitet, um mit der Sanierung der Villa vorwärtszukommen, sodass wir am Ende jedes Tages todmüde waren. Ganz besonders natürlich er. Als ich daher vorschlug, uns zumindest mal einen Samstag freizunehmen, war er sofort Feuer und Flamme.

Gerade standen wir in der Einfahrt, er schaute auf mich

herab und ich hinaus auf den See. Trotz seiner gelegentlichen Neckereien und seines Wunsches, mehr als nur Freunde zu sein, hatte er mir versichert, er könnte verstehen, dass ich noch nicht bereit war für eine neue Beziehung. Also verhielt er sich mir gegenüber eher wie ein großer Bruder oder ein bester Kumpel und vermittelte mir ein Gefühl von Sicherheit und Geborgenheit. Dennoch gab es immer wieder Momente wie diesen, die mich zutiefst verwirrten. Wir waren uns so nahe, dass unsere Körper sich beinahe berührten, und mir war völlig klar: Wenn ich jetzt zu ihm aufschaute, würde mir angesichts der Gefühle, die sich in seinem Gesicht widerspiegelten, der Atem stocken und meine Gedanken würden Wege einschlagen, die nichts mehr mit Freundschaft zu tun hätten.

Dennoch riskierte ich einen Blick – hatte ich es doch gewusst! –, und schenkte ihm ein schwaches Lächeln. „Gute Nacht, Tripp. Bis morgen früh."

„Gute Nacht, Jayne."

Schnell stieg ich die Treppe an der Außenseite des Bootshauses hinauf, überquerte das Sonnendeck und begab mich zu den Flügeltüren, die mir als Eingang zu meiner kleinen Wohnung dienten. Hinter der Scheibe wartete bereits Meeka und starrte mich böse an. Ich hatte die eine Seite der Tür kaum einen Spaltbreit geöffnet, als sie auch schon an mir vorbei und nach unten zu ihrem bevorzugten Pinkelplatz unter den Bäumen raste.

„Tut mir leid, ich hatte wirklich nicht vorgehabt, so lange wegzubleiben", rief ich ihr noch hinterher.

Dann lehnte ich mich gegen das Geländer, ließ meinen Blick über den See wandern und wartete auf ihre Rückkehr. Das Mondlicht spiegelte sich auf den sanft plätschernden Wellen, und eine leichte Brise wehte zu mir herauf. Ursprünglich hatte ich vorgehabt, nur eine Woche vor Ort zu sein, um Grandmas Haus auszuräumen und für den Verkauf vorzubereiten. Allerdings war das Gebäude riesig – sieben

Schlafzimmer, neun Badezimmer –, und ich hätte ein Team von mehreren Arbeitern anheuern müssen, um in der vorgegebenen Zeit fertig zu werden. Als ich jedoch direkt bei meiner Ankunft feststellen musste, dass jemand eingebrochen war und alles verwüstet hatte, war mir direkt klar, dass ich wesentlich länger bleiben müsste.

Außerdem gab es da noch das Problem mit einer Frauenleiche an der hinteren Grundstücksgrenze. Die örtlichen Polizeibehörden zeigten wenig Interesse daran, herauszufinden, was ihr widerfahren war, was ich als ehemalige Kriminalbeamtin nicht so hinnehmen konnte. Also ermittelte ich auf eigene Faust.

Bereits in meiner ersten Woche lernte ich Tripp, Lily Grace, Oren und jede Menge anderer Leute kennen, die schnell zu Freunden wurden. Und einige, wie Tripp oder Morgan Barlow, waren inzwischen viel mehr als nur das. Sie waren sozusagen meine zweite Familie. Ganz ehrlich, ich hätte nie damit gerechnet, dass ich mich in Whispering Pines verlieben würde, und jetzt wollte ich nicht mehr weg von hier.

Meeka kam die Stufen heraufgetrottet und lief an mir vorbei, ohne mich auch nur eines Blickes zu würdigen. Ganz offensichtlich war sie immer noch verärgert, dass ich sie so lange hatte warten lassen. Ich folgte ihr nach drinnen, zog mein Kleid aus und warf es in den Wäschekorb. Dann schlüpfte ich in eines meiner übergroßen T-Shirts, streichelte ihr nochmals kurz entschuldigend über den Bauch und krabbelte ins Bett. Inzwischen war es mir zur Routine geworden, sämtliche Fenster und Türen offenzulassen – sofern es nicht regnete –, und lediglich die Fliegengitter zuzuziehen, um Moskitos und anderes Getier draußen zu halten. Somit war es nicht nur das leise Plätschern der Wellen, das mich in den Schlaf wiegte, sondern auch das beruhigende Flüstern des Windes, der durch die hohen Kiefern strich, die das Dorf wie Wächter umgaben.

Hier war mein Platz, daran bestand kein Zweifel. Mein

Problem jedoch war, dass ich keinen Job hatte und somit kein Geld verdiente. Wenn meine Eltern der Idee einer Frühstückspension, die Tripp und ich ihnen vor drei Wochen unterbreitet hatten, nicht zustimmten, käme es direkt nach Abschluss der Renovierungsarbeiten auf den Markt und stände zum Verkauf. Dann hätte ich keine Bleibe mehr und keine andere Wahl, als nach Madison zurückzukehren. Irgendetwas musste mir einfallen, um hierbleiben zu können.

„Hier schaut es ja mittlerweile schon richtig gut aus", sagte ich, als ich am nächsten Morgen auf meinen üblichen Hocker an der Küchentheke kletterte.

„Du versuchst doch nur, mich dazu zu bringen, auch noch die restliche Tapete abzuziehen." Tripp warf Meeka ein Stück Cheddar zu und widmete sich dann wieder meinem Omelett mit Gemüse und Käse. Bevor er in Whispering Pines strandete, war er jahrelang durchs Land gezogen und hatte die unterschiedlichsten Jobs ausgeübt. Unter anderem hatte er als Koch bei einem Diner gearbeitet, das deftige Hausmannskost anbot. So war er nicht nur ein begnadeter Handwerker, sondern verfügte zudem auch über hervorragende Kochkünste.

„Und, funktioniert es?", fragte ich grinsend. „Aber, keine Sorge, ich helfe dir natürlich."

„Du solltest vorrangig die Schlafzimmer leer räumen und diesen Typen anrufen, damit er die Möbel abholt, die überarbeitet werden müssen."

„Verdammt! Das habe ich glatt schon wieder vergessen."

Ich nahm den Teller von ihm entgegen, hielt ihn jedoch so, dass er noch zwei dicke Toastscheiben drauflegen konnte, und stellte ihn anschließend auf das Platzset vor mir. Dann zog ich mein Telefon aus der Gesäßtasche meiner Jeans und fügte meiner To-do-Liste den Punkt *Typ wegen MÖBELN anrufen* hinzu. Notizen machen und Fotos schießen war so ziemlich das Einzige, wofür ein Smartphone hier gut war, denn es gab null Handy-Empfang. Das fehlende Netz war die ursprüngliche Theorie des ehemaligen Sheriffs dafür, warum das Haus verwüstet worden war. Seiner Meinung nach steckte eine Gruppe gelangweilter Teenager dahinter, die, von der Außenwelt abgeschnitten, beschloss, ein wenig Spaß zu haben. Ich stimmte ihm zu, bis ich herausfinden musste, dass es sich bei dem, was mit schwarzer Tinte auf jede Wand im Wohnzimmer gemalt war und was ich anfangs für Graffitis hielt, in Wirklichkeit um Drohungen gegen meine Familie handelte.

Morgan Barlow identifizierte die Zeichen als Sigillen oder magische Hexensymbole und hielt es für möglich, dass jemand uns mit einem Fluch belegt hatte. Also bot sie an, einige Nachforschungen anzustellen. Zwar glaubte ich nicht an derartige Dinge wie Magie oder böse Mächte. Jedoch schien jemand ein Problem mit meinen Großeltern zu haben oder mit meiner Familie im Allgemeinen, da Grandpa und Grandma nun beide nicht mehr da waren. Wer auch immer hinter dieser Schmiererei steckte, versuchte, uns einzuschüchtern. Viel Glück damit.

Wie jeden Morgen beim Frühstück schmiedeten Tripp und ich Pläne, welche anstehenden Arbeiten vorrangig in Angriff genommen werden sollten. Meist stimmte ich dem, was er vorschlug, zu, denn immerhin war er, was Renovierungen anbelangte, der Experte.

„Wirst du als Nächstes die Böden beizen?", fragte ich. Er hatte das Parkett bereits abgeschliffen und mit festem Papier abgedeckt, um es vor Beschädigungen zu schützen.

„Nein, das machen wir ganz zum Schluss. Sonst müssen wir, sollten beispielsweise beim Malern kleine Missgeschicke passieren, nachbessern."

„Das ergibt Sinn. Sag mir einfach, was ich tun kann."

Er schwieg und schien sich scheinbar voll auf sein

Frühstück zu konzentrieren, aber ich konnte sehen, wie es hinter seiner Stirn ratterte.

„Hast du dir generell schon über Möbel Gedanken gemacht?", fragte er schließlich. „Eigentlich sind die Antiquitäten, die deine Großeltern hier stehen hatten, wunderschön. Möchtest du diesen Stil beibehalten?"

„Du weißt doch, dass es im Moment sinnlos ist, sich über derartige Dinge den Kopf zu zerbrechen. Meine Eltern haben sich zu meinem Plan bislang noch nicht geäußert."

Je mehr ich allerdings über die Idee eines Bed & Breakfast nachdachte, umso besser gefiel sie mir. Obwohl es mir noch nie zuvor in den Sinn gekommen war, eine Pension zu führen, wäre das die perfekte Möglichkeit für uns beide, in Whispering Pines bleiben zu können.

„Wann hast du vor, wieder mit deiner Mom darüber zu sprechen?", drängte er.

Ich stieß einen müden Seufzer aus. So allmählich wurde er diesbezüglich etwas zu aufdringlich. „Keine Ahnung. Ich habe ihr vor zwei Wochen den Businessplan geschickt. Meiner Meinung nach sahen die Zahlen gut aus, aber sie muss natürlich erst mit Dad darüber reden, und den konnte sie bisher nicht erreichen." Das Haus hatte seinen Eltern gehört, und von daher war er als Alleinerbe im Testament vermerkt. Ohne seine Zustimmung lief gar nichts. „Anscheinend arbeitet er auf einer Ausgrabungsstätte in Ägypten, hat wieder ein Mumiengrab entdeckt oder so was in der Art. Mist … der Pullover!"

„Wie bitte?"

Ich ließ stöhnend den Kopf in den Nacken fallen. „Ich habe gestern Abend Grandmas Pullover im Zirkus liegen lassen."

Er runzelte die Stirn, während er mir zu folgen versuchte. „Welchen Pullover?"

„Den, den ich unter meinem Sitz verstaut habe. Ich hatte

dich extra noch gebeten, mich beim Gehen daran zu erinnern."

„Wie kommst du denn ausgerechnet jetzt darauf?"

„Keine Ahnung. Vielleicht, weil wir über das Haus und die Möbel gesprochen haben und mir wieder eingefallen ist, dass ich Großmutters Kleider wegpacken muss."

„Iss erst einmal in Ruhe auf. Wenn ihn nicht jemand eingesteckt hat, ist er bestimmt noch dort."

Ich war mir nicht sicher, ob ich das tröstlich oder beunruhigend fand. In Rekordgeschwindigkeit beendete ich mein Frühstück, versicherte ihm, so schnell wie möglich zurück zu sein, und holte meine Autoschlüssel sowie Meekas Leine. Ihr würde ein Besuch bei den großen Katzen bestimmt gefallen.

Um zum Zirkusgelände zu gelangen, das sich ziemlich mittig in dem knapp eintausend Hektar großen Gebiet von Whispering Pines befand, gab es zwei Möglichkeiten. Die eine war, auf dem öffentlichen Platz am westlichen Ortsrand zu parken und eine gute halbe Stunde durch den Wald zu laufen. Es war ein netter Spaziergang, wenn die Sonne schien und die Vögel zwitscherten, jedoch weniger praktisch bei Nacht oder wenn man es eilig hatte.

Von daher entschied ich mich für die zweite Option, die darin bestand, auf die andere Seite des Geländes zu fahren. Von dort erreichte man den Eingang des Zirkus in weniger als fünf Minuten über einen befestigten Fußweg. Als wir uns unserem Zielort näherten, drangen bereits aufgeregte Stimmen durch die Bäume zu uns herüber.

„Los, Meeka, komm. Irgendetwas scheint da nicht zu stimmen."

Wir joggten an dem leeren Kassenhäuschen vorbei und gingen direkt auf das große Zelt zu, wo sich bereits eine Schar von Schaustellern versammelt hatte. Einige redeten aufgeregt durcheinander, andere hielten sich die Hände vor den Mund, manche weinten. Ich quetschte mich zum Eingang durch, wo

Janessa, die Geschäftsführerin, stand und die Leute daran hinderte, das Zelt zu betreten.

*Ungefähr einen Meter fünfundsechzig groß, mindestens fünfzehn Kilogramm Übergewicht, leicht gebräunte Haut, kurz geschnittener Afro, Mitte vierzig.*

Das erste Mal war ich ihr bei einer Sitzung des Gemeinderats begegnet. Unter dem leicht lädierten Äußeren – ihre Arme reichten nur knapp zwanzig Zentimeter über ihre Schultern hinaus und endeten in Händen mit jeweils nur drei langen, dünnen Fingern – steckte jedoch eine starke Persönlichkeit.

„Es handelt sich um einen angeborenen Geburtsfehler namens Phokomelie", erklärte sie mir, obwohl ich gar nicht danach gefragt hatte. „Normalerweise ist diese Missbildung eine bekannte Nebenwirkung des Anti-Übelkeitsmedikaments Contergan, aber in meinem Fall war es einfach nur genetisches Pech."

Das war Janessas Art, die Kontrolle über eine Situation zu übernehmen, bevor sie ihr zu entgleisen drohte.

„Was ist denn hier los?", fragte ich und deutete auf die Menschenansammlung. „Warum sind alle so aufgeregt?"

Auch Meeka war unruhig geworden und schien etwas zu wittern, das aus dem Inneren des Zeltes kam.

„Es ist Berlin", sagte sie langsam, als würde sie ihre Worte erst verarbeiten, während sie sie aussprach.

Ein bleischwerer Knoten bildete sich in meinem Magen, und mein kriminalistischer Spürsinn schlug Purzelbäume. „Was stimmt denn nicht mit ihr?"

Janessa schüttelte den Kopf. „Sie ist tot."

# Kapitel Vier

„BERLIN?", FRAGTE ICH SCHOCKIERT. „DIE BERLIN, DIE UNS noch gestern Abend mit ihrer luftigen Darbietung fasziniert hat?"

Janessa nickte grimmig.

Meeka zerrte an ihrer Leine und gab ein paar scharfe Belltöne von sich. Sie war ein ausgebildeter Polizeihund, trainiert auf das Aufspüren von Rauschgift und Leichen, und hatte mich während meiner Zeit in Madison eine Weile unterstützt. Schon klar, eigentlich war ein Westie eine ungewöhnliche Wahl für einen K-9, aber Meeka hatte eine gute Nase, jede Menge Energie und konnte sich, wenn nötig, durch engste Öffnungen zwängen. Prinzipiell war sie den ihr übertragenen Aufgaben gewachsen gewesen, wenn auch erfolgreicher im Auffinden von Leichen als von Drogen. Leider war sie aber auch ziemlich eigenwillig und des Öfteren sehr unzuverlässig, weshalb man sie nach nur zwei Jahren in den Ruhestand versetzt hatte. Sie zog noch fester an der Leine, sah zu mir auf, bellte noch einmal und schnüffelte in Richtung des Zeltes. Ganz offensichtlich witterte sie einen Toten.

„Platz." Sie folgte widerstandslos meinem Befehl, war

jedoch nach wie vor in höchster Alarmstellung. Ich wandte mich wieder an Janessa. „Was ist denn passiert?"

„Wenn ich das wüsste. Ich war noch nicht drinnen, um keine Spuren zu verwischen, bis jemand kommt."

„Das könnte eine Weile dauern." Whispering Pines hatte derzeit keinen amtierenden Sheriff. „Hat schon jemand den Notruf gewählt?"

Sie deutete in Richtung des Wegs. „Creed kümmert sich gerade darum."

„Wenn es Ihnen nichts ausmacht, würde ich gerne reingehen und den Tatort sichern, bis ein Deputy eintrifft."

Janessa wusste Bescheid, dass ich in Madison als Kriminalbeamtin gearbeitet hatte, und für kurze Zeit hatte ich sogar im Dorf als Mitarbeiterin des Sheriffbüros ausgeholfen. Leider tat ich mich schwer damit, die Anweisungen des damaligen Sheriffs zu befolgen und mich aus einer Mordermittlung herauszuhalten, sodass er mich nach nur drei Tagen wieder feuerte.

„Es würde mich beruhigen zu wissen, dass jemand ein Auge auf Berlin hat." Sie trat zur Seite, um Meeka und mich passieren zu lassen.

Das Fehlen von Gesetzeshütern in Whispering Pines war seit Wochen ein Problem, und jetzt hatte es offiziell den kritischen Punkt erreicht. Als neuestes Mitglied des Dorfrats hatte ich die anderen Mitglieder wiederholt auf die Dringlichkeit dieser Thematik hingewiesen, da wir uns mitten in der Hochsaison befanden. Auch wenn die meisten Touristen gute, aufrechte Bürger waren, gab es doch einige, die ihre Zeit hier nur zu gerne damit verbrachten, sich zu betrinken, zu randalieren und Chaos zu verursachen. Wir brauchten dringend einen neuen Sheriff, besser gestern als heute. Sobald ich hier mit Berlin fertig wäre und alles in meiner Macht Stehende getan hätte, würde ich eine außerplanmäßige Sitzung einberufen. Wir mussten schnellstmöglich eine Entscheidung treffen und noch heute den neuen Polizeichef wählen.

Meeka zerrte mich unter dem großen Vordach hindurch zu einer Stelle zwischen der mittleren und der rechten Manege. Eigentlich hätte ich erwartet, Berlins Leiche auf dem Boden liegend vorzufinden, meine Hündin jedoch schaute nach oben.

Ich zuckte zusammen, als ich die Leiche knapp zehn Meter über mir in der Luft hängend entdeckte, mehr oder weniger dort, wo sie gestern ihre akrobatischen Kunststücke vorgeführt hatte. Das Vertikaltuch war, ähnlich einem Klettergurt, um ihre Hüften geschlungen, und ihr linker Arm hatte sich unter dem Stoff an ihrem Oberkörper verklemmt, während der rechte frei herabbaumelte. Ein weiteres Stück Seide hatte sich um ihren Hals gewickelt. Von dort aus, wo ich stand, konnte ich gerade noch so etwas wie einen Kratzer an ihrer Kehle erkennen. Diesen hatte sie sich mit Sicherheit selbst zugefügt, als sie versuchte, die Fessel zu lösen, die sie zu strangulieren drohte.

Als die Schwerkraft sie nach unten zog, hatte sich ihr Körper gekrümmt und sie in eine Art menschlichen Bogen verwandelt, wobei der Stoff der Bogensehne glich. Es könnten die sich zusammenziehenden Seidenstoffe gewesen sein, die ihr die Luft abgeschnitten hatten, aber aufgrund der violetten Färbung ihres Gesichts vermutete ich, dass eher der unterbundene Blutfluss aufgrund der gequetschten Halsschlagader das Problem gewesen war. Denn eigentlich können Menschen erstaunlich lange ohne Sauerstoff auskommen. Welches Kind hat nicht schon einmal an einem Wettbewerb teilgenommen, bei dem es darum ging, wer am längsten die Luft anhalten konnte? Meine Schwester Rosalyn war spitze darin, und speziell dann, wenn sie wütend war, schlug sie jeden. Meines Wissens schaffte sie das noch immer. Freitaucher, also diejenigen, die in große Tiefen vordrangen, hielten es sogar zwanzig Minuten oder länger aus, ohne auftauchen zu müssen. Hingegen dauert es nur sieben

Sekunden, bis ein Mensch durch Druck auf die Halsschlagader ohnmächtig wird.

„Das alles deutet auf Tod durch Strangulation hin", sagte ich leise. Allerdings war der Cop in mir sofort skeptisch und begann, über andere Möglichkeiten nachzudenken. Wie groß war die Wahrscheinlichkeit, dass sich eine Künstlerin von Berlins Format auf diese Weise in ihren Tüchern verhedderte? Wäre es denkbar, dass sie zuvor umgebracht und anschließend aufgehängt wurde? Könnte es Selbstmord gewesen sein? Das war zwar keine garantierte Methode, aber Menschen konnten höchst kreativ sein, wenn sie beschlossen hatten, ihrem Leben ein Ende zu setzen. Also ja, Selbstmord war definitiv eine Option.

Ich führte Meeka zur Tribüne und befahl ihr, dort zu bleiben. Sie gehorchte, kroch jedoch unter die Sitzreihe, anstatt sich davor abzulegen, was für mich ebenfalls akzeptabel war.

„Ist das nicht furchtbar?" Creed, der Zirkusdirektor, tauchte neben mir auf.

„Allerdings. Wissen Sie, wer sie gefunden hat?"

„Tilda Nelson, vor nicht einmal einer Stunde. Sie ist völlig am Boden zerstört."

„Tilda stand Berlin nahe?"

„Sehr nahe", bestätigte Creed. „Die beiden teilten sich eine Unterkunft. Berlin ist … ich meine *war* fast vier Jahre bei uns. Tilda kam vor etwa zwei Jahren mit ihrem Sohn Joss zum Zirkus. Die Frauen haben sich direkt am ersten Tag angefreundet."

„Und seit wann wohnten sie zusammen?"

„Sie sind kurz nach Tildas Ankunft zusammengezogen. Joss war noch recht klein, und sie war auf Hilfe angewiesen. Berlin verliebte sich noch schneller in den kleinen Kerl, als sie sich mit Tilda anfreundete, und innerhalb einer Woche bot sie ihr an, bei ihr einzuziehen."

„War außer Ihnen beiden sonst noch jemand hier drinnen?"

„Soweit ich weiß, nicht", sinnierte Creed. „Nach ihrer Entdeckung kam Tilda sofort zu mir. Während ich die Polizei verständigte, rannte Janessa hierher, um Wache zu schieben."

„Sorgen Sie bitte auch weiterhin dafür, dass niemand den Tatort betritt. Es könnte noch eine Weile dauern, bis ein Deputy eintrifft. Ich bleibe ebenfalls hier und passe auf, aber ich zähle auf Sie."

Bei diesen Worten versteifte er sich ein wenig. „Natürlich."

„Ich hoffe, Sie halten mich jetzt nicht für herzlos …"

„Nein, schon klar, Sie können einfach nicht anders." Er zwang sich zu einem kleinen Lächeln. „Immerhin waren Sie ja früher ein Detective."

„Danke für Ihr Verständnis."

Wäre da nicht der Hauch eines Lächelns gewesen und die Tatsache, dass Creed ebenfalls Mitglied des Gemeinderats war, hätte ich glatt gedacht, ich hätte mir einen weiteren Bewohner der Stadt zum Feind gemacht.

Nach der gestrigen Abendvorstellung hatten Tripp und ich, anstatt uns direkt der nach draußen drängenden Menge anzuschließen, noch kurz gewartet, bis das Zelt leer war. Daher mussten wir auf die allerletzte Pferdekutsche warten, die uns zurück zum Parkplatz auf der anderen Seite des Dorfes bringen würde, wo wir unseren Wagen abgestellt hatten. Um uns die Zeit bis zu deren Ankunft zu vertreiben, wanderten wir ein wenig umher und kamen zu einem abseits gelegenen Bereich voller kleiner Zelte, die wie Miniaturversionen des großen Zirkuszelts aussahen. Hier wohnten die Artisten und Schausteller.

Dort trafen wir erneut auf Lupe Gomez, die vor einer der Unterkünfte stand und einem heftigen Streit zwischen Tilda Nelson, der Luftakrobatin im Rollstuhl und Berlin lauschte.

„Was ich so mitbekommen habe", berichtete Lupe und benahm sich dabei, als hätte sie gerade die Story des

Jahrhunderts an Land gezogen, „hat Tilda sich beschwert, weil die Vorgruppen nicht angemessen respektiert werden und sie daher einen Platz im Hauptprogramm möchte. Natürlich ist auch ihre Performance beeindruckend, aber mit so einem Star wie Berlin wird das wohl noch dauern, bis man ihrem Wunsch, im Rampenlicht zu stehen, nachkommt."

Eifersucht, ob beruflicher oder privater Natur, war ein häufiges Mordmotiv. Ich hatte kaum angefangen, Creed von dem Vorfall zu erzählen, als er mir auch schon ins Wort fiel und mich informierte, dass sich die beiden häufig in den Haaren gelegen wären.

„Allerdings nur über eine Sache. „Wie ich bereits erwähnt habe, war Berlin seit fast vier Jahren die Hauptattraktion unserer Show. Sie ist …. *war* eine phänomenale Artistin, eine unglaublich talentierte Künstlerin und ein wahrhaft guter Mensch." Seine Stimme brach und er starrte zu Boden, brauchte einige Sekunden, um sich wieder zu sammeln. „Aber wenn man so erfolgreich ist, gibt es leider immer viele Neider, die einem an die Gurgel wollen."

*Neider, die einem an die Gurgel wollen* … Das Bild, das diese Beschreibung in meinem Kopf hervorrief, ließ mich erschaudern.

„Die beiden waren wie Schwestern", fuhr Creed fort, „und wie viele andere Schwestern auch wollte eben jede das, was die andere hatte."

„So wie ich das verstanden habe, forderte Tilda einen Platz im Hauptprogramm. Und worauf war Berlin aus?"

„Sie wünschte sich ein Kind." Er gab ein leises Schnauben von sich, das so viel bedeutete wie: *Man ist wirklich nie zufrieden mit dem, was man hat, oder?*

„Hatten die beiden ein gutes Verhältnis, Berlin und Tildas Sohn, meine ich?", fragte ich.

„Ein sehr gutes. Für Joss war sie wie eine zweite Mutter."

„Das klingt so, als wären Sie überzeugt, dass Tilda unschuldig ist."

„Daran hege ich nicht den geringsten Zweifel. Wie gesagt, sie waren wie Schwestern. Klar haben sie sich auch gestritten, aber sie hätte Berlin nie etwas angetan."

„Gibt es sonst jemanden, dem sie eine derartige Tat zutrauen würden?"

Creed blickte gen Himmel, als würde er sich von dort Zuspruch erhoffen, und gab ein leises, meckerndes Geräusch von sich. „Einige."

„Würden Sie mir deren Namen nennen?"

Er starrte mich an und schüttelte dann ungläubig den Kopf. „Moment mal … Glauben Sie denn allen Ernstes, es war Mord? Der zweite innerhalb so kurzer Zeit?"

„Gegenfrage: Halten Sie es denn für möglich, dass sich eine so erfahrene Artistin auf diese Weise in ihren Tüchern verheddern könnte?" Ich deutete respektvoll auf Berlins Körper, der immer noch von der Sparrenkonstruktion hing.

„Eigentlich nicht." Er verschränkte die Arme, tippte mit den Fingern auf seinen schlanken Bizeps und überlegte kurz. „Sie und Gianni Cordano haben sich nicht gut verstanden."

„Das ist der Tierarzt, nicht wahr?", fragte ich, und Creed nickte. „Nach der gestrigen Abendvorstellung haben mein Begleiter und ich kurz gewartet und erst einmal die anderen Besucher hinausgelassen. Als das Zelt fast leer war, kam Berlin auf Gianni zugestürmt. Sie verlangte zu wissen, warum er sich nach wie vor weigerte, die Gitter des Löwenkäfigs nicht wenigstens eineinhalb Meter weiter nach hinten zu schieben, obwohl sie ihn wiederholt darum gebeten hatte."

„Ja, das ging schon eine geraume Weile so, und viele von uns waren dieser andauernden Dispute überdrüssig. Gianni beharrte auf seiner Meinung, dass die Gitter da, wo sie stünden, nicht störten, aber Berlin hatte stets Angst, dass sich ihre Seidentücher darin verfangen könnten. Eigentlich war es mehr als unwahrscheinlich, dass der Zaun ein Problem darstellte, aber dennoch konnte ich ihre Bedenken nachvollziehen."

„Er hat sie aber doch behindert. Ich war ja gestern bei der Abendveranstaltung ebenfalls anwesend und habe mit eigenen Augen gesehen, wie sich eines der Tücher in dem letzten Abschnitt verhakt hat. Genau wie jetzt auch."

Ich deutete auf das Ende des Stoffes, das in den Spitzen der Stäbe festhing.

Creed erblasst. „Tatsächlich. Ich war so schockiert von dem, was ich hier vorfand, dass mir das noch gar nicht aufgefallen ist."

„Sie sagten, niemand sonst wäre im Zelt gewesen, nicht wahr? Gestern Abend war offensichtlich der Ventilator für den Vorfall verantwortlich, da der Stoff aufgrund des Luftzuges zum Gitter hinüberwehte. War einer der Ventilatoren an, als Sie vorhin hereinkamen?"

„Nein. Und bevor Sie fragen, Tilda hat mir versichert, dass sie nichts angerührt hat. Das habe ich sie nämlich gleich als Erstes gefragt."

Wie konnte sich das Tuch dann heute darin verfangen? Selbst bei der gestrigen Vorführung war es ja nicht so, als wären die Stoffbahnen permanent herumgeflattert. Meist hingen sie relativ gerade nach unten.

„Ich will immer noch nicht glauben, dass sie ermordet wurde", murmelte der Zirkusdirektor. „Vielleicht war es einfach nur ein tragischer Unfall."

Das schien seine große Hoffnung zu sein, und ich konnte es ihm nicht verübeln, denn auch ich würde jederzeit einen Unfalltod einem Mord vorziehen. Dennoch musste ich entweder das eine oder das andere erst einmal beweisen.

„Gut, wir haben Gianni als einen möglichen Verdächtigen", sagte ich. „Käme sonst noch jemand infrage? Sie hatten ja angedeutet, dass es einige Leute sein könnten."

„Berlin und Dallas hatten ab und an Differenzen, aber auch zwischen ihnen ging es nie um etwas, das schwerwiegend genug gewesen wäre, um zu einem Mord zu führen."

„Sie wären überrascht, was alles zu einem Mord führen kann. Dallas ist der Messerwerfer?"

„Messer, Macheten, Dolche." Creed seufzte ehrfürchtig auf. „Der Mann hat ein Auge wie ein Adler. Ich kann mich nicht erinnern, dass er jemals nicht getroffen hat."

„Und worüber haben sich die beiden gestritten?"

„Na ja, es war nicht wirklich ein Streit. Er wollte gemeinsam mit Berlin eine Nummer auf die Beine stellen, eine ziemlich gefährliche, meiner Meinung nach. Aber die wäre natürlich der Höhepunkt des Abends gewesen."

„Lassen Sie mich raten", sagte ich. „Sie hätte etwas mit ihrem letzten Manöver zu tun, wo sie sich von der obersten Zeltspitze nach unten fallen lässt."

„Ganz genau. Berlin nannte es eine Variation ihrer Fassrolle oder eine Art Acht. Ich erinnere mich nicht mehr so genau, denn sie hatte so viele Kunststücke auf Lager." Er hielt einen Moment inne, um nachzudenken. „Jedenfalls schlug Dallas vor, er könnte doch, kurz bevor sie den Boden erreichte, Messer auf ein Ziel im Hintergrund werfen. Er dachte an Ballons oder etwas in der Art, das deutlich machen sollte, dass er sie zwar verfehlt, sein tatsächliches Ziel jedoch getroffen hatte."

„Und sie weigerte sich? Das hätte ich nur zu gerne gesehen."

„Nicht nur Sie, sondern bestimmt auch viele andere Leute, und ich habe wirklich mein Möglichstes getan, um sie zu überreden, diesem Akt zuzustimmen."

„Aber?"

„Ehrlich gesagt, bin ich mir nicht sicher, was genau Berlins Problem war. Ich vermute, es gefiel ihr, die Hauptattraktion des Abends zu sein, und sie wollte die Aufmerksamkeit des Publikums nicht teilen."

Orens Worte von gestern Abend hallten in meinen Ohren wider. „Könnte es sein, dass sie eine kleine Diva war?"

„Als solche hätte ich sie nicht bezeichnet. Natürlich war sie anspruchsvoll und eine Perfektionistin, aber sie stellte stets höhere Erwartungen an sich selbst als an andere." Er hob seine schmalen Schultern. „Offensichtlich hat das einigen Leuten sauer aufgestoßen."

„Wahrscheinlich auch deshalb, weil sie eine Frau war." Ich musste an die Beamten in Madison denken, die allesamt älter waren als ich mit meinen knapp fünfundzwanzig Jahren. Und dennoch wurde ich zum Detective befördert, was einfach damit zu tun hatte, dass ich besser war. Was folgte, waren abfällige Bemerkungen und Vermutungen darüber, wie ich es wohl angestellt haben mochte, diese Position zu erlangen.

„Danke für die Informationen, Creed. Ich werde dann mal die Zeit nutzen und mich ein wenig genauer umsehen, bis die Polizei eintrifft. Sorgen Sie aber bitte dafür, dass keiner der Touristen sich dem Tatort nähert."

„Das Gelände öffnet sowieso erst um ein Uhr, das sollte also kein Problem sein. Und wir haben sogar beschlossen, sämtliche Vorstellungen für heute ausfallen zu lassen."

„Das wollte ich auch gerade vorschlagen. Die Spurensicherung wird für die Inspektion des Zelts bestimmt Stunden benötigen, und die Beamten würden es begrüßen, wenn ihnen sämtliche Schausteller zum Verhör zur Verfügung stünden."

„Gut, dann machen wir das so." Er salutierte. „Und in der Zwischenzeit werde ich schon einmal Ausschau nach möglichen Tätern halten."

Ich verkniff mir ein Lachen. Sobald etwas passierte, mutierte jeder zum Amateurdetektiv. Obwohl ich zugeben musste, dass ich während meiner aktiven Laufbahn schon des Öfteren hilfreiche Tipps von der Öffentlichkeit erhalten hatte, die bei einigen Fällen letztendlich zum Durchbruch führten.

Zuerst zog ich mein Handy hervor, öffnete eine Memo-App und begann, sämtliche Details zu notieren, die ich gerade von Creed erhalten hatte, damit ich auch wirklich nichts Wichtiges vergaß. Anschließend schaltete ich meine Kamera ein und schoss Fotos aus allen Blickwinkeln, nicht nur vom direkten Tatort, sondern vom gesamten Zelt, mit Fokus auf den zahlreichen Eingängen, an denen jeweils ein Aufseher postiert worden war, um die Schaulustigen fernzuhalten.

Vorsichtshalber blieb ich in der Nähe der Tribüne, um keine Spuren zu verwischen, und untersuchte zuerst den Boden und die Holzspäne um die drei Manegen herum. In der Mittleren standen nach wie vor die Tierkäfige und Gitter vom Abend zuvor, und wenn ich mich recht erinnerte, noch immer an der gleichen Stelle. Anschließend konzentrierte ich mich auf die Länge des Tuchs, das um Berlins Hals gewickelt war. Wie schon bei der gestrigen Vorstellung hatte sich der untere Teil in dem Gitter verheddert, worüber sie sich bereits bei Gianni beschwert hatte. Irgendwie kam mir das etwas zu offensichtlich vor.

Als ich weitere Aufnahmen von dem Opfer machte, fiel mir auf, dass Berlin auch heute eine Maske trug, die ihr halbes Gesicht bedeckte. Ich zoomte näher heran und bemerkte, dass diese vom gleichen elfenbeinfarbenen Ton wie ihre Haut war, aber wesentlich schlichter als die vom Vorabend. War das Tragen einer Maske nur eine Art Macke von ihr oder gab es einen bestimmten Grund dafür, dass sie ihr Gesicht verbarg? War sie womöglich mit einer Missbildung geboren worden, wie etwa einer Gaumenspalte? Hatte eine Krankheit sie entstellt, eventuell eine Art von Krebs? Oder war sie irgendwann das Opfer eines gewaltvollen Übergriffs geworden und hatte Narben davongetragen, die sie zu verstecken versuchte? Jeder Mensch legte Wert auf ein perfektes Äußeres. War man nicht damit gesegnet, konnte man sich leicht als Außenseiter fühlen und an einem Ort wie Whispering Pines Zuflucht suchen. Möglicherweise wurde sie auch von jemandem gesucht, und die Maske diente ihr als Tarnung?

Als Nächstes richtete ich die Kamera auf den Längsteil des Seidenstoffes, der sich um die Gitterstäbe gewickelt hatte. Die einzelnen Segmente des Gitters bestanden aus einem massiven Maschendrahtzaun, der an dicken Metallpfosten befestigt war, mit je einem arretierbaren Rad an der Unterseite. Als Gianni, der Tierarzt, die Räder entriegelt und zur Seite gerollt hatte, schoben sich die Gitterabschnitte wie bei einer Ziehharmonika zusammen. In diesen Elementen, die einem V glichen, hatte sich auch das Tuch verfangen. War das Zufall gewesen, dem Luftstrom des Ventilators geschuldet, oder war menschliche Mitwirkung im Spiel? Meiner Meinung nach hätte es schon eines Monsunwindes bedurft, um diese Aktion zu verursachen.

Erneut nutzte ich die Zoomfunktion der Kamera, um den Bereich um das Gitter herum genauer in Augenschein zu nehmen. Zwischen den leeren Tierkäfigen und den Zaunabschnitten lag etwas zwischen den Holzspänen, allerdings konnte ich nicht genau erkennen, was es war. Vorsichtig, um keine Spuren zu hinterlassen, balancierte ich auf dem Mittelring und näherte mich dem Objekt. Als ich mich direkt davor befand, sah ich auch, worum es sich handelte, aber war das möglich? Es war ein Betäubungspfeil.

# Kapitel Fünf

Einen Betäubungspfeil hier vorzufinden, war nicht weiter überraschend. Immerhin lag er in der Nähe des Löwenkäfigs, also war davon auszugehen, dass der Tierarzt ihn fallen gelassen hatte. Die durchsichtige Plastikspritze hatte schwarze Dosierungsmarkierungen und war mit etwas verziert, das wie orangefarbene Federn aussah.

Welche Art von Droge mochte er wohl enthalten haben, und welche Wirkung würde diese auf einen Menschen haben? Welche Menge davon wäre nötig, um eine Person temporär auszuschalten oder sie gar zu töten? Wie lange würde es dauern, bis sich die Wirkung entfaltete?

Hatte jemand ihn auf Berlin abgefeuert? Wenn dem so war, war er offensichtlich nicht stecken geblieben. Tatsächlich lag er sogar gut zehn bis fünfzehn Meter von ihr entfernt. Angenommen, sie hätte zu dem Zeitpunkt trainiert, könnte er aufgrund ihrer Drehungen und Pirouetten davongeschleudert worden und hier gelandet sein. Oder aber das Tuch hatte ihn herausgezogen. Vielleicht hatte Berlin sich auch selbst seiner entledigt.

Ich blickte erneut zu ihr auf und folgte mit den Augen dem Verlauf der Stoffbahn bis zu der Stelle, an der sie hängengeblieben war. Normalerweise konnte ich bei der Untersuchung eines Tatorts die Ereignisse durch die Augen des Opfers *sehen*. Dieses Mal jedoch landete ich erschreckenderweise im Kopf des Mörders.

*Als ich das Zelt betrete, übt Berlin gerade an ihrem Akt. Sie klettert immer weiter hinauf, bis unter die Spitze des Zeltdachs. Dort angekommen, schlingt sie ihr Tuch erst um das eine und dann um das andere Bein. Sie wiederholt das mehrmals, bis es so aussieht, als würde sie eine Windel tragen. Dann bringt sie sich in Position, lässt sich sechs Meter in die Tiefe fallen und kommt erst knapp über dem Boden abrupt zum Halten. Unzufrieden mit diesem Versuch wickelt sie die Bänder ab, begibt sich erneut nach oben und probiert es ein weiteres Mal. Kurz bevor sie zu ihrem nächsten Fall ansetzt, hebe ich die Pistole und feuere einen Pfeil auf sie ab.*

Was aber geschah dann? Ich hatte weit mehr Fragen als Antworten. Allerdings konnte ich beinahe schon Tripp hören, wie er mich nach meiner Rückkehr rügte: Das ist nicht dein Problem.

Mit seitlich ausgestreckten Armen, wie ein Seiltänzer oder ein Turner auf einem Schwebebalken balancierend, lief ich auf dem Mittelring zurück und versuchte, auf die gleichen Stellen wie zuvor zu treten. Dann suchte ich die Tribünen nach weiteren möglichen Beweisen ab. Ein paar Minuten später tauchte auch endlich Creed mit einem uniformierten Beamten des County Sheriff Departments auf. Da wir nach wie vor keinen Sheriff in Whispering Pines hatten, war uns Evan Atkins zugewiesen worden, um zumindest hin und wieder nach dem Rechten zu sehen.

„Evan", begrüßte ich ihn. „Schön, Sie wiederzusehen. Na ja, schön ist vielleicht nicht das richtige Wort, wenn man die Umstände bedenkt."

„Ich freue mich ebenfalls." Er lachte leise in sich hinein, während er mir die Hand schüttelte. „Sie scheinen sich ja beinahe magisch zu Morden hingezogen zu fühlen, oder womöglich die Mörder zu Ihnen?"

Damit spielte er auf den Fall Yasmine Long an, die junge Frau, die ich am Tag meiner Ankunft tot in meinem Garten vorgefunden hatte.

„Zu meinem eigenen Wohl hoffe ich natürlich, dass es nicht letzteres ist. Und was diese Sache anbelangt, können wir zumindest bisher einen Unfall nicht ausschließen."

Er hatte Berlins Leiche noch nicht entdeckt. Also deutete ich nach oben und informierte ihn über alles, was ich bisher in Erfahrung bringen konnte: den Zeitpunkt meines Eintreffens, wann ich sie das letzte Mal lebend gesehen hatte und die möglichen Verdächtigen, die Creed erwähnt hatte.

„Danke für das Update", sagte Evan. „Es ist immer gut, sich auszutauschen, um sicherzustellen, dass wir uns auf die gleiche Sache konzentrieren. Aber das wissen Sie ja selbst."

„Ich habe auch nichts angefasst", versicherte ich ihm. „Allerdings bin ich den Mittelring abgelaufen und habe dort drüben beim Zaun auf dem Boden etwas entdeckt."

Er lachte erneut, aber diesmal klang es etwas gequält. „Sie können es einfach nicht lassen, oder?"

Ich zeigte auf den Weg, den ich genommen hatte, einschließlich meiner Fußspuren in den Holzspänen, und hielt ihm anschließend das Handyfoto unter die Nase.

„Es ist ein Betäubungspfeil. Mehr kann ich dazu nicht sagen, weil ich mich nicht näher herangewagt habe. Ich dachte mir nur, ich mache vorsichtshalber mal ein Bild."

„Wohl für den Fall, dass ich ihn bei meinen Ermittlungen übersehen sollte?" Jetzt klang er richtig verärgert, und das war für mich das eindeutige Zeichen, mich zurückzuziehen.

„Dann werde ich mal wieder gehen. Meeka, komm", rief ich sie zu mir.

Der kleine weiße Hund kam unter der Tribüne hervorgekrochen, was mich daran erinnerte, warum ich überhaupt hergekommen war. Eiligen Schrittes begab ich mich zu der Stelle, an der wir gestern Abend gesessen hatten, und stellte erfreut fest, dass Grandmas blauer Pullover noch immer dort unter dem Sitz lag, wo ich ihn zurückgelassen hatte.

Draußen vor dem Zelt hatte sich die Menge kaum gelichtet, und ich wurde von allen Seiten mit Fragen bombardiert.

„Ist es wirklich Berlin?"

„Ist sie tatsächlich tot?"

„Wie ist sie gestorben?"

„Hat sie sich umgebracht?"

Nach dieser letzten Frage ließ ich meinen Blick prüfend über die Menschenansammlung wandern.

„Wer hat das behauptet?"

Ein großes Dreirad, angetrieben von einer Handkurbel statt Pedalen, rollte auf mich zu. Darauf saß eine Frau ohne Beine. Sie waren ihr entweder direkt unterhalb der Hüftgelenke amputiert worden, oder aber sie war schon ohne auf die Welt gekommen.

„Ich war das." Dabei reckte sie den Kopf in die Höhe und schob das Kinn vor. Eine äußerst herausfordernde Pose.

„Hören Sie nicht auf sie", grölte jemand in der Menge. „Sie weiß doch gar nicht, wovon sie redet."

Ich ignorierte den Zuruf und trat näher an die Frau heran. „Haben Sie Grund zu der Annahme, dass Berlin Selbstmord begangen hat?"

Sie antwortete nicht, biss nur die Zähne zusammen und schaute demonstrativ weg.

„Mein Name ist Jayne O'Shea, und ich habe eine Zeit lang für Sheriff Brighton gearbeitet. Davor war ich Detective beim Police Department in Madison. Wenn Sie einen triftigen Grund zu der Annahme haben, dass Berlin sich umbringen wollte, müssen Sie das dem Deputy mitteilen. Wenn es hingegen ein Unfall war, sollten wir alles tun, um den guten Ruf der Frau zu retten. Wenn sie jedoch getötet wurde und ihr Mörder in Whispering Pines frei herumläuft, gilt es, ihn zu fassen. Und sollten Sie nur Unruhe stiften wollen, schlage ich vor, Sie gehen zurück auf Ihren Platz und halten den Mund."

Die Frau starrte mich an, blieb jedoch stumm.

„Ich frage Sie jetzt ein letztes Mal: Könnte Berlin Selbstmord begangen haben?"

Endlich machte sie den Mund auf. „*Eine Zeit lang* für Sheriff Brighton gearbeitet, *früher* Detective gewesen", spottete sie. „Wenn Sie hier nichts ausrichten können, muss ich Ihre Fragen auch nicht beantworten."

Ich zuckte innerlich zusammen, denn damit hatte sie wohl recht. Äußerlich jedoch behielt ich meine toughe, professionelle Haltung bei. Zumindest hoffte ich das.

„Das stimmt natürlich. In die Ermittlungen selbst darf ich mich nicht einmischen. Dennoch werde ich den zuständigen Beamten informieren, dass er Sie auf jeden Fall befragen soll, darauf können Sie sich verlassen. Wie heißen Sie?"

„Marilyn." Erneut reckte sie trotzig das Kinn vor. „Mein Name ist Marilyn Fußlos."

War das ihr Ernst? Eine Frau ohne Beine hieß mit Nachnamen Fußlos? Ich schaute Hilfe suchend zu der Person, die mir am nächsten stand, und das war die zwei Meter große Frau mit den langen roten Haaren.

„Das ist natürlich nur ihr Künstlername. Ich bin übrigens Colette und gut mit Tilda und Berlin befreundet. Ich passe häufig auf Tildas kleinen Sohn auf. Von daher kann ich Ihnen versichern, dass Berlin sich auf keinen Fall umgebracht hat."

Ich wollte gerade ansetzen, weitere Fragen zu stellen, als ich nicht nur Tripp in meinem Kopf hörte, sondern auch noch eine weitere, weibliche, sehr vertraute Stimme. Es war die von Morgan, meiner Freundin, und beide rieten mir dringend, mich aus der Sache rauszuhalten. Tripp fügte auch noch hinzu, dass ich nach Hause kommen und endlich mit dem Ausräumen der Schlafzimmer beginnen sollte. Und da Mrs Fußlos meine Autorität sowieso untergraben hatte, wäre das die einzig vernünftige Lösung.

„Der Mann im Zelt ist übrigens Deputy Evan Atkins“, erklärte ich noch, bevor ich mich zum Gehen wandte. „Ich bin sicher, dass er mit vielen, wenn nicht sogar mit allen von Ihnen reden möchte. Ich rate Ihnen dringend, ihm gegenüber ehrlich zu sein, ohne etwas zu beschönigen. Denken Sie daran, dass jede noch so winzige Kleinigkeit helfen könnte, den Fall aufzuklären. Je schneller er die Fakten beisammen hat, desto eher kann er die Sache abschließen und der Zirkus wieder seinen normalen Betrieb aufnehmen.“

„Wie soll es ohne Berlin jemals wieder normal werden?“, rief jemand aus den Reihen verzweifelt.

Klar, es war schwer für sie, an die Zukunft zu denken, wo diese Tragödie noch so frisch war. Und mit Sicherheit wollte niemand von ihnen irgendwelche oberflächlichen Trostworte von mir hören. So schenkte ich ihnen lediglich ein mitfühlendes Lächeln und ging.

Gemeinsam mit Meeka machte ich mich auf den Weg zurück zum Parkplatz. Mittlerweile war es dermaßen schwül und dampfig, dass mir meine Jeans an den Beinen klebte und meine Kleine hechelte wie verrückt. Ich hätte Shorts anziehen sollen. Wir waren noch keine hundert Meter weit gekommen, als ich jemanden hinter mir rufen hörte.

„Jayne.“ Es war eine Frauenstimme. „Warten Sie bitte kurz.“

Ich drehte mich um und entdeckte Lupe Gomez, die auf mich zugeeilt kam. Sie hatte gestern Abend gemeinsam mit Tripp und mir die letzte Kutsche genommen. Während das Pferd gemütlich den Weg entlang trabte, hatte sie uns weitere Einzelheiten über ihren Auftrag erzählt, der darin bestand, eine Reihe von Artikeln über das Dorf zu schreiben.

„Glücklicherweise scheint es hier jede Menge Exzentriker zu geben“, sagte sie. „Das sollte mir genügend Stoff für meine Geschichten liefern.“

„Es sind überwiegend gute Menschen, die hier leben“,

hatte Tripp mit einem warnenden Unterton in der Stimme geantwortet.

„Ja, das ist mir schon klar." Lupe ließ den Kopf in den Nacken fallen und blickte hinauf in den sternenübersäten Himmel. „Keine Sorge. Ich würde nie etwas Negatives über jemanden veröffentlichen, es sei denn, es handelte sich um einen Serienmörder oder so etwas in der Art. Und selbst dann wäre es ja nichts Abwertendes, sondern einfach nur die hässliche Wahrheit, die er oder sie sich selbst zuzuschreiben hätte."

Im Laufe der Jahre hatte ich es mir angewöhnt, mir schnell eine Meinung über Menschen zu bilden. Ich analysierte ihre Körpersprache, achtete auf ihre Mimik und hörte mir an, was sie zu sagen oder auch nicht zu sagen hatten. Meine anfängliche Einschätzung dieser Mrs Gomez war nicht gerade die beste. Sie schien beinahe erpicht auf Ärger, um ihre Seiten zu füllen.

„Lupe, hallo", grüßte ich, als sie sich mir anschloss. „Sind Sie letzte Nacht gut nach Hause gekommen?"

„Aber sicher. Allerdings war ich so aufgewühlt wegen der Vorstellung und all der Attraktionen, dass ich noch die halbe Nacht wach blieb und bereits meine erste Story verfasst habe. Ich bin schon seit vielen Jahren Journalistin, wissen Sie, und arbeite in den unterschiedlichsten Bereichen. Manchmal schreibe ich Reisereportagen, ein anderes Mal berichte ich über aktuelle Brennpunkte, und auch als Enthüllungsjournalistin habe ich mir bereits einen Namen gemacht. Alles rein sachliche Themen, verstehen Sie? Aber ich sage Ihnen, dieser Ort – und damit meine ich nicht nur den Zirkus, sondern das Dorf an sich – hat etwas an sich, das meine Kreativität anregt. Letzte Nacht sind mir einige verrückte Gedanken für ein Buch durch den Kopf gegangen. Wenn ich wieder abreise, habe ich womöglich schon einen Roman im Gepäck."

Lupe sprach schnell und konnte mehr Wörter in einen Atemzug packen als jeder andere, den ich je getroffen hatte.

„Ich bin auf dem Heimweg." Demonstrativ hielt ich den Pullover in die Höhe. „Den hatte ich gestern hier vergessen und wollte eigentlich nur kurz vorbeikommen, um ihn zu holen. Wer hätte gedacht, dass ich über ein weiteres Todesopfer stolpere?"

„Ja, ich weiß. Tragisch. Ich bin extra zeitig hergekommen, weil ich ein Gefühl dafür entwickeln wollte, wie es ist, wenn nur die Gaukler zugegen sind und noch keine Besucher. So nennen sie sich doch, oder? Gaukler? Die Bezeichnung zumindest kam mir zu Ohren, aber ich hoffe, dass sie diese nicht als Beleidigung auffassen."

„Nein, ich denke nicht. Sie sehen sich ja selbst als solche."

„Okay, gut. Wie auch immer, ich arbeite aktuell an einem Artikel über das Leben im Zirkus. Allerdings hätte ich nie damit gerechnet, dass es sozusagen ein Krimi wird. Deshalb wollte ich auch kurz mit Ihnen sprechen, weil man keinen von uns ins Zelt lassen wollte. Aus offensichtlichen Gründen schätze ich mal. Sie jedoch habe ich hineingehen sehen, und Sie waren lange Zeit drinnen. Warum hat man es Ihnen erlaubt und uns nicht? Was ist eigentlich passiert, genauer gesagt, was haben Sie gesehen?"

Ich musterte sie prüfend und versuchte erneut, sie einzuschätzen. Angeblich schrieb sie über Alltägliches, Dinge, die die Menschen interessierten. Mir jedoch schien sie in diesem Moment eher ein detektivisches Interesse zu haben, gepaart mit einer Prise Exzentrik. Aber gut, sie versuchte ja nur, ihren Job zu machen. Eine Frau war gestorben, und darüber wollte sie natürlich berichten.

„Bitte verstehen Sie, dass ich dazu nichts sagen darf." Zwar war ich eigentlich Zivilistin, genau wie sie, aber die Kriminalistin in mir gebot mir, keine relevanten Details preiszugeben. „Sie wissen ja bereits, dass Berlin, die

Trapezkünstlerin, tot ist, und das kann ich auch bestätigen. Weiter möchte ich mich dazu allerdings nicht äußern."

Lupe deutete mit dem Daumen über die Schulter zurück in Richtung des Zirkusgeländes. „Ich habe mitbekommen, wie Sie sagten, sie wären früher bei der Polizei gewesen. Ist das der Grund, warum sie Sie reinlassen haben?"

„Ja, genau. Die offiziellen Ermittlungen allerdings führt Deputy Atkins, und wenn Sie mehr wissen wollen, sollten Sie mit ihm sprechen. Alles, was ich Ihnen im Moment sagen könnte, wäre reine Spekulation."

„Ach, kommen Sie schon, Jayne. Sie waren über eine Stunde in dem Zelt. Einmal Detective, immer Detective. Sie werden mir doch nicht erzählen wollen, dass Sie nicht selbst ein wenig herumgeschnüffelt haben."

So allmählich ging mir die Dame auf die Nerven. Dennoch schwieg ich beharrlich, starrte sie nur an.

„Selbst, wenn Sie mit dem Rücken zum Schauplatz des Geschehens gestanden hätten, müssten Sie Berlin doch zumindest beim Hineingehen gesehen haben", drängte sie weiter. „Keine Sorge, ich habe nicht vor, den Zirkus ins Negative zu ziehen oder üble Behauptungen aufzustellen, sondern werde mich strikt an die Tatsachen halten. Zirkusartist ist ein gefährlicher Beruf, das kann ich akzeptieren. Berlin hat jedes Mal, wenn sie mit diesen Seidentüchern in extremer Höhe herumexperimentierte, ihr Leben aufs Spiel gesetzt. Und Leah, die Löwenbändigerin, ist solch ein kleines Ding. Jede dieser großen Katzen könnte sie in weniger als dreißig Sekunden verschlingen wie einen Snack. Entschuldigung, ich wollte nicht geschmacklos rüberkommen, aber so ist es nun mal. Dann gibt es auch noch die Assistentin des Messerwerfers. Was, wenn er einmal danebenwirft. Und dieser Typ, der von dieser Plattform in was springt? Eine Teetasse mit Wasser? Nur ein paar Zentimeter weiter links oder rechts …"

„Lupe", unterbrach ich sie, bevor sie auch dieses Beispiel

noch zu Ende führen konnte. „Vergessen Sie es. Ich werde Ihnen nicht erzählen, wie Berlin gestorben ist. Bei der Untersuchung eines Verbrechens müssen die Ermittler wichtige Details für sich behalten. Die Art des Todes beispielsweise ist etwas, das nur der Mörder wissen kann, also wollen sie natürlich verhindern, dass diese Information an die Öffentlichkeit gelangt."

Ihr Lächeln verschwand, aber die Neugier in ihren Augen blieb. „Das ist mir bekannt. Ich habe selbst schon über Todesfälle berichtet und verstehe, dass derartige Details vertraulich behandelt werden müssen."

„Dennoch kann man es ja mal versuchen, oder? Manchmal rutscht dem einen oder anderen versehentlich ja etwas heraus." Sie verzog beleidigt die Miene und trat einen Schritt zurück, also versuchte ich einzulenken. „Ich verstehe natürlich, dass es ihr Job ist, Fragen zu stellen, und darin sind Sie eindeutig sehr gut", fuhr ich fort, und sie bedankte sich mit einem knappen Nicken für das Kompliment.

„Lassen Sie mich Ihnen einen Vorschlag machen."

Offensichtlich gab es keine Möglichkeit, sie davon abzuhalten, sich in diese Geschichte zu verbeißen. Von daher konnte man sich ihre Hartnäckigkeit auch zunutze machen.

„Stellen Sie ruhig Ihre Fragen. Sollte Ihnen jedoch jemand einen Tipp geben, beispielsweise darüber, wie Berlin gestorben sein könnte, wenden Sie sich an Deputy Atkins. Berichten Sie ihm ganz detailliert, was Sie herausgefunden haben und von wem. Womöglich liefern Sie ihm genau damit den entscheidenden Hinweis, der zur Lösung dieses Falls beiträgt. Und wenn Sie ihm helfen, wer weiß, vielleicht revanchiert er sich?"

Während ich sprach, ließ sie mich keine Sekunde aus den Augen, taxierte mich und versuchte offensichtlich, sich ebenfalls eine Meinung über mich zu bilden. Und anscheinend hielt sie mich für ziemlich herablassend.

„Vielen Dank für Ihren Rat", erwiderte sie mit einem

scheinheiligen Lächeln und in zuckersüßem Tonfall. So zumindest kam es mir vor. Lupe schien schlauer zu sein als ursprünglich angenommen. Dann deutete sie mit dem Kinn in Richtung Zirkusgelände. „Dann gehe ich jetzt nochmals zurück. Es ist nämlich schwer, sich fernzuhalten, wenn man weiß, dass man womöglich helfen kann, verstehen Sie?"

Damit machte sie auf dem Absatz kehrt und war weg, noch bevor ich ihr bestätigen konnte, dass es mir ähnlich erging. An dem Tag, an dem ich über Yasmine Longs Leiche gestolpert war, hatte ich zwar bereits sechs Monate lang nicht mehr als Polizistin gearbeitet. Als mir jedoch klar wurde, dass die junge Frau keines natürlichen Todes gestorben war, schaltete ich ganz automatisch wieder in den Cop-Modus. Und auch jetzt, wo mir eigentlich klar war, dass Berlins Tod kein Unfall gewesen sein konnte, juckte es mich in den Fingern, dem Deputy bei seinen Ermittlungen zur Hand zu gehen.

Meeka zerrte an der Leine, als wüsste sie ganz genau, was in mir vorging, und versuchte, mich auf andere Gedanken zu bringen.

„Schon gut, du hast ja recht. Lass uns nach Hause fahren und Tripp helfen. Unterwegs legen wir aber noch einen kurzen Stopp ein und sagen Morgan Hallo. Einverstanden?"

Offensichtlich war sie das, denn sie wackelte mit dem Schwanz und zog mich vehement mit sich in Richtung Wagen.

# Kapitel Sechs

SHOPPE MYSTIQUE WAR BIS UNTERS DACH VOLLGESTOPFT MIT so ziemlich jedem metaphysischen, magischen, New-Age- oder Wicca-Artikel, den man sich vorstellen konnte. Links neben der Eingangstür standen zwei riesige Regale mit etlichen hundert Apothekerflaschen, gefüllt mit getrockneten Kräutern und Pflanzen. Altmodische, mit Tee gefärbte Etiketten kennzeichneten den Inhalt der alphabetisch angeordneten Behältnisse. In anderen Bereichen des Ladens waren Tische mit Morgans handgefertigten Kosmetik-, Bade- und Körperpflegeprodukten bestückt, die locker mit allem konkurrieren konnten, was meine Mutter in ihrem Wellnesstempel in Madison führte. In weiteren Wandregalen befanden sich Öle und Räucherwerk, Steine und Kristalle, handgetauchte Kerzen, Amulette, Glücksbringer sowie Talismane. Mit anderen Worten: einfach alles, was das esoterisch angehauchte Herz begehrte … Morgan hatte es im Sortiment. Und wenn sie einem Kunden einmal tatsächlich nicht das anbieten konnte, wonach er suchte, fand sie mit Sicherheit eine noch bessere Alternative. Zudem stellte sie auch personalisierte Charm-Bags und Hexenkugeln zum Schutz oder als Glücksbringer zusammen.

„Sei gesegnet, Jayne", begrüßte Willow, Morgans hellhäutige rothaarige Assistentin, Meeka und mich beim Eintreten.

Ich wusste nie, wie ich auf diesen Wicca-Gruß reagieren sollte, da ich befürchtete, dass eine Antwort mit demselben Satz von einem Nicht-Wicca als blasphemisch angesehen werden könnte. Von daher entschied ich mich für ein simples Hallo. „Ist Morgan beschäftigt?"

„Ich glaube, sie lagert frisch aufgeladene Kristalle ein." Willow deutete schräg gegenüber auf die linke Seite des Ladens.

Inzwischen kannte ich Morgan gut genug, um zu wissen, dass *frisch aufgeladen* bedeutete, sie hatte sie letzte Nacht in ihrem Garten im Mondlicht baden lassen.

In diesem Moment drehte sie sich um, entdeckte mich, legte die Handflächen aneinander und senkte den Kopf. Wie üblich sah sie umwerfend aus in einem ärmellosen Kleid, das aus mehreren Lagen luftigem, schwarzen Chiffons zu bestehen schien. Ich deutete auf den gemütlichen Leseraum, der sich an den Verkaufsraum anschloss, und sie hielt einen Finger hoch, um mir zu signalisieren, dass sie gleich bei mir sein würde. An der kostenlosen Teestation vor dem Zimmer bereitete ich mir eine Tasse *Migräne*-Tee zu, in der Hoffnung, dass dieser die aufkeimenden Schmerzen zwischen meinen Augen vertreiben würde, goss etwas Wasser in einen Pappbecher für Meeka und ließ mich dann auf meinem Lieblingsplatz, einem abgenutzten Samt-Zweisitzer, nieder. Augenblicklich schien sich mein kompletter Körper zu entspannen.

Nur ein oder zwei Minuten später tauchte Morgan auf und setzte sich neben mich aufs Sofa. Noch bevor sie fragen konnte, erzählte ich ihr, was im Zirkus vorgefallen war, und obwohl niemand in der Nähe war, antwortete sie so leise, dass nur ich sie hören konnte.

„Berlin ist tot?" Sie spielte mit dem Amulett der dreifachen

Mondgöttin an ihrem Hals, wobei die vielen Ringe an ihren Händen gegeneinanderschlugen und klirrten. „Und du glaubst nicht, dass es ein Unfall war, oder?"

„Das ist schwer zu sagen."

Sie zog eine Augenbraue hoch.

„Ich konnte nicht wirklich gründlich recherchieren, habe lediglich den Tatort gesichert und die Leute von dort ferngehalten."

Sie starrte mich schweigend an.

Ich ließ die Schultern hängen und kapitulierte vor ihrem Blick. „Okay, ja, ich habe mich natürlich umgesehen. Wäre es möglich, dass sie sich in ihrem Seidentuch verheddert hat? Das wäre es. Glaube ich, dass es so passiert ist? Nicht wirklich."

„Das wäre der zweite Mord in weniger als zwei Monaten." Sie warf ihr lockiges, ellbogenlanges, rabenschwarzes Haar über die Schulter. „Was ist hier nur los in letzter Zeit?"

„Keine Ahnung, aber die beiden Todesfälle scheinen nichts miteinander zu tun haben. Es war einfach ein dummer Zufall."

„Warst du nicht diejenige, die mir erklärt hat, es gäbe keine Zufälle?"

Die Hexe war aber hartnäckig heute. „Wie auch immer, das herauszufinden, ist nicht meine Aufgabe, oder? Du und Tripp habt mir oft genug gesagt, ich sollte mich um meine eigenen Angelegenheiten kümmern. Das werde ich auch und konzentriere mich ab jetzt voll und ganz auf die Renovierung meines Hauses." Ich nahm einen Schluck aus meiner Tasse, dann noch einen, und wartete, dass die Hitze und die Kräuter den Schmerz aus meinem Kopf verscheuchten. Dann wechselte ich das Thema. „Es gibt aber noch einen Grund, warum ich hier vorbeigekommen bin, und dieses Problem muss zeitnah angegangen werden."

„Das da wäre?", fragte Morgan und erhob sich, um sich ebenfalls eine Tasse Tee zu holen.

„Die Tatsache, dass wir noch immer keinen Sheriff haben."

„Flavia hat mir erzählt, dass Martin gute Fortschritte macht." Sie setzte sich wieder neben mich. „Er sollte in spätestens einem Monat wieder einsatzfähig sein."

„So lange können wir nicht warten." Ich trank einen weiteren Schluck von meinem Tee und atmete langsam und tief ein und aus. Aber anstatt zu verschwinden, wanderte der Schmerz hinter meinen Augen hinauf zur Schädeldecke. „Außerdem hat Martin zwar gute Arbeit bei den Verwaltungsaufgaben geleistet, für den aktiven Dienst jedoch nichts getaugt. Für diese Art von Job ist er einfach nicht geeignet. Die Bewohner und Besucher des Dorfes haben etwas Besseres verdient."

Morgan seufzte müde, während sie Meeka mit ihren langen, schwarz lackierten Fingernägeln am Kopf kraulte, sehr zur Freude des kleinen Hundes. „Du hast recht, wir müssen jemanden Qualifizierten ins Boot holen."

„Und das so schnell wie möglich. Heute, spätestens morgen. Wie läuft das ab, wenn man eine Dringlichkeitssitzung des Rates einberufen möchte?"

„Ich kümmere mich darum." Sie kniff die mit Kajalstift nachgezogenen Augen zusammen. „Warum grinst du denn so?"

„Na ja, immerhin bist du eine Hexe. Ich habe mir nur vorgestellt, wie alle von dem, was sie gerade tun, weggewirbelt werden und sich an dem Tisch im Konferenzraum wiederfinden."

Just in dem Moment betrat ein kleines Mädchen in einem lilafarbenen, mit silbernen Sternen bedruckten Tutu gemeinsam mit seiner Mutter den Leseraum und riss bewundernd die Augen auf. Ich musste grinsen, Morgan jedoch verzog genervt das Gesicht. „Siehst du, was du angerichtet hast? Ich bin keine Magierin, sondern lediglich eine Heilerin."

Ich zwinkerte der Kleinen zu, die hinter vorgehaltener Hand zu kichern begann.

„Gut, ich werde für heute Abend ein Treffen organisieren", sagte sie dann, an mich gewandt. „Leider werden Creed und Janessa nicht teilnehmen können, da sie ja auftreten müssen."

Ich schüttelte den Kopf. „Der Zirkus bleibt aufgrund des heutigen Vorkommnisses geschlossen."

„Ach so, das ergibt natürlich Sinn." Kurz schloss Morgan die Augen und dachte vermutlich über das nach, was Berlin widerfahren war. „Dann also heute Abend."

„Perfekt, danke."

Ich erhob mich, bereit zu gehen, sie jedoch stand ebenfalls auf, griff nach meinem Arm und drehte mich zu sich. Dann legte sie mir die Hände auf die Schultern und wartete, bis ich ihr in die Augen blickte.

„Ich kann spüren, dass jede Menge Anspannung von dir ausgeht, Jayne."

Ich zuckte mit den Schultern. „Was erwartest du denn? Immerhin habe ich gerade eine weitere Leiche gefunden. Okay, das stimmt so eigentlich nicht. Dieses Mal war nicht ich es, die sie entdeckt hat. Trotzdem beunruhigt mich die Sache."

„Verständlich." Ihre Stimme klang sanft und beruhigend. „Das jedoch, was ich fühle, hat nichts mit Berlin zu tun. Was also ist los?"

Man brauchte es gar nicht erst zu probieren, etwas vor Morgan Barlow verheimlichen zu wollen. Manchmal hätte ich schwören können, dass sie meine Gedanken lesen konnte. „Tripp arbeitet wie ein Verrückter an dem Haus."

Verwirrt legte sie den Kopf schief. „Und? Das ist doch eine gute Sache, oder?"

„Das Erdgeschoss wird, bis auf die Böden, wahrscheinlich diese Woche noch fertig. Danach widmen wir uns dem ersten Stockwerk. Die Renovierung der Bäder wird eine gewisse Zeit in Anspruch nehmen, aber in den Schlafzimmern ist alles nur mehr oder weniger Verschönerungskram. Sobald das erledigt ist, muss ich …"

Verständnis machte sich auf ihren Zügen breit. „Musst du das Anwesen zum Verkauf ausschreiben. Ist es dir bisher noch nicht gelungen, deine Eltern von der Idee einer Frühstückspension zu überzeugen?"

„Leider nein. Soweit ich weiß, ist Dad noch immer irgendwo in der Wüste verschollen und hat noch nicht mal die Mail gelesen, die Mom ihm geschickt hat." Ich trank den Rest meines Tees aus und seufzte. „Zumindest lassen meine Kopfschmerzen nach. Was ist denn in dieser Mischung drin?"

„Der Migräne-Tee? Je eine Prise Lavendel, Kamille, Rosmarin und Minze. Und jetzt sag mir, was das eigentliche Problem ist."

Wenn Morgan jemandem helfen wollte, ließ sie nicht locker.

„Dass ich, je länger ich hier bin, nicht mehr weg möchte. Mittlerweile fühlt sich Whispering Pines für mich wie mein Zuhause an. Eigentlich habe ich nie in Betracht gezogen, ein Bed and Breakfast zu betreiben, aber je mehr ich über diese Idee nachdenke, desto besser gefällt sie mir. Und wenn das die einzige Möglichkeit ist, um hierbleiben zu können, werde ich sie in die Tat umsetzen."

Sie zuckte mit den Schultern. „Womöglich gibt es noch Alternativen."

„Wie meinst du das?"

Sie breitete die Arme aus und blickte nach oben. „Du hast gerade selbst den ersten Schritt getan."

„Tatsächlich? Und inwiefern?"

„Du hast gerade deinen größten Wunsch laut ausgesprochen. Jetzt weiß das Universum, was du möchtest, und wenn du aufmerksam bist, wird es dir zeigen, wie du ihn Wirklichkeit werden lassen kannst."

Ach, herrje – Morgan und ihr spiritueller Schnickschnack.

Dennoch musste ich zugeben, dass ihr unerschütterlicher Glaube an diese Dinge auch mich ermutigte.

„Also sollte ich auf Zeichen achten, richtig? Und auf welche? Vielleicht die Wolken beobachten, ob sie mir eine Botschaft schicken?"

„Du bist echt gut darin, die Skeptikerin zu mimen, meine liebe Jayne."

Ich reichte ihr meine leere Teetasse, und prompt warf sie einen Blick auf die Blätter, die an der Innenseite klebten. Dann zog sie die Augenbrauen hoch. „Hmm."

„Was?" Ich schaute ebenfalls hinein.

„Ach, nichts. Du kaufst es mir ja eh nicht ab."

Zwar verdrehte ich die Augen, aber natürlich hatte sie recht damit. „Jetzt muss ich aber wirklich nach Hause. Allerdings werde ich vorher noch kurz nebenan vorbeischauen und mir einen Kaffee holen. Dein Tee hat mich sowas von beruhigt, dass ich jetzt dringend etwas brauche, das meine Lebensgeister wieder weckt. Dann kann ich auch Violet gleich über die heutige Ratssitzung informieren."

Morgan begleitete mich zur Ladentür und blieb neben dem großen Holztisch stehen, der als Kassentresen diente. „Willow, könntest du heute Abend wieder für mich abschließen?"

Die bedachte mich mit einem Blick, als wäre das einzig und allein meine Schuld, was ja auch irgendwie stimmte. So wirklich wohlgesinnt schien sie mir nicht zu sein.

„Natürlich, überhaupt kein Problem", antwortete sie, klang aber alles andere als enthusiastisch.

„Perfekt, danke." Morgan wandte sich erneut mir zu. „Lass uns das Treffen für sechs Uhr ansetzen. Sei gesegnet."

In dem Häuschen direkt neben dem *Shoppe Mystique* befand sich das Dorfcafé mit dem Namen *Ye Olde Bean Grinder.* Wie die meisten Gebäude im Zentrum war es in einem so dunklen Braunton gestrichen, dass es beinahe schwarz anmutete. Während *Shoppe Mystique* jeden Besucher mit einer Aura wiccanischer Magie umgab, war *Ye Olde Bean Grinder* auf eine ganz andere, aber ebenso gemütliche Art und Weise einladend.

Jede Menge kleiner Tische, bestückt mit zwei oder drei Stühlen, luden zum Verweilen ein. In dem massiven Steinkamin in der Ecke loderte mindestens neun Monate im Jahr ein behagliches Feuer, das den kompletten Laden erwärmte und eine Atmosphäre erzeugte, die die Kunden wünschen ließ, sie könnten den kompletten Tag dort verbringen. Während der Sommermonate war diese Art von zusätzlicher Wärme natürlich nicht nötig, so dass die Kaminöffnung stattdessen mit einem Dutzend oder mehr Vanille-Duftkerzen bestückt war. Das hatte den gleichen einladenden Effekt, nur eben ohne Hitze zu erzeugen.

„Guten Morgen, Jayne", begrüßte mich die gerade mal einen Meter fünfzig große Besitzerin, während sie drei volle Pappbecher über den Tresen zu einem wartenden Kunden hinschob. Violet, eine der ersten Personen, die ich hier kennengelernt hatte, war mit makelloser, samtiger, zartbrauner Haut und glänzendem, langem, glattem schwarzem Haar gesegnet. „Das Übliche?"

Seit meinem ersten Besuch hatte sie sich mein Lieblingsgetränk gemerkt – einen großen Mokka mit einer doppelten Portion Vanille und extra Schlagsahne. Normalerweise begann sie, kaum dass sie mich eintreten sah, mit dessen Zubereitung. Heute allerdings schaute sie mich nur fragend an.

„Sie sind mit Sicherheit die beste Barista aller Zeiten", lobte ich sie. „Nicht nur, dass Sie meinen Favoriten kennen, Sie spüren auch noch, wann ich ein kleines Extra brauche."

„Was hätten Sie denn heute gerne darauf?"

Violet war ständig in Bewegung, sie erinnerte mich an die Werbung mit dem Duracell-Häschen. Wenn sie nicht gerade ein Getränk zubereitete, füllte sie den Behälter der Maschine mit frischen Kaffeebohnen, legte neue Bohnen in den Röster oder bestückte die abgedeckte Schale auf der Theke mit Scones von *Treat Me Sweetly*. Das war die örtliche Bäckerei, gleichzeitig aber auch Eisdiele und Süßwarenladen. In der Nebensaison schmiss sie den Laden ganz allein. Heute jedoch wuselte noch ein Mann durch die Gegend, der gerade die Tische abwischte. Offensichtlich hatte sie sich für die Ferienzeit Hilfe geholt, worüber ich richtig erleichtert war. Sie würde sich sonst glatt zu Tode arbeiten.

„Machen wir doch einmal etwas ganz Verrücktes", schlug ich vor. „Den üblichen Kaffee, aber anstatt der Vanille nehmen wir gesalzenes Karamell, und das Ganze gefroren."

„Klingt gut", bestätigte Violet und machte sich daran, das Gewünschte zuzubereiten. „Ich habe mir eh schon überlegt, ob ich nicht ein Getränk des Tages anbieten sollte. Vielleicht fange ich direkt mit dieser Kreation an." Während sie mit einer Hand nach dem Eis griff, reichte sie mir mit der anderen einen Keks für meinen Westie. „Und ich nenne es einfach *Meeka*."

Als diese ihren Namen hörte, stand sie stramm und wedelte erwartungsvoll mit dem Schwänzchen.

„Sieht so aus, als wäre sie einverstanden." Ich gab ihr das Leckerchen.

Violet schob mir mein Getränk über den Tresen, aber als ich danach greifen wollte, packte sie mein Handgelenk, zog mich zu sich heran, beugte sich über den Ladentisch und flüsterte: „Ich habe gehört, dass es gestern Abend im Zirkus Ärger gab."

Für einen Ort mit null Handyempfang war ich immer wieder erstaunt, wie schnell Neuigkeiten die Runde machten.

„Ich nehme an, Sie wissen, wer Berlin ist", erwiderte ich ebenso leise. „Besser gesagt, wer sie war."

„O nein." Violet senkte den Kopf und hielt doch tatsächlich kurz in ihrer Rastlosigkeit inne.

„Ein Beamter des County Sheriff Departments hat die Ermittlungen aufgenommen. Das ist einer der Gründe, warum ich bei Ihnen vorbeigekommen bin. Es hat nämlich, nachdem Creed den Notruf gewählt hat, mehr als eine Stunde gedauert, bis er am Tatort eintraf. Wir müssen dringend etwas wegen eines neuen Sheriffs unternehmen. Morgan beruft für heute Abend eine außerplanmäßige Sitzung ein. Wäre sechs Uhr für Sie machbar?"

„Klar, das lässt sich einrichten. Mein Bruder kann die letzten paar Stunden allein bewältigen." Sie winkte ihren Helfer zu sich heran. „Komm bitte einmal her. Ich möchte dir Jayne vorstellen."

*Knapp zwei Meter groß, die obere Partie seines glatten schwarzen Haares zu einem Pferdeschwanz zusammengefasst, hellbraune Haut.*

„Hallo, Jayne, ich bin Basil." Er streckte mir eine Hand mit langen, schlanken Fingern entgegen.

Ich konnte mir ein Lachen nicht verkneifen. „Ihre Eltern haben Sie tatsächlich Violet und Basil genannt, Veilchen und Basilikum? Lassen Sie mich raten ... einer von den beiden ist eine grüne Hexe?"

„Richtig geraten", bestätigte Basil. „Schön, Sie endlich persönlich kennenzulernen. Violet hat mir schon viel über Sie erzählt."

Wie ähnlich sich die beiden waren und doch komplett unterschiedlich. Basil überragte seine Schwester um gute dreißig Zentimeter. Während Violets Augen farblich perfekt zu ihrem Namen passten – und sie schwor, dass sie keine Kontaktlinsen trug –, waren seine so tiefbraun, dass man kaum die Pupillen erkennen konnte. Die Form jedoch war dieselbe, und beide hatten dieselbe leicht gebräunte Haut und das glänzende Haar.

„Sind Sie Zwillinge?", fragte ich scherzhaft.

„Das sind wir tatsächlich", bestätigte Violet. „Allerdings an verschiedenen Tagen geboren. Ich kam kurz vor Mitternacht auf die Welt, und er einige Minuten danach."

Aha. Somit war sie die *große* Schwester.

„Der Meeka schmeckt köstlich", sagte ich und hielt

meinen Becher in die Höhe, als wollte ich einen Toast aussprechen. Dann deutete ich hinunter auf das tierische Gegenstück. „Und es wäre uns eine Ehre, wenn Sie das erste Getränk des Tages nach ihr benennen würden."

Plötzlich fiel mir der arme Tripp wieder ein, der allein im Haus schuftete, und ich bat sie um einen weiteren Kaffee. Den allerdings bezahlte ich. Normalerweise beharrte sie darauf, dass sie, weil meine Großeltern die ersten Siedler und Gründer von Whispering Pines waren, von keinem Mitglied der Familie O'Shea Geld annahm. Sosehr ich diese Geste auch zu schätzen wusste, versuchte ich doch, die Differenz stets durch ein großzügiges Trinkgeld wettzumachen.

„Danke. Dann bis heute Abend, Violet."

Als ich zurück zu meinem Wagen ging, musste ich an Orens gestrige Worte denken. Offensichtlich hatte er sich in Bezug auf Berlin geirrt. Er war der Meinung gewesen, alle würden sie mögen. Alle – bis auf die Person, die sie getötet hatte. Je mehr ich darüber nachgrübelte, desto mehr war ich davon überzeugt, dass in Whispering Pines gerade ein zweiter Mord passiert war. Schon der erste im vergangenen Monat hatte das komplette Dorf schockiert. Der Tod eines ihrer eigenen Leute könnte es in seinen Grundfesten erschüttern.

# Kapitel Sieben

ALS MEEKA UND ICH ENDLICH WIEDER ZU HAUSE ANKAMEN, fanden wir Tripp in dem großen Zimmer im Erdgeschoss vor, das mittlerweile aussah wie die Landschaft in einer Schneekugel. Er kratzte wie ein Verrückter an den Wänden herum, und überall flogen Tapetenschnipsel durch die Gegend. Meeka machte sich einen Spaß daraus, die herumwirbelnden Fetzen zu fangen, bis ich sie in strengem Tonfall warnte, sie bloß nicht zu fressen. Sie schnaubte empört auf, blies dabei unabsichtlich weitere Papierfragmente über den Boden und jagte ihnen erneut hinterher.

„Ist das die übliche Vorgehensweise?", sprach ich ihn an und hielt mir eine Hand vor die Augen, um sie vor dem Staub und den Farbsplittern zu schützen. „Oder lässt du auf diese Weise deinen Frust über irgendetwas aus?"

Erschrocken machte er einen Satz rückwärts und drehte sich zu mir um. „Ich will das jetzt einfach so schnell wie möglich hinter mich bringen. Ganz sicher war deine Grandma ein wunderbarer Mensch, aber wer bitte tapeziert denn jede einzelne Wand?"

„Ich schätze, das war damals so Mode. Aber da oben so

gut wie keine Graffitis sind, könnten wir ja versuchen, die Wände dort einfach zu überpinseln, oder?"

Eigentlich hatten wir auch unten vorgehabt, die Wände lediglich in einem hellen Blauton, der Lieblingsfarbe meiner Großmutter, zu streichen. Aber egal, wie viele Schichten Grundierung wir auch auf die Tapete auftrugen, die magische schwarze Tinte, die die Vandalen verwendet hatten, schimmerte immer noch durch. So blieb uns nichts anderes übrig, als sie abzuziehen.

Tripp stimmte meiner Idee, was das obere Stockwerk betraf, sofort begeistert zu. „Einen Versuch ist es auf jeden Fall wert. Möglicherweise muss man hier und da ein wenig spachteln, aber das wäre Pipifax im Vergleich zu diesem Zimmer hier. Ganz ehrlich, wenn jemand mir gegenüber jemals wieder das Wort Tapete erwähnt, gehe ich ihm an die Gurgel."

„Hier." Ich reichte ihm den Becher mit dem Getränk des Tages. „Mach mal eine kleine Pause."

Meiner war zwar schon fast leer, aber ich setzte mich trotzdem zu ihm und erklärte, warum ich so lange gebraucht hatte, obwohl ich nur schnell meinen Pullover holen wollte.

„Halt dich da bloß raus", warnte er mich.

Für einen Moment musste ich wieder an einen der vielen Streitpunkte denken, die ich mit meinem Ex-Verlobten Jonah wegen meines Jobs bei der Polizei von Madison hatte. Aber Tripp war nicht Jonah, und seine derzeitige schlechte Laune lag allein an der Tapete.

„Ich weiß gar nicht, wovon du sprichst", sagte ich mit einem unschuldigen Augenaufschlag.

„O doch, das weißt du ganz genau. Ich kenne dich. Du wirst dich wieder einmischen."

„Und gerade weil du mich so gut kennst, sollte dir klar sein, dass ich das nicht auf sich beruhen lassen kann."

„Jayne ..."

„Tripp." Ich imitierte seinen verärgerten Tonfall. „Eine

Frau ist gestorben, und wir sind momentan ohne Gesetzeshüter. Natürlich, das Büro des County Sheriffs hat die Untersuchung eingeleitet, aber ..."

„Du fühlst dich für die Menschen in diesem Dorf verantwortlich."

Ich dachte kurz über seine Worte nach. „Ich glaube nicht, dass verantwortlich das richtige Wort ist. Es fühlt sich eher wie eine Verpflichtung an. Schließlich war ich früher Polizistin und habe geschworen, zu dienen und zu beschützen. Und nur, weil ich aktuell nicht in diesem Beruf arbeite, heißt das nicht, dass ich mich nicht mehr an dieses Versprechen halte."

Eine gefühlte Ewigkeit sagte Tripp nichts, nippte nur abwechselnd an seinem Meeka-Getränk oder starrte gedankenverloren auf seinen Pappbecher.

„Ich hätte da eine Idee", fuhr er schließlich zögernd fort. „Zwar bin ich mir nicht sicher, ob sie dir gefallen wird, aber ich fände sie zweckdienlich."

Ich bedachte ihn mit einem neugierigen Blick. „Und die wäre?"

„Warum hängst du nicht ein Schild mit der Aufschrift *Privatdetektiv* an die Tür? Wenn du sowieso in jedem Fall ermittelst, kannst du das auch ganz legal tun."

Ich? Eine Privatdetektivin? Diese Möglichkeit hatte ich noch nie in Betracht gezogen.

„Das ist tatsächlich gar keine schlechte Idee", stimmte ich ihm zu. „Allerdings bin ich mir nicht sicher, ob überhaupt jemand in Whispering Pines meine Dienste in Anspruch nehmen würde."

„Na ja, wie es aussieht, hättest du schon mal mindestens einen Mordfall pro Monat."

Auch wenn ihm das unabsichtlich rausgerutscht war, fand ich es nicht lustig.

„Ich verstehe schon, was du damit andeuten möchtest, aber was wir hier brauchen, ist ein Sheriff und kein privater Ermittler", erklärte ich bestimmt. „Heute Abend findet diesbezüglich eine Dringlichkeitssitzung des Gemeinderats statt. Hoffentlich wird dann morgen direkt eine Stellenanzeige geschaltet."

„Mein Vorschlag hätte noch einen weiteren Vorteil."

„Lass mich raten. Wenn ich eine Detektei eröffne, wäre ich offiziell Gewerbetreibende und könnte hierbleiben."

„Genau. Wahrscheinlich wäre dieses Business nicht so lukrativ wie eine Frühstückspension, aber dennoch eine Möglichkeit. Und du bräuchtest mit Sicherheit einen Verwaltungsassistenten."

Er grinste mich breit an, und mir blutete das Herz. Nachdem er zehn Jahre lang nach seiner Mutter gesucht hatte, die ihn mit dreizehn bei seiner Tante und seinem Onkel zurückließ, wollte Tripp nur noch eines: einen Ort finden, an dem er sich niederlassen konnte. Wie auch ich war er der Meinung, dass Whispering Pines sich wie das Zuhause anfühlte, nach dem er sich immer gesehnt hatte. Leider besagten die Regeln des Rates, dass nur diejenigen sich hier ansiedeln durften, die nirgendwo anders geduldet wurden – wie die missverstandenen und schikanierten Wicca-Anhänger, Wahrsager oder Menschen mit einer körperlichen Behinderung. Sicher, er könnte auf dem Campingplatz bleiben oder ein Gästehaus mieten, solange er wollte, aber dafür bräuchte er ein Einkommen, und niemand würde ihm einen Job geben, weil er nicht hier wohnte. Für mich fühlte es sich wie umgekehrte Diskriminierung an, obwohl der Stadtrat darauf beharrte, dass dies nicht der Fall sei.

„Dann eben Segregation", hatte ich sie beschuldigt, woraufhin sie erwiderten, dass sie sich lediglich an die Anweisungen meiner Großmutter hielten und natürlich darauf hofften, dass ich diese nicht anfechten würde.

Energisch schob ich diese Gedanken beiseite und wartete darauf, dass Tripp seinen Eiskaffee austrank. Irgendetwas würde sich ergeben, damit wir beide hierbleiben könnten. Am besten gefiel mir immer noch unser Plan von einem Bed and

Breakfast. Wie immer, wenn ich viel Zeit in dem großen Raum verbrachte, sah ich es schon beinahe bildlich vor mir, wie sich unsere Gäste dort aufhielten. Ich stellte mir die Kinder vor, die im Garten spielten, und die Teenager, die auf dem Steg faulenzten oder sich Kanus aus dem Bootshaus holten und auf den See hinauspaddelten. Die Erwachsenen würden es sich auf der überdachten Terrasse hinter dem Haus gemütlich machen, wo wir ihnen Wein und Käse kredenzten, und am Ende des Abends wären aus Fremden Freunde geworden. Eigentlich wollte ich es mir nicht eingestehen, aber Tripps Vision wurde immer mehr zu der meinen.

Als er sich erhob, um wieder an die Arbeit zu gehen, fragte ich: „Kann ich dir irgendwie helfen?"

Er deutete auf Meeka, die nach wie vor mit den Tapetenschnipseln beschäftigt war. „Wie wäre es, wenn du ihr hilfst, das Chaos zu beseitigen, das ich angerichtet habe? Ich hole gleich den Staubsauger aus der Garage, dann kannst du schon mal anfangen zu saugen."

Ich erhob mich und deutete eine kleine Verbeugung an. „Stets zu Ihren Diensten, Sir."

Noch immer in dieser gebückten Haltung hob ich den Kopf. Der Blick, mit dem er mich bedachte, jagte mir einen Schauer über den Rücken.

„Was ich damit meinte, ist, dass ich dich gerne unterstütze, dir jedoch nicht auf andere Weise zur Verfügung stehe."

„Man darf ja wohl noch träumen", erwiderte er mit heiserer Stimme, zwinkerte mir jedoch zu, bevor er sich hinüber zur Garage begab.

Ich schaute zu Meeka hinunter, die mir demonstrativ den Rücken zuwandte, als wollte sie sagen: *Da bist du ja mal wieder voll ins Fettnäpfchen getreten.*

Und natürlich hatte sie recht. Das passierte mir einfach zu oft. Irgendwie sollte ich das schnellstmöglich in den Griff bekommen und herausfinden, was ich eigentlich wollte. Die widersprüchlichen Signale, die ich aussendete, waren Tripp gegenüber nicht fair. Wie aber konnte ich mich auf eine neue Beziehung einlassen, wenn mein komplettes Leben gerade ein einziges großes Fragezeichen war?

Okay, das war eine Ausrede. Ich war einfach noch nicht bereit dafür. Blieb nur zu hoffen, dass er dann, wenn ich irgendwann so weit war, nicht das Interesse an mir verloren hätte.

# Kapitel Acht

Nachdem ich sie gestern Abend so lange alleingelassen hatte, war Meeka nicht bereit, mich heute erneut ohne sie losziehen zu lassen. Tripp entschied, der Dorfkneipe *Grapes, Graines, and Grub* einen Besuch abzustatten, und ich versicherte ihm, dass ich nach der Sitzung zu ihm stoßen würde. Im Herzen des Dorfplatzes befand sich ein riesiger, kreisrunder Garten, etwa so groß wie ein normaler Häuserblock. Die Kieswege in seinem Inneren formten eine Art Pentagramm, also einen fünfzackigen Stern. In den dreieckigen Abschnitten dazwischen blühten und grünten Blumen, Kräuter und diverse bunte Gemüsesorten, und Bänke an den Seiten luden die Spaziergänger ein, sowohl die Grünanlage als auch den Blick auf den See zu genießen.

In der Mitte des Pentagramms stand ein glänzender, weißer Marmorbrunnen, den die Dorfbewohner als Negativitätsbrunnen bezeichneten. Anstatt jedoch Münzen hineinzuwerfen und zu hoffen, dass Wünsche wahr wurden, sollte man alles, was einen bedrückte, in die Hände flüstern und die Worte in den Brunnen gleiten lassen, um sich von dem jeweiligen Problem zu befreien. Als ich klein war und mein Vater mich und meine Schwester Rosalyn gelegentlich zum Brunnen mitnahm, stellte ich mir immer vor, wie das Wasser am Boden die Worte aufsaugte und sie dann, dem Abfluss eines Waschbeckens gleich, in den See beförderte, wo sie von den Fischen verschlungen wurden.

Der Gasthof *The Inn*, in dem der Rat zu tagen pflegte, war ein leicht schief stehendes, weiß verputztes und mit schwarzbraun gebeizten Holzbalken verstärktes Gebäude. Es befand sich am südöstlichen Rand des Pentagramm-Gartens, nicht weit vom See entfernt. Nach Morgans Haus war es das zweite, das ursprünglich in Whispering Pines errichtet wurde. Als ich mit Meeka die Anlage durchquerte, anstatt sie zu umrunden, entdeckte Morgan mich und blieb wartend stehen. Bei ihr befanden sich zwei ältere Damen.

„Sei gesegnet, Jayne", begrüßte sie mich. „Wahrscheinlich hast du die Namen bereits gehört, aber ich denke nicht, dass du Effie oder Cybil schon persönlich begegnet bist, oder?"

„Ich bin Cybil", stellte die erste der Frauen sich vor. *Winzig klein, gerade mal einen Meter vierzig, dunkelbraune Haut, raue Stimme, einen bunten Turban um den Kopf gewickelt, weshalb man ihre Haarfarbe nicht ausmachen kann.*

„Lily Graces Großmutter." Ich streckte ihr die Hand entgegen. „Schön, Sie kennenzulernen."

Sie trug einen langen weißen Rock im Zigeunerstil, ein weißes T-Shirt und eine weiße, an der Taille verknotete Spitzenbluse. Sechs oder acht Halsketten, jede aus andersfarbigen Perlen, hingen um ihren Hals, zahlreiche Bänder zierten ihre Arme und große Ringe steckten an jedem ihrer Finger. Sie klemmte sich eine dicke Zigarre zwischen die Zähne, nahm meine beiden Hände in die ihren und drückte sie. Dann schloss sie die Augen, und um die unangezündete Zigarre verzogen sich ihre Lippen zu einem Lächeln. Zwar sagte sie nichts, nicht einmal, nachdem sie die Augen wieder geöffnet hatte, lächelte jedoch weiterhin und nickte. Offensichtlich hatte sie gerade in meine Zukunft geschaut und nur Positives entdeckt.

Ich wandte mich der anderen Frau zu und spürte, wie mir warm ums Herz wurde. „Sie müssen Effie sein."

*Hellolivfarbene Haut, knapp einen Meter siebzig groß, einen bunten Turban auf dem Kopf.* Sie war ähnlich gekleidet wie Cybil, jedoch in lavendelfarben, mit schwarzen und weißen Akzenten. Während diese ungeschminkt war, trug Effie ein schon beinahe dramatisch zu nennendes Make-up: Die geschwungenen Brauen waren bleistiftdünn, die Augen mit schwarzem Kajal umrandet, und von den fünf Zentimeter langen Fingernägeln hatte jeder ein anderes wildes Muster. Bei diesem Duo fiel es mir schwer, ein Grinsen zu unterdrücken.

Effie zog mich an sich.

„Oh, mein liebes Mädchen", säuselte sie. „Mein liebes Mädchen."

Obwohl wir uns noch nie zuvor begegnet waren, bestand zwischen uns bereits eine gewisse Bindung. Vor etwa anderthalb Jahren hatten mich Großmutter und Effie eines Abends angerufen. Letztere hatte ihre Enkelin nicht erreichen können, jedoch eine Vision über deren Aufenthaltsort gehabt. Diese Vision erwies sich als goldrichtig und ermöglichte es mir, Jola innerhalb weniger Stunden aufzuspüren.

„Wie nett, Sie endlich einmal persönlich zu treffen", sagte ich. „Wie geht es Jola?"

„Sie hat im Mai mit Erfolg ihren Abschluss als Krankenschwester gemacht und nach etlichen Vorstellungsgesprächen in Kliniken beschlossen, hierher zurückzukehren."

„Nach Whispering Pines? Das sind ja großartige Neuigkeiten."

Effie strahlte vor Stolz übers ganze Gesicht. „Allerdings. Sie wird zukünftig im Heilzentrum arbeiten."

Derzeit konnte diese Einrichtung lediglich Schnitte, Schürfwunden, Sonnenbrände oder leichte Verletzungen versorgen. Es wäre definitiv ein Pluspunkt, jemanden dort zu haben, der sich auch um ernstere Fälle kümmern konnte.

„Meine Damen", mischte sich Morgan mit sanfter Stimme ein. „So ungern ich euch auch unterbreche, aber wir sollten jetzt wirklich mit der Sitzung beginnen."

Wir durchquerten die Lobby, passierten den Empfangstresen, begrüßten den superfreundlichen, pockennarbigen Emery, der heute Dienst hatte, und betraten den angrenzenden Konferenzsaal. Der einfache Raum, mit seinen niedrigen Decken, den verputzten Wänden und dem gemütlichen Steinkamin in der Ecke vermittelte den gleichen Charme wie der Rest des Gasthauses. Einen krassen Gegensatz dazu bildete jedoch der elegante Tisch aus Chrom und Glas, an dem alle dreizehn Ratsmitglieder Platz fanden, der aber eher in einen Sitzungssaal in einem Gebäude an der Wall Street gepasst hätte.

Wir wurden bereits erwartet.

Der Rat bestand aus den Einwohnern der ersten Stunde, den sogenannten *Ursprünglichen* sowie angesehenen Geschäftsinhabern aus dem ganzen Dorf. Neben Morgan, Effie, Cybil und mir zählten noch die folgenden Personen dazu: Violet vom *Ye Olde Bean Grinder*, Mr Powell, dem das örtliche Reparaturgeschäft gehörte, und Sugar, eine der Eigentümerinnen vom *Treat Me Sweetly*. Creed und Janessa repräsentierten den Zirkus, Maeve betrieb das *Grapes, Grains, and Grub*, Laurel leitete das Gasthaus *The Inn*, und Donovan nannte *Quins* Bekleidungsgeschäft sein Eigen. Und dann gab es natürlich noch Flavia.

Was die eigentlich hier zu suchen hatte, entzog sich meiner Kenntnis, außer, dass sie wohl ihren Pflichten als selbst ernannte Bürgermeisterin des Dorfes nachkam. Ein Business besaß sie nämlich nicht und war wahrscheinlich auch nur deshalb anwesend, weil ihre Vorfahren zu den ersten Siedlern von Whispering Pines gehörten. Gerüchten zufolge lebte sie von dem großen Erbe ihrer Eltern und der

Lebensversicherung, die ihr nach dem Tod ihres Mannes vor zwanzig Jahren ausbezahlt worden war. Ich kannte die Frau kaum, aber aus irgendeinem Grund mochte sie mich nicht. Von daher beschloss ich, dass es am besten wäre, Abstand zu ihr zu halten.

„Wie schön, dass ihr vier es doch noch einrichten konntet", begrüßte sie uns bissig, kaum dass wir den Raum betreten hatten. Bisher hatte immer Sheriff Brighton die Sitzungen geleitet, aber da er nicht mehr unter uns weilte, hatte sie die Führung an sich gerissen.

„Wir haben uns doch selbst erst vor zwei Minuten hingesetzt, Flavia", sagte Violet, die im Schneidersitz auf ihrem Stuhl saß. „Es ist also nicht so, als hätten wir stundenlang auf sie gewartet."

Flavia starrte über ihre spitze Nase in Violets Richtung und wandte sich dann an mich. „Ms O'Shea, ich habe gehört, dass Sie dieses Treffen einberufen haben. Möchten Sie uns netterweise mitteilen, was so dringend ist?"

„Nur zu gerne. Sicherlich wissen Sie inzwischen alle, was im Zirkus vorgefallen ist." Ich drehte mich zu Janessa und Creed um, aber … auf Creeds Stuhl saß eine Person, die dem Zirkusdirektor zwar unheimlich ähnelte, nur dass diese eine Frau und kein Mann war. Sie lächelte, vermutlich wegen meines verwirrten Gesichtsausdrucks.

„Ich bin es tatsächlich", sagte sie mit verführerischer, sexy Stimme, „heute allerdings in einer etwas anderen Aufmachung."

„Wie bitte?" Dann wurde mir klar, dass Creed genderfluid war und heute seine weibliche Seite präsentierte. Auch als Frau hatte er dieselbe lange, schlanke Nase und dasselbe schmale, sanft geschwungene Kinn.

„Nennen Sie mich Credence, Liebes", wies sie mich an und wandte sich wieder dem Rest der Gruppe zu. „Ja, leider traf Jayne heute Morgen just in dem Moment im Zirkus ein, als wir den Leichnam unserer geliebten Berlin entdeckten."

Neben nickenden Köpfen gab es auch ein paar erstaunte Ausrufe. Anscheinend hatte doch noch nicht jeder davon gehört.

„Wollen Sie etwa andeuten, Berlin wurde umgebracht?", wandte Flavia sich anstatt an Credence erneut an mich. „Wissen wir das mit Sicherheit? Oder könnte es ein Unfall gewesen sein?"

„Fragen wie die Ihren sind exakt der Grund, warum ich das Treffen einberufen habe", erklärte ich. „Glücklicherweise hat Janessa Wache geschoben, um die Öffentlichkeit vom Zelt fernzuhalten. Als ich ankam, habe ich zuallererst den Tatort gesichert, und dann mussten wir mehr als eine Stunde warten, bis einer der Deputys eintraf, um die formellen Ermittlungen einzuleiten."

„Sie können Ihre Nase einfach nicht aus Dingen heraushalten, die Sie eigentlich nichts angehen, oder?" Flavia rümpfte ihre spitze Nase. Ganz offensichtlich versuchte sie, mich zu provozieren, aber ich würde diesen Köder nicht schlucken.

„Jemand musste sicherstellen, dass keine Beweise manipuliert wurden, denn sonst werden wir womöglich nie herausfinden, was genau passiert ist." Während ich sprach, ließ ich meinen Blick über die Runde wandern. „Wir haben seit mehr als drei Wochen keine Gesetzeshüter mehr vor Ort, und ich bin wohl am ehesten qualifiziert, um mit einem derartigen Vorfall umzugehen. Eigentlich ist es zu keiner Zeit akzeptabel, die Position des Polizeichefs unbesetzt zu lassen, und mitten in der Hochsaison, wenn sich zusätzlich tausende von Touristen hier aufhalten, sogar ein Unding. Wir haben diese Thematik schon viel zu lange aufgeschoben, und jetzt müssen wir handeln: Wir brauchen so schnell wie möglich einen neuen Sheriff."

„Stellen Sie sich freiwillig zur Verfügung?", fragte Laurel, die Managerin des Dorflokals, mit einem Augenzwinkern.

Bevor ich den Mund öffnen konnte, um zu antworten,

mischte Flavia sich erneut ein. „Martin geht es schon viel besser und er sollte bald in der Lage sein, seinen Dienst wieder aufzunehmen."

„Ich mag Martin", sagte ich, „und respektiere seine Bemühungen. Dennoch ist er kein ausgebildeter Polizist und von daher nicht für dieses Amt geeignet."

Flavia erhob sich von ihrem Stuhl, stemmte die Fäuste fest auf den Tisch und starrte mich finster an. Meeka, die unter mir saß, spürte, wie meine Emotionen hochkochten, rieb sich an meinen Waden und legte sich dann auf meine Füße.

„Jayne hat völlig recht, Flavia", ergriff Morgan meine Partei. „Ich bin sicher, dass niemand von uns ein Problem damit hätte, wenn Martin wieder eine stellvertretende Position übernimmt. Unseren Gästen gegenüber allerdings haben wir eine gewisse Verantwortung, und wenn wir die vernachlässigen, wird sich das schnell herumsprechen und sie kommen nicht wieder. Das würde für unser Dorf den sicheren Tod bedeuten."

„Einigen unserer Gäste ist bereits etwas über den Vorfall im Zirkus zu Ohren gekommen", sagte Laurel. „Wir konnten ihre Ängste zerstreuen, aber eine dauerhafte Polizeipräsenz wäre mit Sicherheit hilfreich."

„Also gut, was schlagt ihr vor?", fragte Flavia in schneidendem Tonfall. „Kennt jemand einen Kandidaten, der für diesen Posten infrage käme?"

Alle Köpfe drehten sich in meine Richtung, wahrscheinlich aufgrund meiner Kontakte zur Polizei in Madison.

„Ich", meldete sich Donovan zu Wort.

Sofort richtete sich ihre Aufmerksamkeit auf ihn. „Tatsächlich?"

„Ja. Der Sohn meines Cousins. Sein Name ist Zeb Warren. Zugegeben, er ist noch sehr jung, aber soweit ich weiß, ein sehr engagierter Polizist."

„Sehr gut", erwiderte Flavia, offensichtlich erfreut über

diese Option. „Ich stimme dafür, dass wir Zeb Warren auf Probe einstellen und schauen, wie er sich macht."

Mit anderen Worten … Sie wollte einfach sichergehen, dass dieser Kandidat sich an die Erwartungen von Whispering Pines anpasste. Oder besser gesagt, an die ihren. Wenn er sich an ihre Anweisungen hielte, wie es Sheriff Brighton anscheinend stets getan hatte, wäre unsere Pseudo-Bürgermeisterin mehr als glücklich.

„Ich stimme zu", sagte Donovan.

Das war wohl kaum eine Überraschung. Donovan, ein knapp eins neunzig großer Mann von kräftiger Statur, wurde zu einem Schoßhündchen, sobald er sich in Flavias Nähe aufhielt. Mir war schleierhaft, mit welcher Art von Zauber sie ihn belegt hatte, denn es gab nichts, was er nicht für sie tun würde. Aber mittlerweile war mir klar, dass in diesem Dorf nichts unmöglich war.

„Irgendwelche Einwände?", fragte sie in die Runde, fixierte jedoch vor allem mich mit ihrem Blick, als rechnete sie damit, dass ich mich dem Vorschlag widersetzen würde.

Ich jedoch beschloss, mich vorerst zurückzuhalten, bis ich diesen Sohn von Donovans Cousin in Aktion erlebt hätte.

„Wir müssen dringend jemanden mit dieser Position betrauen, und hiermit ist der erste Schritt getan", stimmte ich zu. „Sollte es mit Mr Warren aus irgendeinem Grund nicht klappen, werden wir uns erneut zusammensetzen."

Alle Mitglieder schienen einverstanden. War es tatsächlich ein einstimmiges Votum? So etwas hatte es in dieser Gruppe ja noch nie gegeben.

„Sofern heute Abend keine weiteren dringlichen Angelegenheiten zu klären sind, schlage ich vor, die Sitzung zu beenden", wandte Flavia sich an den Rat.

„Ich bin dafür", sagte Donovan sofort.

„Gut, dann ist auch das beschlossene Sache."

Als wir uns erhoben, sah Credence mich an und verdrehte

die Augen. „Es gibt wahrlich keinen Grund, so formell aufzutreten."

„Anscheinend vermittelt ihr das ein Gefühl von Macht", sagte ich. „Übrigens, ich möchte mich noch für meine Reaktion von vorhin entschuldigen."

„Ach, vergessen Sie es", tat sie meine Worte mit einer elegant-wegwerfenden Handbewegung ab. „Ganz ehrlich, wenn Sie als Kerl verkleidet hier reingekommen wären, hätte ich auch große Augen gemacht."

Gemeinsam verließen wir den Konferenzraum und begaben uns durch die Lobby des Gasthauses nach draußen auf die Veranda.

„Wie stehen die Dinge im Zirkus?", erkundigte ich mich.

„Der anfängliche Schock hat sich gelegt." Credence beugte sich nach unten, um Meeka hinter den Ohren zu kraulen, und senkte die Stimme: „Aber alle haben Angst. Ich ebenfalls. Immerhin läuft irgendwo ein Mörder frei herum. Von daher bin ich froh, dass Sie diese Sitzung einberufen haben. Drei Wochen ohne Polizeischutz sind zwei Wochen und sechs Tage zu viel."

„Hat Deputy Atkins mit allen gesprochen und gründlich recherchiert?"

„Da er stundenlang vor Ort war, würde ich mal annehmen, dass dem so war. Anschließend gab er mir seine Karte und wies mich an, ihn sofort zu verständigen, sollten wir noch etwas herausfinden. Und er hat versprochen, so oft wie möglich vorbeizuschauen."

„Mehr können wir nicht verlangen. Hoffentlich kann unser neuer Mann, Mr Warren, seinen Dienst umgehend antreten."

Credence zuckte mit den Schultern. „Ansonsten haben wir ja immer noch Sie. Danke nochmals, dass Sie heute Morgen eingesprungen sind. Ich weiß nicht, wie wir das ohne Sie geschafft hätten."

„Ich helfe jederzeit gerne, bin aber überzeugt, Sie hätten das auch ohne mich in den Griff bekommen."

„Ich wahrscheinlich schon, aber Creed ist leider ein Weichei", erwiderte sie zwinkernd, winkte mir noch einmal zu und verschwand.

Nur Sekunden später tauchte Morgan neben mir auf. „Gehst du jetzt direkt nach Hause?"

„Nein, ich habe Tripp versprochen, ihn drüben bei *Triple G* zu treffen." Aus der etwa fünfzig Meter entfernten Kneipe wehten Essensgerüche zu mir herüber, und mein Magen begann zu knurren.

„Ich begleite dich." Sie hakte sich bei mir unter. „Ganz ehrlich, für diese ganze Sheriff-Situation gäbe es eine wesentlich einfachere Lösung."

Plötzlich ertönte eine Stimme: „Ich kann es nicht fassen, ist sie das wirklich?"

Wir drehten uns um, entdeckten Cybil und Effie hinter uns und wandten uns dann der Person zu, auf die sie deuteten. Offensichtlich handelte es sich um die Frau, die gerade das Pub verlassen hatte. Selbst auf diese Entfernung kam sie mir irgendwie bekannt vor.

*Knapp einen Meter siebzig groß, rötlich-blondes Haar in einem Pixie-Schnitt, leicht übergewichtig.*

„Bei allen Göttinnen", rief Morgan aus und verlangsamte ihren Schritt, damit Cybil und Effie aufholen konnten. „Wenn ihr auf Reeva tippt, habt ihr recht."

„Sheriff Brightons Frau?", erkundigte ich mich. Und zugleich Flavia Reeds Schwester. Kein Wunder, dass sie irgendwie vertraut aussah.

„Sie ist es." Effie rief ihren Namen und eilte auf sie zu, dicht gefolgt von Cybil.

Sosehr die drei sich auch freuten, Reeva wiederzusehen … Diese schien nicht das geringste Interesse daran zu haben, mitten auf dem Dorfplatz einen längeren Plausch mit ihren alten Freundinnen zu halten. Alles, was sie sagte, war, dass sie nur gekommen sei, um Karls Haus auszuräumen. Was ja auch Sinn ergab, da sie die einzige noch lebende Verwandte war und es somit ihr zufiel, seinen Nachlass zu ordnen.

„Klingt sehr nach dem, womit ich mich aktuell herumschlagen muss", sagte ich.

Sie drehte sich zu mir um, ihre intensiven blauen Augen und die lange, schmale Nase glichen denen ihrer Schwester. Allerdings war sie einige Zentimeter größer als Flavia, und ihre unfreundliche Art schien eher der Trauer als der Bösartigkeit geschuldet zu sein.

„Wer sind Sie denn?", fragte sie.

Ich streckte ihr eine Hand entgegen, die sie ergriff. „Jayne O'Shea."

„Ach so, Lucy und Kevens Enkelin." Sie konnte meinen Namen direkt zuordnen. „Ich habe gehört, dass Ihre Großmutter vor Kurzem verstorben ist. Mein herzliches Beileid." Dann jedoch schien ihr etwas einzufallen, und sie erstarrte. „Sie haben Yasmine gefunden."

„Ja, das habe ich", entgegnete ich und hoffte, dass mein Tonfall und Gesichtsausdruck mein Mitgefühl ausreichend widerspiegelten.

Sie presste die Lippen zusammen, wodurch sie Flavia noch ähnlicher sah, und musterte mich noch genauer. Ja klar, ich war diejenige, die die Ermittlungen zum Tod ihrer Tochter vorangetrieben hatte. Einen Moment lang blieb ihr Blick noch an mir haften. Dann jedoch drehte sie sich einfach um und ließ uns stehen, was besonders Effie und Cybil sprachlos machte.

„Gib ihr ein wenig Zeit", sagte Effie zu Cybil. „Wahrscheinlich ist sie gerade erst in der Stadt angekommen. Wir schauen einfach morgen oder übermorgen mal bei ihr vorbei, um zu sehen, wie es ihr geht."

„Ich frage mich, ob sie das Haus verkaufen wird", sagte Morgan, nachdem die beiden Wahrsagerinnen ebenfalls gegangen waren. „Ehrlich gesagt, kann ich mich nicht erinnern, wann in Whispering Pines das letzte Mal ein Haus verkauft wurde. Normalerweise wird Grundbesitz von Generation zu Generation weitervererbt."

„Vielleicht möchte sie ja bleiben."

„Das wäre entweder das Beste, was Whispering Pines passieren könnte, oder das Schlimmste", sagte Morgan.

„Wie meinst du das?"

„Sag mir zuerst ... kam dir Flavia bei der Sitzung eben nicht auch irgendwie merkwürdig vor?"

„Die Frau kommt mir immer merkwürdig vor. Aber wenn du damit meinst, ob sie sich anders verhalten hat, würde ich das verneinen."

„Was bedeuten würde, dass sie noch nicht mitbekommen hat, dass ihre Schwester wieder im Dorf ist. Du weißt, dass sich die beiden nicht grün sind."

„Ja, allerdings habe ich auch gehört, dass Reeva sehr großmütig ist. Vielleicht hat sie Flavia verziehen."

„Tatsächlich wäre es für alle Beteiligten besser, wenn zwischen ihnen ein gewisses Spannungsverhältnis bestehen bliebe. Das Letzte, was wir wollen, ist, dass die beiden sich zusammenschließen."

„Und warum?"

„Weil Reeva eine ziemlich mächtige Küchenhexe ist."

Ich schloss die Augen und seufzte auf. Wie viele Arten von Hexen gab es denn noch? „Was genau macht Küchenhexen aus?"

„Sie beschützen Heim und Herd", erklärte Morgan mir. „Und in der Regel sind sie hervorragende Köchinnen."

„Aha, dann fallen Sugar und Honey aber ebenfalls in diese Kategorie, oder?" Sugar machte die weltbesten Scones und Honey das herausragendste Eis.

Anscheinend hatte ich es verstanden, denn Morgan lächelte, wurde jedoch gleich darauf wieder ernst. „Böses Blut zwischen Schwesterhexen kann übel enden."

„Inwiefern? Duellieren sie sich um Mitternacht bei

Vollmond mit Kochlöffeln? Oder veranstalten sie ein Kochduell um den goldenen Kessel, und die Verliererin muss beim nächsten Ratstreffen das Büßergewand tragen?"

Zum Glück waren Morgan und ich mittlerweile so enge Freundinnen geworden, dass ich mir derartige Äußerungen erlauben konnte, ohne befürchten zu müssen, dass sie mich mit einem Fluch belegte. So schüttelte sie nur lächelnd den Kopf.

„Ganz ehrlich? Für mich klingt das so, als würdest du ihr negative Absichten unterstellen", sagte ich. „Dabei hast du mir doch oft genug erklärt, dass die oberste Regel der Wicca lautet, niemandem Schaden zuzufügen."

„Du kennst doch bestimmt das Sprichwort *Es gibt nichts Schlimmeres als die Rache einer verschmähten Frau,* oder?", fragte sie, und ich nickte. „Von daher glaub mir, du möchtest nicht in der Nähe sein, wenn sich deren Zorn entfesselt. Vor allem, weil er sich seit zwanzig Jahren angestaut hat."

# Kapitel Neun

IN DEN NÄCHSTEN DREI TAGEN VERLIESSEN WEDER TRIPP NOCH ich das vier Hektar große Anwesen meiner Großeltern am See. Mittlerweile waren fast sämtliche Wände in dem großen Raum im Erdgeschoss von den Tapeten befreit, und je weiter wir uns dem Abschluss dieses Horrorjobs näherten, desto motivierter waren wir, ihn endlich hinter uns zu bringen. Tag für Tag schuftete Tripp bis spät in die Nacht hinein, bis auch noch der letzte Papierschnipsel und die letzte Spur von Kleber verschwunden waren. Ab und zu packte ich mit an, indem ich staubsaugte oder kehrte, aber meist widmete ich mich den sieben Schlafzimmern im Obergeschoss. Das größte und am meisten vollgestopfte war das von Grandma, für das ich auch die längste Zeit und emotionale Energie aufwenden müsste. Daher hob ich es mir bis zum Schluss auf.

Der vorletzte Raum, den ich mir vornahm, war das Jugendzimmer meines Vaters. Es war ebenfalls sehr geräumig, und von der Nische am Fenster hatte man einen fantastischen Blick auf den See. Je mehr Zeit ich darin verbrachte, desto besser konnte ich mir vorstellen, wie vor langer Zeit Berge schmutziger Wäsche auf dem Boden lagen und die Laken als zerknüllter Haufen auf dem ungemachten Bett. Seit er die

Highschool abgeschlossen hatte und ausgezogen war, hatte Großmutter hier kaum etwas verändert. Gut, natürlich sauber gemacht, aufgeräumt und seine persönlichen Dinge wie Kleidung und Schulsachen in den Schränken verstaut. Die Modelle der Pyramiden jedoch, die er einst gebaut hatte, und auch die Bücher über altägyptische Flüche standen nach wie vor in den Regalen. Irgendwie fühlte man sich wie in der Zeit zurückversetzt, genau genommen um siebzehn Jahre.

Meine arme Grandma. Ihr Streit damals hatte sie schwer getroffen. Was auch immer der Grund dafür gewesen sein mochte … Er hatte auch das Herz meines Dads gegen alles verhärtet, was mit Whispering Pines zu tun hatte. Als ich das letzte Mal mit ihm über das Haus sprach, war er fest entschlossen, es und seinen kompletten Inhalt loszuwerden. Er sagte sogar, dass er kein Interesse an irgendwelchen Gegenständen aus seiner Kindheit hätte und wies mich an, alles in den Müll zu werfen. Ich jedoch war mich sicher, dass er das irgendwann bereuen würde, und beschloss daher, Mamas Anweisungen zu befolgen. So packte ich alles, bis auf die Möbel natürlich, sorgfältig in Kartons und plante, diese im Haus meiner Eltern in Madison einzulagern.

Ich war gerade mit dem Zimmer fertig geworden, als Tripp im Türrahmen auftauchte.

„Mir reicht's für heute“, sagte er. „Wollen wir Feierabend machen?“

„Dein Timing ist perfekt. Ich bin hier auch soeben fertig geworden und mehr als bereit fürs Abendessen. Da du dermaßen verdreckt bist, würde ich mich heute mal darum kümmern und ein paar Burger auf den Grill schmeißen, während du duschen gehst. Einverstanden?“

„Lecker. Ich räume noch kurz auf und komme anschließend rüber zum Bootshaus.“

Eine halbe Stunde später saßen wir auf meiner Terrasse, in der einen Hand ein Sprecher Black Bavarian Lager, in der anderen einen Teller, beladen mit einem viertelpfündigen

Cheeseburger, herzhaftem Krautsalat und Kartoffelsalat mit Senf.

„Du warst in den letzten Tagen ziemlich schweigsam", sagte ich, während ich mir Krautsalat auf die Gabel lud. „Stimmt irgendetwas nicht?"

Eigentlich nahm ich an, dass es an der ganzen Bed and Breakfast-Sache lag, doch ihn schienen andere Dinge zu beschäftigen.

„Glaubst du, Lily Grace könnte mir etwas über meine Mutter erzählen?"

Ich bedachte ihn mit einem mitfühlenden Lächeln. „Davon bin ich eigentlich überzeugt, aber es gibt nur einen Weg, das herauszufinden. Lass sie dir aus der Hand lesen. Wenn du möchtest, können wir ihr morgen einen Besuch abstatten. Was du mit den Informationen anfängst, liegt dann ganz allein bei dir."

Er nickte. „Ja, ich denke, ich möchte es zumindest versuchen."

An den meisten Abenden saßen Tripp und ich nach dem Essen noch eine Weile auf der Terrasse zusammen, unterhielten uns, genossen die Kühle der Nacht und atmeten tief die salzige Luft ein, die vom See zu uns herüberwehte. Die schattenhaften Umrisse der Kiefern wiegten sich gegen den immer dunkler werdenden Himmel, ihre Äste und Nadeln berührten sich und erzeugten jene flüsternden Geräusche, die dem Dorf seinen Namen verliehen hatte. Heute jedoch schien er dafür nicht in Stimmung zu sein. Kaum dass ich abgeräumt hatte, wünschte er mir eine gute Nacht und ging zu seinem Wohnwagen. Da ich kein bisschen müde war, überlegte ich, was ich noch unternehmen könnte. Meinen ersten Gedanken, eine kurze Kajakfahrt zu unternehmen, verwarf ich allerdings schnell wieder, da es bereits zu dämmern begann.

Als ich in der Garage des Bootshauses einen Tennisball entdeckte, beschloss ich, mit Meeka apportieren zu üben, etwas, was wir schon lange nicht mehr gemacht hatten. So warf ich den Ball hinaus aufs Wasser, und sie rannte den Steg entlang und sprang in den See, um ihn mir zurückzubringen. Der Nachteil dieses Spiels, abgesehen von einem schmerzenden Wurfarm meinerseits, war, dass meine Kleine danach abartig nach nassem Hund und Fisch stank. So blieb mir nichts anderes übrig, als sie zu baden, und anschließend kroch ich, bewaffnet mit einem Science-Fiction-Buch, das ich schon lange lesen wollte, ins Bett. Allerdings konnte ich mich nicht wirklich auf meine Lektüre konzentrieren, denn ich machte mir große Sorgen um Tripp. So niedergeschlagen hatte ich ihn noch nie zuvor erlebt. Von daher dauerte es auch ewig, bis ich eingeschlafen war.

)⊗(

„Was ist denn da drüben los?" Tripp deutete auf die große Menschenansammlung vor dem Büro des Sheriffs.

Wir hatten gerade Farbe und ein paar weitere Utensilien bei *Sundry* besorgt, dem Gemischtwarenladen am östlichen Ende des Dorfes, und waren jetzt auf dem Weg zu Lily Grace.

„Keine Ahnung." Ich fuhr den Cherokee auf den kleinen Parkplatz hinter dem Sheriff-Büro. „Lass uns nachsehen."

Am Rande der Menge entdeckten wir Morgan.

„Unser neuer Sheriff ist eingetroffen", erklärte sie, als wäre er gerade mit FedEx angeliefert worden. „Wusstet ihr das nicht?"

„Nein, denn wir waren ein paar Tage nicht hier, weil wir nur am Haus gearbeitet haben", erwiderte Tripp.

„Hat ihn schon jemand zu Gesicht bekommen?", erkundigte ich mich.

„Donovan natürlich", sagte Morgan. „Und Flavia, glaube ich. Sie war es auch, die uns alle herbestellt hat, damit wir ihn kennenlernen. Und seine Mutter."

„Wie … Seine Mutter?", fragte ich verdutzt.

Morgan hielt meinen Blick ein paar Sekunden lang stand, schaute dann aber weg. „Komm, sieh selbst."

Ich wollte gerade auf weitere Informationen drängen, als Flavia auftauchte. Sie stellte sich auf eine Trittleiter, damit auch jeder sie gut sehen konnte, und legte los.

„Danke, dass ihr so zahlreich erschienen seid. Es ist jetzt etliche Wochen her, seit unser geliebter Sheriff Brighton uns verlassen hat, und der Stadtrat hat erkannt, dass es an der Zeit ist, zum Wohle unseres Städtchens und unserer hochgeschätzten Besucher, seine Stelle neu zu besetzen."

Ach, der Stadtrat hatte das erkannt? Was für eine Farce. Wenn ich nichts gesagt hätte, wären wir nach wie vor ohne polizeiliche Führung. Aber egal, ich brauchte keine Anerkennung dafür, dass ich Recht und Ordnung zurück nach Whispering Pines gebracht hatte.

„Jetzt will ich euch aber nicht länger auf die Folter spannen, sondern euch direkt unseren neuen Sheriff vorstellen. Bitte heißt Zeb Warren in seiner neuen Position herzlich willkommen."

Unter dem Applaus der Menge trat Flavia zurück, und ein junger Mann in Jeans und einem schwarzen Uniformhemd nahm ihren Platz auf der Trittleiter ein. Ehrlich gesagt brauchte ich ein paar Sekunden, um zu begreifen, dass dies unser zukünftiges Polizeioberhaupt sein sollte. Donovan hatte zwar gesagt, dass er noch recht jung sei, aber dieser Typ sah aus, als wäre er noch mitten in der Pubertät.

„Doch nicht etwa der, oder?", wandte ich mich an Morgan und Tripp.

Meine Freundin erwiderte nichts darauf.

„Der kommt doch frisch von der Highschool", fuhr ich fort.

„Gib ihm eine Chance", sagte Tripp. „Vergiss nicht, dass auch viele deiner Kollegen in Madison der Meinung waren, du seist zu jung, um Detective zu werden."

„Ich war fünfundzwanzig, hatte immerhin schon vier Jahre

Erfahrung als Streifenpolizistin und mir meine Beförderung somit mehr als verdient." Dann deutete ich mit der Hand auf den jungen Mann vor uns und flüsterte: „Sieh ihn dir doch an. Der hat sogar noch Pickel im Gesicht. Das ist vielleicht ein Pfadfinder, aber doch kein Sheriff."

„Vielen Dank." Zebs Stimme überschlug sich. „Ich kann Ihnen gar nicht sagen, wie stolz und aufgeregt ich bin, den Menschen von Whispering Pines, Wisconsin, zu dienen. Mir ist klar, dass ich in große Fußstapfen trete. Onkel Donovan und Ms Flavia haben mir bereits viel über Karl Brighton erzählt. Ich werde mich direkt an die Arbeit machen, bitte Sie alle jedoch um Ihre tatkräftige Unterstützung, damit ich mich hier schnell einfinde."

„Damit meint er wohl, dass wir ihn während seines Mittagsschläfchens vertreten", stichelte ich.

„Hör auf damit", tadelte Tripp, und auch Morgan wies mich zurecht.

„Denk an dein Karma, Jayne. Das, was du aussendest, kommt auch wieder zu dir zurück."

„Ich möchte Ihnen noch jemanden vorstellen", fuhr Sheriff Zeb fort. „Mom, komm doch bitte einmal zu mir."

Eine Frau mit einem breiten Grinsen im Gesicht kletterte neben ihm auf die Trittleiter, und Donovan hielt sie fest, um sicherzustellen, dass sie nicht herunterfiel. In ihrem langen Rock und den Birkenstocksandalen sah sie aus wie eine in die Jahre gekommene Hippiebraut.

„Bitte heißen Sie auch meine Mutter, Vera Warren, willkommen", rief Sheriff Zeb. „Sie wird mich auf dem Revier unterstützen."

„O nein, bitte sprich es nicht aus", murmelte ich vor mich hin.

„Was soll er nicht aussprechen?", fragte Tripp.

„Somit", verkündete der Sheriff-Jüngling, „ist sie so etwas wie meine Stellvertreterin."

„Exakt das." Ich drehte mich zu meinen beiden Begleitern um. „Meint er das wirklich ernst?"

Ganz ehrlich? Wenn dieser Typ auf meiner Wache in Madison auftauchen und nach einem Job fragen würde, würden sie ihm einen Karren in die Hand drücken und in die Poststelle schicken, aber mit Sicherheit keine Marke und Waffe aushändigen.

„Komm, lass uns einen kleinen Spaziergang machen." Morgan hakte mich unter und führte mich den Feenpfad entlang in Richtung Yogastudio und Heilzentrum. Als wir außer Hörweite der anderen waren, blieben wir stehen, und sie fragte in einem Tonfall, der mich an eine enttäuschte Mutter erinnerte: „Warum bist du so widerborstig?"

Ich atmete erst einmal tief durch und zählte bis drei, und Meeka lehnte sich gegen mein Bein. Das war ihre Art zu versuchen, mich etwas runterzubringen.

„Entschuldigung, aber hast du eine Ahnung, wie alt Mr Warren überhaupt ist?"

Sie lächelt mich verlegen an. „Ich glaube, Donovan sagte etwas von einundzwanzig."

Das waren immerhin ein oder zwei Jahre mehr, als ich geschätzt hätte.

„Vielleicht kann und weiß er ja mehr, als ich ihm zutraue, aber einundzwanzig ist das Mindestalter, um überhaupt in den Polizeidienst aufgenommen zu werden. Und das bedeutet, dass er über wenig bis gar keine Erfahrung verfügen dürfte. Nur weil Whispering Pines ein kleines Dorf ist, heißt das noch lange nicht, dass wir keine qualifizierte Führung verdient hätten. Ich war fünf Jahre lang bei der Polizei von Madison. Wenn ich bedenke, was ich am ersten Tag alles nicht wusste, verglichen mit dem, was ich in dieser Zeit gelernt habe, ist das wirklich gewaltig."

Warum weigerte sich der Stadtrat, dieses Thema ernst zu nehmen? Zeb brauchte jemanden, der ihn anleitete und einführte. Ich wäre sogar bereit, das zu übernehmen.

„Das ist ja alles schön und gut." Tripps Stimme klang leise und beruhigend. „Und wir alle wissen doch, wie pflichtbewusst du bist. Aber wie wäre es, wenn wir ihm trotzdem eine Chance geben? Dein Captain stellt doch parallel dazu eine Liste mit möglichen Kandidaten zusammen, oder?"

„Ja, er ist schon dabei." Ich hatte meinem ehemaligen Chef in Madison am Tag der geplanten Ratssitzung eine E-Mail geschrieben und nach potenziellen Anwärtern gefragt, die für das Amt des Sheriffs hier infrage kämen, und er versprach, mir einige Namen durchzugeben.

„Erinnerst du dich noch, was wir über die Pine-Time gesagt haben?", hakte er nach.

Einige Wochen zuvor, als Yasmine Longs Leiche gefunden wurde, hatte ich mich vehement bei ihm darüber beschwert, wie wenig Sheriff Brighton und Deputy Reed bemüht schienen, den Fall aufzuklären. Daraufhin hatte er mir zu verstehen gegeben, dass ich zu sehr das Großstadttempo gewohnt sei, die Dinge hier jedoch anders liefen, weil die Menschen eben nach der Pine-Time, also der Kiefernzeit, lebten.

Ich tippte mit der Schuhspitze gegen einen Zapfen besagter Kiefern vor mir und kickte ihn aus dem Weg. „Du hast recht. Er hat eine Chance verdient."

Das Problem allerdings war der Tod von Berlin vor vier Tagen. Je mehr ich darüber nachgrübelte, wie sie gestorben war, desto sicherer war ich mir, dass es sich um Mord handelte. Deputy Atkins hatte gründlich recherchiert, aber die Ressourcen des Bezirks waren bereits ausgereizt. Er würde sich wahrscheinlich nicht weiter mit diesem Fall befassen, es sei denn, die Obduktionsergebnisse wären irgendwie verdächtig.

„Was geht jetzt schon wieder in deinem Kopf vor?", erkundigte sich Tripp.

„Ich musste gerade an Berlin denken und kann nur hoffen,

dass die Ermittlungen bei allem, was hier gerade so los ist, nicht in den Hintergrund rücken."

„Wie stehen die Chancen, dich davon abzuhalten, dich erneut einzumischen?", fragte Morgan in neckischem Ton.

„Klar. Wenn unser neuer Sheriff seinen Job gut macht, verspreche ich, die Finger davonzulassen."

„Aber du glaubst nicht, dass das passieren wird, oder?", fragte Tripp.

Als ich mich kurz umwandte und den Feenpfad hinunterblickte in Richtung Revier, sah ich, dass Zeb noch immer vor der Menschenmenge redete. Ich stützte meine Meinung allein auf sein Aussehen, diskriminierte ihn aufgrund seines Alters. Damit war ich keinen Deut besser als meine ehemaligen Kollegen.

„Wie gesagt, ich gebe ihm eine Chance und warte ab."

Dennoch hatte ich berechtigte Bedenken und würde ihn genauestens im Auge behalten. Wenn in Whispering Pines ein Mörder frei herumlief – und davon war ich überzeugt –, konnte ich die Sicherheit der Dorfbewohner und Touristen nicht guten Gewissens in die Hände eines Jünglings und seiner Hippiemutter legen.

# Kapitel Zehn

NACHDEM SICH DIE MENGE VOR DEM REVIER ZERSTREUT
HATTE, kehrten Tripp und ich zum Cherokee zurück, und
Morgan ging wieder in ihren Laden. Ich hatte Meeka gerade
in ihre Transportbox gesetzt, als ich Creed entdeckte, der im
Begriff stand, hinter das Gebäude zu gehen.

„Gib mir eine Minute", sagte ich zu Tripp und eilte ihm
hinterher. „Hallo. Wir haben uns ja ein paar Tage nicht
gesehen. Wie läuft es so bei Ihnen?", fragte ich, als ich ihn
eingeholt hatte.

„Etwas besser", antwortete er. „Wir haben den
Zirkusbetrieb wieder aufgenommen, aber die Vorführungen
im Hauptzelt fühlen sich irgendwie nicht richtig an."

„Was ist denn jetzt der Schlussakt?"

„Zuerst richten wir den Scheinwerfer auf den
Kronleuchter, den Berlin in einigen Nummern verwendet hat,
und halten eine Schweigeminute für sie ab. Anschließend
beenden Dallas und Abilene die Show."

„Das klingt sehr bewegend."

Er zuckte mit den Schultern. „Vorerst sollte es
funktionieren, aber ehrlich gesagt ist die Stimmung ziemlich
angespannt. Die Artisten wollen Antworten, und ich ebenso."

„Auch mir lässt die Sache keine Ruhe, und ich kann mir nur zu gut vorstellen, wie Sie alle sich fühlen. Würden Sie mir einen Gefallen tun?" Er zog fragend die Augenbrauen hoch. „Mich informieren, sobald der neue Sheriff bei Ihnen auftaucht?"

Zwar lächelte er, bedachte mich jedoch mit einem vielsagenden Blick. „Sie können es nicht lassen, Ihre Nase in Dinge zu stecken, die eigentlich nicht in Ihren Aufgabenbereich fallen, was?"

„Ein Todesfall hat immer Priorität, und wenn womöglich ein Mord dahintersteckt, ist das gleich noch einmal eine ganz andere Nummer. Ich will einfach sichergehen, dass er seinen Job ernst nimmt. Wenn nicht, müssen wir uns schnellstmöglich etwas anderes einfallen lassen."

Creed deutete mit dem Kinn in Richtung Polizeirevier. „Nachdem der Sheriff seine Rede beendet hatte, bin ich auf ihn zugegangen und habe ihn wissen lassen, dass ich ihm im Fall Berlin jederzeit für ein Gespräch zur Verfügung stehe. Zwar dankte er mir, aber irgendwie fühlte ich mich abgewimmelt."

Das klang gar nicht gut. Alles in mir schrie, ich sollte direkt zum Zirkus fahren und mir die Leute einen nach dem anderen vornehmen. Beispielsweise Gianni, der eindeutig Probleme mit Berlin hatte. Oder auch Dallas, da es zwischen den beiden ebenfalls oft Unstimmigkeiten gegeben hatte. Eigentlich jeden, der etwas über sie wusste. Aber damit würde ich Zeb eindeutig auf die Füße treten, ganz zu schweigen davon, dass ich für derartige Ermittlungen keine rechtliche Befugnis hatte.

„Versprechen Sie mir, mich auf dem Laufenden zu halten?", bat ich Creed. „Halten Sie die Augen offen und achten Sie auf alles, was Ihnen seltsam vorkommt." Da musste ich selber laut lachen, denn was in Whispering Pines war schon normal. „Melden Sie sich, wenn ich etwas tun kann."

„Das werde ich." Die Erleichterung war ihm deutlich ins Gesicht geschrieben, dennoch fügte er hinzu. „Mir ist schon klar, dass Sie sich besser nicht mit dieser Sache befassen sollten, da Sie bereits wegen Yasmine Long in ziemliche Schwierigkeiten geraten sind. Aber ... Berlin war mir wichtig. Wenn jemand sie ermordet hat, will ich, dass diese Person zur Rechenschaft gezogen wird. Und wenn niemand sonst etwas unternimmt, lasse ich Sie gerne herumschnüffeln."

Als ich zu unserem Wagen zurückkehrte, war ich etwas beruhigter. Dennoch wappnete ich mich innerlich schon einmal für die Standpauke, die Tripp mir mit Sicherheit halten würde. Er hatte nur wenige Meter von Creed und mir entfernt gestanden und bestimmt jedes Wort mit angehört. Merkwürdigerweise sagte er jedoch nichts und schwieg auch dann noch, als ich vom Revier weg in Richtung des Parkplatzes nahe dem Wahrsager-Dreieck fuhr. Die Bezeichnung kam daher, dass das Gebiet von einem kleinen Bach, der zweispurigen Landstraße, die das Dorf teilte und der Straße zu meinem Haus eingerahmt wurde. Entweder war er sauer auf mich oder nervös aufgrund dessen, was Lily Grace ihm gleich prophezeien würde.

Wir stellten das Auto am westlichen Ende des Ortes ab und stiegen die Treppe hinab zu einem Fußgängertunnel, der unter der Landstraße hindurchführte. Meeka und ich gingen voran, Tripp folgte ein paar Meter hinter uns. Unsere Schritte setzten den Geruch von Moos und feuchter, lehmiger Erde frei. Nach etwa fünfzig Metern kamen wir an einen wahrhaftigen, mit Kletterpflanzen bewachsenen Türrahmen. Und das mitten im Wald ... Dahinter begann ein Weg, der auf beiden Seiten von langen, dichten Reihen aus hohen Büschen, Kiefern und Laubbäumen gesäumt war.

An dessen Ende konnte ich bereits das ungefähr

viertausend Quadratmeter große Areal erkennen, auf dem die Wahrsager ihr Lager aufgeschlagen hatten. Als Kind war dies mein absoluter Lieblingsort gewesen, abgesehen vom Haus meiner Großeltern natürlich. Wagen mit Speichenrädern aus Holz standen wahllos auf dem Gelände verteilt herum. Sie leuchteten in den brillantesten Farben – Pink, Türkis, Lila und Orange – und hoben sich deutlich von den erdigen Braun- und Grüntönen des umliegenden Waldes ab. Handgemalte Schilder an den Seiten nannten die Namen der jeweiligen Bewohner und ihr Spezialgebiet: Handlesen, Tarotkarten legen oder Hellsehen mit Hilfe einer Kristallkugel. Hinter den Wagen befanden sich weitere vier oder fünf Hektar, auf denen die Hütten standen, in denen die Zigeuner lebten.

Da die meisten Bewohner zum Bahnhof gegangen waren, um Sheriff Warren zu begrüßen, war das Dreieck fast leer, bis auf eine Handvoll Wahrsager und natürlich etliche Touristen, die darauf brannten, dass ihnen die Zukunft gedeutet wurde. Während wir auf Lily Grace warteten, traf Meeka auf einen freundlichen Schnauzer, mit dem sie prompt herumzutoben begann. Tripp und ich unterhielten uns in der Zwischenzeit mit einigen Urlaubern. Besser gesagt, ich plauderte mit ihnen. Er schien viel zu nervös, um etwas anderes zu tun, als zu lächeln und zu nicken, und das auch nur dann, wenn ich ihn mit dem Ellbogen anstupste.

Kurze Zeit später tauchte Lily Grace auf.

„Sind Sie bereit, sich aus der Hand lesen zu lassen, Tripp?" Er verdrehte kurz die Augen, was mir zeigte, dass er sich mit dieser Idee nach wie vor nicht wirklich angefreundet hatte. Dennoch murmelte er etwas, das wie ein Einverständnis klang, und so führte Lily Grace uns zu einer kleinen Lichtung. Statt eines Wagens wie die anderen hatte sie eine Art Zelt aus großen, bunten Tüchern, die an den Zipfeln zusammengebunden, über Seile geworfen und an den Ästen der umliegenden Kiefern befestigt waren. Darunter befand sich eine einfache Holzplattform mit zahlreichen handgewebten Teppichen und großen Kissen darauf, die als Sitzgelegenheiten dienten. In der Mitte stand ein ungefähr sechzig Zentimeter hoher, runder Tisch, der mit noch mehr Tüchern bedeckt war. Sehr unkonventionell, dieser Ort.

„Es ist nur eine vorübergehende Lösung", beeilte sie sich, uns zu versichern. „Ich habe mich noch immer nicht entschieden, ob ich hierbleiben oder im Frühjahr nach meinem Abschluss auf die Uni gehen und Tiermedizin studieren soll. Falls ich bleibe, bekomme ich ebenfalls einen Wagen."

Sie winkte Tripp und mich hinein.

„Soll ich lieber gehen?", fragte ich ihn.

„Ist mir egal." Er zuckte mit den Achseln. „Du kannst gerne zuhören."

Trotz dieser vagen Antwort erkannte ich, dass er mich dabeihaben wollte. Also suchte ich mir ein großes Kissen in einer Ecke des Zeltes und setzte mich im Schneidersitz darauf. Meeka kletterte auf meinen Schoß und kuschelte sich für ein Nickerchen an mich. Lily Grace ließ sich auf einem dicken, runden Kissen an der einen Seite des Tisches nieder und zog die Beine unter ihren knöchellangen Rock – ein verrücktes Patchworkteil, bestehend aus braunen, beigefarbenen und türkisen Flicken. Tripp saß ihr auf einem großen quadratischen Polster gegenüber.

„Die einzige Methode, wie es bei mir funktioniert, ist, wenn ich Ihre Hände halte", begann sie. „Ich habe keine Ahnung, was Tarotkarten zu bedeuten haben, und in einer Kristallkugel sehe ich nichts anderes als mein eigenes Gesicht."

Sie streckte ihre Hände über den Tisch, mit den Handflächen nach oben, und forderte ihn mit einem Nicken auf, die seinen mit den Handflächen nach unten daraufzulegen. Von meinem Platz aus konnte ich zwar ihr Gesicht sehen, nicht jedoch das von Tripp.

Dann atmete sie tief ein und schloss für ein paar

Sekunden die Augen. Als sie sie wieder öffnete, hatte sich eine subtile Veränderung von einem Teenager zu einer Wahrsagerin vollzogen.

„Ich kann spüren, dass Sie nach einer Antwort suchen", sagte sie. „Wie lautet die Frage?"

Er rutschte nervös auf seinem Kissen hin und her, die Hände immer noch auf denen von Lily Grace liegend. „Meine Mutter ist abgehauen, als ich dreizehn war. Mit fünfzehn habe ich das letzte Mal etwas von ihr gehört. Seit ich achtzehn bin, suche ich nach ihr. Ich möchte einfach nur wissen, ob es ihr gut geht." So leise, dass er fast nicht zu verstehen war, fügte er hinzu: „Es ist in Ordnung, wenn sie mich nicht mehr in ihrem Leben haben will."

Lily Grace schloss erneut die Augen. „Erzählen Sie mir von ihr. Wie sieht sie aus?"

„Sie ist wunderschön." Seine Stimme zitterte ein wenig. „Sandblondes Haar, das ihr bis weit über den Rücken reicht. Augen wie meine. Durchschnittliche Größe, vielleicht einen Meter fünfundsechzig, sehr schlank."

Mit nach wie vor geschlossenen Augen verstärkte sie den Druck ihrer Handflächen auf die seinen. Dann begannen ihr Kopf und ihre Schultern leicht hin und her zu schwingen.

„Ich sehe eine Frau und einen kleinen Jungen", berichtete sie mit leiser, monotoner Stimme. „Sie sind auf einem Spielplatz. Er sitzt auf einer Schaukel und lacht, als sie ihn anschubst."

„Sie ist jeden Abend nach dem Essen mit mir dorthin gegangen, außer wenn es regnete", bestätigte er. „Wenn wir dann nach Hause zurückkamen, badete sie mich und las mir anschließend eine Gute-Nacht-Geschichte vor."

Der Schmerz in seiner Stimme war so heftig, dass ich mit den Tränen kämpfen musste.

Lily Grace begann erneut, sich hin und her zu wiegen, und nach ein paar Sekunden runzelte sie die Stirn. Nun bewegte sie sich vor und zurück und runzelte nur noch stärker die Stirn. Eine volle Minute sagte sie nichts. Dann öffnete sie die Augen und zog ihre Hände zurück.

Tripps Stimme war ein kaum hörbares Flüstern, als er fragte: „Was hast du gesehen?"

Sie zögerte, bevor sie antwortete. „Es gibt keine Garantie dafür, dass das, was sich mir zeigt, auch wirklich wahr ist, okay?" Sie schaukelte auf ihrem Kissen hin und her, eine Bewegung, die eher der Selbstberuhigung zu dienen schien als der, eine weitere Vision hervorzurufen.

Er nickte und wiederholte mit mehr Entschlossenheit: „Was hast du gesehen?"

„Zwei Dinge. Zum einen die Umrisse des Bundesstaates Missouri. Zum anderen einen Grabstein. Ein Name hat sich mir nicht offenbart, aber ein Datum … vor ungefähr zwei Jahren."

Tripp blickte zu Boden, räusperte sich und nickte langsam. „Danke. Was schulde ich dir?"

„Von Freunden nehme ich kein Geld an", sagte Lily Grace.

„Was bin ich dir schuldig?", wiederholte er knurrend seine Frage.

Dann jedoch, ohne ihre Antwort abzuwarten, stand er auf, legte zwei Zwanzigdollarscheine auf den Tisch, verließ das Zelt, ohne mich auch nur eines Blickes zu würdigen, und ging in Richtung Parkplatz. Meeka sprang von meinem Schoß und jagte ihm hinterher.

„Es ist nicht meine Schuld, wenn Leute schlechte Nachrichten bekommen." Lily Grace schien sichtlich verärgert.

„Nein, natürlich nicht", versicherte ich ihr. „Er fängt sich schon wieder. Die Ungewissheit, was mit seiner Mutter passiert ist, hat ihn fast fünfzehn Jahre lang zermürbt. Ich mache mir mehr Sorgen darüber, wie er auf die Tatsache reagieren wird, dass sie bis vor zwei Jahren noch am Leben gewesen sein könnte und ihn nie kontaktiert hat."

„Das ist wirklich scheiße." Sie schüttelte die Arme aus, als wären sie eingeschlafen und sie müsste das Kribbeln daraus vertreiben. „Ich hasse es, wenn ich Leuten schlimme Dinge erzählen muss."

Zufällige Erinnerungen an diverse Polizeieinsätze blitzten in meinem Kopf auf. An der Tür von Eltern zu stehen, um ihnen mitzuteilen, dass ihr Sohn oder ihre Tochter einen Autounfall hatte. Einer Ehefrau eröffnen zu müssen, dass ihr Mann gestorben war, weil er zur falschen Zeit am falschen Ort war. Jemanden darüber zu informieren, dass die Spur eines vermissten Angehörigen erkaltet war und wir nichts mehr tun konnten, um ihn zu finden.

„Ich verstehe das vollkommen", versicherte ich ihr. „Menschen zu helfen und ihr Leben zu verbessern, ist der positive Aspekt dieser Arbeit, schlechte Nachrichten zu überbringen hingegen kann einen ziemlich runterziehen."

„Wie soll ich nur damit umgehen?", fragte sie verzweifelt. „Es passiert viel öfter als gedacht."

„Indem du dir sagst, dass du die gewünschte Antwort gegeben hast. Nur das wurde von dir erwartet. Ich für meine Person weiß lieber Bescheid, als ewig im Dunkeln zu tappen."

Sie starrte mich an, ihre wunderschönen, helltürkisen Augen funkelten. Ich zog sie an mich, aber schon nach Sekunden stieß sie mich von sich. Meine erste Vermutung war, der Körperkontakt könnte ihr unangenehm sein, aber ihr Gesichtsausdruck verriet, dass da mehr dahintersteckte.

„Was ist los?", fragte ich alarmiert.

Sie verzog entsetzt das Gesicht. „Ich habe etwas gesehen."

„Was mich betrifft? Was denn?"

„Körperteile. Blutige Arme und Beine. Was zur Hölle hat das zu bedeuten?"

Angewidert wandte sie sich ab und ging wortlos in den Wald.

# Kapitel Elf

DA TRIPP MIR MEHR ALS DEUTLICH ZU VERSTEHEN GAB, DASS er nicht über Lily Graces Visionen sprechen wollte, arbeiteten wir den Rest des Tages über in verschiedenen Bereichen des Hauses. Ich begann mit den Bädern im Obergeschoss, und am späten Nachmittag hatte ich fünf der sechs sowie den Wäscheschrank im Flur ausgeräumt. Im zweiten Stock musste ich lediglich noch Großmutters Schlafzimmer und ihr Badezimmer ausmisten. Alles andere war erledigt, und es gab keine Ausrede mehr, diese Sache noch länger vor mir herzuschieben.

Für heute jedoch machte ich Feierabend und nahm mir fest vor, die letzten beiden Räume gleich am nächsten Morgen in Angriff zu nehmen.

Also begab ich mich wieder nach unten und stellte fest, dass Tripp mit dem Ablösen der Tapeten, den Ausbesserungsarbeiten und dem Streichen der kleinen Flächen fertig geworden war. Er musste geschuftet haben wie ein Pferd, wenn man bedachte, wie viele Ecken, Fußleisten und Fenster es hier gab. So wie es aussah, kämen morgen die Wände an die Reihe. Das würde ein großer Tag werden, immerhin hatte es einen Monat gedauert, um an diesen Punkt zu gelangen.

Da ich ihn nirgends im Haus entdecken konnte, ging ich nach draußen und hinüber zu seinem Wohnwagen, den er im vorderen Garten abgestellt hatte.

„Tripp? Ich fange jetzt an zu kochen. Möchtest du mit mir essen?"

Keine Antwort. Gerade als ich mich wieder zum Gehen wandte, erklang von drinnen seine Stimme: „Ich brauche nichts. Wir sehen uns dann morgen."

„Sicher?"

„Gute Nacht, Jayne."

Wie nur sollte man sich verhalten, wenn ein ansonsten so fröhlicher und positiver Mensch plötzlich so schwermütig wurde? Seit ich ihn kennengelernt hatte, war Tripp noch nie schlecht gelaunt gewesen. Dem am nächsten kam sein Verhalten, als er befürchtete, ich könnte aufgrund der Ermittlungen im Fall Yasmine Long in Gefahr geraten. Aber das konnte man eigentlich nicht vergleichen. Jetzt ging es um sein Leben. Auch wenn wir nicht mit Sicherheit wissen konnten, ob das, was Lily Grace gesehen hatte, zutraf, schien er davon überzeugt zu sein, dass seine Mutter tot war. Da mir nichts weiter einfiel, was ich für ihn hätte tun können, beschloss ich, ihn für heute Abend einfach in Ruhe zu lassen.

Also ging ich zurück in meine Wohnung und fand im Kühlschrank noch Reste von gegrillten Rippchen und Kartoffelpüree, die ich mir aufwärmte und auf der Veranda aß. Anschließend saß ich noch lange in Gedanken versunken da und beobachtete die Boote und Jetskifahrer, die auf dem See vorbeiglitten. Irgendwann begann die Sonne zu sinken, Fische tauchten auf, um nach den Käfern auf der Wasseroberfläche zu schnappen, und Glühwürmchen blinkten im Unkraut entlang der Baumgrenze. Die kleinen Lichter, die ständig an- und ausgingen, schienen Meeka zu verwirren. Sie warf mir einen irritierten Blick zu, als wollte sie fragen, ob ich dafür verantwortlich wäre, und stob dann davon, um sie zu jagen. Als die Mücken so zahlreich wurden, dass selbst der elektronische Insektenvernichter ihnen nicht mehr Herr wurde, pfiff ich sie zurück und nahm sie mit nach drinnen.

Dort machten wir es uns auf der Couch gemütlich, verfolgten auf dem kleinen Fernseher ein Spiel der Brewers und schalteten dann, als feststand, dass das Team die Partie für sich entschieden hatte, auf Netflix um. Und mit einem Mal überfiel mich ein heftiges Gefühl von Einsamkeit. Meine Kleine neben mir war mittlerweile eingeschlafen, und ich legte meine Hand auf ihre Brust und ließ mich von ihrer Körperwärme und ihrem gleichmäßigen Atem beruhigen und trösten.

„Gott sei Dank gibt es Tripp und dich. Ich wüsste nicht, was ich ohne euch beide machen sollte."

Dieses Bedürfnis nach Gesellschaft war etwas völlig Neues für mich. Bevor ich nach Whispering Pines gekommen war, hatte ich nie ein Problem damit gehabt, am Ende meiner Schicht nach Hause in eine leere Wohnung zurückzukehren. Was wahrscheinlich daran lag, dass ich mich den lieben langen Tag über mit Menschen aus den unterschiedlichsten Gesellschaftsschichten herumschlagen musste. Am Abend war ich dann meist so erschöpft, dass es für mich keine Rolle mehr spielte, ob Jonah da war oder nicht. Ich tat so ziemlich genau dasselbe wie jetzt auch – setzte mich vor dem Schlafengehen noch eine Weile mit meinem Hund vor den Fernseher.

Mittlerweile jedoch hatte ich mich zu sehr daran gewöhnt, jeden Abend Gesellschaft zu haben. Entweder saß ich mit Tripp auf der Sonnenterrasse zusammen oder ich ging ins Dorf und setzte mich zu irgendwelchen Leuten, die gerade im *The Inn* oder im *Grapes, Graines, and Grub* abhingen. Ich hatte schlichtweg verlernt, wie es war, allein zu sein. Wahrscheinlich war heute einfach ein komischer Tag. Ich war besorgt wegen Tripp, und natürlich beschäftigte mich nach wie vor Berlins Tod.

Irgendwie gelangweilt von dem Film, schaltete ich den

Fernseher ab, begab mich erneut hinaus auf das Sonnendeck und atmete tief die klare Nachtluft ein, während Meeka ein letztes Mal ihr Geschäft verrichtete. Eine sanfte Brise ließ die Kiefern hin- und herschwanken, und die sich berührenden Nadeln erzeugten ein säuselndes Geräusch. Fast kam es mir so vor, als wollten sie mich mit ihren schaukelnden Bewegungen beruhigen, und obwohl ich auf Zehenspitzen mitwippte, gelang es ihnen nicht. Es war wohl an der Zeit, schlafen zu gehen ...

Als ich am nächsten Morgen erwachte, war der Himmel mit weißen, flauschigen Wolken bedeckt. Zudem war es ziemlich windig, und Sonnenlicht und Schatten wechselten sich aufgrund der schnell vorüberziehenden Wolkengebilde ab. Heute war der Tag, an dem ich mich Großmutters Zimmer widmen würde. Länger durfte ich das nicht vor mir herschieben. Noch während ich im Bett lag, begann ich, mich seelisch und moralisch darauf vorzubereiten. Dann sprang ich in Jeans und T-Shirt und lief über den Vorplatz hinüber zum Haus.

Ich griff nach dem Knauf an einer der Flügeltüren auf der rückwärtigen Veranda, drehte ihn ... und knallte volle Kanne gegen die Glasfront. Normalerweise war Tripp um diese Zeit schon in der Küche und bereitete Frühstück für uns vor. Skeptisch spähte ich durch eine der Scheiben, um zu sehen, ob er vielleicht einfach vergessen hatte, die Tür aufzuschließen, aber drinnen brannte kein Licht. Also rannte ich zurück zur Wohnung, schnappte mir meinen Schlüssel und ließ mich selbst hinein.

„Tripp? Wo steckst du?"

Alles blieb still. Offensichtlich schlief er heute etwas länger. Also begab ich mich zur Haustür, betrat den Vorgarten und ging hinüber zu seinem Wohnwagen, um ihn zu fragen, ob er zumindest heute etwas essen wollte. In dem Moment fiel mir auf, dass sein rostiger, alter F-350 weg war. Vielleicht war er weggefahren, um etwas bei Sundry zu besorgen. So setzte ich erst einmal Kaffee auf, goss Milch in eine Schüssel und fügte Müsli hinzu. Doch selbst, nachdem ich mein Frühstück beendet hatte, war er noch immer nicht zurück.

Ich wartete neben seinem Zeltcaravan und ließ meinen Blick immer wieder die Auffahrt hinauf wandern, in der Erwartung, dass er jeden Moment auftauchte. Aber er kam nicht. Gedankenverloren starrte ich erst hinaus auf den See und dann hinüber zum Bootshaus. Was sollte ich jetzt tun? Meine Motivation, Grandmas Zimmer in Angriff zu nehmen, war dahin, mein Bedürfnis hingegen, mich mit etwas Produktivem zu beschäftigen, nach wie vor ungebrochen. Hatte Creed nicht gesagt, er würde mich herumschnüffeln lassen? Ein winziger Schauer jagte mir über den Rücken.

„Los, wir fahren zum Zirkus und sehen nach, ob wir irgendwie helfen können."

Als ich zu Boden schaute, begegnete ich Meekas missbilligendem Blick.

„Um Grandmas Zimmer kümmere ich mich schon noch, aber das ist eindeutig wichtiger."

Sie jedoch rührte sich nicht von der Stelle, saß einfach nur da und taxierte mich mit ihren schwarzen Hundeaugen.

„Los, Kleine – arbeiten." Das war das Kommando, bei dem sie normalerweise in den K-9-Modus schaltete. Noch zögerte sie, stand dann aber stramm, obwohl ihre Körperhaltung nach wie vor Enttäuschung über mein Verhalten auszudrücken schien. Aber als ich mit dem Abräumen des Frühstücksgeschirrs fertig war, wartete sie dann doch schwanzwedelnd neben dem Cherokee, bereit, mich wie üblich zu unterstützen.

Während ich über die zweispurige Landstraße kroch, die direkt durch das Dorf führte, fiel mir wieder ein, dass dies ein weiterer wichtiger Punkt war, den ich dem Rat vorbringen sollte. Sie mussten dringend Zäune errichten, die die Touristen dazu zwangen, die Brücke zum Überqueren zu benutzen, anstatt wie kopflose Karnickel quer darüber zu rennen. Innerhalb weniger hundert Meter musste ich fünfmal auf die Bremse treten.

Letztendlich erreichte ich den Parkplatz, der dem Zirkusgelände am nächsten lag, ohne weitere Zwischenfälle. Als Meeka und ich uns dem Eingang näherten, sah ich Colette, die riesige Frau, und Creed in der Nähe des Ticketschalters stehen.

„Wir haben gerade über Sie gesprochen", sagte Creed.

„Über mich?", fragte ich erstaunt.

„Indirekt", korrigierte Colette ihn mit ihrer tiefen Stimme, die perfekt zu ihrer überdimensionalen Erscheinung passte. „Wir haben nämlich beschlossen, jemand anderen mit den Ermittlungen zu beauftragen, falls der neue Sheriff nicht auftaucht, und Creed meinte, Sie würden das übernehmen."

„Genau deshalb bin ich heute auch hier." Ich wandte mich an den Zirkusdirektor. „Könnte ich kurz mit Ihnen reden?"

„Natürlich. Ein paar Minuten kann ich auf jeden Fall erübrigen."

Er deutete auf die Gruppe von Picknicktischen in der Nähe einer der Imbissbuden, und wir setzten uns einander gegenüber, während Meeka direkt loszog, die Gerüche zu ergründen, die sowohl von dem Essen als auch von den Tieren herrührten.

„Ich habe so eine Vermutung, was passiert sein könnte", begann ich. „Und wenn ich richtig liege, ist Berlins Tod definitiv verdächtig. Das Problem allerdings ist, dass der Gerichtsmediziner sich nur an ihrem Körper orientieren kann, um eine Diagnose zu stellen. Deshalb ist es unerlässlich, gründlich zu recherchieren, um weitere wichtige Details aufzudecken."

„Sie machen sich doch wegen irgendetwas Sorgen, stimmt's? Worüber genau?", hakte Creed nach.

Ich nicke zustimmend. „Wenn der Autopsiebericht einen natürlichen Tod bestätigt oder die Sache als Unfall deklariert, wird der Fall abgeschlossen. Der Bezirk verfügt nicht über die Mittel, um weiter nachzuforschen."

„Und unser neuer Sheriff?"

Ich bedachte ihn mit einem spitzen Blick. Eigentlich kannte er meine Meinung zu diesem Thema bereits.

„Ich bin überzeugt, dass es kein Unfall war." Um meine Meinung zu unterstreichen, holte ich mein Handy heraus und öffnete das Foto von dem Betäubungspfeil, den ich auf dem Boden unter der Zeltspitze entdeckt hatte. „Ich nehme an, Sie haben so ein Teil schon einmal gesehen."

Creed brauchte gefühlt zwei Sekunden, um das Bild zu studieren. „Natürlich. Das ist einer der Pfeile, die Gianni für seine Tiere verwendet. Zumindest sieht es so aus, als wäre es die gleiche Art von Pfeil. Aber mit Sicherheit kann ich das natürlich nicht sagen."

„Den habe ich in der Manege direkt unter der Zeltkuppel gefunden, als ich auf das Eintreffen von Deputy Atkins wartete."

Ich schaute ihn erwartungsvoll an, ob er etwas darauf erwidern würde.

„Das überrascht mich", entgegnete er, „denn normalerweise ist Gianni extrem vorsichtig mit seinem Equipment."

„Wie oft führt er derartige Betäubungspfeile mit sich?"

„Wenn er sich in der Nähe eines gefährlichen Tieres aufhält, was fast immer der Fall ist, hat er stets Darts und die entsprechende Pistole bei sich. Bei Auftritten benutzt er ein Gewehr, weil eine große Waffe seiner Meinung nach dem Publikum mehr Vertrauen vermittelt. Die andere Waffe, trägt er normalerweise in einem Halfter an der Hüfte."

„Sie hatten mir doch erzählt, dass es zwischen Berlin und ihm öfter zu Differenzen kam."

„Moment mal, Jayne." Creed hob abwehrend die Hand. „Ich weiß schon, was Sie damit andeuten wollen, aber es fällt mir schwer zu glauben, dass einer ihrer Schaustellerkollegen sie getötet haben soll."

„Aber als ich Sie neulich danach fragte, mit wem sie Probleme hatte, haben Sie ausschließlich Kollegen genannt. Und wenn keiner von ihnen der Mörder ist, kann das ja nur bedeuten, dass es einer der Dorfbewohner oder ein Tourist war."

Er überlegte eine Minute lang und klopfte mit einem seiner langen, schlanken Finger gegen sein Kinn. „Ehrlich gesagt bin ich mir jetzt überhaupt nicht mehr sicher. Vielleicht sollten Sie selbst einmal mit Gianni sprechen."

Ich bedachte ihn mit einem mitfühlenden Lächeln. „Ich kann gut nachvollziehen, wie schlimm es ist, feststellen zu müssen, dass jemand, den man zu kennen glaubt, sich als ein anderer entpuppt." Für mich war diese Person Jonah gewesen. Nach sieben gemeinsamen Jahren zeigte er immer weniger Interesse daran, meine Karriere zu unterstützen. „Wissen Sie, wo ich Gianni finden kann?"

„Er müsste bei den Tiergehegen sein. Gehen Sie bis zum Zirkuszelt und biegen Sie dann links ab. Der Weg ist gut ausgeschildert und führt Sie direkt dorthin."

Ich dankte ihm und pfiff nach Meeka, die sich nur widerwillig von der kleinen grünen Ringelnatter losriss, mit der sie gerade spielte, dann aber gehorsam zu mir herübergetrabt kam. Ja, natürlich musste sie den Eindruck haben, dass ich ihr wieder einmal den kleinsten Spaß untersagte. Aber dafür würde ich ihr gleich etwas viel Besseres bieten, nämlich Löwen, Wölfe und Bären.

# Kapitel Zwölf

Creed hatte recht gehabt, der Weg war nicht zu verfehlen.
Wobei Weg etwas übertrieben war. Es handelte sich eher um
zwei sandige Rillen mit einem Grünstreifen dazwischen,
vermutlich verursacht durch die Räder des Fahrzeugs, mit
dem Gianni seine Schützlinge von ihren Gehegen zur Manege
hin und zurück transportierte. Die Gehege waren weit genug
vom Hauptgelände entfernt, damit sie für die Touristen nicht
den Anschein eines Zoos erweckten, den man ebenfalls
besichtigen konnte, wiederum aber auch nah genug, damit die
Tiere leicht zu den Vorführungen gebracht werden konnten.

Auf den ersten Blick glich das gesamte Areal eher einem
Labyrinth oder einem Hindernisparcours. Zwischen den
geräumigen Einfriedungen verlief ein drei Meter hoher
Holzsteg, der dazu auf einer zwei Meter hohen Böschung
verlegt worden war. Jedes Gehege war von einem vier Meter
hohen Zaun umgeben, der dafür sorgte, dass die Tiere –
Löwen, Tiger, Bären und Wölfe – dort blieben, wo sie
hingehörten.

„Beeindruckend, nicht wahr?"

Ich drehte mich um und fand mich einem Mann

gegenüber. *Ende sechzig, schütteres, lockiges Haar, durchzogen von vielen grauen Strähnen, grauer Spitzbart, hellblaue Augen.*

„Sind Sie Gianni Cordano?"

„Der einzig Wahre, zumindest hier in der Gegend." Sein italienischer Akzent und der unbeschwerte Tonfall entlockten mir ein Lächeln. „Wie kann ich Ihnen helfen?"

Er beugte sich vor und hielt Meeka den Handrücken hin, und überraschenderweise lief sie direkt auf ihn zu, ohne erst wie üblich meinen Blick zu suchen und sich rückzuversichern, dass ich mit dieser Annäherung einverstanden war. Das verriet mir, dass sie sich wegen des Mannes keine Sorgen machte. Natürlich waberten Dutzende neuer, seltsamer Gerüche um sie herum, die sie erst einmal verarbeiten musste, und sicherlich auch der von Gianni. Trotzdem behielt ich ihr Verhalten als positives Zeichen im Hinterkopf, als ich zum Gespräch mit dem Tierarzt ansetzte.

„Mein Name ist Jayne O'Shea, und meine ..."

Er lachte leise und richtete sich auf. „Ich kenne den Namen O'Shea. Ihnen gehört das gesamte Land hier."

„Irgendwann sollte mich die Tatsache, dass sämtliche Leute wissen, wer ich bin, wirklich nicht mehr überraschen", erwiderte ich scherzhaft. „Aber erzählen Sie mir doch etwas über sich."

„Ich freue mich, sagen zu können, dass ich einer der ersten Schausteller war, der sich hier niederließ. Schon als Kind war es meine Leidenschaft, Tieren zu helfen. Als ich älter wurde, begann ich, Zirkustiere zu retten, die misshandelt wurden oder keinen Platz fanden, nachdem ihr Zirkus seine Pforten schließen musste. Vor vielen Jahren lernte ich dann Morgan Barlows Großmutter kennen, und Dulcie erzählte mir von diesem Ort, der eine neue Heimat für uns werden könnte. Also kam ich her, um mir persönlich ein Bild zu machen, traf auf ihre Großmutter, und innerhalb kürzester Zeit war alles eingezäunt und wir zogen hier ein." Er deutete auf das Wolfsgehege. „Nicht allzu lange danach hörten wir, dass jemand Wölfe erschossen hatte, die sich zu nahe an seinem Haus herumtrieben. Die Tiere, die nur verletzt waren, holten wir ebenfalls zu uns."

„Eine weitere Erfolgsgeschichte über Whispering Pines", sagte ich. „Ich freue mich, sowohl für Sie als auch für die Tiere. Dennoch, Dr. Cordano … Wenn Sie kurz Zeit hätten, würde ich Sie gerne ein paar Dinge fragen."

„Nur zu. Allerdings müssten Sie mit mir mitkommen, denn es ist gerade Fütterungszeit und meine Schützlinge werden schnell ungehalten, wenn ihr Essen nicht rechtzeitig serviert wird. Und bitte nennen Sie mich Gianni."

„Wäre es okay, wenn Meeka uns begleitet?"

Er blickte auf den Westie hinunter und lächelte. „Natürlich, aber bitte halten Sie sie an der kurzen Leine. Es ist zwar sehr unwahrscheinlich, dass eines der Tiere es jemals schafft, aus seinem Käfig auszubrechen. Die Kleine allerdings könnte auf die Idee kommen, sich alles genauer ansehen zu wollen und sich leicht durch die Stäbe hindurchzuzwängen und abstürzen. Und das möchte ich auf keinen Fall riskieren."

Ich schon gleich zweimal nicht. Also verkürzte ich die flexible Leine so weit, dass sie direkt neben mir herlaufen musste. Wir folgten Gianni den Weg entlang, der eine große Schubkarre mit Eimern voller Fleisch vor sich herschob. Als wir das erste Gehege erreichten, in dem sich die Löwen befanden, griff Gianni nach zwei großen Stücken rohen Fleisches. Er stützte sich auf das stabile Geländer entlang des Weges und warf die Brocken hinein, ein Stück an jedes Ende, und die Raubkatzen stürmten, einander anknurrend und fauchend, darauf zu.

„Ist das der Grund, warum Sie diesen Gehweg angelegt haben?"

„Ja. Ich habe viele Jahre gebraucht, um einen Lösungsansatz zu finden, der die Fütterung erleichtert. Ursprünglich habe ich diesen Ort wegen der Böschung gewählt." Er deutete mit der Hand auf die hohen Kiefern, die wie überall auch hier auf dem zweitausend Hektar großen Grundstück wuchsen. „Wir haben die Bäume auf beiden Seiten des Hügels im Umkreis von hundert Metern gefällt und so den perfekten Platz für die Gehege geschaffen. Der Wald und die Hügel bieten wunderbar Schutz vor schlechtem Wetter. Und bevor Sie fragen: Das gesamte Holz wurde im Dorf für Gebäude und Gehwege verwendet oder diente als Brennholz."

„Respekt", sagte ich anerkennend. „Die Menschen hier sind wirklich einfallsreich."

„Jedenfalls kam mir eines Tages die Idee, dass sich das Futter, wenn ich mich über die Zäune lehnen könnte, relativ einfach hineinwerfen ließe und ich so nicht jedes Mal die Käfige betreten müsste. Zum einen ist es sicherer, zum anderen geht es viel schneller."

„Wie ich sehe, haben sie eine Pistole mit Betäubungspfeilen bei sich." Ich deutete auf das Holster an seiner Hüfte. „Tragen Sie die immer bei sich?"

„Ich gehe gerne auf Nummer sicher." Er warf den Bären ein paar große Fische zu. „Man darf nicht vergessen, dass es sich um wilde Tiere handelt. Entsprechend bewaffnet fühle ich mich wohler in ihrer Nähe, weil ich jederzeit die Möglichkeit habe, sie zu betäuben. Man weiß ja nie, ob nicht mal eines ausflippt."

Ich hielt ihm mein Handy vor die Nase. „Sieht das aus wie einer Ihrer Pfeile?"

Er spähte über den halbmondförmigen Rahmen seiner Brille auf das Foto, auf dem die orangefarbenen Federn des Pfeils wie Neon zwischen den Holzspänen leuchteten. „Ja, das scheint einer von meinen zu sein. Haben Sie Fragen zu Darts?"

„Eigentlich nur speziell zu diesem." Ich erklärte ihm, wo ich ihn gefunden hatte, und er erblasste.

„Sie glauben doch nicht etwa, ich hätte ihn auf Berlin abgefeuert?"

„Na ja, es ist allgemein bekannt, dass Sie beide gewisse Probleme miteinander hatten."

„Meinungsverschiedenheiten, ja, aber mit dem, was Sie da vermuten, liegen Sie komplett falsch. Ich habe Berlin nicht betäubt."

„Es gibt noch keinerlei Beweise dafür, dass sie betäubt wurde."

Giannis Akzent wurde stärker, er schien offensichtlich verärgert. „Vielleicht sollten Sie diese erst einmal einholen, bevor Sie irgendjemanden beschuldigen."

Damit hatte er natürlich recht. Es bräuchte mehr Indizien als nur einen Pfeil auf dem Boden. Ich nahm mir also vor, direkt nach meiner Rückkehr zum Haus Dr. Bundy eine E-Mail zu schicken und ihn zu fragen, ob er bei der Obduktion eine Stichwunde entdeckt hatte.

„Ich beschuldige niemanden, Gianni, sondern stelle lediglich Fragen. Wäre es denn möglich, dass sie während der Vorstellung versehentlich einen der Pfeile fallen gelassen haben?"

Er trat einen Schritt zurück, musterte mich prüfend und schüttelte dann eindringlich den Kopf. „Ich hätte auf keinen Fall einen Pfeil verloren, ohne es zu merken. Einer steckt stets in meiner Waffe, damit ich notfalls direkt reagieren kann, die anderen befinden sich in meiner Tasche."

Aus eben jener, die an seinem Gürtel befestigt war, zog er demonstrativ ein schwarzes Lederetui hervor. Er hob die Klappe an der Vorderseite und zeigte mir fünf Pfeile, jeder mit verschiedenfarbigen Federn an der Spitze, jeder sicher in seinem eigenen Fach verstaut. Dann drehte er es auf den Kopf und schüttelte es, um mir zu demonstrieren, dass sie nicht einmal durch diese Bewegung herausfallen konnten. Man musste sie wirklich herausziehen.

„Was haben die verschiedenfarbigen Federn zu bedeuten?"

„Das sind Stabilisatoren", erklärte er mir, wobei seine

Stimme wieder weicher wurde. „Sie helfen bei der Zielgenauigkeit. Und die unterschiedlichen Farben deshalb, weil ich sie entsprechend der verschiedenen Tiere befülle. Die Medikamente werden nach Gewicht verabreicht, somit braucht jede Gattung eine andere Dosierung. Ein Hund beispielsweise würde sterben, wenn ich für ihn einen Tigerpfeil benutzte." Er blickte auf Meeka hinunter. „Und fürs Protokoll: Ich habe noch nie einen auf einen unserer Hunde abgefeuert."

Ich hielt mein Handy mit dem Bild erneut hoch. „Für welches Tier ist der orangefarbene Pfeil gedacht?"

„Orange ist für die Tiger, gelb für die Löwen, blau für die Pferde, rot für die Bären und rosa für die Wölfe."

„Nach welchen Kriterien entscheiden Sie, wenn Sie die Waffe vor einer Vorstellung laden?"

„Ich bereite mich auf den schlimmsten Fall vor und nehme Orange. Die Tiger wiegen am meisten. Ein roter Pfeil für einen hundert Kilogramm schweren Schwarzbären würde einen knapp dreihundert Kilogramm schweren Tiger nicht ausreichend betäuben."

Ich starrte noch einmal auf das Foto. „Sie sagten, dieser sähe aus wie einer von denen, die Sie normalerweise benutzen. Ist es denn auch einer von Ihren?"

„Das kann ich unmöglich mit Gewissheit sagen." Gianni schnaubte beleidigt auf. „Zwar gleicht er der Marke, die ich für gewöhnlich kaufe, aber jeder kommt an diese Art von Darts ran. Das Betäubungsmittel hingegen ist schwer zu beschaffen. Auf dem Foto ist leider nicht zu erkennen, ob der Pfeil befüllt war oder ist."

„Welche Art von Medikament verwenden Sie?" Dr. Bundy müsste genau wissen, worauf er sich bei einem toxikologischen Test konzentrieren sollte.

„Ketamin. Es ist ein bei Tieren häufig verwendetes Sedativum – äußerst effektiv, aber es dauert eine Weile, bis es anschlägt, manchmal drei oder vier Minuten. Danach jedoch wirkt es bis zu einer Stunde, so dass genügend Zeit bleibt, um die erforderlichen Maßnahmen einzuleiten."

„Ketamin", überlegte ich laut. „Ist das dieselbe Droge, die umgangssprachlich in gewissen Kreisen als Special K bezeichnet wird?"

Gianni nickte. „Leider ja. Da die Wirkung so lange anhält und Halluzinationen hervorruft, ist sie bei Süchtigen sehr beliebt. Aber auch für Menschen ist sie tödlich, wenn zu viel davon verabreicht wird." Er hob die Hand, um mich daran zu hindern, meine nächste Frage zu stellen. „Alle meine Ampullen werden in einer speziellen Schließkassette aufbewahrt, die mit einem dreifachen Schloss gesichert ist, und diese Schließkassette befindet sich wiederum in einem Safe in meinem Büro. Und die Schlüssel dazu trage ich immer bei mir." Er klimperte mit den Schlüsseln, die an einem dieser stabilen Anhänger an seinem Gürtel baumelten. „Von daher wäre es zwar nicht unmöglich, aber dennoch sehr schwierig, an meinen Vorrat heranzukommen."

„Das wäre es definitiv", stimmte ich ihm zu. „Sie haben sich wirklich doppelt und dreifach abgesichert."

„Wie gesagt, mir ist durchaus klar, wie begehrt Ketamin bei Süchtigen ist, Jayne", fuhr er fort. „Und hin und wieder kreuzt hier tatsächlich mal ein Typ auf, der diesbezüglich Probleme hat, wie anderswo halt auch. Die meisten Leute hier im Zirkus sind jedoch gute, anständige Menschen, die einfach einen Ort gesucht haben, wo sie in Ruhe leben und arbeiten können."

„Dennoch können Sie bestimmt nachvollziehen, dass Sie, sollte in Berlins Körper Ketamin gefunden werden, ganz oben auf der Liste der Verdächtigen stehen werden, oder?"

Gianni hielt meinem Blick ein paar Sekunden lang stand, wandte sich dann aber ab. „Ja, natürlich, aber ich versichere Ihnen beim Leben all meiner geliebten Tiere und geschätzten Kollegen in diesem Zirkus, dass ich nicht mit einem

Betäubungspfeil auf Berlin geschossen habe, weder mit meinem eigenen noch mit dem eines anderen."

Das war eine ziemlich präzise Aussage. Er hatte also nicht mit einem Betäubungspfeil auf sie geschossen, aber womöglich mit etwas anderem?

Als könne er meine Gedanken lesen, fügte er hinzu: „Ich habe ihr nichts angetan, wollte nie, dass ihr etwas zustößt. Ja, wir hatten hin und wieder einen kleinen Disput, aber als Künstlerin habe ich sie sehr respektiert und bin zutiefst traurig, dass sie nicht mehr unter uns weilt."

„Gibt es sonst noch jemanden, der Zugriff auf die Drogen oder Dartpfeile hat? Einer der anderen Tiertrainer beispielsweise?"

„Ein weiterer Grund, warum ich das Ketamin unter Verschluss halte, ist, dass es stark reglementiert ist. Ich muss über jede Verabreichung Rechenschaft ablegen und möchte von daher niemand anderen mitmischen lassen."

„Das ist keine richtige Antwort auf meine Frage."

„Weder die anderen Trainer haben Zugang noch einer der Künstler."

Ich musterte ihn einige Augenblicke lang prüfend, und er hielt meinem Blick stand.

„Irgendwie fällt es mir schwer, das zu glauben, Gianni. Bei solch einer Droge wie Ketamin kann es unmöglich nur eine Person geben, die sozusagen den Schlüssel zum Himmelreich in Händen hält. Sie können doch nicht bei allen Tieren gleichzeitig sein. Wenn Sie während der Vorstellung in der Manege stehen, wer hat in der Zeit ein Auge auf die anderen? Es muss noch jemand wissen, wie man in einem Notfall an das Zeug rankommt."

Er vergrub die Hände in seinen Hosentaschen und blickte zu Boden. „Wenn es sonst nichts weiter gibt, Miss O'Shea, würde ich Sie bitten, mich jetzt zu entschuldigen. Ich muss mit der Fütterung weitermachen."

Ich blickte ihm hinterher, als er seinen Weg fortsetzte und

in jedes Gehege Futter warf. Meeka dauerte das alles schon wieder viel zu lange, denn sie stupste mit ihrer Nase gegen mein Bein. Also ging ich kurz in die Hocke und kraulte sie hinter den Ohren.

„Er lügt. Fast hätte ich ihm geglaubt, bis zu seiner letzten Äußerung. Es gibt noch mindestens eine weitere Person, die Zugang zu den Drogen hat."

# Kapitel Dreizehn

Als Meeka und ich zurück in Richtung Eingang gingen, stachen mir noch weitere Attraktionen ins Auge. Auf dem Rummelplatz selbst gab es die üblichen Jahrmarktsbuden, wo man beispielsweise mit Darts auf Luftballons werfen konnte, um den dahinter aufgeführten Preis zu gewinnen. Oder auch eine, wo man sich eine Ente aussuchen konnte, die, eine Zahl auf dem Bauch, in einem Pool herumschwamm und ebenfalls einen Gewinn versprach. Und natürlich auch die typischen standardmäßigen Freak-Show-Acts – die bärtige Dame, die wie ein Engel sang, oder Marilyn Fußlos, die Frau ohne Beine, die unendlich lange auf ihren Händen laufen konnte. Mit einem Knick hier und einer Drehung da benutzte der tätowierte Mann seine Tattoos wie Bilder in einem Buch, während er einem begeisterten Publikum Geschichten erzählte.

Etwa fünfzig Meter rechts vom Mittelweg befanden sich die Fahrgeschäfte – das Riesenrad, der Zipper, die Pony-Manege für kleine Kinder und das fantastische Doppeldecker-Karussell. Links des Weges standen sechs Tierkäfige in einer Reihe, die wie Zirkuswagen aussahen. Aktuell waren sie leer, da sich ihre Bewohner noch in ihren sicheren Gehegen befanden und gefüttert wurden. Das Timing so kurz vor ihren Auftritten war natürlich perfekt, denn so verspürte hoffentlich keines von ihnen das Bedürfnis, einen der Zuschauer zu verspeisen.

Überall, wo ich hinschaute, war die Hölle los. Im Moment bereiteten sich alle auf den Besucheransturm vor, denn in weniger als einer Stunde würden sich die Tore öffnen.

„Haben Sie Gianni gefunden?", fragte Colette, die in dem Häuschen stand, wo die Eintrittskarten verkauft wurden.

„Ja, habe ich, vielen Dank. Er war sehr hilfsbereit."

Sie deutete auf das Imbisszelt. „Ich wollte mir gerade eine Kleinigkeit zu essen holen. Möchten Sie mitkommen?"

Die Schüssel Müsli, die ich zum Frühstück hatte, war längst wieder verdaut, von daher ging ich freudig auf ihren Vorschlag ein. „Gerne. Was können Sie denn empfehlen?"

„So ziemlich alles. Wir beschäftigen einen richtigen Koch." Sie straffte die Schultern und setzte eine bedeutungsvolle Miene auf. „Nur das Beste für die Schausteller in Whispering Pines. Aber wenn Sie mich so fragen … mit einer mit Chili und Käse gefüllten Kartoffel können Sie nichts falsch machen."

Bei diesen Worten fing mein Magen an, lautstark zu knurren. „Das klingt fantastisch. Die werde ich probieren."

Der wunderbare Duft von Gegrilltem stieg mir schon fünfzehn Meter vor dem Zelt in die Nase, und noch bevor ich von der Servierkraft die Kartoffel in Empfang nahm, lief mir das Wasser im Mund zusammen. Sie hatte die Größe eines kleinen Brotlaibs und war mit einer Ladung Chili bedeckt. Die Küchenhilfe deutete zur Seite.

„Käse, Zwiebeln, Sauerrahm und so weiter stehen dort auf dem Tisch. Lassen Sie mich wissen, wenn Sie sonst etwas möchten, das nicht da ist."

Ich lud mir alles auf, was ich finden konnte, und schnappte mir noch ein großes Glas Eistee sowie eine Tüte Hundekekse für Meeka. Wie toll, dass es überall im Dorf Leckerlis für

Hunde gab. Wahrscheinlich boten sie auch welche für Katzen an, aber bisher hatte ich niemanden entdecken können, der seine Katze Gassi führte. Noch nicht.

Dann setzte ich mich zu Colette an einen der Picknicktische, der etwas abseits der anderen stand. Sie beugte sich zu mir herüber und flüsterte:

„Haben Sie von Gianni etwas Neues erfahren? In Bezug auf Berlins Tod meine ich."

„Nicht wirklich." Ich hielt Meeka einen Keks hin. „Vorrangig habe ich ihn zu seinen Tieren befragt."

„Nicht darüber, warum Berlin und er sich ständig gestritten haben?", hakte sie nach.

Ihre direkte Art entlockte mir ein Lächeln. „Doch, dieses Thema kam ebenfalls zur Sprache. Mein Eindruck allerdings war, dass er trotz ihrer permanenten Differenzen großen Respekt vor ihr hatte." Ich stach ein Stück von meiner Kartoffel ab. „Wie steht es mit Ihnen? Was können Sie mir über die Frau erzählen?"

Colette stocherte in ihrem Essen herum und zuckte mit den Schultern. „Sie war irgendwie … komplex, wenn Sie verstehen, was ich meine. So ließe es sich am besten beschreiben. In der Manege eine Diva, aber Backstage sehr großzügig mit ihrer Zeit."

„Mit ihrer Zeit? Wollen Sie damit ausdrücken, sie hat anderen Künstlern geholfen?"

„Unter anderem. Es gibt hier ein paar junge Nachwuchstalente, die ganz passable Nebenattraktionen abliefern, für die große Show jedoch noch nicht reif sind. Berlin nahm sich ihrer an und übte mit ihnen ihre Schritte und Choreografien ein."

„Auch mit Tilda?"

Colette setzte sich aufrecht hin und lächelte. „O ja. Speziell mit ihr hat sie viel gearbeitet und mir immer wieder versichert: Eines Tages wird Tilda ein Star sein, merk dir meine Worte." Dann jedoch verblasste ihr Lächeln. „Keine

Ahnung, was wir jetzt anstatt Berlins Vorstellung anbieten sollen. Gut möglich, dass Tilda eines Tages berühmt sein wird, aber als Hauptattraktion ist sie derzeit noch nicht geeignet." Sie blickte sich nach allen Seiten um, als hätte sie gerade ein großes Geheimnis ausgeplaudert. „Verraten Sie ihr aber bitte nicht, dass ich das gesagt habe, sonst wird sie richtig wütend."

Ich machte eine Handbewegung, als würde ich meinen Mund mit einem Reißverschluss verschließen. „Sie sagten, Berlin sei großzügig mit ihrer Zeit gewesen, aber nicht nur, wenn es darum ging, Kollegen zu unterstützen. Was wollten Sie noch damit andeuten?"

„Manchen Leuten hier merkt man an, dass sie sozusagen nur auf der Durchreise sind. Für Berlin hingegen war es ihr Zuhause. Selbst wenn jemand Hilfe bei etwas brauchte, das nichts mit dem Zirkus zu tun hatte, war sie da. Ein Beispiel dafür ist, dass sie Tilda und ihren Sohn bei sich aufnahm. Sie haben sich nicht nur einen Wohnwagen geteilt, sondern waren eine richtige kleine Familie."

„Ich habe Tilda bisher noch nicht persönlich kennengelernt, sondern lediglich einem ihrer Auftritte beigewohnt. Angesichts ihrer Behinderung war sie phänomenal."

„Die Frau ist auf jede erdenkliche Art erstaunlich", korrigierte Colette mich mit einem tadelnden Tonfall.

Ich hob entschuldigend meine gefalteten Hände, eine Geste, die ich noch nie zuvor angewandt hatte. Das war offensichtlich Morgans Einfluss geschuldet. „Natürlich ist sie das. Tut mir leid, ich wollte auf keinen Fall respektlos rüberkommen."

Ein paar Minuten herrschte eine unangenehme Stille zwischen uns, in der wir uns voll und ganz unseren Kartoffeln widmeten.

Schließlich hielt ich es nicht mehr aus. „Tilda hat also einen kleinen Jungen, oder?"

Colettes Lächeln hätte nicht größer sein können. „Ja, Joss. Er ist mein Kumpel. Immer wenn sie und Berlin auftreten oder trainieren, darf ich auf ihn aufpassen. Diese Stunden des Tages genieße ich in vollen Zügen."

„Creed erzählte mir, die beiden hätten einen Unfall gehabt?"

Sie nickte zustimmend. „Joss war damals erst zwei. Seitdem kann sie ihr Bein nicht mehr richtig bewegen, und dem Kleinen mussten sie den linken Arm knapp über dem Ellbogen amputieren. Aber er lässt sich nicht unterkriegen." Sie lachte laut auf, es war ein tiefes, herzhaftes Lachen. „Er und ich haben ewig an einer Nummer gefeilt, die wir am Wegrand zum Zirkuszelt aufführen. Da ich so groß bin und er so ein kleiner Zwerg, haben wir einen Puppenspieler- und Marionettenauftritt einstudiert."

„Ja, ich habe euch beiden zugesehen, als ich neulich abends zur Vorstellung kam. Ich fand die Darbietung entzückend."

„Danke." Sie strahlte übers ganze Gesicht und es war offensichtlich, dass sie den Jungen vergötterte. „Er ist ein Naturtalent."

„Ist Tilda ebenfalls in der Nähe? Ich würde gerne kurz mit ihr sprechen."

Colettes Lächeln verschwand. „Sie wollen ihr Fragen über Berlins Tod stellen, oder?" Bevor ich darauf antworten konnte, warnte sie: „Sie ist am Boden zerstört aufgrund des Verlustes der Freundin. Soviel ich weiß, konnte sie bisher noch mit niemandem darüber reden."

Sie vermittelte mir den Eindruck einer überfürsorglichen Mutter, und ich musste unweigerlich an meine eigene denken.

„Wie kannst du nur so herzlos sein", hatte sie mich einmal beschuldigt. „Du streust Salz in offene Wunden. Kannst du der armen Frau nicht ein wenig Zeit geben, um sich damit abzufinden?"

Diese Kritik hatte ich mir anhören müssen, nachdem ich

eine ihrer Freundinnen darüber informieren musste, dass ihre Tochter auf einer Feier sexuell missbraucht worden war. Mom war der Ansicht, dass die Tatsache, dass das minderjährige Mädchen „an einer Party mit Alkohol, Drogen und zwielichtigen Gestalten teilgenommen hatte", schockierend genug wäre und die Frau dies erst einmal verdauen müsste.

„Das Richtige", fuhr Mom tadelnd fort, „wäre gewesen, zu warten, bis sie den ersten Schmerz überwunden hat, anstatt gleich noch einen draufzusetzen."

Wie stellte sie sich das vor? Sollte ich die Menschen erneut fertig machen, sobald sie sich etwas aufgerappelt hatten? Das war keine Option für mich.

„Ich verstehe natürlich, dass Tilda völlig durcheinander ist", sagte ich zu Colette. „Aber bitte vergessen Sie nicht, dass ich viele Jahre lang Polizistin war. Sie können sich gar nicht vorstellen, wie oft ich Menschen die schlimmsten Nachrichten überbringen musste, und ich darf Ihnen versichern, dass ich das nötige Einfühlungsvermögen dafür besitze."

Eine Tatsache, die meine Mutter nie zu begreifen schien, und Colette anscheinend ebenso wenig, wenn ich ihr Schweigen richtig deutete.

„Es sieht ganz danach aus, dass Berlin ermordet wurde", ergänzte ich.

„Unfälle passieren eben", widersprach sie.

„Definitiv, aber selbst Sie müssen doch zugeben, dass die Wahrscheinlichkeit eines solchen Unfalls bei einem Profi wie Berlin sehr gering ist, oder?"

Sie stach heftig auf ihre Kartoffel ein. „Oder ihre Tage waren einfach gezählt."

Ihre Reaktion und der Kommentar kamen so unerwartet, dass ich schwer einzuschätzen vermochte, ob es trauerbedingt war oder ein verkapptes Eingeständnis, mehr zu wissen, als sie mir gegenüber zugeben wollte.

„Das wäre natürlich möglich", gab ich zu, „aber ich gehe weiterhin von Mord aus. Und wenn der Mörder noch immer in Whispering Pines umherstreift, müssen wir ihn zu unserer aller Sicherheit finden."

Sie starrte mich aus zusammengekniffenen Augen an. „Ich wusste gar nicht, dass Sie mit dem Fall betraut wurden."

Tja, wurde ich ja auch nicht. Ich sollte mich dringend etwas zurücknehmen. „Offiziell nicht, da haben Sie recht, aber sonst kümmert sich leider niemand um diese Sache. Und Sie wollen doch sicher auch, dass die Wahrheit so schnell wie möglich ans Licht kommt, oder?"

Sie schwieg kurz. „Tilda ist nicht da. Sie trifft gerade die Vorbereitungen für Berlins Einäscherung."

Einäscherung? Scheiße! Dr. Bundy hatte ihr im Rahmen der Autopsie nur ganz wenig Blut abgenommen. Müsste er sie auf Ketamin hin testen, worauf ich bestehen würde, bräuchte er mit Sicherheit eine weitere Probe.

Die Uhr tickte. Ich musste umgehend handeln. „Kein Problem", sagte ich so lässig wie möglich, obwohl mein Herz raste. „Ich bin ja nicht aus der Welt und kann irgendwann später noch mal vorbeikommen." Dann schob ich mir den letzten Bissen meiner Mahlzeit in den Mund und trank meinen Eistee aus. „Danke für Ihre Gesellschaft, Colette, und für die Empfehlung. Sie hatten recht, die Kartoffel war großartig. Und ich hoffe, ich habe Sie mit meinen Worten nicht gekränkt. Das war nämlich nicht meine Absicht."

Sie ließ die Schultern hängen. „Ja, das weiß ich doch. Ich hätte auch nicht so schnippisch reagieren sollen, aber gerade im Moment kochen die Emotionen hier über."

„Verständlich. Auf die Gefahr hin, Sie erneut zu verärgern, hätte ich doch noch eine letzte Frage. Mir ist zu Ohren gekommen, dass Berlin und Dallas gelegentlich aneinandergerieten."

„Ich glaube nicht, dass sie wirklich Streit hatten. Sie wollte einfach nicht mit ihm auftreten, und er war darüber nicht glücklich, das ist alles." Sie winkte mich mit dem gebeugten

Finger näher zu sich heran: „Aber Sie könnten vielleicht einmal mit Abilene darüber reden."

„Abilene ist Dallas' Assistentin, oder?", fragte ich in ähnlich vertraulichem Ton.

„Genau. Eine sehr dominante Person. Wenn Sie Genaueres herausfinden wollen, ist sie der richtige Ansprechpartner."

„Danke, dann werde ich das tun."

Ich stand auf und wäre fast mit einer Frau zusammengestoßen, die just in diesem Moment an uns vorbeiging. In ihrem kurzen Tutu-Kleid mit dem typischen traditionellen Dreiecksmuster sah sie aus wie eine Harlekin-Ballerina, nur dass der Stoff nicht schwarz und weiß, sondern zartrosa und weiß war. Sofort musste ich an die Puppen denken, die Donovan herstellte. Der leitete nicht nur Quins Bekleidungsgeschäft, sondern war auch ein begnadeter Bildhauer und Modellierer. Das Problem war nur, dass jede seiner Kreationen eine Art von Missbildung aufwies – nur Nasenlöcher statt einer Nase, ein fehlender Arm, keine Augen. Die gruseligsten kleinen Dinger, die man sich nur vorstellen konnte.

„Wie Sie sehen können", sagte Colette und deutete auf die Ballerina, „bereiten sich schon alle auf die Nachmittagsvorstellungen vor, schminken sich und ziehen ihre Kostüme an. Bei manchen kann das dauern. Vielleicht kommen Sie lieber später noch einmal vorbei, um Dallas und Abilene Ihre Fragen zu stellen?"

Da ich sowieso dringend nach Hause musste, um Dr. Bundy diese Mail zu schicken, kam mir ihr Vorschlag mehr als gelegen.

„Klar. Ich möchte auf keinen Fall jemanden, der mit Messern auf andere Personen wirft, bei seinen Vorbereitungen stören."

Sie grinste, und ich winkte ihr noch einmal kurz zu, bevor ich mich eiligen Schrittes zurück zu meinem Wagen begab.

# Kapitel Vierzehn

Colettes Enthüllung, dass Tilda dabei war, die Einäscherung Berlins zu arrangieren, bedeutete, dass ich schnell handeln musste. Wenn die Leiche erst abgeholt war und Dr. Bundy keine weitere Blutprobe entnehmen konnte, um die richtigen Tests durchzuführen, würden wir nie mit Sicherheit wissen, ob sich in ihrem Körper Ketamin befand. Die nicht enden wollende Anzahl an Touristen, sowohl in den Fahrzeugen als auch auf der Straße, zwang mich, das Dorf im Schritttempo zu durchqueren, was dazu führte, dass die ohnehin schon tickende Uhr in meinen Ohren wie ein Presslufthammer klang. Dennoch, verglichen mit dem Berufsverkehr in Madison oder anderen Großstädten, war es Pipifax, und ich musste über meine Ungeduld lachen. Schon komisch, wie schnell derartige Sachen zur neuen Normalität wurden.

Kaum dass ich in meine Einfahrt eingebogen war und auf die Garage zusteuerte, bemerkte ich, dass Tripps Pick-up noch immer weg war.

„Was glaubst du, wo er wohl hingefahren sein mag?", fragte ich Meeka, während ich sie herausließ. Sie jedoch ignorierte mich und rannte los, um ihre Runde ums Haus zu drehen. Na ja, eigentlich hatte ich auch nicht wirklich mit einer Antwort gerechnet.

Geschwind lief ich die Treppe zu meiner Wohnung hinauf und setzte mich direkt an meinen Laptop. In Whispering Pines gab es kein Handynetz, aber zumindest die Internetverbindung war gut, obwohl das bei diesem uralten Gerät nicht viel brachte. Ich sollte mir baldmöglichst einen neuen Computer zulegen. Die Fahrt vom Zirkus zurück nach Hause hatte nicht so lange gedauert, wie dieses Teil brauchte, um hochzufahren und meinen Posteingang zu öffnen. Als das endlich geschafft war, hatte ich bereits beschlossen, dass eine Mail zu lange dauern würde. Gefühlt ein Jahr später öffnete sich dann auch endlich mein Browser, und ich suchte die Büronummer von Dr. Bundy heraus.

„Jayne O'Shea." Er klang nicht überrascht, von mir zu hören. „Lassen Sie mich raten, was der Grund für Ihren Anruf ist."

„Sie haben die Autopsie an Berlin durchgeführt, nicht wahr?"

„Ich wollte doch raten, aber stimmt. Ich habe sie obduziert."

„Sie müssen dringend noch eine weitere toxikologische Untersuchung durchführen, bevor sie eingeäschert wird. Die Leiche befindet sich doch noch bei Ihnen im Institut, oder? Sie wissen aber auch, dass geplant ist, sie ins Krematorium zu überführen, oder?"

„So viele Fragen … mal sehen. Ja, ich weiß, dass die Einäscherung angeordnet wurde. Sie wird heute Nachmittag abgeholt, also ja, sie ist noch hier bei mir. Und ich habe bereits eine toxikologische Laboruntersuchung durchgeführt, das ist bei mir mittlerweile Standard."

„Sie müssen aber nach etwas ganz Bestimmtem suchen."

Er stöhnte leise auf, und ich konnte fast hören, wie er dachte *Jetzt geht das wieder los,* denn immerhin hatte ich ihn im vergangenen Monat im Fall Yasmine Long um dasselbe gebeten.

„Und wonach soll ich dieses Mal suchen?", fragte er.

„Ketamin."

„Ketamin? Das ist eine harte Droge. Gibt es die in Whispering Pines überhaupt?"

„Soweit ich weiß, nicht im Dorf, aber der Zirkus hält stets einen Vorrat davon für seine Tiere bereit."

„Und Sie glauben, Berlin hat sich an dem Bestand des dortigen Tierarztes bedient?"

„Nein, ich glaube, jemand hat ihr einen Betäubungspfeil verpasst."

Ich schilderte ihm, was ich an dem Tag, an dem Berlin starb, im Zirkuszelt beobachtet hatte und was ich heute im Gespräch mit Gianni und den anderen Schaustellern in Erfahrung bringen konnte.

„Ist Ihnen bei der Untersuchung eine Stichwunde am Körper aufgefallen?"

Der Doktor am anderen Ende der Leitung gab ein Brummgeräusch von sich. Wahrscheinlich kämpfte er mit sich, was und wie viel er mir sagen durfte.

„Wurden Sie wieder als Deputy vereidigt, Jayne?"

„Nein, Sir."

„Sie können es einfach nicht lassen, oder?"

Ich schloss die Augen und legte meine Stirn auf den Tisch, das Telefon nach wie vor am Ohr. „In diesem Punkt kann ich Ihnen nur zustimmen."

„Wie ich hörte, wurde Sheriff Brighton durch einen jungen Mann namens …" Im Hintergrund vernahm ich das Rascheln von Papieren. „Zeb Warren ersetzt. Warum also spreche ich nicht mit ihm?"

„Weil Deputy Atkins meines Wissens nach seine Ermittlungen abgeschlossen hat. Wenn sich also bei Ihrer Autopsie nichts Auffälliges ergeben hat, wird unser neuer Polizeichef mit Sicherheit nichts weiter unternehmen." Ich hielt inne und nahm mir einen Moment Zeit, um meine aufsteigende Verärgerung in den Griff zu bekommen. Nach wie vor verstand ich nicht, wieso Warren diesem dubiosen Vorfall nicht nachging. „Schauen Sie, ich will nicht den Eindruck erwecken, ich wäre neugierig oder auf Ärger aus. Allerdings ist es so, dass mir einige Sachen zu Ohren gekommen sind, und ich möchte einfach nur sicherstellen, dass der Mörder gefasst wird. Falls es denn Mord war. Also, haben Sie irgendwo einen Einstich entdecken können?"

Der Arzt zögerte, bevor er antwortete. „Jayne, es ist wirklich lobenswert, dass Sie auf Ihr Bauchgefühl hören, aber gerade Ihnen sollte doch klar sein, dass ich derartige Details nicht mit Ihnen besprechen darf. Okay, machen wir es folgendermaßen: Ich werde mir die Leiche nochmals genauer anschauen. Wenn ich dabei auf eine Einstichwunde stieße, würde ich Drogenkonsum vermuten und hätte somit die Rechtfertigung, ein paar zusätzliche Tests durchzuführen."

Vor Erleichterung sackte ich in mich zusammen. „Auch einen Test auf Ketamin?"

Er brummte erneut. „Definitiv. Wenn ich sämtliche Drogen berücksichtige, die im Zirkus zum Einsatz kommen könnten, insbesondere jene, die injiziert werden müssen und daher eine punktierte Wunde hinterlassen, wäre der unbedingt angebracht."

Mir gefiel die Art und Weise, wie sein Verstand arbeitete. Er ging äußerst methodisch vor.

„Vielen Dank, Doc. Sie wissen ja, dass ich lediglich versuche, die Wahrheit herauszufinden."

„Ja, Ma'am, schon klar. Ihr größter Schwachpunkt ist halt, dass Sie stets das Richtige tun wollen. Schade, dass es Menschen wie Sie heutzutage so selten gibt."

Ich verabschiedete mich und wollte gerade auflegen, als Dr. Bundy noch etwas sagte.

„Entschuldigung, das habe ich nicht verstanden. Was meinten Sie?"

„Ich habe vorgeschlagen, dass Sie sich wieder auf die Gehaltsliste des Sheriffs setzen lassen sollten. Dann könnte ich derartige Sachverhalte ganz offen mit Ihnen besprechen."

Ich lächelte. „Mal schauen, was sich tun lässt. Bis bald, Doc."

Nachdem unser Telefonat nun endgültig beendet war, legte ich den Hörer zurück auf die Gabel und überlegte, was ich als Nächstes tun sollte. In Sachen Berlin waren mir im Moment die Hände gebunden, da im Zirkus die Nachmittagsvorstellung stattfand und all die Kandidaten, mit denen ich noch gerne gesprochen hätte, beschäftigt waren. Ich könnte lesen, meine Aquarelle herausholen und versuchen zu malen, mit dem Kajak eine Runde über den See drehen oder aber das in Angriff nehmen, was ich bisher tunlichst vermieden hatte.

Meeka warf mir einen wissenden Blick zu. Wie immer schien sie meine Gedanken lesen zu können.

„Na gut, gehen wir hinüber zum Haus."

Es war an der Zeit aufzuhören, Zeit zu schinden, und endlich die Sachen meiner Großmutter zusammenzupacken. Meeka folgte mir den ganzen Weg bis in den zweiten Stock, aber als wir in Grandmas Schlafzimmer ankamen, trabte sie weiter den Flur entlang, um auch noch den Rest der Etage zu erkunden, und ließ mich mit meinen persönlichen Geistern der Vergangenheit allein.

Ich stand in der Mitte des Raumes und drehte mich langsam einmal um die eigene Achse, um alles in mich aufzunehmen. Sämtliche Möbel waren antik, einige bei örtlichen Kunsthandhändlern erworben, andere von einer der vielen Auslandsreisen mitgebracht, die sie und Großvater unternommen hatten. Mit einer Höhe von knapp zweieinhalb Metern berührten die dreißig Zentimeter starken Pfosten an jeder Ecke von Grandmas Bett fast die Decke. Es war riesig, hatte aber nur eine Doppelmatratze, da sie stets der Ansicht war, Ehemann und Ehefrau sollten so eng wie möglich beieinander schlafen. Die Vorstellung zweier getrennter Matratzen war für sie ein Unding.

„Irgendwann wirst du es am eigenen Leib verspüren – einer der Vorteile, einen Mann nah bei dir zu haben, ist, dass er dich in kalten Winternächten warm hält. Warum also sollte ich bewusst viel Platz zwischen uns lassen?"

Diese Erinnerung entlockte mir ein Lächeln. Meine temperamentvolle, freche kleine Grandma.

Was sollte ich nur mit diesem Riesenteil anfangen? Weder konnte ich mir vorstellen, dass jemand anderes darin schlafen würde, noch, dass es seinen Platz in einem der anderen Zimmer fand.

Also schnappte ich mir zuerst einmal einen Stapel Kartons und eine Rolle Packband aus dem Flur, begann, drei der Kartons auseinanderzufalten, stellte sie dann neben die Kommode und öffnete die Tür zu ihrem Kleiderschrank. Als ich mir neulich abends nur schnell einen Pullover herausgeholt hatte, den ich mit in den Zirkus nahm, hatte ich die Tür nur kurz geöffnet und gleich wieder geschlossen. Keine große Sache. Jetzt jedoch traf es mich wie ein Schlag, dass all die Kleidung selbst nach so vielen Monaten immer noch nach ihr roch. Eine Kombination aus frischer Seeluft und Lavendel, das war von jeher ihr Duft gewesen.

Entschieden klappte ich die Schranktüren wieder zu und wandte mich zum Gehen. Ich war einfach noch nicht bereit für diesen endgültigen Schritt.

„Meeka", brüllte ich durch den Flur nach meiner Kleinen.

Als sie nach einer Minute nicht aufgetaucht war, rief ich erneut. Schließlich streckte sie den Kopf um die Ecke einer Tür am Ende des Flurs. Wo auch immer sie gewesen sein mochte, es schien dort jede Menge Spinnweben zu geben, denn sie bedeckten ihr komplettes Gesicht, hingen ihr zwischen den spitzen Ohren und klebten an ihren Schnurrhaaren und an ihrem Schwanz. Und obwohl ich vor einer Minute noch so emotional gewesen war, brach ich jetzt in Gelächter aus.

„Du siehst ja furchtbar aus. Komm, wir machen dich erst einmal sauber."

Wir verließen das Haus durch die Vordertür, weil ich nachsehen wollte, ob Tripp inzwischen zurück war. Aber nein, mein Cherokee war immer noch das einzige Fahrzeug in der Einfahrt. Wo konnte er nur sein? Und ob es ihm auch gut ging? Und mit *gut* meinte ich sowohl körperlich als auch geistig, denn seit Lily Grace ihm aus der Hand gelesen hatte, war er einfach nicht mehr er selbst. Leider besaß er kein Handy, sodass ich ihn nicht einmal anrufen konnte. Wenn er nicht bald auftauchte, würde ich Sheriff Warren bitten müssen, eine Fahndung nach ihm einzuleiten.

Da Meeka sich von Kopf bis Fuß eingesaut hatte – erneut fragte ich mich, wo sie sich wohl herumgetrieben haben mochte –, beschloss ich, sie zu baden. Anschließend tobte sie noch eine Weile im Garten herum, um trocken zu werden, und dann war es fast schon Zeit fürs Abendessen. Das Letzte, was ich wollte, war, schon wieder allein zu essen. Also schlüpfte ich in Shorts und eine der hübschen Tuniken, die ich in Quins Bekleidungsgeschäft erstanden hatte, schnappte mir meine Autoschlüssel, meine Kreditkarte und natürlich meinen Hund und machte mich auf den Weg ins *Grapes, Grains, and Grub.* Einen Snack und ein großes Glas eisgekühltes, mit Zitrone versetztes Sommerbier waren genau das, was ich jetzt brauchte.

Meeka liebte es, mit mir durchs Dorf zu schlendern. In einigen Läden war es sogar erlaubt, Tiere mit hineinzubringen, solange sie nicht zu groß waren. Für Geschäfte, die mit Lebensmitteln handelten oder Lokale galt das zwar nicht, aber Maeve vom *Grapes, Grains, and Grub* hatte hinter der Kneipe einen eingezäunten Bereich errichtet, in dem sich die Hunde austoben konnten, während deren Besitzer sich ihr Essen schmecken ließen.

Wir folgten dem Weg vom Parkplatz aus, und sobald der Dorfplatz vor uns auftauchte, war mir klar, dass ich heute Abend wohl kaum meinen Lieblingstisch in der Ecke des Triple G bekommen würde, von dem aus ich perfekt das Spiel der Brewers verfolgen könnte. Noch nie zuvor hatte ich den kleinen Ort so überfüllt erlebt. Nicht nur vor dem Lokal standen die Menschen in einer circa dreißig Meter langen Schlange an, vor dem *The Inn* und sogar vor dem *Treat Me Sweetly* sah es ähnlich aus.

Da ich in dem Moment nicht wusste, was ich tun sollte, wanderten Meeka und ich weiter bis zum Pentagramm-Garten, wo wir auf eine Gruppe von zehn oder zwölf Personen stießen, die sich zwischen dem *Ye Olde Bean Grinder* und dem *Shoppe Mystique* versammelt hatten. Und mitten unter ihnen entdeckte ich Sheriff Warren.

„Was ist denn hier los?", fragte ich eine Frau in ihren Zwanzigern in knappen weißen Shorts und einem königsblauen Bikinioberteil.

„Dieser verdammte Gesetzeshüter", lallte sie, und es war offensichtlich, dass sie ein paar Drinks zu viel intus hatte. Dann deutete sie auf einen Mann in ungefähr ihrem Alter, der sich von Zeb gerade eine Standpauke anhören musste. „Er hat eine Blume gepflückt." Mit der anderen Hand machte sie eine ausschweifende Bewegung über die Grünanlage. „Eine einzige Blume. Hier muss es Millionen davon geben, und er hat nur eine einzige genommen. Die wollte er mir schenken, weil doch heute mein Geburtstag ist."

Ich überlegte kurz, ob ich sie auf die zahlreichen *Bitte keine Blumen pflücken*-Schilder hinweisen sollte, die in der gesamten Anlage aufgestellt waren, sagte jedoch stattdessen: „Herzlichen Glückwunsch." Sie machte einen wackeligen

Knicks. „Okay, Ihr Freund hat also eine davon mitgehen lassen. Und was passiert jetzt gerade?"

„Der Sheriff verpasst ihm einen Strafzettel wegen Vandalismus." Sie drehte sich leicht schwankend zu mir um. „Ist das zu glauben?"

Tja, irgendwie schon. Zeb Warren wurde von Karl Brightons Vermächtnis heimgesucht. Er versuchte zu beweisen, dass er ein ebenso guter Gesetzeshüter war wie sein Vorgänger, aber wenn er so weitermachte und wegen geringfügiger Vergehen Verweise verteilte, konnte es nicht lange dauern und der Ruf als Touristenmekka, den Whispering Pines innehatte, wäre ruiniert.

„Jayne."

Ich wandte mich um, sah Morgen die Stufen der Holztreppen des *Shop Mystique* herunterkommen, und ging auf sie zu.

„Sei gesegnet." Sie legte die Handflächen aneinander und neigte leicht den Kopf.

Ich setzte zu einer Erklärung an. „Ich bin hergekommen, um irgendwo in Ruhe zu Abend zu essen, aber hier ist ja die Hölle los. Warum sind so viele Leute unterwegs?"

„Das weißt du nicht?"

Ihr Tonfall machte deutlich, dass sie mir gleich wieder eine Lektion über den Wicca Glauben erteilen würde. „Ich weiß offensichtlich so einiges nicht. Was genau geht hier vor sich?"

„Heute ist Mittsommernacht."

Da ich keine Ahnung hatte, was das bedeutete, starrte ich sie nur verständnislos an.

„Morgen feiern wir *Litha* oder Mittsommer. Vielleicht ist dir die geläufigere Bezeichnung Sommersonnenwende ein Begriff, oder eben einfach der erste offizielle Sommertag. Wie auch immer du es nennen magst, morgen ist sowohl der längste als auch der kürzeste Tag des Jahres."

„Wie ist das möglich?"

„Das hängt natürlich davon ab, auf welcher Seite der

Erdhalbkugel man sich befindet." Sie hakte sich bei mir unter und zog mich mit sich fort. „Hier auf der Nordhalbkugel ist es der längste Tag, an dem die Sonne so lange wie möglich auf uns scheint. Unsere Schwestern und Brüder in der südlichen Hemisphäre hingegen feiern die Wintersonnenwende und erleben den kürzesten Tag."

Wie bei allem, was mit ihrer Religion zu tun hat, war Morgan voller Enthusiasmus. Ihre Stimme wurde leiser, und ihr Gesicht glühte vor Ehrfurcht.

„Ich dachte, ihr betet den Mond an?", sagte ich verwundert.

„Das tun wir auch, aber es muss ein gewisses Gleichgewicht vorherrschen. Mein Garten, viele der Pflanzen und sogar wir Menschen brauchen die Sonne, um zu wachsen und zu gedeihen, aber genauso wichtig ist das Mondlicht, das uns Zeit zur Entspannung gewährt."

Ich deutete mit der Hand in Richtung der Menschenansammlung. „Und nur deswegen sind all die Leute heute unterwegs? Um die Sonnenwende zu feiern?"

„Viele von ihnen. Einige der Touristen jedoch kommen lediglich wegen der Schönheit des Sees und der Landschaft her und interessieren sich nicht die Spur für dieses phänomenale Naturereignis. Für einen Großteil von uns jedoch ist Whispering Pines so etwas wie das amerikanische Stonehenge. Wir, und das schließt auch meine Mutter und mich ein, werden die ganze Nacht über wach bleiben, der Schöpfung und ihrer Gaben huldigen und morgen bei Sonnenaufgang den neuen Tag begrüßen. Okay, Mum wird das vielleicht nicht durchhalten, denn seit ihrem Schlaganfall ermüdet sie schnell. Aber ich werde sie rechtzeitig vor dem Morgengrauen wecken."

Ich hatte mit Religion so gar nichts am Hut. Wenn überhaupt, dann hatten mich meine Eltern agnostisch erzogen. Dennoch stand ich dem Weltbild anderer Menschen offen gegenüber, solange sie niemandem in dessen Namen schadeten. Und Morgan zuzuhören, wie sie versuchte, mir ihre Glaubensgrundsätze näherzubringen, erfüllte mich stets mit einem Gefühl des Friedens. Vielleicht lag es aber auch nur an ihr, denn sie war die Gelassenheit in Person.

„Wohin bitte gehen wir denn?", fragte ich, als mir auffiel, dass sie mich von dem Platz weg und auf die Brücke über die Landstraße führte.

„Zu mir nach Hause", antwortete sie, als ob das nicht offensichtlich wäre. „Um in eines der Lokale zu kommen, müsstest du stundenlang anstehen. Dazu besteht keine Veranlassung. Meine Mutter hat den ganzen Tag damit zugebracht, jede Menge Essen zuzubereiten. Du kannst Litha mit uns feiern."

„Ist das wieder so eine Sache, bei der wir in Roben schlüpfen und um ein Feuer tanzen müssen?"

„Na ja, es wird auch wieder ein Lagerfeuer beim Meditationskreis geben, das wir aber auch von meinem Garten aus sehen können. Du kannst gerne hingehen, wenn du möchtest, aber Mom und ich bevorzugen eine ruhigere Feier. Wir haben stattdessen seit zwei Tagen eine Kerze brennen. Es geht weniger um die Größe des Feuers als um die Darstellung der Sonne."

„Zwei Tage lang ununterbrochen? Selbst während ihr geschlafen habt?"

Sie hielt eine Hand hoch und unterbrach meinen Einwand. „Wenn wir nicht in der Nähe waren, haben wir sie ins Spülbecken oder in die Badewanne gestellt."

„Bei dieser Feier muss sich aber hoffentlich niemand ausziehen, oder?" Morgan hatte mich bei ihrer ersten Einladung, den Ritualen der Wicca beizuwohnen, versucht zu überreden, mich auszuziehen und zu reinigen, was ich rundum abgelehnt hatte. Ich fühlte mich einfach nicht wohl in der Gegenwart nackter Menschen. Das rührte wahrscheinlich daher, dass ich während meiner Polizeilaufbahn mit zu vielen betrunkenen UW-Madison-Studenten zu tun gehabt hatte, die dachten, es sei eine gute Idee, im Adamskostüm über den Campus zu flitzen.

Sie lachte. „Ich verspreche dir hoch und heilig, dass weder meine Mutter noch ich uns heute Abend unserer Kleider entledigen werden."

„Dann bin ich dabei."

Eine knappe Viertelstunde später hatten wir ihr Cottage erreicht. Das zweistöckige Haus mit seinen zahlreichen spitzen Giebeln lag etwa dreißig Meter vom Bach entfernt, der sich durch das Dorf schlängelte. Ein einfacher Feldweg, gerade breit genug, damit die Anwohner ihn mit dem Auto befahren konnten, trennte es von dem plätschernden Wasser.

Das Barlow-Anwesen umfasste gut achttausend Quadratmeter, wovon das Haus und der Rasen ein Zehntel der Fläche einnahmen. Der Rest war Garten. Er war umgeben von einem ungefähr einen Meter fünfzig hohen Zaun aus in sich verflochtenen Ästen, und die dichten Beerensträucher und hohen Obstbäume gewährten zusätzliche Privatsphäre.

„Endlich kann ich auch einmal deine Pflanzen genauer in Augenschein nehmen", sagte ich.

„Stimmt, als du das letzte Mal hier warst, war es ja fast schon Mitternacht." Morgan entriegelte das Flügeltor und hielt es auf, damit Meeka und ich ihr über den gepflasterten Weg zur Haustür folgen konnten.

„Und in jener Nacht war kein Mond zu sehen", fügte ich hinzu. „Alles lag im Schatten."

„Heute ist noch genug Sonnenlicht übrig, so dass du dir alles ansehen kannst. Die Göttin war uns dieses Jahr wohlgesinnt, denn alles wächst und gedeiht prächtig. Mein Mamilein kommt kaum noch hinterher."

Die liebenswerte Bezeichnung entlockte mir ein Lächeln. Morgan sprach nicht oft über ihre Mutter, aber wenn sie es tat, dann meist in rührenden Worten.

„Aber sie liebt diese Art von Beschäftigung. Die Winter in

dieser Gegend sind brutal, und sobald sie nicht mehr damit rechnen muss, jeden Moment zu erfrieren, ist sie draußen."

Wir betraten ihr spärlich möbliertes und dekoriertes Heim, und sie bat mich, ihr eine Minute zu geben, um sich kurz umzuziehen. Als sie wieder auftauchte, hatte sie das schwarze Outfit, das sie von Kopf bis Fuß einhüllte, durch Jeans-Shorts, Flipflops und ein schwarzes T-Shirt ersetzt, auf dem ein silbernes Pentagramm prangte, ergänzt durch die Worte: Vertrau mir, ich bin eine Hexe.

Ich grinste und folgte ihr weiter durchs Haus zu einem Wintergarten. Morgan öffnete eine Seitentür, die zu einer kleinen Veranda führte, ich jedoch hielt erstaunt inne.

„Moment mal."

Regale säumten die untere Hälfte zweier Wände. In einem davon befanden sich unzählige Keramik- und Terrakottatöpfe, Säcke mit Blumenerde und diverse Gartengeräte. Das andere war vollgestellt mit Flaschen und Gläsern mit getrockneten Pflanzen, ähnlich denen im *Shoppe Mystique*. Weitere Gestelle und Tische mit Topfpflanzen standen an den beiden anderen Wänden, während große Gefäße mit blühenden Bäumen oder großen Pflanzen fast jeden Quadratzentimeter des Bodens einnahmen. Die oberen Hälften jeder Wand und die Decke waren verglast.

„Großartig, oder?" Sie lächelte. „Hier züchten und pflegen wir die empfindlichen Pflänzchen, die mit den Launen von Mutter Natur nicht klarkommen. Und hier verbringt meine Mutter auch ihre Wintertage. Eine grüne Hexe von ihren Kräutern und Gewächsen fernzuhalten, ist ein Ding der Unmöglichkeit."

Wir setzten unseren Weg fort, hinaus auf die ebenso beeindruckende Terrasse. Der Untergrund bestand aus großen Steinplatten, und eine Pergola aus Baumstämmen und Ästen, an der sich Blauregen emporrankte, spendete Schatten. In der Mitte standen ein runder Esstisch und zwei Stühle, zwei weitere, einladend anmutende Korbstühle befanden sich in einer geschützten Ecke. Auf einem von ihnen saß Briar Barlow, die aus Weinreben pentagrammförmige Kränze flocht und leise vor sich hin summte. *Ende fünfzig, kurz geschnittenes, leicht grau meliertes Haar, klein, aber nicht zerbrechlich wirkend.* Morgan schritt auf sie zu. „Mom, wir bekommen heute Abend für unsere kleine Feier Gesellschaft", sagte sie. „Das ist Jayne."

Die ältere Frau musterte mich aus unglaublich blauen Augen, und ich erkannte direkt, von wem Morgan die kräftige Kieferpartie und das kantige Kinn geerbt hatte. Ein Lächeln breitete sich auf ihrem Gesicht aus und sie machte Anstalten aufzustehen, um mich zu begrüßen.

„Nein, bitte, bleiben Sie doch sitzen."

„Zum Glück hat der Schlaganfall nur meine Sprachfähigkeit beeinträchtigt, wenn auch dauerhaft", sagte Mrs Barlow mit schleppender Stimme und erhob sich trotz meiner gegenteiligen Bitte. „Mein Körper und mein Geist sind nach wie vor stark. Ich freue mich sehr, dich endlich persönlich kennenzulernen, Jayne. Morgan hat mir schon viel von dir erzählt."

Sie kam mir in der Mitte der Terrasse entgegen und nahm eine meiner Hände in die ihren.

„Auch mir ist es ein Vergnügen, Mrs Barlow.

„Ach bitte, nenn mich doch Briar."

„Du hörst dich an wie eine alte Frau, wenn du so daherredest, Mama", neckte Morgan sie, während sie die neuen Weinkränze inspizierte.

„Was ich ja auch bin, oder nicht?", erwiderte diese zwinkernd, und mir war bereits jetzt klar, dass dies ein unterhaltsamer Abend zu werden versprach. „Morgan hat mir erzählt, dass Sie sich ganz allein um diesen riesigen Garten kümmern", fuhr ich fort.

„Für eine grüne Hexe ist es eigentlich ein Segen, den ganzen Tag draußen verbringen zu dürfen", erwiderte sie verträumt. „So gesehen hatte der Schlaganfall auch sein Gutes. Jetzt muss ich nicht mehr jeden Tag in unserem Laden stehen."

„Ich wusste gar nicht, dass Sie früher ebenfalls dort gearbeitet haben." Obwohl es mich nicht weiter überraschte.

„Oh ja", sagte Briar. „Meine Mutter hat *Shoppe Mystique* gegründet, ihn dann mir vererbt, und jetzt ist Morgan an der Reihe."

„Konntest du etwas zum Abendessen vorbereiten, Mom, oder haben dich deine grünen Kinder und die Gartenfeen wieder abgelenkt?", wechselte ihre Tochter das Thema.

Mein Blick wanderte automatisch zu den umliegenden Beeten, und fast erwartete ich, zwischen den Blättern winzige Feengesichter hervorlugen zu sehen.

„Selbstverständlich konnte ich das." Briar deutete in Richtung Küche. „Sogar ein richtiges Festmahl. Aber alles herauszutragen, überlasse ich doch lieber euch."

Etwas im Garten erregte Meekas Aufmerksamkeit und sie zog heftig an der Leine.

„Wäre es okay, wenn ich sie frei herumlaufen lasse?", fragte ich meine Freundin.

„Aber natürlich. Sie hat wahrscheinlich Pitch entdeckt. Er streunt da draußen herum, sucht nach Insekten und düngt meine Pflanzen."

Pitch war ihr Hahn. Alles an ihm, von den Federn über den Kamm auf seinem Kopf bis hin zu seinen kleinen Knopfaugen und seinem Schnabel, war komplett schwarz. Wahrscheinlich war er auch im Inneren ganz schwarz, aber natürlich beabsichtigte ich nicht, Morgans langjähriges Haustier zu schlachten, um das herauszufinden.

Ich kniete mich hin, löste Meekas Leine, hielt sie jedoch noch kurz am Halsband zurück.

„Benimm dich, verstanden?", befahl ich ihr. „Untersteh dich, dem Hahn hinterherzujagen."

Sie gab einen unwilligen Belllaut von sich, und obwohl mir

klar war, dass sie dem Federvieh nichts antun würde, hatte sie mit Sicherheit mehr Ausdauer als der schon etwa zwanzigjährige Pitch. Ich ließ sie los, und sie trottete davon und verschwand im dichten Buschwerk.

Dann begab ich mich gemeinsam mit Morgan in die Küche, wo wir tatsächlich ein wahres Festmahl vorfanden; Hausgemachter Kartoffelsalat, Krautsalat, Maisbrot, gebackene Bohnen und Götterspeise, eine Schale mit in Scheiben geschnittener Wasser- und Cantaloupe-Melone sowie Maiskolben und Hähnchenkeulen, gewürzt und bereit, auf den Grill gelegt zu werden.

„Ist Pitch nicht beleidigt, dass ihr Hühnchen esst?“, scherzte ich, während ich einen Krug Himbeerlimonade auf ein bereits mit Tellern, Besteck und Gläsern bestücktes Tablett stellte.

„Das wäre durchaus möglich, wenn ihm bewusst wäre, dass er ein Vogel ist“, bestätigte Morgan, während sie die Grillutensilien an sich nahm. „Aber bisher hat er es Gott sei Dank noch nie geschnallt, dass wir seine Verwandten essen.“

Sie grinste und hielt mir die Tür auf, damit ich das Geschirr hinaustragen konnte.

Ich stellte alles auf dem Tisch ab und wandte mich an Briar. „So viel Essen! Wen haben Sie denn sonst noch eingeladen?“

„Bis Sonnenaufgang sind es noch viele Stunden“, entgegnete sie bedächtig. „Wir knabbern einfach so lange, bis wir satt sind, und die Überbleibsel packen wir weg für die restliche Woche. Selbstverständlich kannst du auch etwas für dich und deinen Freund mit nach Hause nehmen.“

Sie zwinkerte mir zu, und mir stieg die Röte ins Gesicht, als mir klar wurde dass sie damit auf Tripp anspielte.

„Sag mir, dass du es gemacht hast“, sagte Morgan ernst.

„Aber natürlich habe ich das. Was wäre unsere Litha-Feier ohne es?“

Ich beugte mich vor und fragte verschwörerisch: „Über was reden wir gerade?"

„Mom macht das beste Sonnenaufgangseis, das du je probiert hast. Die Schichten aus Zitrone, Limette, Orange und Erdbeere sehen in deiner Schüssel aus wie ein Sonnenaufgang und hinterlassen eine Geschmacksexplosion in deinem Mund."

Nachdem Morgan den Mais und das Hühnchen gegrillt und ich die restlichen Beilagen sowie einen weiteren Stuhl aus der Küche nach draußen getragen hatte, setzten wir uns zu dritt an den Tisch und ließen es uns schmecken. Die ältere Hexe musste entweder die Gerichte oder mich verzaubert haben, denn ich aß drei riesige Teller und hätte mindestens noch einen weiteren verputzen können. Dann siegte doch die Vernunft, und ich beschloss, aufzuhören, um noch Platz für das Eis zu lassen. Wenn es nur halb so gut war, wie Morgan behauptete, würde ich auch davon etliche Portionen verdrücken.

„Du hast Fragen", sagte Briar ein wenig später, als Morgan und ich begannen, das Geschirr wegzuräumen.

Ich deutete auf mich. „Meinen Sie mich?"

„Ja", bestätigte Briar mit einem Nicken. „Bezüglich deiner Großmutter, und wie sie gestorben ist."

# Kapitel Fünfzehn

MORGAN NAHM MIR DAS SCHMUTZIGE GESCHIRR AUS DEN Händen und deutete mit dem Kinn auf den Stuhl, auf dem ich bereits zuvor gesessen hatte. „Nimm ruhig wieder Platz und unterhalte dich mit Mom."

Bevor ich etwas darauf erwidern konnte, hatte sie sich umgedreht und war mit dem Tablett nach innen gegangen. Also setzte ich mich erneut, fühlte mich jedoch leicht unwohl und fing daher an, die restlichen Teller aufeinanderzustapeln, während ich darauf wartete, dass Briar zu reden begann. Als sie jedoch weiterhin schwieg, lehnte ich mich mit den Händen im Schoß zurück und räusperte mich.

„Was meinten Sie damit, wie sie gestorben ist? Uns wurde gesagt, sie sei ausgerutscht, mit dem Kopf gegen den Rand der Badewanne geknallt und ins Wasser gefallen. In dem Brief des Sheriffs wurde als Todesursache ein Unfall durch Ertrinken angegeben."

„Das wurde uns auch gesagt", bestätigte Briar. „Du aber weißt, dass in diesem Dorf mehr vor sich geht. Okay, ich würde nicht so weit gehen zu sagen, dass Lucy ermordet wurde, aber …"

Wie bitte? Ich rückte mit meinem Stuhl näher an sie heran. „Aber Sie halten es für möglich?"

Morgan kam wieder nach draußen, um das restliche Geschirr zu holen, warf uns einen vielsagenden Blick zu und ging wortlos zurück ins Haus.

„Meiner Meinung nach", fuhr Briar fort, „gibt es in Whispering Pines Menschen, deren Ambitionen nicht mit dem übereinstimmen, was deine Großmutter ursprünglich für dieses Dorf geplant hatte."

Es bestand keine Veranlassung, sich zurückzuhalten, denn immerhin sprachen wir darüber, dass meine Großmutter möglicherweise umgebracht wurde. „Wie Flavia und Donovan? Glauben Sie, einer der beiden war in die Sache verwickelt?"

Die alte Dame ermüdete zusehends, mit jeder Minute wurde ihre Aussprache undeutlicher. Das fiel auch Morgan auf, die sich, nachdem sie alles abgeräumt hatte, wieder zu uns auf die Veranda gesellte.

„Weißt du was, Mom?" Sie führte ihre Mutter zu einem der Korbstühle in der Ecke der Terrasse. „Warum ruhst du dich nicht ein Weilchen aus? Ich verspreche, dich rechtzeitig vor Sonnenaufgang wieder zu wecken."

„Gut, ich werde mich ein wenig hinlegen, aber nur, wenn du mich auch wirklich in spätestens einer Stunde wieder weckst. Immerhin haben wir einen Gast. Schlafen kann ich auch morgen noch."

Sie standen sich gegenüber, Morgans dunkelbraune Augen bohrten sich in die hellblauen ihrer Mutter, und wie einstudiert hoben sie gleichzeitig das Kinn und nickten einander kurz zu. Dann half sie Briar, ihre Füße auf einem Hocker abzulegen, und wickelte sie in eine leichte Sommerdecke. Anschließend trat sie wieder auf mich zu und hakte mich unter, so wie sie es immer tat, wenn sie ein Stück mit mir gehen und mit mir reden wollte.

Sie führte mich über den gekiesten Weg, der sich durch

ihren erstaunlichen Garten schlängelte, zeigte mir die unterschiedlichsten Pflanzen und erzählte mir etwas über deren medizinische und spirituelle Heilkräfte.

„Du kannst mir heute Abend dabei helfen, sie zu ernten", fügte sie hinzu.

„Wieso ausgerechnet heute?", fragte ich verdutzt.

„Kräuter, die in der Mittsommernacht gesammelt werden, sind besonders wirksam, speziell diejenigen, die für Liebestränke oder Glücksbringer verwendet werden."

Immer wieder hielt sie inne, um auf eine ganz besondere Heilpflanze hinzuweisen, die wir später gemeinsam pflücken würden. Die erste war eine mit silbrig-grünen, gefiederten Blättern, knapp einen Meter hoch.

„Wermut oder *Artemisia* wird zur Herstellung des alkoholischen Getränks Absinth verwendet. Der Likör macht allerdings sehr schnell abhängig und wirkt halluzinogen, von daher stelle ich ihn nicht her, aber die Pflanze selbst eignet sich perfekt für einen Liebeszauber."

„Liebe kann auch süchtig machen", witzelte ich.

Sie lächelte. „Da hast du wohl recht."

Als Nächstes verharrten wir vor einer Ansammlung von Blumen, von denen jede fünf abgerundete, weiße, innere Blütenblätter aufwies, die von fünf größeren, spitzen Außenblättern in Lila, Rosa, Blau oder Gelb umgeben war. „Aus den Samen der Akelei gewinnt man in der Regel Parfüm. Pulverisiert auf den Körper gerieben, sagt man ihnen jedoch auch nach, dass sie Menschen und Aufmerksamkeit anziehen."

„Die Anordnung der äußeren Blütenblätter erinnert an ein Pentagramm."

Morgan zog die Augenbrauen hoch. „Tatsächlich. Das ist mir bisher noch gar nicht aufgefallen. Vielleicht bin ich deshalb so fasziniert von ihnen."

Ein Stück weiter passieren wir einen etwa zwei Meter hohen Strauch mit dunkelgrünen Blättern und pinkfarbenen

Blüten. „Oleander eingenommen ist zwar hochgiftig, aber in Amuletten beispielsweise ebenfalls ein wirksamer Liebeszauber."

„Tja, wir fühlen uns oft zu dem hingezogen, was eigentlich schlecht für uns ist."

„Du bist heute Abend eine wirklich aufmerksame Beobachterin", grinste sie, sichtlich zufrieden mit den Vergleichen, die ich vorbrachte.

Wir kamen zu einer gemütlichen kleinen Bank unter einem Kirschbaum. Die Sonne stand bereits tief am Horizont, und die Äste des Baumes schützten uns vor den intensiven Strahlen der späten Nachmittagssonne.

„Meine Mom ist also der Ansicht, dass deine Großmutter ermordet wurde, oder?", fragte Morgan.

„Direkt gesagt hat sie das nicht, aber irgendwie angedeutet. Glaubst du, sie hat recht damit?"

„Bis letzten Monat hätte ich das verneint und geglaubt, was die Untersuchung ergab – dass sie auf einer Pfütze auf dem Badezimmerboden ausgerutscht und auf tragische Weise in der Wanne ertrunken ist. Aber nach den schockierenden Umständen, die zu Yasmines Tod geführt haben …"

„Hältst du es ebenfalls für möglich." Das war keine Frage. „Konntest du schon etwas über die Graffitis oder Sigillen herausfinden, die sich überall in meinem Haus fanden?"

„Es sind gerade erst ein paar Wochen, Jayne, und ich habe dir doch erklärt, dass ich sehr vorsichtig sein und den richtigen Zeitpunkt abwarten muss, wenn ich herumfrage. Ein derart heikles Thema kann man nicht so einfach ansprechen. Du bist doch jetzt ebenfalls schon einen Monat hier und solltest inzwischen festgestellt haben, wie loyal die Dorfbewohner ihren Freunden und Bekannten gegenüber sind. Wenn ich der falschen Person Vorwürfe mache oder sie verdächtige, zerstöre ich die Harmonie hier im Dorf."

Ich lachte gepresst auf. „Soll das ein Witz sein? Früher mag das ja mal so gewesen sein. Aber im letzten Monat starb eine junge Frau eines unnatürlichen Todes, vor vier Monaten wurde vermutlich meine Großmutter ermordet, und vor einigen Tagen hat es auch noch die Akrobatin erwischt. Das bezeichnest du als Harmonie?"

„Bitte versprich mir, dass du dich aus dem Fall Berlin heraushältst."

„Das kann ich nicht. Ich habe heute schon mit Dr. Bundy telefoniert."

„O Jayne."

Ich erinnerte sie an den Pfeil mit dem Beruhigungsmittel und an die Möglichkeit, dass jemand damit auf Berlin geschossen haben könnte.

„Außerdem habe ich mit Gianni gesprochen, dem Tierarzt des Zirkus. Er hat bestätigt, dass der Pfeil, den ich gefunden habe, denen gleicht, die er verwendet, mir aber versichert, dass er ihn an jenem Morgen nicht abgefeuert hat. Dennoch habe ich Dr. Bundy gebeten, die Leiche nochmals nach einer möglichen Einstichwunde abzusuchen."

Morgan bedachte mich mit einem vorwurfsvollen Blick. „Sollte er nichts finden, verspreche ich dir, dass ich die Sache auf sich beruhen lassen werde."

Sie musterte mich noch einen Moment lang intensiv und ließ sich dann auf die Bank sinken. „Hoffen wir mal."

Am liebsten hätte ich ihr noch weitere Fragen über meine Großmutter gestellt, aber Briar schien mehr darüber zu wissen. Also würde ich warten. Die Wahrheit war so lange verborgen geblieben, da machten ein paar Stunden oder Tage mehr auch keinen Unterschied. So sprach ich ein anderes Thema an, das mich ähnlich stark beschäftigte.

„Wusstest du, dass Sheriff Zeb jemandem wegen Vandalismus einen Strafzettel verpasst hat, nur weil diese Person eine Blume im Pentagramm-Garten gepflückt hat?"

Sie stieß einen kleinen Seufzer aus. „Ich sage es nur ungern, aber ich habe ebenfalls bereits einige Beschwerden in der Art gehört. Obwohl er natürlich auch recht hat, derartige Aktionen zu unterbinden."

„Technisch gesehen ist er im Recht, aber diese Reaktion ist doch wohl übertrieben. Das Letzte, was Whispering Pines braucht, ist ein Sheriff, der die Leute bestraft, weil sie im Urlaub ein wenig über die Stränge schlagen. Eine Verwarnung hätte es auch getan. Dieses Bußgeld war nicht gerechtfertigt."

„Das sehe ich auch so, aber reg dich wieder ab."

„Sollen wir ein derartiges Verhalten einfach ignorieren?"

„Der Typ ist halt noch sehr jung." Bevor ich etwas darauf erwidern konnte, fügte sie hinzu: „Nicht, dass das eine Entschuldigung wäre, aber ich denke, er ist mit der aktuellen Situation überfordert und verunsichert. Immerhin war Sheriff Brighton allgemein sehr beliebt."

„Auch bei Donovan?"

„Na ja, es gibt nur sehr wenige Menschen, die Donovan mag", lenkte sie ein. „Geben wir Zeb einfach noch ein wenig Zeit, sich einzufinden."

„Darauf hatte der Rat sich ja geeinigt, aber wenn er sich nicht bewährt, sollten wir ihn absetzen, bevor er noch größeren Schaden anrichtet."

„Da bin ich ganz deiner Meinung. Jetzt aber lass uns nicht mehr über Mr Warren, Mord und Sigillen reden. Heute ist die Nacht, um die Sonne zu feiern und die Fackel weiterzureichen, vom Eichenkönig zum Stechpalmenkönig."

„Von wem an wen?"

Und so beschrieb sie mir einige der traditionellen Litha-Rituale, die mit den Feiern zum ersten Sommertag verbunden waren – nichts Ungewöhnliches, hauptsächlich Gebete für eine erfolgreiche Wachstumssaison und, wie bereits in der Neumondnacht, Überlegungen zu den Zielen, die man sich für die nächsten sechs Monate bis zu Yule, der Wintersonnwende im Dezember, gesetzt hatte.

Ich musste zugeben, mir gefiel es, dass es bei den Wiccas

ständig um Neuanfänge ging, um Chancen, neu durchzustarten und Dinge zu richten.

Irgendwann tauchten Meeka und Pitch vor uns auf, und die Art und Weise, wie sie miteinander spielten, brachte uns zum Lachen. Mein kleiner weißer Hund jagte Morgans pechschwarzen Hahn, bis der die Nase voll zu haben schien und den Spieß umdrehte.

„Die zwei haben sich ja im Handumdrehen angefreundet", stellte Morgan fest und stieß spielerisch ihre Schulter gegen die meine.

„Das scheint mir eine versteckte Botschaft zu sein, dass man auch mit jemandem auskommen kann, der so ganz anders ist als man selbst. Wenn ein Hund und ein Hahn Freunde sein können, warum fällt es dann manchen Menschen so schwer?"

„Das hängt wohl damit zusammen, wie unsere Eltern es uns vorleben. Wenn sie uns lehren, das Fremde zu akzeptieren, dann tun wir das auch. Wenn sie uns hingegen zu Hass erziehen ... Dann wird die Welt zu einem noch traurigeren Ort. Es ist ein Teufelskreis."

Die Nacht verging wie im Flug, während Morgan, Briar, die sich wieder zu uns gesellte, und ich uns unterhielten und Kräuter sammelten. Ich konnte es kaum glauben, als am Horizont der erste Lichtstreifen auftauchte. Morgan überreichte uns jeweils eine Schale Sonnenaufgangseis und besprenkelte es mit Tautropfen der gepflückten Blumen.

„Wofür ist das denn?", fragte ich erstaunt.

„Tau, der am Mittsommermorgen gesammelt wird, beschert demjenigen, der ihn trinkt, gute Gesundheit."

Das klang zwar interessant, dennoch dachte ich mir im Stillen, dass er nicht geholfen hatte, Briars Schlaganfall zu verhindern. Es sei denn, dieser wurde, wie bei Großmutters Sturz, durch widrige äußere Umstände ausgelöst. War so etwas bei einem Schlaganfall überhaupt möglich? Oder hatte vielleicht doch jemand sie mit einem Fluch belegt? Moment mal, fing ich jetzt tatsächlich auch schon an, an derartigen Hokuspokus zu glauben? Nein, das tat ich definitiv nicht. Es gab einfach Dinge, auf die wir keinen Einfluss hatten.

Zu dritt gingen wir hinauf in den ersten Stock und betraten einen kleinen Ostbalkon, der an eines der Schlafzimmer angrenzte. Von dort beobachteten wir, wie die Sonne den Horizont durchbrach und langsam aufging. Morgan und ihre Mutter standen eng beisammen, Schulter an Schulter, jede ihre Schale mit dem Sonnenaufgangs-Gelato in Händen haltend, und ein Gefühl von Eifersucht beschlich mich. Mit meiner Mom hatte ich noch nie einen derart bewegenden Moment geteilt. Wenn ich es mir recht überlegte, war ich mir nicht einmal sicher, ob wir überhaupt irgendwelche gemeinsamen Interessen hatten.

Nachdem wir unser Eis aufgegessen hatten und die Sonne vollständig aufgegangen war, kehrten wir in den Garten zurück, und ich rief nach Meeka. Irgendwann tauchte ihr nicht mehr wirklich weißes Köpfchen aus einer Ansammlung Gänseblümchen auf, und sie blinzelte mich verschlafen an. Okay, nach dieser Nacht voller Spiel und Spaß im Garten brauchte sie offensichtlich schon wieder ein Bad.

„Du gehst jetzt aber noch nicht, oder?" Briar bedachte mich mit einem eindringlichen Blick. „Wir haben unser Gespräch noch nicht beendet."

„Das machen wir noch, keine Sorge. Ich komme wieder. Erst einmal vielen Dank, dass ich an Ihrer Feier teilnehmen durfte." Ich konnte das, woran sie glaubten, vielleicht nicht wirklich nachvollziehen, aber immer dann, wenn ich mit Morgan zusammen war, wünschte ich mir, ich täte es. „Jetzt aber habe ich eine Aufgabe zu erledigen, die ich schon viel zu lange vor mir herschiebe."

„Und das wäre?", erkundigte sich Briar.

„Ich muss heute unbedingt das Schlafzimmer meiner Großmutter ausräumen. Noch weiß ich nicht, was mit dem Haus passieren wird, aber ich hoffe so sehr, dass ich meine

Eltern davon überzeugen kann, es mir zu überlassen. Dann würde ich es in eine Frühstückspension umwandeln."

„Das ist eine wunderbare Idee." Sie presste beide Hände auf ihr Herz. „Es ist nicht nur ein grandioses Anwesen, auch die Lage ist atemberaubend. Mit Sicherheit wärst du permanent ausgebucht."

„Davon sind Tripp und ich ebenfalls überzeugt", sagte ich. „Aber erst einmal müssen alle Schlafzimmer und Bäder renoviert werden. Grandma war leider niemand, der sich viel aus Neuerungen machte."

Briar lachte so sehr, dass ihre Schultern bebten. „Da hast du wohl recht. Derartige Dinge waren Lucy so was von egal." Dann jedoch wurde sie ernst. „Ich vermisse sie wirklich sehr."

„Ich ebenfalls", versicherte ich ihr. „Deshalb fällt es mir ja so schwer, ihre Sachen wegzupacken. Ständig denke ich, dass sie, wenn ich alles an seinem Platz lasse, noch nicht wirklich weg ist."

Morgan bedachte mich mit einem mitleidigen Blick. Ich mochte es gar nicht, wenn Leute mich bemitleideten.

„Warte kurz", bat sie mich. „Ich bin gleich wieder da."

Ich füllte Briars Teetasse mit Morgans Sonnenwendmischung – Pfefferminze, Himbeerblätter, Sonnenblumenblüten, Rosenblätter und Lavendel – und sie erzählte mir von einigen Abenteuern, die sie mit Großmutter erlebt hatte.

„Sie sind nackt im See geschwommen?", hakte ich entsetzt nach. „Das ist ein Scherz, oder?"

„O nein. Es war die Nacht eines Supermondes", erinnerte sich Briar wehmütig. „Lucy behauptete, dass der extragroße Vollmond den See auflädt, und wenn wir nackt in seinen Strahlen badeten, würden auch wir ätherische Energie tanken."

Einen Moment lang musterte ich sie prüfend. „Wie viele Gläser Chardonnay hatten Sie beide da schon intus?"

Sie kicherte wie ein Schulmädchen und hatte sich noch

immer nicht beruhigt, als Morgan mit einem kleinen, blutroten Musselin-Täschchen zurückkam. Es sah verdächtig aus wie das lilafarbene Teil, das sie mir einen Monat zuvor gegeben hatte und das mit Kräutern, ein paar Steinchen und einem kleinen Pentagramm-Amulett gefüllt gewesen war. Damals behauptete sie, es würde mich vor demjenigen schützen, der mein Haus verwüstet und überall Sigillen hinterlassen hatte.

„Und was hat es mit diesem hier auf sich?", fragte ich skeptisch und deutete mit dem Kinn darauf.

Sie drückte es mir in die Hand und legte dann ihre eigenen Hände um meine. Dann nickte sie ihrer Mutter zu, die daraufhin unsere Hände mit den ihren umschloss.

„Das Rot steht für Mut", erklärte sie mir auf ihre eindringlich-tröstende Art. „In seinem Inneren befinden sich ein blauer Mondstein für Klarheit, ein Granat zur Stärkung deines Selbstvertrauens, Salbei zur Reinigung und Heilung, eine Galgantwurzel, die dir Stärke vermitteln soll, sowie die Blüten der Prunkwinde für inneren Frieden."

Ein Gefühl von Liebe und Freundschaft, wie ich es noch nie zuvor empfunden hatte, machte sich in mir breit, und ich war so gerührt, dass ich kaum noch sprechen konnte.

„Trage es die ganze Zeit über bei dir, während du die Sachen deiner Großmutter wegpackst", wies sie mich an. „Es wird dir helfen, diese schwierige Aufgabe zu meistern."

# Kapitel Sechzehn

BEVOR MEEKA UND ICH NACH HAUSE FUHREN, MACHTEN WIR noch einen kleinen Rundgang durch den Ort. Obwohl es bei Weitem nicht so voll war wie am Abend zuvor, war auf dem Dorfplatz immer noch mehr los als sonst um diese frühe Zeit. Die Stimmung jedoch war gedämpfter und alle sahen erschöpft aus, da sie wohl die ganze Nacht auf den Beinen gewesen waren, um den Sonnenaufgang zu feiern. Ich ließ meinen Blick über den Pentagramm-Garten hinunter zum See wandern, wo sich gerade eine Gruppe junger Leute im Wasser vergnügte. Das Problem war aber, dass der öffentliche Strand einen knappen Kilometer weiter östlich lag.

„Der Sheriff ist schon auf dem Weg dorthin", ertönte in diesem Moment eine Stimme hinter mir.

Erschrocken zuckte ich zusammen, drehte mich um und fand mich Lupe Gomez gegenüber. Sie hatte dunkle Ringe um die Augen, und ihr sonst so ordentlich geflochtener Zopf war zerzaust.

„Waren Sie die ganze Nacht auf den Beinen?", fragte ich.

„Aber natürlich. Wie kann jemand, der Tage oder Wochen in Whispering Pines verbringt, nicht an den Feierlichkeiten der Mittsommernacht teilnehmen?" Sie fuchtelte mit ihrem

Reporternotizbuch vor meiner Nase herum. „Ich hätte die Story meines Lebens verpasst, wäre ich dem Ruf meines Bettes gefolgt."

„Wenn ich also der Aussage, *der Sheriff ist auf dem Weg dorthin*, noch *Story meines Lebens* hinzufüge, würde ich vermuten, dass es wieder Ärger gab?"

„Nur, wenn Sie Baden im See mit Ärger gleichsetzen." Sie deutete auf die Personen, die vergnügt im Wasser planschten. „Es ist ja nicht so, dass sich jemand von ihnen nackt ausgezogen hätte. Sie saßen ganz brav am Ufer, haben den Sonnenaufgang beobachtet, und dann meinten ein paar von ihnen, es wäre nicht schlecht, die ganze Negativität abzuwaschen, um sich gereinigt auf den neuen Zyklus vorzubereiten. Es war echt lustig."

„Sind Sie denn ebenfalls in den See gesprungen?"

„Aufgrund der Tatsache, dass ich mich durch das illegale Schwimmen in einem nicht öffentlichen Bereich in Schwierigkeiten bringen könnte, werde ich Ihnen diese Frage nicht beantworten. Aber ganz unter uns … klar war ich dabei."

Ich hielt eine Hand über die Augen, um diese vor der Sonne zu schützen, und blinzelte in Richtung Wasser. „Verpasst er ihnen allen Ernstes einen Strafzettel?"

„Dessen bin ich mir ziemlich sicher. Er hat schon die ganze Nacht damit verbracht, welche zu verteilen. Ganz ehrlich, was ich so mitbekommen habe, die Leute hier sind nicht unbedingt glücklich mit dem neuen Polizeichef."

Das war ich ebenso wenig, und ich fügte diesen Punkt der immer weiter wachsenden Liste von Gründen hinzu, warum wir Zeb Warren schnellstens wieder loswerden sollten.

„Wie geht es mit Ihrem ersten Artikel über Whispering Pines voran?"

„Wirklich gut", sagte Lupe und lächelte breit. „Ich habe ihn vor etwa einer Stunde an meinen Redakteur geschickt und erwarte in Kürze seine Vorschläge und Korrekturen. Sobald ich die eingearbeitet habe, werde ich den vollständigen Beitrag auf der Website unseres Magazins veröffentlichen und ein paar Teaser auf all unseren Social-Media-Seiten posten."

„Was ist denn ein Teaser?"

„Eine Art kurzes Werbeelement, wie etwa ein Textausschnitt", erklärte Lupe, während sie den Einband ihres Notizbuchs in Handygröße auf- und zuklappte. „Er soll den Leser animieren, auf den Link zu klicken und den gesamten Artikel zu lesen. Ich muss mir nur noch ein paar ansprechende Zeilen ausdenken und einige interessante Bilder hinzufügen. Vielleicht welche vom Zirkus. Dort habe ich ein paar tolle Fotos geschossen."

Ich schaute auf ihre Hände, die nach wie vor mit dem Büchlein herumspielten. „Sie wirken ein wenig nervös."

Sie folgte meinem Blick und ließ es in der Cargotasche an ihrem rechten Oberschenkel verschwinden. „Dieser erste Beitrag ist ungeheuer wichtig. Wenn ich die Leser damit anlocken kann, werden sie mehr über Whispering Pines lesen wollen, und ich kann den kompletten Sommer über hierbleiben und schreiben. Zum Glück war diese Woche ja ganz schön was los."

Ich kniff die Augen zusammen. „Wollen Sie damit andeuten, dass Mord gut fürs Geschäft ist?"

Sie starrte mich mit offenem Mund an. „Nein, das war natürlich extrem schlimm. Wieso unterstellen Sie mir so etwas? Ich meinte damit eher das Mittsommerfest."

„Nichts für ungut." Ich hob beschwichtigend die Hände. „Da kommt einfach wieder der Cop in mir zum Vorschein. Jede Person ist verdächtig, bis man ihre Unschuld beweisen kann."

„Sie haben *mich* verdächtigt?"

„Wie schon gesagt, ich halte prinzipiell jeden erst mal für verdächtig."

Ihr Verhalten am ersten Abend, als wir uns kennenlernten, ging mir nicht mehr aus dem Kopf. Ihre Begeisterung über den Streit zwischen Tilda und Berlin in deren Zelt nach der Vorstellung war mir schon da nicht geheuer. Zudem schien sie überall dort aufzutauchen, wo sich fragwürdige Dinge ereigneten, und mehr als erpicht darauf, sie zu ihrem eigenen Vorteil zu nutzen. Natürlich könnte das einfach das typische Verhalten einer guten Reporterin sein, und auch ihre Reaktion gerade eben, die spontane Empörung, beruhigte mich ein wenig.

„Das wäre doch eine hammermäßige Story, oder?", hakte ich nach. „Eine Journalistin kommt in die Stadt, in der Hoffnung, sich einen Namen zu machen, und wird aufgrund des Artikels, den sie geschrieben hat, selbst zur Mordverdächtigen?"

Dieses Mal blieb Lupes Miene ausdruckslos, und ich konnte mir kaum das Lachen verbeißen.

„Wow", sagte sie schließlich. „Was bin ich froh, dass Sie nicht befugt sind, jemanden zu verhaften. Sonst könnte es tatsächlich eng für mich werden." Von der Gruppe unten am See drang ein lautes Brüllen des Missfallens zu uns herüber. „Ich denke, ich werde mal nachsehen, was da los ist. Bis bald."

„Weiterhin viel Erfolg beim Schreiben. Bleiben Sie am besten neutral, nicht dass der Sheriff Sie doch noch wegen Verleumdung einbuchtet."

Sie salutierte kurz und lief dann eiligen Schrittes durch den Pentagramm-Garten in Richtung Wasser.

Mein Blick wanderte hinüber zum *Ye Olde Bean Grinder*, und kurz überlegte ich, ob ich mir einen Mokka holen sollte. Allerdings war ich immer noch total aufgekratzt von Morgans Sonnwendtee und brauchte diesen zusätzlichen Kick nicht wirklich.

„Ich könnte ja mal einen koffeinfreien Kaffee probieren", sagte ich zu mir selbst. Das hatte Meeka jedoch gehört. Sie gab ein leises Winseln von sich und stellte sich mit den Vorderpfoten auf meinen Fuß. „Okay, ich verstehe, du hast Hunger. Dann lass uns nach Hause fahren. Die Aufgabe, die dort auf mich wartet, habe ich eh schon lange genug vor mir hergeschoben."

Zwanzig Minuten später mampfte Meeka zufrieden ihr Trockenfutter, während ich mich umzog und dann durch den Vorgarten hinüber zum Haus ging. Normalerweise tobte meine Kleine nach dem Frühstück wie wild draußen herum und jagte jedes Insekt oder jedes Tierchen, das sie finden konnte. Heute jedoch flitzte sie nur kurz auf die andere Seite des Hofes, erledigte ihr Geschäft und trieb mich dann zu den Terrassentüren, um sicherzustellen, dass ich nicht wieder einen Vorwand fand, mich zu verdrücken. Sie folgte mir sogar nach drinnen und die Treppe hoch, und als ich zu lange in der Tür von Grandmas Schlafzimmer stehen blieb, stupste sie mich mit dem Kopf an.

„Okay, ich fange ja gleich an." Ich hielt das kleine rote Etui, das Morgan mir geschenkt hatte, fest umklammert und bat denjenigen, der mir zuzuhören gewillt war – wer auch immer das sein mochte –, mich dabei zu unterstützen. Da meine Jogginghose keine Taschen besaß, schob ich es kurzerhand in meinen BH, an die Stelle über meinem Herzen, und betrat den Raum.

Womit sollte ich nur beginnen? Der Schrank war voll mit Kleidung, ebenso die Kommode mit den sechs Schubladen. Ich entschied mich für den Nachttisch, da er relativ klein war und ich so schneller etwas von meiner Liste streichen könnte. Es lief sogar besser als erwartet, bis ich an der Handcreme roch, die ich im obersten Schub entdeckt hatte. Der Lavendelduft weckte eine Flut von Erinnerungen, die mein Herz schwer werden ließen und mir Tränen in die Augen trieben. So traurig ich auch war, dass Grandma nicht mehr unter uns weilte, war mein eigentliches Problem doch, dass ich an all die verpassten Gelegenheiten dachte. Wie oft hatte ich ihr versprochen, sie zu besuchen, und es nie getan. E-Mails und Telefonate waren wunderbar, aber eben nicht dasselbe, wie ihr von Angesicht zu Angesicht gegenüberzustehen, sie zu umarmen und von ihr gedrückt zu werden. Ich hatte es vermasselt. Warum nur war ich nicht öfter vorbeigekommen? Jetzt war es zu spät. Ein weiterer Punkt auf der langen Liste der schlechten Entscheidungen, die ich im vergangenen Jahr getroffen hatte.

Ich setzte mich mitten im Schlafzimmer im Schneidersitz auf den Boden und presste die Handballen so lange auf meine Lider, bis ich Sterne sah. Ein überwältigendes Gefühl von Verlust überkam mich. Aber wie immer, wenn es mir schlecht ging, war plötzlich Meeka an meiner Seite und schmiegte sich an mich. Ich schnappte sie mir und drückte sie fest an mich, bis sie sich zu winden begann. Also ließ ich sie wieder los, und sie stellte sich mit den Vorderpfoten auf meine Beine und leckte mir das Gesicht.

Erst als sie sich sicher zu sein schien, dass es mir besser ging, ließ sie von mir ab, sprang auf die Bank vor dem Erkerfenster, von wo aus man einen umwerfenden Blick auf den See hatte, und vergrub sich dort in dem Kissenberg. Ich wischte mir noch einmal über die Augen, holte tief Luft und starrte auf die Kommode. Schluss jetzt! Ich musste mich zusammenreißen. Die Kleidung in den Schubladen machte meine Großmutter nicht aus, genauso wenig wie ihr Duft, egal, wie sehr ich mir auch einbildete, ihre Gegenwart zu spüren.

Entschlossen riss ich die oberste linke Schublade auf, erstarrte kurz und lachte dann laut auf. Sie war voller Socken. Das war ja witzig. Genau in derselben Lade bewahrte auch ich meine Strümpfe auf, und sofort fühlte ich mich ihr wieder verbunden.

Nach dieser Entdeckung ging mir alles viel leichter von der Hand.

Alles aus den oberen vier Schubladen – Socken, Unterwäsche und Pyjamas – wanderte in eine Spendenbox. In den unteren beiden allerdings befanden sich vier wunderschöne Mäntel aus Samt, die Grandma offensichtlich bei Wicca-Zeremonien getragen hatte. Einer war von einem tiefen Waldgrün, der zweite rabenschwarz. Die letzten beiden waren blau, in einem satten Purpur-Mitternachtsblau beziehungsweise in einem helleren Blau, das an den See erinnerte. Das hellere Gewand musste das gewesen sein, das sie in jener Nacht vor sechzehn Jahren trug, als Rosalyn und ich sie bei einem ihrer Rituale überraschten. Leider konnte meine Schwester ihre Klappe nicht halten und erzählte es Mom, und am nächsten Morgen reisten wir ab. Das war das letzte Mal, dass wir als Familie zusammengekommen waren.

Irgendwie erschien es mir nicht richtig, diese Mäntel ebenfalls in die Kleiderbox zu stopfen. Ich würde erst einmal Morgan fragen, was ich damit machen sollte. Vielleicht gab es ja eine Hexe, die sie gebrauchen konnte.

Als Nachttisch und Kommode endlich leer waren, war es Zeit für das Mittagessen. Das Letzte, was ich zu mir genommen hatte, war das Sonnenaufgangseis, und das lag Stunden zurück.

„Komm, Meeka, lass uns Mittagessen gehen."

Meine Worte rissen sie aus dem Tiefschlaf. Geschwind rannte sie die Treppe hinunter und wartete an der hinteren Terrassentür. Ich ließ sie raus und machte mich daran, etwas zuzubereiten, das Großmutter immer Rosalyn und mir vorgesetzt hatte –Tomatensuppe, ein gegrilltes Käsesandwich und ein Glas Milch. Als Nachtisch wählte ich noch einen Erdnussbutter-Haferflocken-Schokoladenkeks von *Treat me Sweetly* und setzte mich mit meinem Tablett auf die Terrasse. Während ich aß, beobachtete ich neidisch das muntere Treiben auf dem See und wäre zu gerne selbst kurz hineingesprungen. Der offiziell erste Tag des Sommers war warm und schwül, und vom Wasser wehte der Hauch einer Brise zu mir herüber, was sich wunderbar anfühlte. Auch die Kiefern schienen ihn zu genießen. Sie wiegten sich sanft hin und her, als wollten sie ihre Nadeln kühlen, und auch heute klang ihr Rauschen, als würden sie sich gegenseitig etwas zuflüstern. Oder vielleicht auch mir. Aber was wollten sie mir erzählen?

Als ich mit meinem Lunch fertig war, fühlte ich mich so weit gestärkt, meine Arbeit wieder aufzunehmen. Ich hob das Tablett hoch, ging nach drinnen … und schrie auf.

# Kapitel Siebzehn

NEBEN DER TÜR ZUM KELLER STAND EIN MANN. VOR Schreck hätte ich beinahe mein Tablett fallen lassen. Er schien ähnlich erschrocken.

„Tripp?"

Im ersten Moment hatte ich ihn gar nicht erkannt, was vor allem daran lag, dass er lediglich ein Handtuch um die Hüften gewickelt hatte. Anscheinend kam er geradewegs aus dem Badezimmer im Untergeschoss. Lief er immer so leicht bekleidet herum, wenn er sich allein wähnte?

„Seit wann bist du denn wieder da?", fragte ich, und im selben Moment platzte er heraus: „Entschuldige, ich wusste nicht, dass du hier bist."

Dann brachen wir beide in Gelächter aus.

Hatte ich ihn zu intensiv angestarrt? Jedenfalls zog er mit einer Hand sein Badetuch enger um sich und mit der anderen deutete er auf seinen Wohnwagen. „Ich ziehe mir nur schnell was an. Bin gleich zurück."

Ich hatte kaum mein Geschirr in die Spülmaschine geräumt und die Pfanne ausgewaschen, als er auch schon wieder auftauchte, wie üblich in seiner mit Farbe bespritzten Cargohose und einem T-Shirt.

„Tut mir leid", entschuldigte sie sich ein weiteres Mal. „Eigentlich hätte mir klar sein müssen, dass du im Haus bist. Immerhin roch es ganz intensiv nach Käse."

„Soll ich dir auch schnell ein Käsesandwich zubereiten? Macht keine Umstände."

Allerdings wartete ich seine Antwort gar nicht ab, sondern fing direkt an und bereitete einen Zwilling des Mittagessens zu, das ich gerade verspeist hatte, denn er machte einen ziemlich ausgehungerten Eindruck. Er ließ sich auf dem Barhocker mir gegenüber nieder, leistete erneut Abbitte, dieses Mal für sein wortloses Verschwinden, und dankte mir für meine Bereitschaft, etwas für ihn zu kochen. Sobald die Suppe aufgewärmt und das Sandwich gegrillt war, wandte ich mich ihm zu.

„Ich habe mir Sorgen um dich gemacht. Wo hast du die ganze Zeit über gesteckt? Geht es dir gut?"

„Es tut mir wahnsinnig leid", bat er mich zum dritten Mal um Vergebung. „Ich hätte dir eine Nachricht hinterlassen sollen. Nachdem ich etwa zwei Stunden unterwegs war, wollte ich mich eigentlich telefonisch melden, musste dann aber feststellen, dass ich deine Nummer nicht hatte."

„Stimmt, die habe ich dir noch nicht gegeben. Zum einen war ich der Ansicht, du hättest gar kein Handy, zum anderen gab es bisher auch keinen Grund für dich, mich anzurufen."

„Richtig. Ich bin immer direkt rübergekommen, weil ich dich sowieso lieber persönlich sehen wollte."

Ich spürte, wie mir die Röte in die Wangen schoss, und drehte mich um, um sein Sandwich zu wenden.

„Glaub mir, ich wollte dich nicht beunruhigen. Ich hätte ehrlich gesagt auch nicht gedacht, dass ich so lange weg sein würde, aber nach Lily Graces Lesung musste ich erst einmal einen klaren Kopf bekommen, verstehst du? Also machte ich mich auf den Weg nach Süden, aber nach einer Weile wurde mir klar, dass ich nicht einmal einen Beweis für das Ableben meiner Mutter hatte. Nur die Worte einer Wahrsagerin im

Teenageralter. Da war ich aber nur noch knapp hundertfünfzig Kilometer von Missouri entfernt."

„Und dann?", fragte ich gespannt, stellte einen Teller Suppe und ein Glas Milch vor ihn hin, nahm dann sein Sandwich aus der Pfanne und schnitt es diagonal durch.

„Danke", sagte er und fing an, die Suppe zu löffeln. „Ich überquerte die Grenze, ging in eine öffentliche Bibliothek und wandte mich an die Bibliothekarin. Ich hoffte, sie könnte mir helfen, eine Telefonnummer zu finden, die ich anrufen könnte – das Amt für Soziales beispielsweise oder eine andere staatliche Behörde, die bereit wäre, mir Auskunft über Todesfälle zu geben. Sie allerdings setzte mich vor einen Computer und erteilte mir eine Lektion in Internetrecherche." Er errötete. „Es ist leider schon eine Weile her, dass ich mit derartigen Sachen zu tun hatte."

Während er eine Ecke seines Sandwichs in seine Suppe tauchte, fragte ich: „Warst du erfolgreich?"

Er nickte, während er kaute. „Wir können Lily Grace wissen lassen, dass sie richtig lag. Meine Mutter ist vor etwa zwei Jahren in Kansas City an einer Überdosis Drogen gestorben." Fassungslos schüttelte er den Kopf. „In einem von höchstens zwei Bundesstaaten zwischen hier und Kalifornien, durch die ich nicht gefahren bin. Ich verlor ihre Spur in South Dakota, und auf die Idee, sie könnte nicht mehr am Leben sein, bin ich nie gekommen. Sie war ja noch gar nicht so alt, weißt du? Eigentlich war ich immer der Meinung, sie hatte einfach nichts am Hut mit dem Mutterdasein."

Ich sagte nichts darauf und ließ ihn erst einmal in Ruhe essen. Seine Bewegungen waren schwerfällig, fast so, als litt er unter körperlichen Schmerzen. Auf seiner Stirn hatte sich eine tiefe Falte gebildet, seine normalerweise lebhaft funkelnden Augen blickten stumpf und müde drein, und seine Haut hatte einen ungesunden, fahlen Farbton angenommen. Eigentlich dachte ich ja immer, die Wahrheit zu kennen sei

besser als diese ewige Ungewissheit. Bei Tripps Anblick jedoch
war ich mir dessen plötzlich nicht mehr so sicher.

Nachdem er den letzten Bissen seines Sandwiches dazu
verwendet hatte, die restliche Suppe aufzutunken, reichte ich
ihm einen weiteren Teller mit einem Keks. Aus welchem
Grund auch immer, diese Geste brachte ihn zum Lachen. Ich
stimmte mit ein, bis mir auffiel, dass sein Kichern in heftige
Schluchzer übergegangen war.

„Ach, Tripp." Ich eilte an seine Seite und umarmte ihn.
Nach ein paar Sekunden schien er sich etwas beruhigt zu
haben, aber die Tränen flossen noch immer.

„Mom starb auf dem Boden einer verdreckten Toilette in
einer schäbigen Bar mitten im Nirgendwo in Missouri. Ich
kann einfach nicht glauben, dass sie so enden musste. Und ich
verstehe auch nicht, warum sie sich nie mehr bei mir gemeldet
hat." Ich wollte gerade etwas entgegnen, aber er brachte mich
mit einer Handbewegung zum Schweigen. „Vielleicht hat sie
ja versucht, mich zu erreichen, während ich unterwegs war
und nach ihr gesucht habe. Diese Vorstellung lässt mir keine
Ruhe, seit Lily Grace mir von ihren Visionen erzählt hat. Ich
hätte bei meiner Tante und meinem Onkel in Kalifornien
bleiben sollen."

„Wenn sie das gewollt hätte, hätte sie sich doch mit ihrer
Schwester in Verbindung gesetzt, oder?", argumentierte ich.
„Und deine Tante hätte dich entsprechend informiert. Du
standest doch permanent in Kontakt mit ihnen, nicht wahr?"

Seine Tränen versiegten. „Ja, und das tue ich nach wie vor.
Ich melde mich regelmäßig bei ihnen. Die längste Funkstille
zwischen uns waren einmal zwei Wochen."

Plötzlich schlug seine Qual in Wut um, und erneut fragte
ich mich, ob es manchmal doch besser wäre, nicht alles zu
wissen.

Ich legte ihm eine Hand auf den Rücken. „Es tut mir so
leid für dich, denn es ist unsagbar traurig, wenn man
herausfinden muss, dass das Leben eines geliebten Menschen

eine solch tragische Wendung genommen hat." Kurz schwiegen wir beide, dann fuhr ich fort. „Fühlst du dich schon etwas besser?"

Er zuckte mit den Schultern und nickte dann. „Die Dusche und das Mittagessen haben geholfen. Danke."

„Aber irgendetwas bedrückt dich nach wie vor. Was ist es?"

Er zögerte kurz, bevor er antwortete: „Ich schätze, ich fühle mich irgendwie verloren. Vielleicht ist es die Gewissheit, dass ich jetzt keine Eltern mehr habe. Klar, schon möglich, dass mein Vater noch irgendwo lebt, aber ich habe keine Ahnung, wo. Zudem kenne ich ihn nicht, und nach allem, was Mom mir über ihn erzählt hat, muss er ein kompletter Versager gewesen sein, sodass ich nicht einmal Lust habe, nach ihm zu suchen. Womöglich hat sie aber auch gelogen und er war ein klasse Typ." Er rieb sich mit den Händen übers Gesicht. „Gott, ich weiß nicht mehr, was ich denken soll. In gewissem Sinne habe ich schon noch eine Familie, aber kein Zuhause mehr, außer diesem Zelttrailer da draußen. Auch mein Job ist nur befristet, und was wird, wenn wir mit dem Haus fertig sind? Niemand sonst im Dorf wird mir Arbeit geben. Ich weiß gerade nicht, wo ich hingehöre." Er sah mich an, und tiefe Verzweiflung lag in seinem Blick.

Ich griff nach seiner Hand und sagte: „Genau hierher, zu mir und in dieses Dorf, egal was der Gemeinderat auch sagen mag."

Nach ein paar langen und peinlichen Sekunden wurde mir klar, dass er wieder einmal einen meiner Kommentare falsch interpretiert hatte. Dieses *zu mir* meinte ich natürlich nicht so, wie er es zu denken schien. Schnell ließ ich ihn los, murmelte etwas in der Art, dass ich mich umziehen müsste, und eilte durch die Terrassentür nach draußen. Das war nicht einmal eine fadenscheinige Ausrede, denn bei den heutigen Temperaturen war es viel zu warm für Jogginghosen.

Vorrangig jedoch wollte ich die Spannung lösen, die sich zwischen uns aufgebaut hatte.

Zurück in meiner Wohnung spritze ich mir erst einmal kaltes Wasser ins Gesicht. Als ich das Handtuch wegzog, fand ich mich meinem tadelnden Spiegelbild gegenüber.

„Warum hast du das nur gesagt?", rügte mich die Jayne im Spiegel. „Du weißt doch, wie er für dich empfindet. Vielleicht solltest du erst einmal nachdenken, bevor du den Mund aufmachst."

Damit hatte sie natürlich recht. Ich hängte das Handtuch zurück an den Haken, zog mir das T-Shirt über den Kopf und bemerkte just in diesem Moment das Blinken meines Telefons, das eine Nachricht auf dem Anrufbeantworter signalisierte. Wie lange die wohl schon da war? Wie die meisten Menschen war auch ich daran gewohnt, Nachrichten eigentlich ausschließlich auf mein Handy zu bekommen. So dachte ich in der Regel überhaupt nicht daran, den Festnetzanschluss zu überprüfen. Während ich in andere Klamotten schlüpfte, drückte ich die Taste, um sie abzuhören.

„Jayne, hier ist das Büro des Gerichtsmediziners." Ich erkannte Dr. Bundys Stimme auf Anhieb. Er hielt kurz inne und räusperte sich. „Ich wollte Ihnen nur mitteilen, dass ich am Opfer eine Stichwunde entdeckt habe. Daraufhin habe ich das Blut auf Ketamin getestet, und das Ergebnis war positiv. In ihrem Körper war die dreifache Menge der Dosis, die nötig wäre, um eine Frau ihrer Größe und ihres Gewichts zu töten. Allerdings dauert es immer einige Zeit, bis es seine volle Wirkung entfaltet, so dass es nicht die direkte Todesursache sein kann. Berlin hat sich selbst stranguliert. Meine Vermutung ist, dass jemand den Pfeil auf sie abgeschossen hat. Daraufhin erschrak sie, verlor die Kontrolle und verhedderte sich in den Stoffbahnen."

„Das ist alles, was ich Ihnen sagen darf. Mir ist schon klar, dass Sie bestimmt weitere Fragen haben, aber bitte rufen Sie mich nicht noch mal an und erzählen Sie niemandem, dass

Sie das von mir erfahren haben. Ich werde den neuen Sheriff informieren, und es wird sich eh in Kürze herumsprechen. Und, Jayne, ich wäre Ihnen dankbar, wenn Sie diese Nachricht nicht speichern."

Ich hörte sie mir ein weiteres Mal an und tat dann, worum er mich gebeten hatte: Ich drückte auf *Löschen*.

Nachdem ich in ein Tanktop geschlüpft war, begab ich mich in den Wohnbereich des kleinen Apartments und begann, Druckerpapier zusammenzukleben. Ich fertigte drei Bahnen mit jeweils vier Blättern an und verband sie zu einem großen Papierbogen, den ich an der Wand über dem Tisch und den Stühlen meiner kleinen Küche befestigte. Anschließend schnappte ich mir einen Filzstift und begann, meine provisorische Verdächtigenliste mit Fakten und Vermutungen zu füllen.

Oben in die Mitte schrieb ich *Berlin*, und unter ihren Namen die Todesursache: *Strangulation*. Als Überschrift rechts wählte ich das Stichwort *Verdächtige*, und darunter listete ich die Namen *Gianni Cordano*, *Dallas Brickman* und, nach kurzem Zögern, auch *Abilene* auf. Alle drei hatten mehr oder weniger Zugang zu den Drogen. Und alle hatten sie ein Motiv. Neben Giannis Namen notierte ich: *hat regelmäßig mit ihr diskutiert, wo die Käfiggitter abgestellt werden sollten*. Bei Dallas vermerkte ich: *wünschte sich, den Schlussakt zu übernehmen*. Okay, das klang etwas dürftig, war aber dennoch ein Motiv. Neben Abilene setzte ich: *eifersüchtige Geliebte?*

„Was ist mit der Methode?", murmelte ich vor mich hin. „Berlin hatte genug Ketamin im Blut, um einen ausgewachsenen Tiger zu betäuben, und diese Dosis hätte sie mit Sicherheit getötet, wenn sie nicht vorher erstickt wäre. Wie aber kam die Droge in ihren Körper?"

Was Gianni anbelangte, war es offensichtlich: *in Form eines Pfeils aus der Dartpistole*. Was aber war mit den anderen beiden? Es war eher unwahrscheinlich, dass entweder Dallas oder Abilene seine Waffe in die Finger bekommen hatten.

Allerdings hätten sie sich eine eigene Ausrüstung kaufen können. Laut dem Tierarzt konnte man sowohl die Pfeile als auch die entsprechende Pistole problemlos überall kaufen.

Bliebe noch das Ketamin. Ich schüttelte den Kopf und versuchte, meine Gedanken zu ordnen.

*Ich sollte mich zuerst auf die Methode konzentrieren. Wenn dieser Punkt geklärt ist, kann ich mich immer noch daranmachen, herauszufinden, wie die entsprechende Person an das Betäubungsmittel herangekommen ist.*

Ich trat einen Schritt zurück und analysierte, was ich bisher geschrieben hatte. Neben Gianni fügte ich noch *Tierarzt* hinzu, Dallas' Namen ergänzte ich um die Bezeichnung *Messerwerfer*. Messerwerfer. War es denn möglich, einen Dart so weit zu werfen? Mein Bauchgefühl sagte mir, dass, wenn es einer schaffte, dann wohl er. Es wurde Zeit, noch mal beim Zirkus vorbeizuschauen und weitere Fragen zu stellen.

# Kapitel Achtzehn

Sobald Meeka erkannt hatte, dass wir uns auf dem Weg zum Zirkusgelände befanden, fing sie an, wie verrückt an ihrer Leine zu zerren. Sie liebte es, nach Essensresten zu suchen, die die Besucher versehentlich fallen gelassen hatten, und die verschiedenen Tiere zu beobachten. Und dazu all diese wunderbaren Gerüche! Für sie war der Zirkus ein wahres Hundeparadies.

„Lassen Sie mich raten", sagte Colette, als wir uns dem Ticketschalter näherten, „Sie sind nicht hier, um sich die Vorstellung anzusehen."

„Gut geraten", erwiderte ich. „Ich möchte mit Dallas reden. Bei meinem letzten Besuch ergab sich dazu ja keine Gelegenheit."

„Es ist kurz nach der Mittagspause. Ich habe Ihnen doch bereits gesagt, dass sich um diese Zeit alle auf ihren Auftritt vorbereiten."

Ich steckte meine Hand in die Hosentasche und zog einen Zwanzigdollarschein heraus. „Wenn das so ist … Eine Eintrittskarte, bitte."

Sie schaute mich finster an. „Ich kann Sie wohl nicht davon abhalten, hineinzugehen, aber ich rate Ihnen dringend, den Messerwerfer so kurz vor seiner Performance nicht in Rage zu bringen. Und da spreche ich bestimmt auch im Namen von Abilene."

„Wann beginnt denn die Nachmittagsvorstellung?"

„Um vier Uhr. Das ist nur noch eine Stunde."

„Kein Problem. Ich finde bestimmt etwas, womit ich mir derweil die Zeit vertreiben kann."

Die meisten Besucher drängten bereits in Richtung Zelt, weil natürlich jeder einen guten Platz ergattern wollte. Die Nebenattraktionen waren in vollem Gange – Jongleure, Schwertschlucker, Zauberer und etliche mehr. Besonders faszinierte mich eine Seiltänzerin, die sich auf einem Seil, das an Pfosten entlang des Wegs befestigt war, einen Weg vom Kassenhäuschen bis zu einer Plattform über dem Eingang des Zirkuszelts bahnte.

Gemeinsam mit Meeka wanderte ich an den Fahrgeschäften entlang und landete irgendwann vor dem Karussell. Zwar schien sie zu erkennen, dass es sich bei den Figuren darauf um Tiere handelte, war aber verwirrt, weil diese sich unaufhörlich im Kreis drehten.

„Ein Hundi!"

Ich drehte mich um und sah einen kleinen Jungen mit nur einem Arm, der neben einer Frau im Rollstuhl auf und ab hüpfte.

„Darf ich mit deinem Hündchen spielen?", bat er.

Die Frau sah ohne Kostüm und mit den nun offenen, langen, anstatt streng zusammengebundenen blonden Haaren etwas anders aus, aber es war zweifelsfrei Tilda.

„Hätten Sie etwas dagegen?", fragte ich sie.

Sie zuckte nur mit den Schultern. „Nein, von mir aus gerne."

Ich zeigte dem Kleinen, wie er sich Meeka nähern konnte, indem ich ihr meinen Handrücken entgegenstreckte, und er folgte eifrig meinem Beispiel. Meeka schnüffelte an ihm, schaute kurz zu mir auf und wedelte direkt mit dem Schwanz.

„Damit will sie dir zeigen, dass sie dich mag", erklärte ich ihm, und ihr bestätigte ich: *Freund.*

Ich gab mehr Leine nach, und sofort begann der Junge, mit ihr zu spielen, indem er sich mit ihr am Boden herumwälzte.

„Süßer Hund", sagte die Frau.

„Nettes Kind. Sie sind Tilda Nelson, nicht wahr?"

Sie sah mich aus zusammengekniffenen Augen an. „Wer will das wissen?"

„Ich bin Jayne O'Shea, und ich wohne in dem großen Haus in der Nähe des Campingplatzes."

„Den Namen habe ich schon einmal gehört. Wie aber kommt es, dass Sie mich kennen?"

„Ich war hier an dem Morgen, als Berlin starb, und habe die Manege im Auge behalten, während der Direktor auf das Eintreffen des County Sheriffs wartete. Wie ich hörte, standen Berlin und Sie sich sehr nahe. Mein Beileid."

Sie seufzte, offensichtlich erschöpft. Natürlich meinten die Leute es nur gut, aber die permanenten Beileidsbekundungen können einen Menschen auf Dauer ganz schön zermürben. Und eigentlich wollte ich sie nicht noch zusätzlich unter Druck setzen, aber ich brauchte dringend ein paar Antworten.

„Sind Sie Polizistin? Oder wie kommt es, dass Sie überhaupt vorgelassen wurden?"

„Ja, ich war früher Detective in Madison. Und während ich auf den Deputy wartete, habe ich schon einmal auf eigene Faust ein wenig recherchiert."

Ich erzählte ihr von meinem Verdacht, dass ihre Freundin keines natürlichen Todes gestorben sein könnte.

Tilda schien aufrichtig schockiert. „Berlin hatte keine Familie mehr. Wir standen uns so nahe, dass sie mich als ihre alleinige Begünstigte einsetzte. Ich habe mit den Anwälten zusammengearbeitet, um ihren Nachlass zu regeln, und mich sogar mit dem Bestatter in Verbindung gesetzt, um ihre Einäscherung zu veranlassen. Inzwischen habe ich mit jeder

Menge Leute über sie gesprochen, aber niemand fand ihren Tod verdächtig."

Es war schwer zu sagen, ob meine Äußerung sie eher überraschte oder verärgerte.

„Ich kenne den Gerichtsmediziner, der ihre Autopsie durchgeführt hat, und ..." Was zum Teufel tat ich da? Um ein Haar hätte ich mich verraten, wo Dr. Bundy mich doch ausdrücklich um Stillschweigen gebeten hatte. „Ich sagte ihm, dass ich es seltsam fände, dass eine so erfahrene Artistin sich dermaßen in ihre Tücher verwickelt."

*Raffiniert, Jayne, wirklich geschickt gelöst.*

Tilda hob den Kopf, um mir in die Augen zu schauen. „Jetzt weiß ich auch wieder, warum mir Ihr Name bekannt vorkam. Sie waren es, die die Wahrheit über das Schicksal des Mädchens, das letzten Monat ums Leben gekommen ist, ans Licht gebracht haben."

„Ganz genau, das war ich. Und jetzt versuche ich herauszufinden, was Berlin wirklich widerfahren ist. Sicher haben Sie diese Frage bereits beantwortet, zusammen mit einer Million anderer, aber dennoch: Fällt Ihnen jemand ein, der Ihrer Freundin übel gesinnt war?"

„Gianni", platzte sie, ohne zu zögern, und hasserfüllt heraus. „Ich meine, was hat dieser Typ für ein Problem? Was wäre schon dabei gewesen, die Käfiggitter noch ein paar Zentimeter weiter nach hinten zu schieben?"

„Mit dem habe ich neulich bereits gesprochen, und ich will ganz ehrlich zu Ihnen sein: Im Moment habe ich keinen Grund zu glauben, dass er etwas damit zu tun haben könnte. Gäbe es sonst noch jemanden, mit dem sie Probleme hatte?"

„Ich sage Ihnen, es war Gianni. Er ist schuld. Er ist einfach ein schrecklich sturer Typ. Janessa hat Berlins Leiche gesehen und mir erzählt, dass sich die Seide wieder in diesem verdammten Gitter verfangen und sie erdrosselt hat." Ein Schluchzen entrang sich ihrer Kehle, und sie brauchte eine Minute, um sich zu fassen. „Wie schrecklich ist das? Ich will mir gar nicht vorstellen, was sie durchgemacht haben muss. Sie suchen ihren Täter? Ich verwette meinen Kopf darauf, es war dieser schmierige kleine Gianni."

In diesem Moment kicherte Joss lauthals auf, weil Meeka sein kleines Gesicht abschleckte, und Tildas Miene wurde weich. Alle Diskussionen über Berlin und den Tierarzt waren vergessen, und sie bedachte ihren Sohn mit einem liebevollen Blick.

„Er liebt Tiere, nicht wahr, Jossy?"

„Ja, so sehr." Er versuchte, Meeka abzuwehren und gleichzeitig mehr Küsse von ihr zu erhaschen. „Und ich vermisse mein Kätzchen."

„Du hattest doch noch nie eine Katze." Tilda sah zu mir auf und schüttelte den Kopf. „Keine Ahnung, wie er darauf kommt."

„Doch, zu Hause bei Daddy", protestierte der Junge. „Weißt du das etwa nicht mehr?"

Das klang, als hätten seine Eltern sich scheiden lassen, aber seine Mutter klärte mich direkt auf. „Sein Vater ist an dem Tag gestorben, an dem wir den Autounfall hatten." Sie legte ihre Hand auf ihr gelähmtes Bein. „Schon merkwürdig, dass sein kleines Gehirn sich noch an diese Dinge erinnert."

„Das mit dem Tod Ihres Mannes tut mir leid." Mir fiel wieder das Gespräch mit Colette neulich beim Mittagessen ein. „Colette hat mir von dem Unfall erzählt. Ich hoffe, das war in Ordnung?"

Sie zuckte nur mit den Schultern. „Es ist ja kein Geheimnis."

„Allerdings hat sie nicht erwähnt, dass Ihr Mann dabei sein Leben verloren hat."

„Das ist eine Sache, über die ich nicht spreche. Der Verlust eines Körperteils ist eine Sache, die eines geliebten Menschen …"

Mit diesen Worten drehte sie den Kopf zur Seite und

schaute mich nicht mehr an. Offensichtlich hatte ich mich auf verbotenes Terrain gewagt.

„Meeka, komm." Ich zog sanft an ihrer Leine, und sie kam direkt angetrabt. „Bitte entschuldigen Sie, falls ich Sie verärgert haben sollte, Tilda. Das war nicht meine Absicht. Ich will nur die Wahrheit über das herausfinden, was Berlin widerfahren ist, und Sie doch sicherlich auch."

„Hmm?", fragte sie abwesend, gerade vollauf damit beschäftigt, Joss den Schmutz von Knien und Po zu klopfen. „Ja, natürlich tue ich das."

„Sollte Ihnen noch etwas einfallen, würden Sie mir Bescheid geben?"

Sie fuhr fort, die Hose des Kleinen zu säubern. „Das werde ich."

Ihre volle Aufmerksamkeit galt nun ihrem Sohn, und ganz offensichtlich betrachtete sie unsere Unterhaltung als beendet. Für mich war das kein Problem, da ich sie eh nicht noch weiter aufregen wollte.

Mittlerweile war es kurz nach vier. Da das Gespräch mit Dallas noch eine knappe Stunde warten musste, konnte ich mir genauso gut in der Zwischenzeit die Vorstellung anschauen. Immerhin hatte ich mir ja eine Eintrittskarte gekauft.

Gemeinsam mit Meeka betrat ich das Zelt. Am Eingang stand ein Clown, der die Tickets kontrollierte. Als ich ihm meines zeigte, reichte er mir eine Blume, die sich, kaum dass ich danach griff, in einen bunten Chiffonschal verwandelte.

„Großartig", sagte ich. „Da haben Sie mich ganz schön ausgetrickst."

Er legte die Hände auf den Bauch und lachte leise, als wäre dies der beste Trick aller Zeiten. Dann verbeugte er sich tief und stolz, und winkte uns durch.

Da die Vorstellung bereits in vollem Gange war, entschloss ich mich, die Zuschauer, die bereits auf den Rängen saßen, nicht zu stören, und stellte mich neben die Tribüne. Im

Vergleich zur Abendvorstellung für Erwachsene war die familienfreundliche Atmosphäre heute deutlich spürbar. Überall liefen Clowns herum, bastelten Tiere oder Hüte aus Ballons, spielten dem Publikum kleine Streiche, ähnlich dem mit Schal und Blume, und warfen Bonbons ins Publikum. Alle trugen helle und farbenfrohe Kostüme. Zwischen den einzelnen Nummern tanzten die Strahlen der Scheinwerfer über den Boden, die Decke sowie die Besucher hinweg und sorgten dafür, dass die Action nie ins Stocken geriet.

Schließlich betraten Dallas und Abilene die Manege rechts der Mitte, die mir am nächsten lag. Anstelle des sexy, oberkörperfreien, einbeinigen Piraten, den er während der Abendshow mimte, war Dallas jetzt ein kindgerechter, voll bekleideter, trotteliger Seeräuber mit Holzbein. Und anstatt der spärlich bedeckten, vollbusigen Verführerin glich Abilene – *etwa einen Meter siebzig groß, langes, kupferbraunes Haar, schlank, aber kurvig* – eher einem unschuldigen kleinen Mädchen, das, an die Wand gekettet, von dem bösen Piraten mit Messern beworfen wurde. Es war eine alberne Darbietung, die jedoch beim Publikum sehr gut ankam.

Und trotz der lächerlichen, tollpatschigen Figur, die er darstellte, war Dallas treffsicher wie immer. Selbst, während er sich auf der Stelle drehte oder auf seinem Holzbein balancierte …, seine spitzen Geschosse landeten stets da, wo sie sollten, nämlich knapp neben Abilenes Kopf. Nachdem er zehn weitere Messer in schneller Folge auf seine Assistentin geschleudert hatte, die nun ihre Körperform nachbildeten, *rettete* er sie von der Wand und band sie an eine andere, die mit bunten Ballons bedeckt war.

Zwar hatten Tripp und ich die Nachmittagsvorstellung ebenfalls gesehen, aber an diesen Teil der Darbietung konnte ich mich gar nicht mehr erinnern, und sie war auch nicht Teil der Abendshow. Mit der dunklen Stimme eines Freibeuters erzählte er dem Publikum von seiner Expedition durch

Südamerika, und wie er dort auf einen Stamm Einheimischer stieß, der tief im Dschungel lebte.

„Dort habe ich mein Bein verloren", erklärte er. „Ein Monster-Alligator hat es mir direkt vom Körper abgebissen, als ich eines Nachmittags im Fluss badete. Glücklicherweise hatte dieser Stamm den besten Medizinmann, den man sich denken kann. Mein Bein konnte er zwar nicht retten, aber zumindest mein Leben. Zwei Jahre bin ich bei diesem Stamm geblieben, und sie lehrten mich nicht nur, wie ich mich trotz dieser Behinderung normal fortbewegen kann, sondern auch ihre Sitten und Gebräuche, einschließlich der Jagd."

Diesmal warf er keine Messer mehr nach Abilene, sondern blies mithilfe eines langen hohlen Stocks winzige Speere in ihre Richtung.

„Das ist ein Blasrohr", sagte ich erstaunt.

„Allerdings", stimmte mir ein kleiner Junge zu, der neben mir auf der Tribüne saß. „Cool, oder?"

# Kapitel Neunzehn

Der einzige Unterschied zwischen einem Blasrohr und einer Dartpistole bestand darin, dass ersteres menschliche Kraft erforderte, während bei letzterer die Pfeile mithilfe einer $CO_2$-Patrone abgefeuert wurden. Und die Pfeile für das Blasrohr waren natürlich kleiner. Fasziniert beobachtete ich das Schauspiel, das sich mir bot. In schneller Folge traf Dallas jeden Ballon, der Abilene umgab. Er machte keine Sekunde Pause, musste sein Ziel nicht einmal anvisieren. Er steckte einfach die winzigen Speere in das Ende des Rohrs und blies.

Wenn er selbst dann so akkurat zielen konnte, während er sich drehte und mit dem Publikum interagierte, wäre es ein Leichtes für ihn gewesen, Berlin aus dreißig Meter Entfernung zu treffen ... Zumal er dabei ja sicherlich stillgestanden und sich Zeit genommen hatte. Die Frage war nur: Passte dieser Pfeil, den ich in der Manege gefunden hatte, in ein Blasrohr? Definitiv nicht in jenes, das er gerade benutzte, denn die Speere waren wesentlich kleiner. Aber womöglich hatte er ja extra ein größeres dafür vorbereitet. Es war eine Frage, die es wert war, gestellt zu werden.

Dallas und Abilene bestritten den Schlussakt. Nachdem sie mit ihrer Vorstellung fertig waren, kamen alle Darsteller noch einmal in die Manege, um sich ein letztes Mal zu verbeugen. Ich nutzte die Chance, schlich mich mit Meeka hinaus und eilte hinüber zu dem Ausgang, durch den die Darsteller das Zelt verließen.

„Dallas", rief ich, sobald ich ihn auftauchen sah.

Er drehte sich in meine Richtung, und ein Lächeln machte sich auf seinem geschminkten Gesicht breit. Wahrscheinlich hielt er mich für einen Fan, der ein Autogramm von ihm oder ein Foto mit ihm haben wollte.

„Jayne O'Shea", sagte ich und streckte ihm die Hand entgegen. Hätten Sie ein paar Minuten Zeit? Ich würde Ihnen gerne ein paar Fragen stellen."

„Wenn Sie mit uns kommen wollen?" Er deutete auf Abilene und sich. „Dann stehe ich Ihnen gerne zur Verfügung. Gedenken Sie, ebenfalls Messerwerfer zu werden?"

Er kicherte, als fände er den Gedanken amüsant, aber das Lachen würde ihm gleich vergehen.

„Ich bin nur neugierig auf die Technik, die dahintersteckt. Die Präzision fasziniert mich. Wie weit genau kann man werfen und sicher treffen?"

„Kommt darauf an, was man erwischen möchte." Erneut grinste er. „Sicherlich ist es für jeden anders, aber für mich sind die größeren und kleineren Gegenstände schwieriger zu handeln. Mir fällt das Messerwerfen am leichtesten."

„Und wie steht es mit Darts?" Ich ließ ihn nicht aus den Augen und achtete auf seine Körpersprache, um kein Anzeichen zu verpassen, das darauf hindeuten könnte, dass er etwas verheimlichte.

„Darts? Solche, mit denen man auf eine Scheibe zielt?" Er blickte Abilene an und zwinkerte. „Ich habe früher viel mit Freunden in Billardhallen und Bars abgehangen, Dart gespielt und eine Vorliebe für diesen Sport entwickelt. Ursprünglich war ich in der Army, aber drei Wochen nach Beginn meines ersten Einsatzes trat ich auf eine Landmine. Ein Soldat mit nur noch einem Bein ist nicht zu gebrauchen. Also wurde ich entlassen, kehrte zurück, und nachdem ich gelernt hatte, mit dieser Behinderung zu leben, machte ich die einzige Sache, die ich gut konnte, zu meinem Job. Und ich muss zugeben, alles hat perfekt hingehauen."

„Wow", sagte ich. „Mir gefällt Ihre Einstellung. Wie weit können Sie einen Dartpfeil werfen?"

Die Wiederholung meiner Frage ließ ihn innehalten, und ein verwirrtes Lächeln machte sich auf seinem Gesicht breit. Abilene, die sich in sein Zelt zurückgezogen hatte, als er über seine Zeit beim Militär zu berichten begann, kam wieder herausgekrochen. In Händen hielt sie eine traditionellere Beinprothese mit einem gebogenen Fuß, so wie sie für Sportler entwickelt wurde und die mehr Stabilität beim Laufen oder sonstigen Fortbewegungsarten bot. Diese reichte sie Dallas und lächelte dann Meeka an, die zwar ein- oder zweimal mit dem Schwanz wedelte, sich dann jedoch hinlegte und kein sonderliches Interesse an der Frau zu haben schien.

Dallas setzte sich, tauschte das Holz- gegen das Prothesenbein aus und schien sich sofort sichtlich wohler zu fühlen.

„Die standardmäßige Wurfdistanz zu einer Dartscheibe beträgt etwa zwei Meter dreißig bis zwei Meter fünfundvierzig, je nachdem, ob die Darts weiche oder stählerne Spitzen haben. Mein Rekord beim Treffen der Mitte liegt bei fünf Metern achtzig. Das zu wiederholen habe ich aber nie mehr geschafft, also würde ich sagen, konstant etwa fünfeinhalb Meter."

„Wenn Sie den Pfeil mit der Hand werfen, oder?"

Mein jetzt ernster Tonfall, der im krassen Gegensatz zu dem ursprünglichen, etwas albernen Fangirl-Getue stand, schien ihn zu überraschen, dennoch nickte er bestätigend.

„Und wie treffsicher sind Sie mit Ihrem Blasrohr?"

Er rutschte nervös auf seinem Stuhl hin und her.

„Entschuldigung, wie war doch gleich noch mal Ihr Name?"

„Jayne O'Shea."

Ich wollte gerade zu einer weiteren Erklärung ansetzen, als mir auffiel, dass sich Erkennen auf seinem Gesicht breit machte: „Ex-Cop und Ex-Deputy. Ermitteln Sie etwa gegen mich, Jayne O'Shea?"

„Nicht unbedingt."

„Ich habe gehört, dass wir einen neuen Sheriff haben. Hat er Sie als seine Stellvertreterin eingesetzt?"

Zeb Warren unterstellt zu sein, gliche einer Degradierung, die ich nie zu akzeptieren bereit wäre.

„Nein, das hat er nicht. Aktuell bin ich nichts weiter als eine neugierige Bürgerin, Mr Brickman. Also, wie ist es um ihre Treffsicherheit mit einem Blasrohr bestellt?"

Er lehnte sich zurück, legte seine Beinprothese auf sein gesundes Knie und lächelte. „Sie reicht weiter als ein Wurf mit der Hand, ist aber nicht unbedingt präziser. Mein Rekord dabei liegt bei ungefähr sechsundzwanzig Metern, im Durchschnitt bei etwa dreiundzwanzig. Befriedigt das Ihre Neugier?"

Dreiundzwanzig Meter also. Ich hätte geschätzt, dass Berlins Körper gut zehn Meter über dem Boden hing. Das war außerhalb von Dallas' Rekord im Dartwerfen, aber durchaus innerhalb seiner Reichweite mit dem Blasrohr. Und um ihr das Ketamin zu verabreichen, musste er ja auch nicht ins Schwarze treffen. Jede Körperstelle wäre geeignet.

„Ich sehe Ihnen an, wie Sie die Details analysieren", sagte er. „Dennoch kann ich Ihnen versichern, Ms O' Shea, ich habe Berlin nicht getötet."

Offensichtlich war ihm aber klar, warum ich diese Fragen stellte. „Haben Sie für die Tatzeit ein Alibi?"

Sein Blick wanderte zu Abilene, die errötete und wegsah. „Das habe ich allerdings. Die liebliche Abilene und ich waren zur fraglichen Zeit zusammen im *The Inn*. Wir kamen kurz nach der Vorstellung am Abend vor Berlins Tod an und blieben bis kurz vor Mittag des Folgetages."

Die Röte auf den Wangen der jungen Frau verstärkte sich, und sie blickte demonstrativ auf ihre Fingernägel.

„Kann das jemand im Gasthaus bezeugen?"

„Aber sicher", entgegnete Dallas. „Fragen Sie Laurel."

„Das werde ich", versicherte ich ihm, während ich der Memo-App auf meinem Handy eine entsprechende Notiz hinzufügte. „Wissen Sie zufällig, ob sonst noch jemand vom Ensemble Darts spielt? Oder mit einem Blasrohr oder einem Betäubungsgewehr umzugehen vermag?"

Jetzt hatte ich seine volle Aufmerksamkeit, und er richtete sich in seinem Stuhl auf. „Wollen Sie damit andeuten, dass auf Berlin mit einem Pfeil geschossen wurde, der ein Betäubungsmittel enthielt?"

„Ja, ich habe Grund zur Annahme, dass dem so war."

Nun blickte er schon nicht mehr so selbstbewusst drein. „Ms O'Shea, ich mochte Berlin. Wir hatten ein gutes Verhältnis und sogar in Erwägung gezogen, einen gemeinsamen finalen Akt zusammenzustellen." Ein trauriges Lächeln machte sich auf seinem Gesicht breit. „Das wäre ein echter Knaller gewesen."

Ein kaum wahrnehmbares, aber eindeutig zorniges Funkeln trat bei der Erwähnung dieser spektakulären Darbietung in Abilenes Augen.

„Aber um Ihre Frage zu beantworten", fuhr Dallas fort, „ich habe einmal unabsichtlich ein vertrauliches Gespräch zwischen einigen Schaustellern mitangehört. Es ging um einen unserer Kollegen, der anscheinend absolut präzise schießen kann. Allerdings klang es für mich so, als sprächen sie von normalen Waffen und nicht von Dartpfeilen. Um welche Person es sich dabei handelte, weiß ich leider nicht, und ich kann mich auch ehrlich gesagt nicht mehr erinnern, wer das erwähnt hat."

„Ich denke schon, und auch wenn ich mir nicht sicher bin, ob das hilfreich war, so doch auf jeden Fall informativ. Eine allerletzte Frage hätte ich aber noch an Sie, Mr Brickman.

Haben Sie eine Vermutung, wer Berlin getötet haben könnte?"

Er holte tief Luft, und dann noch einmal, und mein Instinkt sagte mir, dass er Berlin wirklich gemocht hatte.

„Nein, leider nicht, aber wenn ich raten müsste, würde ich auf Gianni tippen. Der Mann hat ein Ego jenseits von Gut und Böse. Berlin machte sich permanent Sorgen über die Position der Käfiggitter. Ich kann mir, egal, wie sehr ich es auch versuche, beim besten Willen keinen Grund vorstellen, warum er die nicht weiter nach hinten gerückt hat, obwohl sie ihn immer wieder darum bat. Sollten Sie ihn dafür drankriegen, sperren Sie den Mistkerl bitte für eine lange Zeit weg, okay?" Er brauchte eine Sekunde, um seine Emotionen unter Kontrolle zu bringen, und fuhr dann fort: „Bitte entschuldigen Sie mich jetzt. Wenn es sonst nichts weiter gibt, würde ich mich jetzt gerne ein wenig ausruhen, bevor ich mich für die Show heute Abend vorbereiten muss."

Eigentlich war ich überzeugt, dass er die Wahrheit gesagt hatte, nahm mir jedoch vor, baldmöglichst beim *The Inn* vorbeizuschauen, um seine Behauptung zu überprüfen.

„Keine weiteren Fragen, zumindest nicht im Moment", versicherte ich ihm. „Danke, dass Sie sich Zeit für mich genommen haben."

Als Meeka und ich den *Wohnbereich* des Zirkusgeländes verließen, fragte ich mich, wo sich die Artisten wohl während der kalten Winter in den Northwoods aufhalten mochten. Doch mit Sicherheit nicht in Zelten aus Segeltuch.

Plötzlich entdeckte ich Gianni bei den Tierwagen neben dem Mittelweg.

„Komm, lass uns nochmals die Raubkatzen besuchen gehen", forderte ich Meeka auf, und ihr wedelnder Schwanz machte deutlich, dass sie nichts dagegen zu haben schien.

„Jayne", begrüßte Gianni mich mit einem Lächeln, als wir näherkamen. „Sie sind ja schon Stammgast bei uns im Zirkus, oder?"

„Ich wünschte, ich wäre nur als Gast hier.“

„Oh, oh … Ihre Ermittlermiene spricht Bände.“ Während er mit mir sprach, ging er von Wagen zu Wagen, überprüfte, ob die Riegel vorgelegt und durch Vorhängeschlösser gesichert waren. Dann blickte er über die Schulter und grinste mich an. „Wir wollen doch nicht, dass einer der Tiger ausbüxt. Also, Detective, raus mit der Sprache. Warum sind Sie schon wieder hier?“

Dass er mich mit meinem früheren Titel ansprach, traf mich völlig unvorbereitet, vor allem, weil er ihn anscheinend als Zeichen des Respekts verwendet hatte.

„Darf ich ehrlich sein, Gianni? Jeder, mit dem ich gesprochen habe, hält Sie im Fall Berlin für den Hauptverdächtigen.“

„Und ich habe Ihnen gesagt, dass ich ihr nichts angetan habe.“ Offensichtlich zufrieden mit der Verriegelung des Bärenkäfigs wandte er sich mir zu. „Okay, ich gebe ja zu, ich hätte die Gitterteile weiter nach hinten schieben können, aber es war nie meine Absicht, dass Berlin Schaden nimmt.“

„Genau das ist der Punkt, der für allgemeine Verwirrung sorgt. Warum haben Sie es nicht einfach getan? Es schien mir eine einfache, um nicht zu sagen vernünftige Bitte zu sein.“

Er zuckte mit den Schultern. „Törichter Stolz? Ego? Ich habe keine Ahnung, was ich darauf antworten soll. Und ich weiß auch nicht mehr, warum ich nicht direkt darauf einging, als sie mich das erste Mal darum bat. Hatte anscheinend gerade etwas Dringenderes zu tun. Als sie das Thema dann erneut ansprach, war sie ziemlich unhöflich … So zumindest kam es mir vor. Vielleicht hatte ich auch einfach einen schlechten Tag und war nicht bereit, zu kooperieren.“

„Und irgendwann artete das Ganze in einen Machtkampf aus?“

Er starrte ausdruckslos auf einen der Löwen. „Eine Kleinigkeit eigentlich, albern und belanglos. Etwas, das ich jetzt bereue, das versichere ich Ihnen.“

Eine kleine Gruppe von Besuchern, angeführt von Tilda und Joss, näherte sich uns, um die Tiere anzusehen, und alle bombardierten Tilda mit Fragen.

„Sie erzählt den Leuten etwas über die Tiere?", fragte ich erstaunt, nachdem wir uns ein Stück entfernt hatten.

Gianni lachte. „Sie hilft nur. Der wahre Experte ist Joss. Er ist sehr schlau und liebt Tiere. Seine Mutter bringt ihn regelmäßig zu den Fütterungszeiten zu den Gehegen, und er löchert mich tagtäglich mit Fragen. Es macht ihm Spaß, den Fremdenführer zu spielen, damit er sein Wissen unter Beweis stellen kann." Gianni lächelte liebevoll in dessen Richtung. „Ich überlasse den Job gerne den beiden, und wenn sie einmal eine Antwort schuldig bleiben sollten, können sie sich ja jederzeit an mich wenden."

Ich zog ihn noch ein Stück weiter von dem Grüppchen weg, damit niemand unser Gespräch belauschen konnte.

„Was ist los? Sie wirken besorgt, Jayne."

„Wie ich schon sagte, alle zeigen mit dem Finger auf Sie." Fast war ich gewillt, ihm Dr. Bundys Erkenntnisse mitzuteilen, um ihm eine heftigere Reaktion zu entlocken.

Aktuell blieb er unbewegt, lediglich sein Adamsapfel hüpfte auf und ab. „Sie glauben also nach wie vor, dass ich den Pfeil, den Sie gefunden haben, abschoss … Obwohl ich Ihnen bereits versichert habe, dass ich unschuldig bin?"

„Es wurde eine Autopsie durchgeführt, und sie werden auch Berlins Blut auf Drogen testen. Sollte dabei Ketamin gefunden werden, kann ich Ihnen so gut wie garantieren, dass man Sie wegen Mordes verhaften wird."

Das sollte erst einmal reichen. Wenn ich noch mehr sagte, würde ich noch verraten, worüber der Doc mich gebeten hatte, Stillschweigen zu bewahren.

Ich schaute hinüber zu den Tierkäfigen, und mir fiel auf, dass Tilda sich für unser Gespräch zu interessieren schien. Als sie meinen Blick bemerkte, entschuldigte sie sich bei der Gruppe und rollte auf uns zu.

„Noch einmal", sagte Gianni mit leiser, eindringlicher Stimme, „Ich habe Berlin nicht getötet."

„Dann helfen Sie mir auf die Sprünge." Eigentlich wollte ich nicht, dass er der Mörder war, denn ich mochte den Typen. „Wenn Sie es nicht getan haben, wer dann?"

Seine Augen wanderten zu der sich schnell nähernden Tilda, und er antwortete mit leiser, gehetzt klingender Stimme. „Knöpfen Sie sich Dallas vor. Er und Berlin haben sich genauso oft gestritten wie sie und ich."

Ich hob die Hand, um ihr zu signalisieren, uns noch kurz Zeit zu geben. Sie neigte den Kopf, offensichtlich verwirrt, hielt jedoch inne.

„Tatsächlich habe ich das gerade eben getan, und er versicherte mir, zu bewusster Zeit mit Abilene zusammen gewesen zu sein."

Gianni schüttelte den Kopf und machte eine abwehrende Handbewegung. „Ja, ja, schon klar, jeder weiß, dass sie permanent proben. Aber ich spreche nicht vom Training. Wir kennen den genauen Todeszeitpunkt ja nicht. Berlin könnte mitten in der Nacht getötet worden sein. Und wo war er da?"

„Genau das versuche ich Ihnen ja begreiflich zu machen. Er und Abilene behaupten, sie seien von kurz nach der Abendvorstellung bis lange, nachdem Berlin tot aufgefunden wurde, gemeinsam im *The Inn* gewesen."

Bei dieser Erklärung schnappte der Tierarzt hörbar nach Luft. „Im *The Inn*? Zusammen? Das kann doch nicht sein."

„Sie glauben es nicht? Haben Sie Beweise? Dallas hat nämlich behauptet, dass das Gasthaus es bezeugen könnte."

Wie unter Schock schüttelte Gianni den Kopf. „Nein, Beweise habe ich keine, aber ich verstehe das nicht, denn Abilene und ich sind seit ein paar Monaten ein Paar."

Mit diesen Worten drehte er sich um und stapfte davon, und mir blieb vor Überraschung der Mund offen stehen. Tilda, die die Szene nach wie vor beobachtete, nutzte ihre Chance und schloss zu mir auf, und auch Joss kam angerannt.

Ich ließ Meeka von der Leine und wies sie an, zu ihm zu gehen, damit ich mich mit seiner Mutter unter vier Augen unterhalten konnte.

„Ist mit Gianni alles okay?", fragte sie neugierig, aber nicht übermäßig besorgt.

„Nicht wirklich. Ich habe ihm versehentlich erzählt, dass seine Freundin ihn betrügt." Zu blöd, wenn Dinge auf diese Weise ans Licht kamen.

Sie runzelte die Stirn. „Sie beide haben ja eine ziemlich intensive Unterhaltung geführt. Hatte die irgendetwas mit Berlin zu tun?"

„Ich wusste gar nicht, dass Sie sich so für Tiere interessieren", wich ich ihrer Frage aus und hoffte, sie nicht erneut zu kränken, da ich ja nach wie vor nicht mit Fakten, sondern nur mit Spekulationen aufwarten konnte.

„Na ja, ich mag sie genauso wie jeder andere Mensch auch. Der wahre Fanatiker ist Joss." Sie deutete auf Meeka und ihn und lächelte. „Sehen Sie sich ihn doch nur an. So war er schon immer, wenn es um Tiere ging. Als wir hier ankamen und er herausfand, dass es Löwen, Tiger und Bären gibt …"

Wenn ich das Absinken ihrer Schultern richtig deutete, schien Tilda sich ein wenig zu entspannen. „Ich würde fast alles für den kleinen Kerl tun. Wenn er jedes Detail über Großkatzen lernen möchte, bin ich gerne bereit, es ihm beizubringen. Oder suche jemanden wie Gianni, der das kann. Es ist aber auch nicht falsch, wenn ich dabei meinen eigenen Horizont ein wenig erweitere, oder?"

„Da kann ich Ihnen nur voll und ganz zustimmen. Sie sind eine gute Mutter, Tilda."

„Danke." Sie starrte hinüber zu der kleinen Truppe, die sich nach wie vor um die Tierwagen drängte. „Sie haben Gianni wegen Berlins Tod zur Rede gestellt, stimmt's? Sieht es so aus, als hätte er es getan?"

„Es steht mir nicht zu, darüber ein Urteil zu fällen."

„Aber Sie müssen doch eine Vermutung haben."

„Der Gerichtsmediziner hat den Fall bislang nicht offiziell abgeschlossen, also sollte ich mich nicht weiter dazu äußern."

„Hieß es nicht, sie hätte sich stranguliert?"

Inzwischen war mehr als eine Woche vergangen, da war es nur zu verständlich, dass sie Antworten wollte. Die jedoch konnte ich ihr zum aktuellen Zeitpunkt noch nicht geben.

„Das war das vorläufige Ergebnis, aber bis der endgültige Autopsiebericht vorliegt, vergehen oft Wochen und manchmal sogar Monate."

„Monate? Ich hoffe doch sehr, dass wir nicht so lange auf eine Verhaftung warten müssen. Wer auch immer ihr das angetan hat, muss schnellstmöglich weggesperrt werden."

„Ich versichere Ihnen, dass ich alles in meiner Macht Stehende tun werde, um das zu erreichen, auch wenn es leider nicht allzu viel ist. Ich kann lediglich meine Erkenntnisse und Vermutungen an Deputy Atkins und unseren neuen Sheriff weitergeben."

Jegliche Farbe wich aus Tildas Gesicht. „Wenn wir auf den warten, hat Joss noch eher seinen Highschool-Abschluss in der Tasche."

Aha, noch jemand, der keine allzu großen Stücke auf unseren neuen Gesetzeshüter hielt. Tja, leider waren mir in diesem Fall tatsächlich die Hände gebunden und ich konnte nicht viel mehr machen, als Augen und Ohren offenzuhalten und Fragen zu stellen. Als Ratsmitglied hingegen konnte und würde ich etwas gegen dieses andere Problem unternehmen, das mich beschäftigte: dafür sorgen, dass eine geeignete Person die Dienstmarke trug.

Und wie vom Schicksal gewollt, sah ich plötzlich Sheriff Warren.

# Kapitel Zwanzig

Als ich mich dem Sheriff näherte, erkannte ich, dass er sich mit einer sichtlich aufgebrachten Lupe Gomez unterhielt. Ihre hochroten Wangen und die Art und Weise, wie sie mit den Armen herumfuchtelte, während sie sprach, ließen mich zu dem Schluss kommen, dass sie sogar stinksauer war. Selbst auf diese Entfernung konnte ich ihre Worte hören.

„Das nennt man Pressefreiheit", ereiferte sie sich in diesem Moment. „Schon mal was davon gehört?"

„Achten Sie auf Ihre Wortwahl, Ma'am.", ermahnte Sheriff Warren sie. „Anscheinend wissen Sie nicht, mit wem Sie es hier zu tun haben."

„O doch, ich weiß ganz genau, wer Sie sind, und ich habe mir nichts zuschulden kommen lassen. Ich wurde hergeschickt, um einen Job zu erledigen, und das tue ich auch."

„Ihr Artikel hat die Bewohner von Whispering Pines verärgert", erwiderte er.

„Und was genau daran hat sie verärgert? Die Tatsache, dass ich erwähnt habe, dass es einen Todesfall gab?"

Zeb hakte die Daumen in seinen Dienstgürtel. „Diese Art

von Publicity wirft ein schlechtes Licht auf das Dorf. Immerhin kommen die Menschen hierher, weil sie überzeugt sind, dass es ein sicherer, familienfreundlicher Ort ist."

Lupe starrte ihn mit offenem Mund und aus zusammengekniffenen Augen an. „Wenn dem so wäre, würde niemand hier eines unnatürlichen Todes sterben."

„Es gab keine Veranlassung, dieses Vorkommnis zu erwähnen. Wie ich schon sagte, derartige Dinge missfallen den Touristen."

„Wollen Sie wissen, was den Touristen am meisten missfällt?" Lupe trat einen Schritt näher an ihn heran.

„Was ist hier los?", fragte ich und versuchte, etwas zu unterbinden, von dem ich befürchtete, dass es die Journalistin über Nacht hinter Gitter bringen könnte.

„Ms O'Shea." Sheriff Warren straffte die Schultern. „Sie kommen mir gerade recht. Mit Ihnen habe ich auch noch ein Hühnchen zu rupfen."

„Mit mir? Was habe ich denn angestellt?"

„Sie haben diesen ganzen Brimborium angefangen."

Ich schaute Lupe an. „Hat er gerade wirklich Brimborium gesagt?"

„Ich glaube schon", erwiderte sie und bemühte sich, ein Grinsen zu unterdrücken. „Ich habe noch nie jemanden dieses Wort tatsächlich verwenden hören."

Entschieden wandte ich mich dem Sheriff zu. „Und wie bitte soll ich das gemacht haben?"

Er zerrte an seinem Kragen, was mir verriet, dass ihm entweder ziemlich heiß wurde oder er äußerst verstimmt war. „Sie sind im ganzen Dorf herumgewandert und haben Fragen gestellt."

„Nein, das war ich, und ich habe mir sämtliche Antworten notiert", widersprach Lupe.

„Oha, und dann auch noch mit der Öffentlichkeit geteilt? Nicht sehr clever", sagte ich stirnrunzelnd.

„Meine Damen, ich lasse mich nicht respektlos behandeln", schaltete sich Warren erneut ein. „Sie beide stellen Fragen zu einem möglichen Mord und verunsichern damit die Leute. Wir wollen nicht, dass die Touristen glauben, dass in Whispering Pines etwas derart Schlimmes passieren könnte."

„Und wenn dem doch so war?", fragte ich herausfordernd.

Er warf mir einen finsteren Blick zu und wandte sich dann wieder an Lupe. „Warum berichten sie nicht über positive Dinge? Schildern Sie die Schönheit der Landschaft. Berichten Sie über das Unterhaltungsprogramm, das der Ort zu bieten hat – den Zirkus, die Wassersportmöglichkeiten oder das unglaubliche Essen. Es gibt so viele wunderbare Aspekte unseres kleinen Dörfchens."

„Im Grunde genommen verlangen Sie also von Ms Gomez, dass sie mit ihren Worten ein Norman Rockwell-Gemälde von Whispering Pines erschafft", sagte ich.

„Freut mich, dass wir uns verstehen", sagte Warren. „Sehen Sie, ich tue mein Möglichstes, um alles Negative von hier fernzuhalten. Die Menschen sehnen sich nach einem Ort, an dem ihre Kinder draußen herumtoben können, ohne dass sie Angst haben müssen, ihnen könnte etwas passieren. Sie wollen Gewissheit haben, dass sie an den Strand gehen können, ohne von einem Haufen betrunkener Idioten belästigt zu werden, die dazu in einer Sprache herumgrölen, die sie nicht hören wollen."

So wie er daherredete, konnte man meinen, wir hätten uns schon bereiterklärt, ihn bei seinem Fantasie-Kreuzzug zu unterstützen. Lupe jedoch brachte ihn schnell zurück auf den Boden der Tatsachen.

„Sorry, aber für mich klingt das so, als wollten sie das, was man gemeinhin als Meinungsfreiheit bezeichnet, zensieren." Sie schürzte die Lippen und kritzelte etwas in ihr Notizbuch.

„Ich erwarte von Ihnen beiden, dass Sie tun, wozu ich Sie

aufgefordert habe", zischte er sie an, allerdings so leise, dass niemand sonst ihn hören konnte. „Der Tod von Ms Berlin, so tragisch und erschütternd er auch sein mag, wurde als Unfall eingestuft. Es gibt keinen Grund mehr, noch länger darüber zu spekulieren."

„Als Unfall eingestuft?", fragte ich verblüfft. „Wann bitte ist das denn gewesen? Es liegt ja noch nicht einmal der offizielle Autopsiebericht vor."

Zeb räusperte sich. „Als ich hier anfing, hat mir der Bezirkssheriff diesen Fall übergeben. Man ließ mir sämtliche Akten zukommen, und ich hatte ein langes Gespräch mit dem zuständigen Deputy, der den Tatort sicherte. Ich habe die Unterlagen gründlich geprüft und keinen Hinweis darauf gefunden, der mich an etwas anderes als einen bedauerlichen Unfall glauben ließ."

„Also haben Sie den Fall ad acta gelegt, ohne das finale Gutachten des Gerichtsmediziners abzuwarten und ohne überhaupt mit einer einzigen Person hier im Zirkus gesprochen zu haben?", fragte ich ungläubig.

Das war ja nicht zu fassen.

„Ms O'Shea, ich weiß, dass Sie in Madison als Kriminalbeamtin gearbeitet haben. Die Betonung jedoch liegt auf *haben*. Hier sind Sie nichts weiter als eine Zivilistin mit Kenntnissen im Bereich der Strafverfolgung, und als solche hoffe ich, dass Sie mein Dienstabzeichen respektieren."

Ich straffte die Schultern und senkte die Stimme. „Verstehen Sie mich nicht falsch, Sheriff. Natürlich habe ich großen Respekt vor Ihrem *Stern*."

Meeka schien meine Verärgerung zu spüren und drückte sich gegen mein Bein, und dieses Mal schaltete sich Lupe ein, um Schlimmeres zu verhindern.

Der Sheriff wiederholte seine Anweisung, uns ausschließlich auf die positiven Dinge zu konzentrieren, und wandte sich zum Gehen.

„Wir müssen reden", sagte Lupe zu mir.

„Genau das Gleiche dachte ich eben auch." Erbost verließ ich das Zirkusgelände, und sie folgte mir den Weg hinunter in Richtung Parkplatz. „Haben Sie mit den Leuten über Berlins Tod gesprochen?"

„Nicht speziell darüber, sondern eher über Berlin selbst, die Frau, die sie war. Hören Sie nicht auf den Sheriff. Ich schreibe nicht nur über negative Sachen, sondern versuche, ihr mit diesem Artikel ein Denkmal zu setzen."

„Das ist eine großartige Idee. Ich bin sicher, dass dies den Menschen hier gefallen wird."

Nur zu gerne hätte ich mit Lupe über Flavia und Donovan gesprochen und meine Vermutung, dass sie hinter Zebs Positivitätskampagne steckten, wollte aber auch nicht zu früh zu viel über die Politik innerhalb der Gemeinde verraten. Vor allem deshalb, weil ich sie nicht wirklich kannte und nicht wusste, inwieweit ich ihr trauen konnte. Morgan hatte mich gewarnt, dass das Falsche zur falschen Person gesagt mehr schaden als helfen könnte. Zwar hatte sie diese Aussage ursprünglich auf die Person bezogen, die hinter den Sigillen an meinen Wänden steckte, aber sie traf natürlich auch in Situationen wie dieser zu.

Am besten war es also, wir konzentrierten uns erst einmal auf das, was direkt vor uns lag.

„In einem Punkt hat der Sheriff leider recht", sagte ich. „Ich bin nicht mehr im aktiven Polizeidienst. Alle meine Aktionen hingen nur damit zusammen, dass es mir, genau wie Ihnen, wichtig ist, dass die Wahrheit ans Licht kommt. Ich kann Ihnen nicht sagen, woher ich gewisse Dinge weiß, weil ich meinen Informanten nicht in Schwierigkeiten bringen möchte, aber ich habe einen sehr guten Grund zu der Annahme, dass Berlins Tod kein Unfall war."

„Wir müssen in dieser Sache zusammenarbeiten", sagte Lupe. „Klar, ursprünglich wurde ich hierhergeschickt, um fröhliche Urlaubsartikel über ein schrulliges kleines Dorf zu schreiben, was mich aber nicht daran hindert, auch einen düsteren, tiefgründigeren Bericht zu verfassen, wenn es die Situation erfordert. Ich habe viele Kontakte, die sich für eine derartige Geschichte interessieren würden. Wenn es einen Mordfall zu lösen gibt, möchte ich dabei sein und mithelfen."

Ich konnte mir ein Lächeln nicht verkneifen, als ich erkannte, wie heiß sie auf diese Sache war.

Sheriff Warren hatte gerade selbst zugegeben, dass er den Fall zu den Akten gelegt hatte und nicht nach einem möglichen Mörder suchen würde. Ob ihn Dr. Bundy wohl schon über die Stichwunde und die Droge in Berlins Körper ins Bild gesetzt hatte? Wenn ja, hatte der Sheriff den Fall vor oder nach Erhalt dieser Informationen abgeschlossen? So oder so, das ging gar nicht. Berlins Tod war kein Unfall gewesen.

Ich holte tief Luft und betete, dass ich das Richtige tat. „Zusammenarbeiten klingt nach einer guten Idee."

Während wir weitergingen, erzählte ich ihr von dem Pfeil und wie Gianni bei den Tieren im Notfall Ketamin einsetzte, und sie berichtete mir alles, was sie herausgefunden hatte. Das war zwar so einiges über die einzelnen Schausteller, aber nichts, was uns in Bezug auf Berlins Tod weitergebracht hätte.

„Aktuell", sagte ich, „deutet alles auf den Tierarzt, Gianni Cordano, hin. Obwohl er darauf beharrt, unschuldig zu sein, hatte er aufgrund diverser hitziger Auseinandersetzungen mit dem Opfer ein Motiv. Zudem verfügt er über die nötigen Mittel. Er ist im Besitz eines Betäubungsgewehrs, jeder Menge Pfeile und des Ketamins. Und da Berlin starb, während alle anderen wahrscheinlich schliefen, hatte er auch noch die perfekte Gelegenheit, die Tat auszuführen."

„Sie glauben also, er hat sie auf diese Art und Weise getötet?", fragte Lupe. „Mit einem Betäubungspfeil erschossen?"

„Nicht direkt. Jemand hat einen Pfeil auf sie abgefeuert, aber das Medikament wirkt so langsam, dass sie nicht daran gestorben ist."

„Aber sie hätte daran sterben können, nicht wahr? Sie sagten doch, ein Pfeil enthält eine derart große Menge Betäubungsmittel, dass er einen Tiger niederstrecken könnte. Wenn sich also der Stoff nicht um ihren Hals gewickelt hätte … früher oder später hätte die Droge sie das Leben gekostet."

„Sehr gut geschlussfolgert. Wenn Sie jemals vom Journalismus die Nase voll haben, könnten Sie auch bei der Polizei anfangen."

„Nein, vielen Dank, mein aktueller Job macht mir da doch mehr Spaß. Gianni Cordano ist also unser Hauptverdächtiger."

Ich stieß einen tiefen Seufzer aus. „Mein Bauchgefühl sagt mir, dass er es nicht getan hat. Die Beweise allerdings sprechen gegen ihn, und an die müssen wir uns wohl oder übel halten. Gianni schwört, dass er das Ketamin sicher unter Verschluss hält und niemand außer ihm Zugang dazu hat, aber das nehme ich ihm nicht ab. Und genau das ist der Punkt, wo wir ansetzen müssen. Wenn wir dieses Rätsel lösen, können wir vielleicht seine Unschuld beweisen."

„Nichts für ungut", unterbrach mich Lupe, „aber die Schausteller sehen in Ihnen die Polizistin und werden immer misstrauischer und ablehnender, je öfter Sie auftauchen. Dass ich Fragen stelle, sind sie hingegen mittlerweile gewohnt. Also werde vorrangig ich mich weiter umhören und schauen, was ich über den Tierarzt und seinen Drogenvorrat herausfinden kann."

Wir unterhielten uns noch ein wenig länger und gingen die Fakten durch, die wir beide gesammelt hatten. Dann kehrte Lupe zum Zirkus zurück, um weitere Nachforschungen anzustellen, und ich begab mich zu meinem Wagen. Mein Kopfkino jedoch ließ mich nicht zur Ruhe kommen. Ja, alle Beweise führten zu Gianni, aber er beharrte allzu hartnäckig darauf, es nicht getan zu haben. Wer war es dann gewesen? Wusste er es womöglich? Bezüglich des Ketamins hatte er definitiv gelogen. Jeder verantwortliche Tierarzt oder

Tiertrainer würde sicherstellen, dass sowohl seine Schützlinge als auch die Menschen um sie herum, sicher wären. Jemand anderes aus dem Dorf musste also an die Droge herangekommen sein, darauf verwettete ich meinen Kopf.

Wen also versuchte Gianni zu beschützen und warum?

# Kapitel Einundzwanzig

Als ich nach Hause kam, stand Tripps Truck immer noch in der Einfahrt, genau da, wo er hingehörte. Und so neugierig ich auch war, welche Fortschritte er drinnen gemacht hatte, wollte ich doch vorrangig mehr über Gianni erfahren. Also flugs an den Computer und recherchieren ...

Wie üblich dauerte es eine gefühlte Ewigkeit, bis sich mein Internetbrowser öffnete. Als das endlich geschafft war, tippte ich den Namen *Gianni Cordano* in meine Suchmaschine ein und erhielt Tausende von Treffern. Also fügte ich *Zirkustierrettung* hinzu, und beinahe umgehend spuckte sie den Gewünschten aus. Viele Artikel über ihn gab es nicht, aber fast alle handelten von dem Guten, das er für die Tiere tat. In einer kurzen Biografie wurde das Städtchen in Italien erwähnt, in dem er aufgewachsen war, und wie er sich dort schon als kleiner Junge um alle möglichen Tiere gekümmert hatte – er ging mit Hunden spazieren, bürstete Katzen, fütterte Hühner und versorgte die Ziegen. Ich hatte von jeher Leute beneidet, die schon als Kinder wussten, welchen Weg sie als Erwachsene einschlagen wollten.

Nur ein einziger, sehr kurzer Beitrag handelte von etwas

Negativem: eine Verhaftung wegen Körperverletzung. Damals war er Ende zwanzig gewesen, und es geschah ein oder zwei Tage, nachdem seine Mutter bei einem Autounfall ums Leben gekommen war. Jemand in einer örtlichen Kneipe hatte abfällige Bemerkungen über sie gemacht. Allerdings wurde keine Anklage erhoben, und am nächsten Morgen kam er wieder frei. Diese Meldung machte zwei Dinge deutlich: Zum einen war er ein anständiger Mensch, der nichts auf die Ehre seiner Mutter kommen ließ, zum anderen aber auch ein Hitzkopf. Oder zumindest war er das damals gewesen.

Dann suchte ich nach Informationen über die anderen Schausteller. Dallas Brickmans Geschichte stimmte exakt mit dem überein, was er mir erzählt hatte. Er war vor fast fünfzehn Jahren in der Armee gewesen und hatte sein Bein verloren, als er auf eine Mine trat. Über Abilene fand ich nichts. Womöglich hatte sie sich einen Künstlernamen zugelegt, und ihren Nachnamen kannte ich ja leider nicht.

Was Berlin anbelangte, erzielte ich wesentlich mehr Treffer. Sie tauchte überall nur unter ihrem Vornamen auf und schien von Anfang an der Star der Show gewesen zu sein. Angefangen hatte sie als Nebenattraktion, ähnlich wie Tilda jetzt, und damals war es ihr Job, das Publikum auf die Attraktionen des *Cirque du Soleil* einzustimmen, der an den unterschiedlichsten Orten gastierte. Als sie schließlich einen Platz in einer der *Cirque*-Shows ergatterte, zog sie sich den Hass einer eifersüchtigen Mitkünstlerin zu, die bereits zwei Jahre länger dabei war als sie. Kurz bevor Berlin an ihrem Eröffnungsabend die Bühne betrat, schüttete ihr die Frau eine Tasse Säure ins Gesicht. Zahlreiche rekonstruktive Eingriffe halfen, aber alle Narben konnten nicht korrigiert werden.

„Wie schrecklich", murmelte ich. „Deshalb trug sie also immer eine Maske."

„Jayne? Bist du hier oben?"

Ich schaute hinaus zum Sonnendeck, just als Tripp in Sicht kam.

„Hey", sagte er. „Wo hast du denn gesteckt?"

Als ich nicht sofort antwortete, blickte er mich prüfend an. Das war der andere Grund, warum ich mich direkt in meine Wohnung geschlichen hatte, anstatt im Haus vorbeizuschauen. Ich wollte nicht wieder einen Vortrag von ihm zu hören bekommen. Im Gegensatz zu Jonah jedoch hielt er mir keine Moralpredigt, sondern sorgte sich lediglich um meine Sicherheit. Trotzdem brauchte ich niemanden, der mir sagte, was ich zu tun oder zu lassen hatte.

„Du hast dich in den Fall Berlin verbissen, stimmt's?"

„Bei dir klingt das so, als hätten wir es mit internationaler Spionage zu tun. Könnte spaßig werden." Ich senkte meine Stimme und flüsterte verschwörerisch: „Die Berlin-Affäre."

Er verzog unwillig das Gesicht. „Das ist aber kein Spaß, sondern eine gefährliche Sache." Er deutete auf meinen Computer. „Ich nehme an, du recherchierst?"

Nach dieser Frage sprudelte es nur so aus mir heraus, und ich erzählte ihm alles, was ich bisher von den Schaustellern und über sie erfahren hatte. Wie immer hörte er mir aufmerksam zu, ohne mich zu unterbrechen, während er draußen den Grill anzündete. Auch nachdem ich geendet hatte, sagte er noch nichts, sondern kümmerte sich weiter ums Abendessen.

„Sorry", sagte ich, „aber ich bin so nah dran. Ich habe das Gefühl, dass ich nur noch einen Beweis brauche, um Gianni entweder als Berlins Mörder zu überführen oder ihn zu entlasten."

„Außer, dass …"

„Ja, ich weiß. Es ist nicht meine Aufgabe." Ich klang wie ein launischer Teenager, und umgehend bereute ich meinen Tonfall, aber meine anschließende Entschuldigung klang nicht viel besser.

Tripp ignorierte meine Reaktion und reichte mir eine Pizzaecke, dick belegt mit Paprika, Oliven, Zwiebeln, Pilzen, verschiedenen Fleischsorten und doppelt Käse.

„Wo kommt die denn jetzt so plötzlich her?", fragte ich verblüfft. „Ich war so sehr mit Reden beschäftigt gewesen, dass ich gar nicht weiter auf ihn geachtet hatte. „Hast du die etwa gerade gegrillt?"

Er nickte grinsend, und ich biss ein großes Stück davon ab und ließ mich glücklich seufzend in meinem Stuhl zurücksinken.

„Fantastisch", murmelte ich, noch immer kauend. „Ich habe noch nie Pizza vom Grill gegessen."

„Dann werde ich die in Zukunft öfter machen."

Unschuldige Kommentare wie diese führten normalerweise dazu, dass er mir versicherte, wie gerne er für mich kochte und mit mir zusammen war. Damit jedoch konnte ich gerade im Moment nicht umgehen. Um ihm zuvorzukommen, platzte ich heraus: „Lupe wird mir bei den Ermittlungen helfen", direkt gefolgt von: „Habe ich dir eigentlich schon erzählt, dass Sheriff Warren versucht hat, ihr den Mund zu verbieten? Sie allerdings hat sich auf das Recht der freien Meinungsäußerung berufen."

Tripp lehnte sich zurück, die Augen starr auf seine Pizza gerichtet, und würdigte mich keines Blickes.

„Okay, ich habe schon verstanden und werde den Fall nicht mehr erwähnen. Dann erzähl du mir, was du heute im Haus geschafft hast."

„Iss erst einmal auf, dann zeige ich es dir."

Ich folgte seiner Aufforderung, und gemeinsam genossen wir die etwas kühlere und weniger feuchte Abendluft. Anschließend führte er mich wie versprochen über die Einfahrt zum Haus und direkt ins Esszimmer.

„Wow", sagte ich, völlig baff über den Unterschied, den ein neuer Anstrich bewirken konnte. „Das sieht fantastisch aus."

Während wir uns bei den restlichen Wänden im Erdgeschoss für einen sanften, seeblauen Farbton entschieden hatten, wollten wir fürs Esszimmer etwas anderes und wählten ein blasses Grau, das einen Hauch Grün enthielt. Was ich nicht erwartet hatte, war, dass die Farbe das Waldgrün der Kiefern draußen einfangen würde. Der daraus resultierende salbeigrüne Farbton war stimmungsvoll und schuf eine behagliche Atmosphäre.

„Je nach Lichteinfall sieht es immer wieder anders aus", erklärte Tripp.

Und wie nach jeder Veränderung, die wir vorgenommen hatten, sah ich vor meinem inneren Auge bereits die Gäste unserer Frühstückspension vor mir. Wie sie sich in diesem Raum um den Tisch versammelten und sich Tripps Omeletts und seinen rustikalen französischen Toast schmecken ließen.

„Morgen trage ich hier noch eine weitere Schicht auf, und dann fange ich mit dem Wohnzimmer und dem Flur an", verkündete er. „Und ich dachte mir, dass es sich gut machen würde, wenn wir die vorherrschenden hellen Töne mit dunkelblauen oder violetten Akzenten aufpeppen? Was meinst du?"

Er machte sich wirklich über jede Kleinigkeit Gedanken, und ich konnte nur hoffen, dass wir das Anwesen nach Abschluss der Renovierungsarbeiten nicht an einen Käufer übergeben müssten. „Das ist eine fantastische Idee."

Plötzlich gähnte er herzhaft, streckte sich und gähnte noch einmal. „Irgendwie bin ich jetzt total erschöpft. Ich glaube, ich mache Schluss für heute und freue mich schon darauf, endlich mal wieder in meinem eigenen Bett zu schlafen."

„Dann gute Nacht, Tripp. Ich bin froh, dass du wieder zu Hause bist."

Ich selbst war noch nicht müde und begab mich daher nach draußen auf meine Veranda. Die Sonne war heute, am ersten Tag des Sommers, endlich untergegangen, aber noch immer erhellte ein schmaler Lichtstreifen den Horizont. Meeka kletterte zu mir auf den Liegestuhl und kuschelte sich an meine Beine. Und wieder, wie in jeder anderen Nacht, die ich hier im Freien verbrachte, fühlte ich mich entspannt und geborgen. Mittlerweile schien es mir undenkbar, irgendwo anders zu leben oder etwas anderes zu tun, als hier zu sitzen, die Bäume zu beobachten, die sich gegen den violettblauen Himmel abzeichnen, und dem Schrei der Seetaucher zu lauschen, der einem Gänsehaut verursachte.

Natürlich war mir klar, dass ich mit Mom Geduld haben müsste, bis sie meinen Dad irgendwo in der Wüste aufgespürt hatte. Dennoch – mittlerweile war es über einen Monat her, dass ich ihr die Idee von dem B&B vorgelegt hatte. Ich würde sie gleich als Erstes morgen früh anrufen und auf eine Antwort drängen, die hoffentlich positiv ausfiel.

Am nächsten Morgen wurde ich vom Geräusch einer Autohupe direkt vor meiner Wohnung geweckt. Ich rollte mich auf die Seite, öffnete ein Auge und schaute auf den Wecker auf dem kleinen Tisch neben meinem Bett. Wer bitte wollte um diese Uhrzeit – gerade mal halb acht – etwas von mir?

Stöhnend quälte ich mich aus dem Bett, zog mir einen Kapuzenpulli über mein Tanktop und meine Boxershorts – so schlaftrunken wie ich war, erst einmal verkehrt herum – und tappte dann barfuß die Treppe hinunter. Ein älteres Modell eines Land Rovers, das aussah, als käme es direkt aus dem australischen Busch, stand in der Einfahrt. Diesen Wagen hatte ich noch nie zuvor gesehen und auch keine Ahnung, wem er gehören könnte … Bis sich die Fahrertür öffnete. Eigentlich hätte ich es mir denken können. Er passte perfekt zu Lupe.

„Bitte entschuldigen Sie das Gehupe, aber ich wusste ja nicht, wo auf dem Anwesen Sie sich befinden."

„Also haben Sie beschlossen, alle zu wecken?", fragte ich leicht verärgert. „Was machen Sie denn so früh hier?" Genauer gesagt … Was hatte sie überhaupt hier zu suchen? Mir war nicht bewusst, dass sie meine Adresse kannte, obwohl ihr so ziemlich jeder in der Stadt den Weg hätte weisen können.

„Ich komme gerade vom Zirkus und dachte mir, Sie sollten es vor allen anderen erfahren. Es geht um Gianni. Er ist tot."

# Kapitel Zweiundzwanzig

„CREDENCE HAT IHN HEUTE MORGEN IN ALLER FRÜHE AUF ihrem morgendlichen Spaziergang entdeckt", berichtete Lupe, die mittlerweile an meinem Küchentisch Platz genommen hatte. „Sie läuft, glaube ich, gerne auf dem höher gelegenen Weg an den Tiergehegen entlang. Als sie zum Tigerkäfig kam … Sie erschauderte und verstummte.

„Moment mal … Er war im Gehege?" Ich stellte eine Tasse Kaffee vor ihr ab. „Bei den Tigern?"

„Warum überrascht Sie das so sehr?"

„Weil Gianni selbst mir gesagt hat, dass er so gut wie nie zu den Wildkatzen in den Käfig geht." Ich nahm das gebrauchte Pad aus der Kaffeemaschine, setzte ein neues ein und drückte den Startknopf. „Hatte einer der Tiger ein Problem? Hat jemand eine Ahnung, was genau passiert ist?"

„Außer Credence war noch niemand wach, als ich dort eintraf." Sie kippte eine große Portion Milch in ihren Kaffee. „Klingt so, als wäre es ein Unfall gewesen."

„Na klar", erwiderte ich ironisch. „Genauso wie es ein Unfall war, dass Berlin sich in ihren Seidentüchern verheddterte. So allmählich glaube ich …"

„Was?"

„Lily Grace. Sie ist eine der Wahrsagerinnen, und bei unserem letzten Treffen hatte sie eine Art Vision. Sie hatte gerade Tripp aus der Hand gelesen, worauf dieser ziemlich ungehalten reagierte, was wiederum sie verärgerte. Also nahm ich sie in den Arm, um sie zu beruhigen, aber nur Sekunden später stieß sie mich von sich und sagte mir, sie hätte Körperteile gesehen. Womöglich bezog sich das auf Gianni?"

„Nein, das glaube ich nicht. Es war nirgends Blut zu entdecken. Credence sagte zwar, sie hätte den Käfig nicht betreten, kam aber zumindest nahe genug heran, um erkennen zu können, dass er nicht angegriffen wurde. Ihrer Vermutung nach hat er einen Herzinfarkt erlitten."

Alle möglichen Fragen wirbelten mir durch den Kopf, ähnlich einer Wäscheladung in der Trommel eines Trockners, und es kostete mich jede Menge Willenskraft, nicht direkt zum Zirkus zu eilen und die Ermittlungen aufzunehmen. Immerhin hatte ich am Abend zuvor den Entschluss gefasst, mich vorrangig auf das Haus zu konzentrieren. Klar war es irgendwie erfüllend, so zu tun, als wäre ich noch immer Polizistin. Damit jedoch konnte ich mir in Whispering Pines kein Standbein aufbauen. Mit einer Frühstückspension hingegen schon.

„Was haben Sie jetzt vor?", fragte Lupe.

„Nichts." Entschieden schüttelte ich den Kopf. „Ich war es, die alle Hebel in Bewegung gesetzt hat, damit wir einen neuen Sheriff bekommen. Also sollte ich ihm besser nicht in die Quere kommen."

„Das hat Sie doch im Fall von Berlins Tod auch nicht weiter interessiert."

Ich bedeutete ihr, mir nach draußen zu folgen. „Doch nur deshalb, weil Warren nichts unternommen hat."

„Und Sie glauben, in Giannis Fall wird es anders ablaufen?"

„Ich bin mir sicher, Credence wird auf eine gründliche Untersuchung bestehen", sagte ich und ließ mich auf einer der Liegen auf der Sonnenterrasse nieder. „Wenn jedoch die ersten Obduktionsergebnisse einen Verdacht nahelegen und der Sheriff wieder nichts unternimmt …"

„Dann schalten Sie sich ein", beendete Lupe meinen Satz und nahm mir gegenüber Platz.

Ich zuckte unverbindlich mit den Schultern.

„Ganz ehrlich: Ich fand, es war wirklich wichtig, dass Sie sich so intensiv mit Berlins Tod befasst haben. Auch wenn es den hiesigen Möchtegernmachthabern vielleicht nicht gefallen hat. Hey … lachen Sie mich etwa aus?"

„Na ja, Sie klingen, als ob Sie nach der kurzen Zeit hier schon den totalen Durchblick hätten. Die hiesigen Möchtegernmachthaber, haha."

„Man muss nicht zehn Jahre hier gelebt haben, um zu erkennen, dass in diesem Ort einiges im Argen liegt."

Ich nippte an meinem Kaffee und konnte ihr nur zustimmen. Was war hier eigentlich los?

„Selbst wenn ich jetzt zum Zirkus ginge, als eine der vielen Neugierigen, würde Sheriff Warren mich hochkant rauswerfen, noch bevor ich überhaupt in Sichtweite des Tigerkäfigs käme." Ich ließ meinen Blick über den Vorgarten zum Haus wandern. „Außerdem habe ich noch einen Schrank und ein Badezimmer auszuräumen. Das hat im Moment Priorität."

Lupe runzelte die Stirn und starrte in ihre Tasse. „Ich muss Ihnen ehrlich sagen, ich bin ein wenig enttäuscht von Ihnen. Mir gefiel der Gedanke, wir würden in diesem Fall zusammenarbeiten."

Obwohl ich darauf beharrte, dass für mich andere Dinge Vorrang hätten, wusste ich, dass mich dieser Fall und vor allem die neue Wendung nicht loslassen würden. „Recherchieren Sie ruhig weiter. Schließlich ist es Ihre

Aufgabe, über die Geschehnisse in Whispering Pines zu berichten."

„Das stimmt allerdings." Sie beugte sich zu mir herüber. „Sagen Sie, Frau Inspektor, hätten Sie irgendwelche Vorschläge, wo ich ansetzen könnte?"

„Nur fürs Protokoll: Mein letzter Titel war Detective." Ich legte den Kopf zurück und betrachtete den wolkenverhangenen Himmel. Was sollte ich ihr raten? „Fast jeder, mit dem ich gesprochen habe, hat Gianni verdächtigt, Berlin umgebracht zu haben. Ich wollte das nicht glauben und tue es immer noch nicht, aber ausschließen kann ich es nicht. Dann wäre der Mord an ihm eine Art Vergeltung. Wer aber will ihn tot sehen?"

„Sie haben doch eine mögliche Dreiecksbeziehung zwischen Gianni, Abilene und Dallas erwähnt."

„Ja. Vielleicht sollten Sie damit beginnen."

Lupe trank ihren Kaffee aus und stellte die Tasse auf den Tisch. „Unglaublich, wie manche Menschen ihr Leben verspielen, oder?"

„Allerdings. Ich war fünf Jahre bei der Polizei in Madison, und es hat mich jedes Mal aufs Neue erstaunt, wie oft dieser Satz zutraf." Ich deutete in Richtung des Dorfes auf der anderen Seite der Bucht. „Ziehen Sie los und schauen Sie, was Sie herausfinden können. Es beruhigt mich zu wissen, dass ich nach wie vor Augen und Ohren vor Ort habe."

Lupe erhob sich, stand stramm und salutierte augenzwinkernd: „Ich melde mich später, Boss."

Nachdem sie weggefahren war, duschte ich schnell und rief anschließend meine Mutter an. Ich landete direkt auf ihrer Mailbox, was bedeutete, dass sie bereits in ihrem Wellnesssalon *Melt Your Cares* war oder sich zumindest auf dem Weg dorthin befand. Sollte Letzteres zutreffen, war es kein Wunder, dass ich sie nicht erreichte. Sie ging nie ans Telefon, während sie fuhr, denn sie betrachtete ihr Auto als eine Art selbst auferlegte Isolation, in der niemand mit ihr sprechen durfte.

„Hey, Mom, ich bin's, Jayne. Wir kommen gut voran mit den Renovierungsarbeiten. Die Tapeten sind ab und Tripp ist bereits dabei, das Erdgeschoss zu streichen. Anschließend nehmen wir uns den ersten Stock vor.

Hast du zufällig Dad schon aufgespürt und eine Entscheidung getroffen?" Sie zu sehr zu drängen, würde definitiv nach hinten losgehen und sie könnte mir direkt ein Nein vor die Brust knallen. Aber irgendwie brauchten wir langsam eine Antwort. „Denk daran, dass die Zahlen, die ich dir geschickt habe, das untere Ende der Gewinnskala reflektieren. Es wäre also finanziell gesehen echt sinnvoller, das Haus in ein B&B umzuwandeln, als es zu verkaufen."

Ich hielt kurz inne, weil ich bemerkte, dass allein der Gedanke, ich müsste wieder weg von hier, mich innerlich aufwühlte und meine Stimme zittrig klingen ließ.

„Ich habe viel darüber nachgedacht. Es ist genau das, was ich machen möchte. Und ich verspreche dir, du wirst nie etwas damit zu tun haben müssen. Okay, anfangs brauche ich vielleicht ein wenig finanzielle Unterstützung, aber danach übernehme ich die volle Verantwortung."

Gott, ich hasste mich dafür, wie bedürftig ich klang.

„Wie auch immer, ich wollte dir nur ein kurzes Update geben. Bitte lass mich wissen, wie ihr euch entschieden habt. Ich würde gerne anfangen, für die Eröffnung zu werben und Buchungen entgegenzunehmen. Ruf mich doch kurz zurück."

Nachdem ich aufgelegt hatte, stand ich eine Minute lang wie versteinert da und starrte auf das Telefon, als würde sie sich tatsächlich direkt melden. Aber eigentlich wusste ich es besser. Selbst wenn sie schon eine Antwort für mich hätte, wäre sie tagsüber zu beschäftigt. Ich würde frühestens heute Abend von ihr hören, wenn sie wieder zu Hause war.

Meeka tauchte in der Tür zur Veranda auf, bellte kurz

und stupste mich an, als wollte sie sagen: *Gibt es da nicht noch etwas, das du tun wolltest?*

„Ja, ich weiß. Ich esse nur noch schnell etwas, und dann räume ich Großmutters Zimmer aus."

Im Haus angekommen, stellte ich erfreut fest, dass Tripp bereits in der Küche war und das Frühstück zubereitete.

Er reichte mir eine Tasse Kaffee. „Guten Morgen. Wer war denn vorhin so früh schon hier?"

„Das war Lupe." Ich berichtete in knappen Worten über den Grund ihres Besuchs, und je mehr ich sagte, desto heftiger runzelte er die Stirn. Als ich fertig war, hob ich meine linke Hand in die Luft und presste die rechte auf mein Herz. „Ich schwöre feierlich, dass ich mich nicht in diese Ermittlungen einmischen werde. Heute werde ich Grandmas Schlafzimmer fertig ausräumen."

Er drehte sich zu mir um und beugte sich nach vorne. „Entschuldigung, ich bin mir nicht sicher, wie du das gemeint hast. Du wirst dich heute nicht in die Ermittlungen einmischen? Oder grundsätzlich nicht?"

„Wie du meine Aussage interpretierst, ist deine Sache."

Bei einem schnellen Frühstück – Blaubeermuffins, weich gekochte Eier, Orangensaft und Kaffee – besprachen wir unsere individuellen Pläne für den Tag. Dann ging ich nach oben und er machte sich daran, den Wänden des Esszimmers den zweiten Anstrich zu verpassen.

In Großmutters Zimmer ließ ich es erst gar nicht zu, erneut in Panik zu geraten, sondern ging schnurstracks auf den Kleiderschrank zu und begann, alles auf Stapel zu sortieren. Mindestens die Hälfte ihrer Kleidung war in gutem Zustand und durfte gespendet werden. Ein Drittel der verbliebenen Sachen war verschlissen und musste entsorgt werden. Was danach noch übrig blieb, bedurfte einiger Ausbesserungsarbeiten – waschen, Knöpfe annähen, Säume heften –, könnte anschließend jedoch ebenfalls an wohltätige Organisationen weitergegeben werden.

Ein paar Dinge wollte ich für mich behalten, wie beispielsweise den Pullover, den ich mir an jenem Abend für den Zirkus ausgeliehen hatte, diverse klassische Kleider, die mir nach dem Umnähen passen sollten, und eine warme Jacke, die mir während der kalten Winter in den Northwoods gute Dienste leisten dürfte. Meine Sachen legte ich auf das Bett, die übrigen faltete ich zusammen und verstaute sie in separaten Kartons, wovon ich allein für ihre Schuhe schon einen komplett brauchte. Meine süße Grandma hatte wirklich einen Schuhtick.

Wie erwartet erwies sich das Ausräumen des Schranks als Mammutaufgabe, und ich brauchte fast drei Stunden, bis er endlich leer war. Danach begab ich mich kurz ins Erdgeschoss, um meine Wasserflasche aufzufüllen und mir einen Apfel zu holen, ging dann aber sofort wieder nach oben, um mich dem Badezimmer zu widmen. Jetzt, da ich endlich damit angefangen hatte, wollte ich es auch so schnell wie möglich hinter mich bringen.

Der kleine Schrank unter dem Waschbecken war mit den üblichen Pflegeutensilien bestückt – Lotionen, Badesalze und -öle, Shampoo und Spülung – alles Dinge, die ich noch verwenden konnte. Nur meiner Mutter sollte ich das besser nicht erzählen, denn sie bestand darauf, dass ich nur Produkte aus ihrem Studio benutze. Okay, ich musste zugeben, dass die hervorragend waren, denn mein Haar fühlte sich seidenweich an und meine Haut war makellos. Aber eigentlich legte ich auf solche Äußerlichkeiten keinen großen Wert, im Gegensatz zu ihr. Sie würde schlichtweg in Ohnmacht fallen, wenn sie Hautunreinheiten an mir entdeckte.

Nachdem ich auch all diese Artikel nach *Behalten* oder *Entsorgen* sortiert hatte, begab ich mich zum Wäscheschrank. Meine letzte, verbleibende Aufgabe. Wenn der ebenfalls leer war, würden sich hier oben nur mehr die Möbel befinden. Um Keller und Dachboden würden wir uns erst nach Abschluss sämtlicher Renovierungsarbeiten kümmern.

Nachdem ich zwei größere Umzugskartons bereitgestellt hatte, nahm ich die Winterdecken vom obersten Regalbrett und legte sie in einen davon. Als Nächstes kamen die Flanell- und die leichteren Bettlaken vom zweiten Fach an die Reihe. Auf den nächsten beiden Böden waren Badetücher, Handtücher und Waschlappen geordnet. Ich zog einen Stapel davon heraus ... und erstarrte.

# Kapitel Dreiundzwanzig

Nachdem ich die Handtücher in den Karton neben mir geworfen hatte, eilte ich zum Treppenabsatz und rief nach Tripp.

„Wo bist du?", brüllte er zurück.

„In Großmutters Bad. Komm hoch, ich muss dir etwas zeigen."

Sekunden später kam er herein, und ich deutete auf die rückwärtige Wand des Schrankregals, wo ich, als ich die Badetücher herauszog, die kleine Harlekinpuppe entdeckt hatte.

„Die hast du dort gefunden?", fragte er erstaunt.

„Ja, genau da, versteckt hinter den Handtüchern." Ich streckte die Hand aus und wollte schon nach ihr greifen, hielt dann jedoch inne. „Vielleicht sollte ich besser erst ein Foto machen und sie eintüten."

„Da spricht wieder der Detective aus dir, was? Aber du hast recht. Da man mit ziemlicher Sicherheit weiß, wo das Teil herkommt, solltest du den Wäscheschrank unbedingt wie einen echten Tatort behandeln."

Ich musste grinsen und warf ihm über die Schulter einen Blick zu. „Apropos Cop ... anscheinend färbe ich auf dich ab, oder? Du verwandelst dich allmählich in einen wahren Meisterdetektiv."

Mein Handy mit Fotofunktion befand sich im Bootshaus. Tripp blieb oben, während ich hinüberrannte, es holte und auch gleich noch eine Plastiktüte aus der Küche mitnahm. Ich schoss ein paar Fotos von der Puppe, sowohl von ihr am Fundort als auch Nahaufnahmen. Dann stülpte ich mir die Tüte über die Hand, um keine Fingerabdrücke zu hinterlassen, griff nach ihr und ließ sie hineinfallen. Anschließend sah ich sie mir nochmals genauer an.

„Wen stellt sie denn dar?", fragte Tripp.

Donovan leitete nicht nur das örtliche Bekleidungsgeschäft *Quins* und gab Bildhauerkurse in seinem Heimstudio, er behauptete auch, er könne den Tod vorhersagen. Wie er mir anvertraut hatte, fiel er, wenn jemand in der Nähe im Sterben lag, in eine Art Trance. Und in diesem Zustand erschuf er einen Harlekin. Noch gruseliger war, dass diese Puppen der jeweiligen Person nach ihrem Tod extrem ähnlich sahen. Diejenige, die Tripp und ich beispielsweise in Yasmine Longs Zelt auf dem Campingplatz gefunden hatten, war ausgemergelt und bis auf die Knochen abgemagert gewesen und glich fast bis aufs Haar der dehydrierten jungen Frau. Sie trug sogar rote Schuhe, die Yasmines roten Converse-Sneakers glichen.

„Das soll meine Großmutter sein." Ich deutete auf die winzigen Fingerspitzen. „Blauer Nagellack. Grandma hat immer blauen Nagellack getragen."

„Warum sieht der Körper so merkwürdig aus?" Damit bezog er sich auf die Teile der Puppe, die nicht von der blau-schwarzen Tunika und den Leggings verdeckt waren – das Gesicht, die Arme und die Hände. Sie waren aufgedunsen und hatten einen leichten Blaustich.

„Ich nehme an, sie soll eine Wasserleiche darstellen." Ich zeigte auf die antike Klauenfußwanne hinter uns. „Großmutter ist hier drinnen ertrunken."

Tripp sog scharf die Luft ein. „Warum hast du mir das nicht gesagt, Jayne? Dann hätte ich doch diesen Raum übernommen."

Ich schüttelte den Kopf. „Das ist schon okay. Wirklich. Hier drin ist nichts Traumatisierendes, außer dieser Puppe. Morgan erzählte mir, dass einige der Frauen aus dem Dorf, nachdem Sheriff Brighton mit seinen Ermittlungen fertig war, vorbeigekommen sind und alles aufgeräumt haben. Nur deshalb weiß ich, dass es hier passiert ist."

Er packte mich an den Schultern und zwang mich, ihn anzusehen. „Du weißt aber, dass du mich jederzeit um Hilfe bitten kannst. Ich bin für dich da, genauso wie du es für mich warst, als ich die Wahrheit über meine Mutter herausgefunden habe."

Ich bedachte ihn mit einem kleinen Lächeln. „Vielen Dank."

Dann drehte ich die Puppe um und inspizierte sie erneut, so gut es durch den Plastikbeutel eben ging.

„Schau mal, diese Beule." Ich deutete auf eine kleine Erhebung auf der Stirn des Harlekins, direkt über dem linken Auge.

„Was die wohl zu bedeuten hat? Hat etwas mit der Todesursache zu tun, nehme ich an."

„Ja, vermutlich. Donovan ist bei seinen Kreationen immer äußerst präzise."

„Was stand denn im Polizeibericht über die Todesursache?"

„Einen Bericht haben wir nie zu Gesicht bekommen. Sheriff Brighton schickte uns lediglich einen Brief, in dem er uns über dessen Inhalt informierte. Dass sie mit dem Gesicht nach oben in der Wanne gefunden wurde …"

Moment mal … Das konnte so aber nicht stimmen. Ich ging zur Badezimmertür, um die Szene aus einiger Entfernung auf mich wirken zu lassen.

„Was ist los?", fragte Tripp.

„Angeblich ist sie mit dem Gesicht nach oben in der Badewanne gefunden worden. Weiterhin hieß es, man ginge davon aus, sie sei ausgerutscht oder gestolpert, hätte sich den Kopf gestoßen und wäre hineingefallen."

*Ich bereite mich auf mein abendliches Bad vor. Während sich die Wanne füllt, streue ich Lavendelbadesalz ins Wasser. Ich zünde die drei Kerzen auf dem Waschtisch an. Dann trinke ich einen Schluck Chardonnay, stelle das Glas auf den Fenstervorsprung und binde meinen Morgenmantel auf.*

„Jayne? Wo bist du mit deinen Gedanken? Versuchst du, dir die Szene bildlich vorzustellen?"

„Großmutter hat jeden Abend, bevor sie zu Bett ging, ein Bad genommen. Sie schenkte sich in der Küche ein Glas Chardonnay ein und brachte es mit nach oben. Während das Wasser einlief, fügte sie einen Badezusatz oder irgendein Duftöl hinzu." Ich zeigte auf das Set mit drei Kerzenhaltern an der Rückseite des Waschtisches. „Dann zündete sie Kerzen an, stieg hinein und entspannte sich, bis sie zu frösteln begann. Manchmal, wenn sie einen besonders stressigen Tag, Schmerzen oder was auch immer hatte, ließ sie etwas kaltes Wasser ab und mehr heißes nachlaufen."

„Exakt so lief es immer ab?", fragte Tripp, amüsiert über meine detaillierte Schilderung.

„Exakt so. Das hat sie mir einmal erzählt. Ich glaube, wir sprachen über Routinen. Ich schilderte ihr, wie ich bei der Sicherung eines Tatorts vorgehe, und sie beschrieb mir ihr allabendliches Baderitual. Sie sagte, es tröste sie und helfe ihr beim Einschlafen."

„Okay. Dann schildere mir jetzt mal dein Gefühl in dieser Sache."

Dankbar, mit jemandem darüber diskutieren zu können, formulierte ich die Aussage des Sheriffs in eigenen Worten. „Sie ist ausgerutscht oder gestolpert, hat sich den Kopf so hart an der Kante geschlagen, dass sie ohnmächtig wurde, und fiel in die Wanne."

Ich stellte ein imaginäres Weinglas auf dem Fensterbrett ab und trat neben die Wanne, ungefähr an die Stelle, an der Gran gestanden haben mochte, um die Wassertemperatur zu regeln. Dann drehte ich mich um, als würde ich die Kerzen anzünden, wandte mich wieder der Wanne zu und tat so, als würde ich mich meines Morgenmantels entledigen.

„Sie ist bereit, hineinzusteigen. Sheriff Brightons Theorie war, dass sie sich entweder in dessen Gürtel verhedderte, über die Badematte stolperte oder auf einer Wasserpfütze auf dem Boden ausrutschte."

Tripp analysierte alles, was ich getan und gesagt hatte. „Soweit schön und gut, aber ich verstehe nach wie vor nicht, woran du dich festbeißt."

Ich machte einen kleinen Schritt auf die Wanne zu und beugte mich dann nach vorne, als würde ich fallen. Mit den Händen auf den Wannenrand gestützt, erklärte ich: „Wenn ich ausrutsche und eine Beule über dem linken Auge davontrage, wie sie Donovans Harlekin aufweist, bedeutet das, dass ich kopfüber hineingefallen bin, richtig?"

„Richtig."

„Grandma hat diese Badewanne geliebt, weil sie antik ist, so wie ziemlich alles in diesem Haus. Besonders gut gefiel ihr, dass sie kurz und schmal ist und man dadurch nicht in ihr umhertrieb wie in größeren Exemplaren. Ihr einziger Kritikpunkt war, dass sie sie nur etwa zur Hälfte füllen konnte, weil der Überlauf so niedrig angebracht war." Ich zeigte auf die runde Chromkappe unterhalb des Hahns. „Hätte sie also mehr Wasser hineingelassen, wäre dieses beim Einsteigen übergeschwappt oder abgelaufen. Das wiederum bedeutet, dass sie nie komplett voll war, es sei denn, sie hätte den Abfluss mit dem Fuß blockiert."

„Okay, aber ich sehe noch immer nicht das Problem."

„Jeder weiß, dass man theoretisch schon in einer nur ein paar Zentimeter tiefen Pfütze ertrinken kann, aber …"

„Aber sie wurde mit dem Gesicht nach oben

aufgefunden", beendete Tripp meinem Satz, der nun endlich verstanden zu haben schien, worauf ich hinauswollte.

„Genau. Wenn sie nach vorne in diese Wanne gefallen wäre, hätte sie entweder mit dem Gesicht unter Wasser gelegen oder aber sie hätte es geschafft, den Kopf anzuheben und wäre nicht ertrunken."

„Aber hieß es nicht, sie hätte sich den Kopf gestoßen? Womöglich wurde sie davon bewusstlos."

„Richtig." Ich starrte erst ihn an, dann wieder die Wanne, und dachte erneut nach. „Sollte das jedoch der Fall gewesen sein, wieso wurde sie dann in einer beinahe sitzenden Position mit erhobenem Kopf vorgefunden?"

Jetzt war er es, dessen Gedanken zu rotieren schienen. „Vielleicht hat sie sich im Fallen gedreht?", mutmaßte er, verwarf seinen Kommentar aber sofort wieder. „Nein, das ergibt auch keinen Sinn, in höchstens dreißig Zentimeter hohem Wasser. Daher ist es höchst unwahrscheinlich, dass sie vorwärts hineingefallen ist."

„Verstehst du jetzt, warum mich diese Sache so beschäftigt? All die Puzzleteile scheinen nicht zusammenzupassen."

„Wie wäre es damit: Sie ist rückwärts hineingerutscht und, da sie bewusstlos war, mit dem Kopf unter Wasser geraten und deshalb ertrunken." Er warf die Hände in die Luft, als hätte er gerade einen Touchdown beim Super Bowl erzielt, ließ sie jedoch sofort wieder sinken. „Bitte entschuldige. Das war unhöflich von mir. Immerhin sprechen wir über das Ableben deiner Großmutter."

„Ist schon okay", versicherte ich ihm. „Aber leider gibt es auch mit dieser Theorie ein Problem. Angenommen, sie ist hinterrücks hineingefallen ... wo rührt dann diese Beule an ihrer Stirn her?"

Er stand eine Minute lang schweigend da und dachte nach. „Irgendetwas, was in diesem Brief stand, entspricht nicht der Wahrheit?"

„Korrekt. Irgendetwas entspricht nicht der Wahrheit." Und bei jedem dieser Worte, die ich wiederholte, stieß ich mit dem Finger gegen seine überraschend kräftige Schulter.

„Glaubst du, deine Großmutter wurde ermordet?", fragte er mit sanfter Stimme.

Ich starrte auf den Klauenfuß, und die Szene spielte sich erneut in meinem Kopf ab. „Briar, Morgans Mutter, scheint überzeugt davon, und auch Sheriff Brighton hat so was in der Art angedeutet, mir aber keine Details genannt. Es war nur ein eher allgemeiner Kommentar bezüglich Flavia, die anscheinend wild entschlossen ist, Hohepriesterin des Hexenzirkels von Whispering Pines zu werden. Briar hatte diese Rolle viele Jahre lang inne, bis sie vor sieben Monaten einen Schlaganfall erlitt. Ab diesem Zeitpunkt übernahm meine Großmutter das Amt, und als sie starb, ging es auf Morgan über." Ich blickte ihn an. „So allmählich mache ich mir wirklich Sorgen um Morgans Wohlergehen."

„Rechtfertigt der Wunsch, Hohepriesterin eines Wicca-Zirkels zu werden, einen Mord? Immerhin handelt es sich um eine religiöse Gemeinschaft."

„In Flavias Augen vielleicht schon."

„Das ist einfach nur widerlich."

„Noch ist es zu früh, um Anschuldigungen zu erheben, weder gegen sie noch gegen sonst jemanden. Nicht, bevor ich die Fallakte meiner Großmutter gesehen habe. Ich fahre jetzt rüber zum Revier und hoffe, sie händigen sie mir aus."

„Alles klar. Ich räume inzwischen den Wäscheschrank weiter aus."

„Sicher?"

„Absolut. Geh ruhig und besorge dir die Informationen, die du brauchst."

)◈(

Als ich das Revier betrat, fand ich Vera Warren in einer Lotus-Meditationsstellung, auf dem Schreibtisch von Deputy Reed sitzend, vor.

„Guten Tag", begrüßte sie mich mit rauchiger Stimme. „Wie kann ich Ihnen an diesem wunderschönen Tag behilflich sein?"

„Mein Name ist Jayne O'Shea", stellte ich mich vor.

„Freut mich, Sie kennenzulernen, Jayne O'Shea."

Halb Hippie, halb Wicca … Das versprach, interessant zu werden. „Vor etwa vier Monaten verstarb meine Großmutter, Lucy O'Shea, bei einem Unfall in ihrem Haus."

Vera presste beide Hände auf ihr Herz und keuchte auf. „Das tut mir leid zu hören, Sie armes, liebes Mädchen."

Ich bedachte sie mit einem dankbaren Lächeln. „Ich habe einige Fragen zum Hergang ihres Ablebens und würde mir gerne einmal ihre Akte ansehen."

„Die kann ich Ihnen leider nicht aushändigen, nicht ohne Zebs Einverständnis."

„Ich würde sie auch nicht an mich nehmen, sondern hier sitzen bleiben, während ich sie durchgehe."

Sie starrte mich an, während sie versuchte, eine Entscheidung zu treffen. Dann schlug sie mit den Händen auf den Schreibtisch, kletterte herunter und verkündete im Tonfall eines stereotypen Gebrauchtwagenverkäufers: „Ich sage Ihnen, was ich für Sie tun kann. Ich hole die Akte raus und lege sie Zeb direkt in die Mitte seines Schreibtisches. Und Sie geben mir Ihren Namen und Ihre Telefonnummer, dann rufe ich Sie an, sobald er sein Okay gegeben hat. Wäre das für Sie in Ordnung?"

Sie hielt sich strikt an die Regeln, und das konnte ich ihr nicht zum Vorwurf machen. „Absolut. Vielen Dank, Ma'am."

„Alles klar." Sie begab sich in das Büro ihres Sohnes, während sie fortwährend *Lucy O'Shea* beziehungsweise *O'Shea, Lucy* vor sich hin murmelte.

Ich atmete mehrmals tief durch, um meinen hämmernden Puls unter Kontrolle zu bekommen.

„Sorry, Schätzchen", rief Vera in diesem Moment und kam zurück in den Hauptraum des Reviers. „Über Ihre Großmutter gibt es leider keine Akte."

„Wie? Wie meinen Sie das?" Dummerweise war mein erster Gedanke, sie könnte überhaupt nicht tot sein. „Das kann eigentlich gar nicht sein."

„Alles, was ich finden konnte, war eine Art Platzhalter." Sie hielt ein Stück dünner Pappe in der Größe eines DIN-A-4-Blattes hoch. „Sieht so aus, als hätte sie jemand herausgenommen."

Ich streckte ihr meine Hand entgegen. „Dürfte ich mir den Bogen vielleicht einmal ansehen?"

Sie lächelte mich strahlend an. „So gute Manieren. Natürlich dürfen Sie das."

Aus dem Vermerk in der oberen Ecke ging hervor, dass Sheriff Brighton Ende Februar, also in dem Monat, in dem Großmutter gestorben war, die Akte an sich genommen hatte.

Aber warum? Mir gegenüber hatte er einmal erwähnt, dass er im Winter nicht viel Zeit im Büro verbrachte, weil nur sehr wenige Touristen im Ort waren. Für ihn bedeutete das kaum Kriminalität, so dass er ebenso gut von daheim aus arbeiten konnte. Das mochte der Grund gewesen sein. Oder aber, wie mein paranoider Verstand mir zu suggerieren versuchte, hatte er sie an sich genommen, um Beweise zu vertuschen. Es gab nur einen Weg, dies herauszufinden. Ich musste bei ihm zu Hause vorbeischauen und Reeva einen Besuch abstatten. Vielleicht war sie beim Packen ja auf die entsprechenden Unterlagen gestoßen.

# Kapitel Vierundzwanzig

SHERIFF BRIGHTONS HAUS LAG NÖRDLICH DES Negativitätbrunnens. Allerdings gab es keinen direkten Weg, um dorthin zu gelangen. Also musste ich zuerst die Brücke über die breite Landstraße und dann die über den Bach überqueren, und letztendlich links auf einen parallel dazu verlaufenden Feldweg einbiegen. Dabei passierte ich das Cottage der Barlows und hielt kurz inne, um Briar zu begrüßen, die eifrig damit beschäftigt war, Unkraut zu jäten und die Pflanzen zu versorgen.

„Wir haben unser Gespräch noch nicht beendet", erinnerte sie mich.

„Ja, ich weiß, und dieser Punkt steht auch ganz oben auf meiner To-do-Liste. Gerade im Moment jedoch bin ich auf einer Mission." Ich erklärte ihr, dass ich zu Reeva wollte und auch den Grund dafür.

„Oh, bei diesem Gespräch würde ich nur zu gerne Mäuschen spielen. Ansonsten weißt du ja, wo du mich finden kannst." Sie deutete auf den Garten hinter sich.

Ich versprach, bald wieder vorbeizuschauen, und setzte meinen Weg fort. Gut dreihundert Meter weiter kam ich zu dem kleinen rostroten Fachwerkhaus, in dem der Sheriff früher gewohnt hatte, und betätigte den Messingklopfer in Form eines Fisches, um auf mich aufmerksam zu machen.

Nur Sekunden später tauchte Reeva im Türrahmen auf. Sie sah erschöpft aus, was absolut verständlich war. Als ob es nicht schon schwer genug war, einen geliebten Menschen zu verlieren, machte das Packen seiner Habseligkeiten die Sache nicht einfacher.

„Hallo, Mrs Brighton …"

„Ich bevorzuge es, mit Long angesprochen zu werden. Das ist mein Mädchenname, den ich seit der Trennung von Karl wieder führe."

„Ms Long, natürlich, Ma'am. Ich bin Jayne O'Shea."

„Ich erinnere mich. Wir haben uns neulich in der Nähe des Pentagramm-Gartens getroffen."

„Ganz genau. Es tut mir leid, Sie zu stören, aber ich suche nach der Akte meiner Großmutter. Der Sheriff hat sie vor einigen Monaten aus dem Revier mitgenommen, und ich hatte gehofft, sie befände sich hier in seinem Haus und Sie könnten sie mir aushändigen."

Auch sie wusste natürlich Bescheid über Grandma, schien ihr gegenüber jedoch neutral eingestellt zu sein. Das war mal etwas ganz Neues. Alle anderen, die ich hier getroffen hatte, hatten sie entweder geliebt oder nicht ausstehen können.

Gegen mich schien Reeva jedenfalls eine gewisse Abneigung zu hegen, was wahrscheinlich mit dem Tod ihres Mannes zusammenhing. Aber obwohl ich dabei gewesen war, als er starb, hätte ich seinen Selbstmord nicht verhindern können. Irgendwie musste ich Reeva dazu bringen, mir zu vertrauen.

„Ms Long, ich habe zwar keine Beweise, aber ich glaube nicht, dass der Tod meiner Großmutter ein Unfall war."

Sie zog die Augenbrauen hoch. „Und diese Akte, nach der Sie suchen, soll Ihnen die nötigen Beweise liefern?"

„Das weiß ich nicht, hoffe aber, sie könnte mich der Lösung näherbringen. Nach ihrem Ableben erhielten wir einen Brief von Ihrem Mann, in dem er uns den Ablauf des Unfalls schilderte, aber gewisse Details ergeben keinen Sinn. Da ich lange Jahre Detective war, würde ich mir gerne selbst ein Bild von der darin geschilderten Sachlage machen."

Reeva presste die Lippen zu einem dünnen Strich zusammen, und in diesem Moment sah sie ihrer Schwester, für die diese Geste typisch war, ähnlicher denn je. „Karl war ein gesetzestreuer Beamter. Für mich klingt das so, als würden Sie ihm Verschleierung von Fakten vorwerfen."

„Ich werfe ihm gar nichts vor, denn ich weiß ja, dass er dem Ort lange Zeit gute Dienste erwiesen hat. Aber seit ich vor einem Monat hier ankam, musste ich feststellen, dass sogar die Gesetze hier in Whispering Pines etwas anders gehandhabt werden."

Sie runzelte die Stirn. Klar, sie war seit mehr als zwanzig Jahren nicht mehr im Dorf gewesen. Woher sollte sie auch wissen, was sich während ihrer Abwesenheit getan hatte? War sie jemand, der mir helfen würde?

„Was diesen Brief betrifft, den er Ihnen geschrieben hat – denken Sie, er hat Sie und Ihre Familie absichtlich belogen?", fragte sie.

Ich wählte meine Worte sehr sorgfältig. „Meiner Meinung nach hat er uns so viel von der Wahrheit mitgeteilt, wie er konnte." Ich warf ihr einen prüfenden Blick zu. „Oder durfte. Ich glaube, jemand anderes hat hier im Ort das Sagen."

Erneut presste sie die Lippen aufeinander, und es sah aus, als müsste sie sich schwer zurückhalten, darauf etwas zu erwidern. Dann straffte sie lediglich die Schultern und kehrte zu dem ursprünglichen Thema zurück.

„Gut, ich werde nach dieser Akte Ausschau halten. Ich muss ohnehin das komplette Haus Zimmer für Zimmer durchgehen, gewisse Dinge zusammenpacken, andere wiederum entsorgen. Sicher können Sie nachvollziehen, wie lange so etwas dauert."

„Nur zu gut. Deswegen bin auch ich hier – um das Haus

meiner Großeltern zu entrümpeln und zu renovieren, damit es verkauft werden kann. Zumindest war das mein ursprünglicher Plan."

„Und der hat sich geändert?"

„Sozusagen. Zwar bin ich nach wie vor dabei, alles auszuräumen, aber in diesen Wochen ist es mir richtig ans Herz gewachsen. Ich möchte hierbleiben und es in eine Art Bed and Breakfast umwandeln. Allerdings muss ich erst noch meine Eltern überreden, dass sie ihre Zustimmung geben."

Ihr Gesichtsausdruck wurde weicher. „Wie geht es Dillon?"

„Sie kennen meinen Vater?", fragte ich überrascht, obwohl das eigentlich logisch war. Die beiden waren etwa im gleichen Alter und zusammen im Dorf aufgewachsen. Damals, bevor es sich zu einem Touristen-Hotspot entwickelte.

„Ehrlich gesagt, ich weiß es gar nicht", gab ich zu. „Er ist Archäologe und verbringt den Großteil des Jahres in fremden Ländern, wo er im Dreck herumwühlt."

Reeva lachte. Es war ein fröhliches Lachen. „Das überrascht mich nicht, denn das hat er schon als kleiner Junge immer getan. Und dabei behauptet, er würde nach einem vergrabenen Schatz suchen."

„Das wusste ich ja gar nicht." Und direkt vermisste ich ihn. „Gerade scheint er sich irgendwo in Ägypten herumzutreiben. Bisher ist es Mom noch nicht gelungen, ihn aufzustöbern und bezüglich des Hauses zu fragen."

„Ich hoffe, er stimmt Ihrem Plan zu", sagte Reeva, die jetzt wesentlich liebenswürdiger klang. „Es ist ein wunderbares Anwesen und würde sich perfekt als Gästehaus eignen. Außerdem käme es einer Katastrophe gleich, wenn Ihre Familie sich komplett aus Whispering Pines zurückziehen würde."

Damit hatte sie zweifellos recht. Das Land gehörte uns. Verfügte das Dorf überhaupt über die entsprechenden Mittel, um es uns abzukaufen? Was wäre, wenn der neue Käufer kein Interesse daran hätte, gleich einen kompletten Ort zu übernehmen?

Ich legte die Handflächen aneinander, ähnlich wie Morgan es immer tat, und dankte ihr. „Darf ich fragen, was Sie hiermit vorhaben? Wollen Sie verkaufen?"

„Ich bin mir noch nicht sicher. Tatsächlich bin ich ja erst seit ein paar Tagen zurück, aber so allmählich fühlt es sich wieder wie ein Zuhause an."

Ich hielt ihrem Blick stand. „Wie ich gehört habe, stand ihr damaliger Wegzug nicht gerade unter einem guten Stern."

Zwar verzog sie die Lippen zu einem angespannten Lächeln, blickte aber düster drein, sodass ich mir weitere Fragen in Bezug auf ihre Schwester vorerst lieber verkniff. Zuerst musste ich ihr Vertrauen gewinnen, und das würde am ehesten klappen, wenn ich jetzt ging.

„Vielen Dank für Ihre Zeit, Ms. Long. Und ich würde es sehr zu schätzen wissen, wenn Sie nach der Akte suchen könnten."

„Das werde ich", versprach sie. „Und sollte ich sie finden, gebe ich sie beim Sheriff ab."

„Würden Sie mir noch einen Gefallen tun?" Sie legte fragend den Kopf schief. „Würden Sie zuerst mich informieren? Ich möchte einfach sichergehen, dass ich sie auch wirklich bekomme."

Reeva gab mir einen Stift und einen Block, auf dem ich meine Telefonnummer notierte, und dann verließ ich sie und ging den gleichen Weg, den ich gekommen war, zurück ins Dorf. Dort traf ich auf Lupe, die gerade aus dem *Treat Me Sweetly* kam, eine kleine Tüte in Händen haltend. Sie griff hinein, holte eine kleine Handvoll Zitronendrops heraus und reichte sie mir.

„Warum nicht? Vielen Dank." Ich steckte mir einen in den Mund, genoss die zuckrige Glasur und freute mich auf den sauren Geschmack, der gleich folgen würde. „Haben Sie mit den Schaustellern gesprochen?"

„Habe ich", sagte sie, packte jedoch erst einmal einen Sugar Daddy-Schokoriegel aus, biss herzhaft hinein und ließ mich auf eine ausführliche Erklärung warten.

„Wie gemein. Sie essen Süßes, und mir geben Sie Saures."

Sie grinste mich frech an. „Ich fand, Zitronenbonbons passen besser zu Ihrer Persönlichkeit. Wie auch immer, ja, ich habe mir einige der Artisten geschnappt, aber sie alle zögerten, sich über Gianni zu äußern."

„Warum das denn?" Jetzt schlug der saure Geschmack mit voller Wucht zu, und meine Rachenmuskeln zogen sich schmerzhaft zusammen. Wie bei einem Gefrierbrand im Gehirn, verursacht durch zu viel und zu schnell gegessene Eiscreme, konnte ich nur abwarten, bis sich meine Geschmacksknospen daran gewöhnt hatten.

„Wenn ich raten müsste, würde ich sagen, dass sie von all den negativen Dingen, die sich in letzter Zeit ereignet haben, irgendwie abgestumpft sind."

„Haben Sie ihnen erklärt, dass Sie einen Nachruf über ihn schreiben wollen?"

„Ja, und das hat die Sache zumindest etwas erleichtert. Natürlich konnte ich sie nicht direkt auf eine mögliche Dreiecksbeziehung ansprechen, habe aber gefragt, ob er eine Freundin hatte oder ob es eine wichtige Person in seinem Leben gab. Die meisten verneinten das. Einige von ihnen meinten jedoch, er sei in Abilene verknallt gewesen."

„Verknallt? Bei unserem Gespräch hatte sich das aber nach mehr angehört." Ohne großartig nachzudenken, schob ich mir zwei weitere Zitronenbonbons in den Mund. Ich Idiot!

„Ein paar Kollegen deuteten an, dass er in letzter Zeit stark nachgelassen hätte." Sie tippte sich an die Schläfe, was so viel heißen sollte wie, dass er nicht mehr ganz richtig im Kopf war. Sollte das tatsächlich der Fall gewesen sein, könnte er einige Probleme verursacht haben. Ausgerechnet ein Mensch, der tagtäglich mit wilden Tieren arbeitete.

„Das wirft direkt eine andere Frage auf. Wer kümmert sich jetzt um die Raubkatzen und Bären?"

Lupe kaute erneut auf ihrem Riegel herum, sodass auch diese Antwort auf sich warten ließ. „Janessa", sagte sie schließlich.

„Wie bitte?" Und wieder brannte die Säure in meinem Hals so heftig, dass ich sogar die Hand gegen meinen Kiefer presste. Ich gab ihr die restlichen Drops zurück. „Hier, bitte. Mir reicht's. Wie will Janessa das denn mit ihrer Behinderung bewerkstelligen?"

„Sie macht natürlich nicht die körperliche Arbeit. Glücklicherweise hat sie Giannis Kontaktliste gefunden, bereits mit einem Tierpfleger in einem Zoo telefoniert und genaue Anweisungen erhalten, wie mit den Raubkatzen umzugehen ist. Der Mann hat auch zugesichert, herzukommen und einzuspringen, bis der Zirkus einen Ersatz gefunden hat. In der Zwischenzeit beaufsichtigt sie lediglich ein paar der Betreuer, die sich um die Fütterung und Ähnliches kümmern."

Sie hat seine Kontaktliste gefunden? Wenn Janessa Zugang zu den Akten in Giannis Büro hatte, hatte sie dann auch Zugriff auf das Ketamin?

„Was denken Sie gerade?", fragte Lupe neugierig.

„Ich denke, wir sollten diese Dame genauer im Auge behalten."

„Mal sehen, was ich noch über sie herausfinden kann." Sie überlegte kurz, dann kam ihr anscheinend die zündende Idee. „Ich weiß, wie ich das anstelle. Ich sage ihr, dass ich meinem nächsten Artikel Kurzbiografien über die Schausteller beifügen möchte."

„Brillant. Aber haben Sie das auch wirklich vor? Immerhin ist es eine sehr interessante Truppe, und ich persönlich würde ebenfalls gerne mehr über jeden einzelnen erfahren."

„Ja, habe ich." Sie kramte in ihrer Tasche, zog einen weiteren Sugar Daddy-Riegel heraus und streckte ihn mir theatralisch entgegen, als würde sie mir eine Rose überreichen. „Als kleine Wiedergutmachung für die sauren Bonbons."

Das Einzige, was ich mehr als Karamell liebte, war Schokolade. Alles war vergeben und vergessen. „Danke. Jetzt muss ich aber los, einen Mann wegen einer Puppe belästigen." Sie warf mir einen verwirrten Blick zu. „Das erzähle ich Ihnen ein anderes Mal."

Nach einem kurzen Stück auf dem Feenpfad erreichte ich Quins Bekleidungsgeschäft. Der kleine Laden war brechend voll, was nicht weiter überraschend war. Donovan führte eine bunte Auswahl an Outfits und Accessoires, deren Stil perfekt zu dem Renaissance-Flair von Whispering Pines passte. Es war exakt die Art von Kleidung, die die Leute im Urlaub zu kaufen pflegten – Rüschenblusen, Hosen in verrückten Farben oder auch ausgefallene Strandtaschen. Wie viel davon wohl noch getragen oder benutzt wurde, nachdem ihre Besitzer wieder vom Alltag eingeholt wurden? Wie viele der Einkäufe in der Altkleidersammlung landeten oder in irgendwelchen Schubladen verschwanden und nur noch ab und zu herausgeholt wurden, um sich an die schönste Zeit des Jahres zu erinnern?

Ich hielt mich etwas abseits und beobachtete, wie Donovan, flink wie ein Eichhörnchen, hin und her huschte. Mal eilte er zu einer der Umkleidekabinen, um einer Kundin eine andere Größe zu bringen, dann wieder hastete er zurück zum Verkaufstresen, um jemandem zu helfen, das passende Armband zu einem Kleid auszusuchen. Für einen Mann seiner Größe bewegte er sich äußerst behände.

„Jayne", begrüßte er mich kurz angebunden. „Kann ich Ihnen irgendwie behilflich sein?"

„Einkaufsmäßig eher nicht. Ich bin heute beim Ausräumen des Badezimmers meiner Großmutter auf etwas gestoßen, das mich ziemlich beunruhigt hat. Dazu hätte ich Sie gerne kurz befragt."

„Wie Sie selbst sehen können, bin ich gerade sehr beschäftigt. Sie werden wohl später nochmals wiederkommen müssen."

Ich nahm die Stofftasche von meiner Schulter und hielt sie auf, damit Donovan den kleinen Lucy O'Shea-Harlekin sehen konnte. Er erblasste sichtlich.

„Würden Sie mir bitte sagen, was das zu bedeuten hat?", fragte ich.

„Es tut mir leid. Ich weiß, dass die Puppen einen erschrecken können. Diese habe ich Ihrer Großmutter einen Tag vor ihrem Tod gebracht." Er ließ mich stehen und marschierte zurück zur Kasse, wahrscheinlich in der Annahme, dass ich mich dadurch abschrecken ließe. Damit jedoch lag er falsch.

„Ich hätte gerne eine Antwort", sagte ich mit fester Stimme. „Sicher können Sie sich ein paar Minuten loseisen, oder? Sie haben doch bestimmt während der Hochsaison eine Hilfe?"

„Natürlich habe ich die." Donovan lächelte die ältere, elegante und offensichtlich wohlhabende Frau an, die ihm gegenüber am Tresen stand. „Ivy hat aber gerade Pause."

„Und wann kommt Ivy aus der Pause zurück?", erkundigte ich mich in zuckersüßem Tonfall.

„Keine Ahnung. Vielleicht in zehn Minuten."

„Wissen Sie was? Ich warte dann draußen auf der Veranda auf Sie, und sobald sie wieder hier ist, plaudern wir beide mal ein wenig."

„Vielen Dank für Ihren Besuch, Mrs Bamberg." Er kam um seinen Counter herum und reichte der Dame zwei prall gefüllte Tüten. „Und ich hoffe, Sie beehren mich bald wieder."

Die Frau bot Donovan ihre Wange dar, und er hauchte einen zarten Kuss darauf.

„Worauf Sie sich verlassen können", säuselte sie. „Wir kommen so gerne nach Whispering Pines, und ich liebe Ihren Laden. Ihre Großmutter wäre so stolz auf das, was Sie daraus gemacht haben."

Großmutter? Stimmt, ich erinnerte mich, dass er mir erzählt hatte, sie hätte ihm beigebracht, wie man Puppen bastelt. Allerdings war mir nicht klar, dass seine Familie hier im Ort eine Geschichte hatte. Ich nahm mir vor, Morgan oder ihre Mutter danach zu fragen.

Donovan begleitete Mrs Bamberg zur Tür und hielt sie für sie auf. Als er sich umdrehte und mich direkt hinter sich stehen sah, zuckte er erschrocken zusammen.

Ich deutete durch das Schaufenster auf den Schaukelstuhl. „Zehn Minuten!"

Weniger als fünf Minuten später tauchte er neben mir auf. Er packte meinen Oberarm, seine große Hand umschloss ihn fast vollständig, und zerrte mich hinter den Laden.

„Das ist inakzeptabel, Jayne", herrschte er mich mit gedämpfter Stimme an. „Was bezwecken Sie damit, einfach so in meinem Laden aufzutauchen und mich zu kompromittieren?"

„Was genau habe ich denn getan? Ich wollte Ihnen lediglich ein oder zwei Fragen stellen. Hätten Sie gleich mit mir gesprochen, wäre ich längst wieder weg." Ich schaute nach unten. „Und wenn Sie jetzt bitte meinen Arm loslassen würden."

Er kam meiner Aufforderung nach, drehte den Kopf von einer Seite zur anderen, und bei jeder Bewegung knackte sein Nacken. „Was ist denn jetzt so dringend? Ich habe Ihnen das doch schon alles erklärt. Wenn ich diese Puppen herstelle, bin ich wie in Trance. Ich denke nicht bewusst über ihr Aussehen nach."

Ich zog die Lucy-Puppe, die sich nach wie vor in der

Plastiktüte befand, aus meiner Tasche und hielt sie ihm unter die Nase.

„Sie wollen mir also wirklich weismachen, dass Sie eine Vision oder wie auch immer Sie das nennen mögen vom Tod meiner Großmutter hatten? Und dann standen Sie da, mit einem Haufen Ton vor sich, den ihre Hände kneteten und formten, ohne dass Sie Kontrolle über Ihr Tun hatten? Und das bis ins kleinste Detail, also die blauen Fingernägel und die Beule an der Stirn?"

„Glauben Sie es oder nicht, aber es ist die Wahrheit. Müssen wir das jedes Mal erneut durchkauen, wenn Sie so ein Teil …"

Er brach mitten im Satz ab, als ihm bewusst wurde, was er gerade im Begriff stand zu sagen. Und ich fragte mich, wie viele dieser Puppen wohl noch im Umlauf waren.

„Wie hat Grandma reagiert, als Sie ihr den Harlekin brachten?"

„Ich habe ihn ihr nicht persönlich ausgehändigt", entgegnete er nach kurzem Zögern, „sondern einfach vor ihrer Haustür abgelegt."

„Interessant, dass Sie sich an dieses Detail erinnern. Als ich das letzte Mal die Yasmine-Puppe fand, meinten Sie doch, Sie wären selbst bei der Lieferung normalerweise noch in Trance."

Diesmal antwortete er nicht, sondern starrte mich nur finster an.

„Wer zieht bei Ihnen die Fäden, Donovan? Wer ist es, der Ihnen befiehlt, diese Puppen anzufertigen? Ist es Flavia?"

Er seufzte gelangweilt auf. „Auch diese Diskussion haben wir bereits geführt. Sie können jeden in dieser Stadt fragen. Meine Gabe ist es, den Tod vorauszusehen."

Donovan war gut dreißig Zentimeter größer als ich und wog gefühlt fünfzig Kilogramm mehr. Allerdings war ich in diesem Moment voll im Cop-Modus, sodass es dem Kerl nicht gelang, mich einzuschüchtern.

Ich trat näher und starrte ihn an. „Das glaube ich Ihnen nicht. In diesem Dorf geht nichts Paranormales oder Übernatürliches vor sich. Das ist nur eine fadenscheinige Ausrede, die Sie und wahrscheinlich auch ein paar Ihrer Kumpels sich ausgedacht haben. Alles, was hier passiert ist, lässt sich erklären, auch wer meine Großmutter ermordet hat und warum. Ich bin überzeugt, Sie waren daran beteiligt, und sobald ich das beweisen kann, werde ich Sie dafür zur Rechenschaft ziehen. Darauf können Sie sich verlassen."

# Kapitel Fünfundzwanzig

Vor Wut am ganzen Körper zitternd stürmte ich in Richtung Dorfmitte davon. Die Arroganz und das Ego dieses Mannes waren einfach unfassbar. Erst vor ein paar Wochen hatte ich ihn gefragt, wie lange er schon hier lebte. Er schien alles zu wissen und wirkte sowohl mit den Besuchern als auch mit den Einheimischen sehr vertraut. Umso überraschter war ich, als er mir erzählte, er sei erst vor sechs Monaten hergezogen. Diese Vertrautheit rührte wohl daher, dass seine Großmutter ebenfalls eine der *Ursprünglichen* gewesen war, also eine der ersten Siedlerinnen.

Plötzlich blieb ich wie angewurzelt stehen. Sechs Monate. Er war also kurz vor Grandmas Tod hergekommen. So etwas wie Zufälle gab es nicht. Es musste einen Zusammenhang zwischen den beiden Ereignissen geben. Hatte seine Großmutter dabei ihre Finger im Spiel gehabt?

„Du siehst aus, als würdest du am liebsten auf jemanden einprügeln."

Ich blinzelte und alle Gedanken an Donovan zersprangen in eine Million Stücke und lösten sich in Luft auf. Vor mir stand Morgan und musterte mich besorgt.

„Das würde ich mir nie verzeihen."

„Es bringt auch nichts. Gewalt ist nie die Antwort." Sie bedachte mich mit einem sanften Lächeln. „Warum bist du so verärgert?"

„Wegen Donovan." Ich fasste die letzten paar Stunden zusammen, angefangen mit der Entdeckung des Harlekins bis hin zu meinem Gespräch mit dessen Schöpfer. „Seine Großmutter hat ihm das Bekleidungsgeschäft hinterlassen? Wann ist sie denn gestorben? Kurz vor Grandma, würde ich mal annehmen, oder?"

„Komm schon, Jayne, hol erst mal tief Luft", lachte Morgan und wollte mich damit offensichtlich beruhigen.

Ich jedoch schüttelte nur den Kopf. „Ich muss wissen, was meiner Großmutter wirklich widerfahren ist."

„Das verstehe ich durchaus, aber wie ich dir schon sagte, ist es nicht einfach hier, Geheimnisse aufzudecken. Stell dich besser darauf ein, dass die Wahrheit womöglich nie ans Licht kommt." Sie fixierte mich so lange mit ihrem Blick, bis ich schließlich nickte. „Trägst du die Amuletttasche bei dir, die ich dir neulich gegeben habe? Die für innere Stärke?"

War das wirklich alles, was Morgan brauchte, um ihr Leben in den Griff zu bekommen? Ein winziger Stoffbeutel, gefüllt mit Kräutern und Schnickschnack?

„Nein. Ich habe vergessen, sie einzustecken."

„Denk daran, dass sie dir auch helfen kann, dich zu zentrieren. Gerade bist du sehr emotional. Eine Portion Gelassenheit würde dir nicht schaden."

Dem konnte ich nicht widersprechen.

„Komm erst mal mit rein." Sie legte ihre Hand auf meinen Rücken und dirigierte mich in Richtung ihres Ladens. „Ich mache dir einen Tee."

„Hast du eine Sorte, die Kraft und Schutz spendet?"

Sie lächelte. „Nein, aber eine, die dir helfen wird, dich abzuregen."

„Es ist viel zu heiß für Tee."

„Dann eben einen Eistee. Meine Güte, bist du heute

gereizt. Ich mache mir richtig Sorgen um dich. Los, komm mit.“

„Warte mal kurz.“

Just in diesem Augenblick hatte ich Sheriff Warren entdeckt, der mit einem Becher in der Hand das *Ye Olde Bean Grinder* verließ. Ich eilte, seinen Namen rufend, auf ihn zu. „Ich war heute schon auf dem Revier, denn ich suche nämlich …“

„Die Akte Ihrer Großmutter“, unterbrach er mich. „Ich weiß. Meine Mu … äh, mein Deputy hat mich bereits entsprechend informiert.“

„Gut. Es ist wichtig, dass ich den Bericht bekomme, denn es gibt in Bezug auf ihren Tod einige Ungereimtheiten. Ich hatte gehofft, dass Sie Ihrer Stellvertreterin grünes Licht geben würden, ihn mir auszuhändigen, sobald er auftau …“

„Ich bin ein viel beschäftigter Mann“, fiel er mir erneut ins Wort, „und habe weitaus wichtigere Dinge zu tun, als nach einem verlorenen Aktenordner zu suchen.“

Er hörte mir gar nicht zu, sah mich nicht einmal an. Ich holte tief Luft und wollte erneut ansetzen, aber Morgan, die mittlerweile zu uns aufgeschlossen hatte, kam mir zuvor.

„Ich bin sicher, dass die Untersuchung von Gianni Cordanos Tod viel von Ihrer Zeit in Anspruch nimmt. Konnten Sie diesbezüglich schon etwas herausfinden?“ Sie verschränkte die Arme vor der Brust und fuhr fort. „Immerhin handelt es sich um einen weiteren Mord. Wie beunruhigend.“

„Wer hat denn gesagt, dass es Mord war?“ Der Blick des Sheriffs wanderte zwischen uns hin und her. „Ich war eine gute Stunde am Tatort und habe nichts gefunden, was auf ein Verbrechen hindeutet.“

„Eine Stunde?“, platzte ich heraus. „In einer Stunde kann man doch keine ordentliche Untersuchung durchführen. Sie müssen die Umgebung absuchen, Fotos machen, mit Zeugen sprechen, um in Erfahrung zu bringen, ob jemand etwas Wichtiges gesehen hat …“

Mit einem einzigen großen Schritt überbrückte er die Distanz zwischen uns. „Ich weiß durchaus, wie man eine gründliche Ermittlung durchführt, Ms O'Shea. Und wie ich schon sagte, gibt es andere, wichtigere Probleme, auf die ich mich gerade konzentrieren sollte."

„Was bitte könnte wichtiger sein als der Tod eines Menschen?", fragte Morgan schnippisch. „Das würde mich jetzt wirklich mal interessieren."

Zeb nahm einen großen Schluck von dem, was auch immer sich in seinem Becher befand, und räusperte sich. „Ich bin vor Ort geblieben, bis zum Gerichtsmediziner … wie war noch gleich sein Name?"

„Sie meinen Dr. Bundy?", fragte ich.

„Richtig. Also, ich war dort, bis er eintraf. Aber für die Untersuchung der Leiche brauchte er mich nicht. Ich wäre nur im Weg herumgestanden. Sollte sein Bericht, den er mir in den nächsten Tagen zukommen lässt, etwas Verdächtiges ergeben, werde ich natürlich nochmals zum Zirkus fahren und mit den Leuten sprechen."

Die Muskeln in meinem Nacken wurden mit jeder Sekunde angespannter. „Das muss man tun, solange die Dinge noch frisch in ihrer Erinnerung sind. Wenn man zu lange wartet …"

„Ich habe nachgeforscht", schnauzte er mich an.

Ich seufzte innerlich auf. Es war reine Zeitverschwendung, mit diesem Mann vernünftig reden zu wollen. Er würde wahrscheinlich einen guten Streifenpolizisten abgeben und die Rangliste derer mit den meisten monatlich ausgestellten Bußgeldbescheiden anführen. Sein Vorgesetzter würde ihn lieben. Diese Sache hingegen war eine Nummer zu groß für ihn. Es war an der Zeit, etwas dagegen zu unternehmen. Er hatte seine Chance gehabt und vertan.

Ich informierte ihn über meinen Besuch bei Reeva. „Sie wird nach der Akte suchen und sie zu Ihnen auf die Wache bringen. Da Sie so beschäftigt sind, wäre ich Ihnen dankbar, wenn Sie mir jetzt die Erlaubnis erteilen würden, sie einzusehen. Dann könnte ihr Deputy sie mir direkt aushändigen, vorausgesetzt, Mrs Long findet sie ... und es steht nichts drin, was ich nicht sehen soll."

Verdammt! Ich hatte nicht vorgehabt, diesen letzten Teil des Satzes laut auszusprechen.

Zeb sog scharf die Luft ein und schaute wieder überallhin, nur nicht mir in die Augen. „Ich werde Ihre Bitte in Betracht ziehen. Jetzt muss ich aber los, der Job ruft."

Er machte auf dem Absatz kehrt, und Morgan schaute ihm schockiert hinterher. „Ich kann nicht glauben, was ich da gerade hören musste. Was könnte im Moment wichtiger sein, als die Sache um Gianni aufzuklären?"

„Die Anweisungen, die er von jemandem aus dem Stadtrat erhält." Stöhnend schlug ich die Hände vors Gesicht. „Das sollte ich vielleicht nicht sagen, denn ich weiß es ja nicht mit Sicherheit. Aber es gibt genug Leute da draußen, die glauben, dass die einzige Aufgabe der Polizei darin besteht, die bösen Jungs dingfest zu machen. Gute Beziehungen zur Bevölkerung haben da keinen hohen Stellenwert. Vielleicht ist Zeb der gleichen Ansicht. Unabhängig davon bin ich froh, dass du einmal hautnah miterleben konntest, wie er sich so macht in seinem Job."

Sie nickte und beobachtete ihn, wie er in der Menge im Pentagramm-Garten verschwand. „Du lagst mit deinem Bauchgefühl völlig richtig."

„Ich habe mich immer darauf verlassen können und wusste, dass ich auch dieses Mal recht hatte. Aber – nur fürs Protokoll – in diesem Fall hätte ich mich gerne geirrt."

„Komm mit rein", wiederholte Morgan ihr Angebot von vorhin. „Ich mache uns einen Tee. Den können wir jetzt wohl beide gut gebrauchen. Dann kannst du mir alles in Ruhe erzählen."

„Mehr als das, was du gerade gehört hast, kann ich nicht dazu beitragen. Er hat mir ja klar und deutlich zu verstehen gegeben, ich solle mich um meine eigenen Angelegenheiten kümmern."

Sie schaute mich stirnrunzelnd an. „Dann setz dich einfach ein paar Minuten hin und versuche, dich zu entspannen. Das ist ein Befehl!"

Ein paar Minuten später saß ich im gemütlichen kleinen Leseraum von *Shoppe Mystique*. Es war angenehm kühl hier drinnen und das Licht gedämpft. Nach einer halben Tasse von Morgans speziellem *Chill Out*-Tee fühlte ich mich schon wesentlich ruhiger.

„Besser?" Sie streckte den Kopf durch die Tür, als hätte sie Angst, sich zu mir zu gesellen, weil ich womöglich jeden Moment wieder ausflippen könnte.

„Auf jeden Fall. Danke, Morgan."

Kurz darauf umrundete sie die Ecke, ein silbernes Tablett mit Käse, Crackern und Obst in Händen haltend. Sie stellte es auf dem kleinen quadratischen Holztisch vor mir ab und ließ sich am anderen Ende des Zweiersofas nieder.

„Es ist bereits nach sieben. Ich habe den Laden gerade geschlossen. Willow kümmert sich um die Kasse, also habe ich alle Zeit der Welt für dich."

Ich schnappte mir einen der Cracker mit einem Stück Käse, legte noch sechs weitere auf einen kleinen Teller und fügte ein paar schwarze Trauben hinzu.

„Vielen Dank für alles. Ich hatte heute noch so gut wie noch keine Gelegenheit, etwas zu essen."

„Das habe ich bemerkt." Sie wartete, während ich noch ein paar Cracker verputzte, und fuhr fort: „Du hast recht mit dem, was hier derzeit geschieht."

Mein Herz setzte einen Schlag aus und ich hörte auf zu kauen. „Was genau meinst du damit?"

„Das bezog sich auf den neuen Sheriff. Wir mussten auf die Schnelle jemanden finden, aber mittlerweile glaube ich, dass jeder andere besser geeignet gewesen wäre als dieser Typ."

„Freut mich, dass du in diesem Punkt meiner Meinung bist." Allerdings hatte ich insgeheim gehofft, dass sie die Bombe bezüglich Flavia und wer immer sonst noch mit ihr unter einer Decke steckte, platzen ließe. Oder mir vielleicht mehr über Großmutters Tod erzählen würde .

„Es ist nicht so, dass ich das vorher nicht gewesen wäre." Morgan pflückte ein paar Trauben von der Rispe auf dem Tablett. „Dennoch war ich einfach der Meinung, dass man Menschen immer eine Chance geben sollte. Zu oft schreiben wir sie von vornherein ab, weil wir denken, sie kriegen gewisse Sachen eh nicht auf die Reihe."

„Ja, an dieser Einstellung musst du dringend arbeiten." Ich grinste sie an und schob mir ein Stück Käse in den Mund. „Was aber wollen wir jetzt unternehmen? In seinem verzweifelten Versuch, Whispering Pines als Idylle darzustellen, hat Sheriff Warren den gegenteiligen Effekt erzielt. Ja, natürlich soll es weiterhin ein familienfreundlicher Ort bleiben, aber es ist doch Fakt, dass der Großteil der Gäste aus Personen in meinem Alter besteht, also Mitte bis Ende zwanzig."

„Das sehe ich genauso", stimmte Morgan mir zu. „Wir müssen das dringend mit dem Rat besprechen. Ich werde Mitteilungen rausschicken und ein weiteres Meeting einberufen."

„Das sollte aber möglichst zeitnah geschehen. Er ist nicht einmal bereit, Giannis Tod genauer zu untersuchen, und Berlins Fall ignoriert er komplett. Die Schausteller müssen sich im Stich gelassen fühlen."

Sie berührte mit ihren Fingerspitzen mein Knie. „Reg dich nicht wieder auf. Ich kümmere mich um alles. Heute Abend schaffen wir das allerdings nicht mehr, es ist schon zu spät. Creed und Janessa würden nicht teilnehmen können. Sie haben gerade eine Vorstellung hinter sich und müssen sich auf die Abendshow vorbereiten. Lass es uns gleich für morgen früh einplanen. Geh jetzt erst einmal nach Hause, ruh dich aus und komm um sieben Uhr wieder."

„Sieben Uhr morgens?", stöhnte ich, zwinkerte ihr jedoch gleich darauf zu, um ihr zu zeigen, dass das nur als Scherz gemeint war. Zumindest als halbherziger. Ich trank den Rest meines Tees aus, aß noch zwei Cracker mit Käse und griff nach den restlichen Trauben. „Jetzt geht es mir schon viel besser. Ich denke, ich fahre jetzt wirklich heim."

„Darf ich dich noch kurz um eine Sache bitten, die ich gerne mit dir machen würde?"

Ich warf ihr einen prüfenden Blick zu. „Hat das wieder einmal was mit Hexerei zu tun?"

Sie bedachte mich mit einem strahlenden Lächeln: „Natürlich. Warte bitte kurz." Sie trug das Tablett nach draußen und kam ein paar Minuten später erneut damit zurück. Dieses Mal war es mit getrockneten Pflanzen, ein paar Steinen und einem kleinen Amulett bestückt.

„Noch so ein Zauberbeutel?", fragte ich.

„Na ja, nicht so ganz. Ich möchte einen Zauber für Zeb erwirken. Wie wir alle sehen können, ist er noch nicht bereit für diese Art von Verantwortung, auch wenn er sich bemüht. Ich möchte ihn mit einem Zauber belegen, der ihn auf seinem Karriereweg erfolgreich leiten wird."

Morgan war wirklich eine liebe Hexe. „Okay. Warum aber brauchst du mich dazu?"

„Weil du ihm ebenfalls den Erfolg gönnst. Und als sogenannte Kameradin in Uniform wird deine positive Energie die Wirkung verstärken."

Hatte ich schon einmal erwähnt, wie sehr ich es hasste, dass sie immer in meinen Kopf schaute und meine Gedanken las? Sie hatte recht. Der Junge war wirklich äußerst engagiert, und das Letzte, was ich wollte, war, dass jemand wie er scheiterte, der mit Feuereifer seinem Job nachging.

„Okay, lass es uns probieren, aber dann muss ich wirklich los. Ich war den ganzen Nachmittag unterwegs. Wenn ich nicht bald zurückkomme, könnten Tripp und Meeka befürchten, ich hätte Hals über Kopf die Stadt verlassen."

Ich hielt inne, als mir auffiel, wie sehr sich das nach einer Familie anhörte.

Morgan ging zu den eingebauten Bücherschränken, die die Wand des kleinen Zimmers säumten. Sie griff nach dem Knauf einer Schublade, zog daran, und sogleich öffnete sich eine Tür, die zu ihrem dahinterliegenden, geheimen Altarraum führte. Mit Sicherheit gab es in ihrem privaten Cottage einen ähnlichen, aber in diesem hier sprach sie Zauber aus und fertigte die Säckchen mit Glücksbringern für ihre Kundschaft an.

Wie schon beim ersten Mal, als sie mich hierher mitnahm, bat sie mich, mich in einen in den Holzboden eingebrannten Kreis zu stellen. Dann nahm sie ihre Position auf der anderen Seite des kleinen rechteckigen Tisches ein, der mit einem grünen Tuch bedeckt war. War dieses neulich nicht lila gewesen?

Als sie zuerst eine weiße und dann eine schwarze Kerze anzündete, die an den gegenüberliegenden Ecken des Tisches standen, fragte ich: „Und was ist diesmal meine Aufgabe? Ich nehme an, ich soll mich wieder auf irgendetwas konzentrieren."

Als sie vor einigen Wochen meinen Beutel zusammenstellte, wies sie mich an, einfach an dieser Stelle zu verharren und an Liebe und schützende Energie zu denken.

Sie schloss die Augen, hob den Blick und hielt die Arme seitlich ausgestreckt, mit den Handflächen nach oben. „Stärke, Erfolg und Fairness."

Ich überdachte ihre Wahl. „Das scheinen mir gute Eigenschaften für einen Gesetzeshüter zu sein."

Während sie die Zutaten von dem Silbertablett in einen kleinen, gusseisernen Kessel füllte und dabei leise vor sich hin sang, stand ich still da und wiederholte in Gedanken immer wieder diese drei Worte. Ich musste zugeben, je mehr ich Zeb damit in Verbindung brachte, desto mehr wünschte ich ihm aufrichtig Erfolg. Und je länger das Ritual andauerte, desto stärker schien sich der Raum mit positiver Energie für ihn zu füllen ... Der beste Beweis dafür, dass eine positive Geisteshaltung ein sehr effektives Werkzeug sein konnte.

Nachdem alle Zutaten von dem Tablett in dem kleinen Kessel verschwunden waren, fügte Morgen noch aus einer Schüssel, die auf dem Altar stand, eine Prise Salz hinzu. Mittlerweile wusste sogar ich Ungläubige – was die Hexerei betraf –, dass Salz für Reinheit stand. Das gefiel mir. Die Welt konnte nicht genug anständige Polizisten haben. Dann zündete sie den Inhalt an. Ich weiß nicht, wie sie es angestellt hat, aber es sah fast so aus, als hätte sie ein Stück von der Flamme einer der Kerzen abgekniffen und in den Kessel geworfen. Und selbst wenn sie keinen Menschen in eine Kröte verwandeln konnte, wie sie mir einmal augenzwinkernd versichert hatte: Morgan Barlow hatte einige, durchaus ernst zu nehmende Taschenspielertricks auf Lager.

Ein paar Sekunden später erlosch die Flamme in dem Gefäß, und sie blickte mich durchdringend an. „Du hast die Energie in diesem Raum ebenfalls gespürt, nicht wahr?"

„Irgendetwas habe ich gespürt", gab ich zu. „Aber ich dachte eher, es wäre eine Überspannung aufgrund all der Klimaanlagen, die heute laufen."

Sie verzog missbilligend das Gesicht. „Nur zu, spiel ruhig weiter die Skeptikerin. Ich weiß doch, dass du auf gewisse Weise mittlerweile ebenfalls dafür empfänglich bist."

„Wenn man permanent mit diesem Abrakadabra in Berührung kommt, färbt das wohl irgendwann ab." Ich deutete mit dem Kinn auf den Kessel. „Und was passiert jetzt damit?"

„Sobald die Kräuter und Steine abgekühlt sind, werde ich sie in einen kleinen Beutel füllen und diesen um Mitternacht im Wald vergraben."

„Sollte er ihn nicht bei sich tragen?"

„Ihn der Erde zu übergeben oder den Inhalt in den See zu streuen, ist so, als würde man seine Wünsche direkt an das Universum schicken", belehrte sie mich. „Von daher sollte es seine Wirkung nicht verfehlen."

Als ich mich zum Gehen wandte und den Laden durchquerte, wünschte ich Willow schnell noch eine gute Nacht. Die große, schlanke Frau bedachte mich mit einem unergründlichen Lächeln, als wüsste sie genau, dass ihre Chefin und ich gerade irgendeine Art von Hokuspokus veranstaltet hatten.

„Versuche, dich heute Abend zu entspannen, Jayne", sagte Morgan beim Abschied. „Wir sehen uns dann morgen in aller Frühe. Sei gesegnet."

# Kapitel Sechsundzwanzig

KAUM DASS ICH ZU HAUSE ANGEKOMMEN WAR UND MICH AUF meine Veranda gesetzt hatte, gesellten sich Tripp und Meeka zu mir. Tripp verkniff sich jegliche Bemerkung über mein langes Ausbleiben, meine kleine Hündin jedoch war ganz offensichtlich sauer auf mich. Sie würdigte mich keines Blickes und jedes Mal, wenn ich versuchte, sie als Entschuldigung hinter den Ohren zu kraulen, zog sie sich außer Reichweite zurück. Zumindest akzeptierte sie das Futter, das ich ihr in den Napf füllte.

„Hast du schon zu Abend gegessen?", fragte Tripp. „Ich habe eine Hühnchenpfanne zubereitet."

„Das klingt gut, aber ich habe gerade bei Morgan eine Kleinigkeit bekommen. Ich wärme mir dann später was davon auf, denn Käse, Cracker und Trauben halten bestimmt nicht ewig vor."

Noch stand die Sonne am Himmel, senkte sich jedoch allmählich in Richtung Horizont. Wir saßen auf dem Sonnendeck und beobachteten, wie die Boote, Jetskis und Paddleboards langsam Kurs auf die Marina nahmen, wo sie die Nacht über sicher verwahrt wären. Ein paar Fischerboote allerdings blieben noch draußen und hofften anscheinend auf einen letzten Fang.

„Hast du die Akte gefunden?", erkundigte sich Tripp.

„Nein, aber ich glaube, ich weiß, wo sie ist."

Die nächste halbe Stunde verbrachte ich damit, ihm alles zu erzählen, was sich nachmittags ereignet hatte, und er hörte mir geduldig zu. Ich fing damit an, dass ich Vera Warren im Lotossitz auf dem Schreibtisch angetroffen hatte, bis hin zu dem Ritual für Zeb in Morgans geheimem Altarraum.

„Morgen früh um sieben findet eine Ratssitzung statt", fügte ich hinzu. „Ich weiß, dass viele der Geschäftsinhaber sauer auf ihn sind, weil er die Touristen verärgert. Bleibt nur zu hoffen, dass wir bei diesem Meeting eine schnelle und effektive Lösung finden. Klar, der Kerl meint es nur gut, aber er muss seine Marke abgeben."

„Lass uns eine Bootstour machen", wechselte Tripp abrupt das Thema. Verwirrt wartete ich auf eine weitere Erklärung, aber die kam nicht.

„Du meinst jetzt, hier, auf dem See? Oder planst du eine Karibikkreuzfahrt?"

Er hielt inne und schien zu überlegen. „Letzteres wäre auch nicht schlecht, oder? Das sollten wir irgendwann mal in Angriff nehmen. Aber nein, ich meinte tatsächlich jetzt und hier." Er machte eine ausladende Handbewegung über das Wasser. „Mittlerweile sind so gut wie alle weg. Wie wäre es mit einer nächtlichen Ruderpartie?"

Er musste mich nicht zweimal bitten, denn das klang nach einer großartigen Idee. Meine Großeltern besaßen sowohl ein Fischer- als auch ein kleines Segelboot. Da es jedoch sehr windstill war, entschieden wir uns für das Fischerboot. Ich wies Meeka, die mir allmählich zu verzeihen schien, an, nochmals kurz pinkeln zu gehen, denn nur dann würde ich sie mitnehmen.

Tripp lachte. „Ein Hund ist nicht viel anders als ein Kind, oder?"

„Allerdings. An ihr kann ich schon mal üben." Dann jedoch hielt ich lieber den Mund, nicht dass er noch auf den Gedanken kam, ich würde mir ein Baby wünschen. Klar, irgendwann schon, aber weder jetzt noch in absehbarer Zukunft.

Während ich nach oben lief, um den Schlüssel für das Boot und ein paar Flaschen Bier zu holen, sammelte Tripp Rettungswesten ein und nahm eine kleine Kühlbox aus dem Regal in der Bootsgarage.

Großvater war zeit seines Lebens ein leidenschaftlicher Angler, und das war auch einer der vielen Gründe gewesen, warum er sich hatte überreden lassen, die achthundert Hektar am See zu kaufen. Und dieses Modell war sein Traumboot. Mit seinem großen Außenbordmotor, dem bequemen Sessel für den Kapitän, dem kleinen anstelle eines herkömmlichen Steuerrads und den gemütlichen Ledersitzbänken an Bug und Heck glich es eher einem Schnellboot, erfüllte jedoch seine Anforderungen zum Fischen voll und ganz.

Mit Tripps Hilfe fand ich heraus, wie das Ding funktionierte, und manövrierte es langsam aus seinem Unterstand heraus. Sobald wir die Mitte des Sees erreicht hatten, schaltete ich bis auf die Lichter alles ab – immerhin sollten die anderen Nachtfahrer uns ja noch sehen können – und ließ uns treiben. Dann legten wir uns vorne auf die Planken und starrten hinauf in den funkelnden Sternenhimmel.

„Okay, schieß los. Welcher fiese Hintergedanke steckt hinter deinem Plan?", fragte ich schließlich. „Woher rührt dieses plötzliche Bedürfnis, mich aufs Wasser zu locken?"

„Du bist absolut gestresst. Ernsthaft, du solltest mal deine Stimme hören. Wir haben beide hart an dem Haus gearbeitet, und zusätzlich kümmerst du dich noch um all die Probleme im Dorf. Ich dachte mir, wir könnten beide eine kleine Pause gebrauchen."

„Du klingst schon fast so wie Morgan."

„Ich weiß, dass es mich eigentlich nichts angeht", fuhr er fort, „aber ich mache mir ein wenig Sorgen darüber, zu welchem Entschluss ihr bei diesem morgigen Treffen kommen werdet. Ich meine, es klingt grundsätzlich nach einer guten Idee, diesen Zeb abzusägen, aber ..."

„Aber?" Ich seufzte und wünschte mir in diesem Moment nichts weiter, als den Kerl zumindest für ein paar Stunden aus dem Kopf zu bekommen.

„Ihr habt niemanden, der ihn ersetzen könnte. Weder sofort noch in absehbarer Zukunft. Und ich kenne dich doch. Du wirst dich anbieten."

„Irgendjemand muss den Job ja machen."

„Klar, aber warum ausgerechnet du?" Er drehte den Kopf und blickte mich an. „Es sei denn, das ist genau das, was du tun möchtest."

Ich antwortete nicht sofort, starrte einfach weiter hinauf zu den Sternen.

„Ist dem so?" Aber noch bevor ich etwas darauf erwidern konnte, hob er die Hand. „Du musst darauf nicht antworten, aber ich bitte dich, darüber nachzudenken. Aktuell lässt du dich in viele Richtungen ziehen und reagierst einfach, ohne die Dinge mit kühlem Kopf abzuwägen. Deshalb bist du auch so überlastet. Werde dir doch erst einmal klar darüber, was du wirklich möchtest, was auch immer das sein mag."

Natürlich hatte er wieder einmal recht. Ich empfand es ja selbst so, dass mir langsam alles zu viel wurde, sowohl das, was ich mir selbst auferlegt hatte, als auch die Dinge, die andere von mir forderten. Die Renovierungsarbeiten. Und auch mein Leben in Madison, das auf Eis gelegt war, während ich mich hier aufhielt. Die Strafverfolgung, sowohl die Tatsache, dass ich nicht ewig wegbleiben konnte als auch, dass ich mir nicht sicher war, ob ich überhaupt zurückgehen wollte oder auch könnte. Mein Wunsch, auf Dauer hierzubleiben und das Haus in ein B&B umzuwandeln. Und was vielleicht am verwirrendsten war: Wo und wie fügte Tripp sich ein?

„Du musst eine Entscheidung treffen", wiederholte er. „Wenn du wieder in den Polizeidienst zurückkehren willst, ist das ja in Ordnung. Andererseits war ich der Meinung, du würdest gerne mit mir zusammen eine Frühstückspension betreiben."

Bei ihm klang es so, als würde das eine das andere ausschließen. Wollte er mich zwingen, zu wählen? Warum nicht beides parallel?

„Deshalb wollte ich mit dir hier herausfahren … Nicht dass du dich direkt festlegst, sondern dass du über deine Optionen nachdenkst." Er zeigte auf die Sterne. „Schau doch, wo wir uns gerade befinden. Im Moment sind wir absolut frei und brauchen uns über nichts und niemanden Gedanken machen. Nicht über das Haus, nicht über das Dorf, nicht darüber, was deiner Großmutter widerfahren ist oder über das, was deine Eltern wollen. Wenn all diese Dinge auf unterschiedlichen Seiten des Sees auf dich warten würden und du dich für eine Sache entscheiden müsstest, wenn du wieder an Land kommst, welche wäre es? Was reizt oder interessiert dich am meisten?"

Gute Frage. Ich schloss die Augen, atmete tief die nach See und Kiefern duftende Luft ein und ließ sie langsam wieder aus meiner Lunge entweichen. Und da ich spürte, wie ich mich dabei zu entspannen begann, wiederholte ich es noch einige Male. Mein Herzschlag verlangsamte sich, und der permanente Druck in meinem Kopf und in meiner Kehle ließ nach.

„Gut", lobte Tripp mich. „Nicht mehr reden. Einfach nur abschalten. Auf meinen Reisen habe ich eine wichtige Sache gelernt: Wenn ich nicht wusste, was ich als Nächstes tun sollte, wurde ich still und konzentrierte mich nur noch auf mich selbst, und irgendwann kam die Antwort ganz von allein."

Das sanfte Schaukeln des Bootes, begleitet von dem sanften Plätschern der Wellen, machte mich schläfrig. Obwohl ich normalerweise kein Problem hatte, ein- und durchzuschlafen, war mir das in den letzten Tagen nicht wirklich gelungen. Tripp hatte recht. Ich musste mich für eine Sache entscheiden.

Während ich so dalag, die Sternschnuppen beobachtete, die am Himmel ihre Bahn zogen, und den Lauten von Grillen, Fröschen und anscheinend auch einem Wolf in der Ferne lauschte, wurde ich plötzlich ganz ruhig und sah meinen Weg klar vor mir. Im letzten Monat war mir das Dorf, insbesondere dieser See, ebenso sehr ans Herz gewachsen wie vor Jahren meiner Großmutter. Ich musste nicht mehr lange überlegen. Jetzt war ich mir absolut sicher, dass ich hier in Whispering Pines bleiben und das Haus in ein Bed-and-Breakfast umwandeln wollte. Ich hätte mir nie vorstellen können, dass ich das einmal sagen würde, aber manchmal weiß man nicht, was man will, bis es direkt vor einem auftaucht.

Offenbar war ich kurz eingenickt, denn als ein greller Blitz den See taghell erleuchtete, schreckte ich hoch. Der Donnerschlag ließ nicht lange auf sich warten. Beim Auslaufen waren mir keine Gewitterwolken aufgefallen, aber zwischenzeitlich hatte sich am Horizont eindeutig etwas zusammengebraut.

„Halt dich gut fest", wies Tripp mich an, „und pass auf Meeka auf. Wir müssen so schnell wie möglich runter vom Wasser."

Als wir schon fast zurück am Bootshaus waren, setzte der Regen ein – zunächst nur leicht, aber rasch immer stärker werdend. Ich lenkte das Boot hinein und versuchte mein Möglichstes, die hölzerne Anlegestelle im Inneren des Schuppens nicht zu rammen, konnte aber nicht verhindern, dass ich sie leicht schrammte. Dann sprangen wir heraus, stellten uns auf den Steg und beobachteten den Regen, der mittlerweile sturzbachartig vom Himmel kam, entweder senkrecht oder seitlich, je nach Windrichtung. Gewaltige Blitze erleuchteten den Himmel, gefolgt von ohrenbetäubenden Donnerschlägen. Meeka kuschelte sich verängstigt an mein Bein, ihre Wut auf mich von vorhin schien vergessen. Ich hob sie hoch und drückte sie fest an mich.

„Lass uns lieber hier warten", wandte ich mich an Tripp. „Selbst wenn wir so schnell wie möglich die Treppen zur Wohnung hochrennen würden, wären wir innerhalb von Sekunden komplett durchnässt."

„Ja, warum nicht?"

Er nahm zwei Klappstühle von den Haken an der Wand und stellte sie auf den Holzsteg. Dann holte er zwei Bier aus der kleinen Kühlbox, und wir machten es uns gemütlich und verfolgten die Show, die die Natur uns bot. Meeka hatte schreckliche Angst, schien sich in meinen Armen jedoch zumindest ein wenig zu beruhigen.

„Das kam jetzt ja wie aus dem Nichts", sagte Tripp.

„Allerdings."

„Und ich habe auch noch die Regenklappen am Zelt offen gelassen. Zum Glück ist da drinnen so gut wie alles wasserfest."

Ich saß mit großen Augen da und fühlte mich angesichts der Gewalt der Elemente klein und unbedeutend. Der Sturm peitschte die Kiefern von einer Seite zur anderen, und einen Moment lang befürchtete ich, seine Wucht könnte sie entzweibrechen. Dann jedoch beruhigte mich der Gedanke, dass sie ja schon seit Ewigkeiten hier standen und über den See und das Land wachten. Das Wetter würde ihnen nichts anhaben können.

„Das törnt dich an, oder?", fragte Tripp und grinste. „Natürlich meine ich damit nicht auf perverse, sexuelle Art und Weise. Oder etwa doch?"

Ich schlug ihm mit dem Handrücken auf die Schulter. „Idiot! Nein, ich bin nicht angetörnt. Aber aufregend ist es schon, findest du nicht? Und ich kann es kaum erwarten, unseren ersten gemeinsamen Schneesturm hier oben zu erleben."

Tripp hatte schon den Mund geöffnet, um etwas darauf zu erwidern, schloss ihn aber wieder und lehnte sich mit einem kleinen Lächeln zurück.

Wie üblich wurde mir erst wieder hinterher klar, was ich da gesagt hatte. Vielleicht ist es mit der Wahrheit so, wie wenn man nicht weiß, was man will, bis man es direkt vor sich hat: Man sollte sie einfach aussprechen.

# Kapitel Siebenundzwanzig

DAS UNWETTER WÜTETE GUTE FÜNFUNDVIERZIG MINUTEN lang und zeitweise so heftig, dass ich ähnlich angespannt war wie Meeka. Schließlich, als wir schon gar nicht mehr damit rechneten, dass er je wieder nachlassen würde, verwandelte sich der Wolkenbruch in einen sanften, aber stetigen Nieselregen. Ich nutzte die womöglich nur trügerische Ruhe, eilte nach oben in meine Wohnung und wies auch Tripp an, die Nacht im Haus zu schlafen. Ungeachtet des inzwischen bestimmt komplett durchnässten Innenraums war sein Zelt bei einem derartigen Sturm nicht sicher, und wer wusste schon, ob er nicht nochmals losbrechen würde.

Glücklicherweise rollten in der Nacht nur noch ein paar leise Donner über uns hinweg, die nichts waren im Vergleich zu dem, was zuvor abgegangen war. Sie klangen jetzt eher so, als würden die Wellen gegen das Boot schwappen, irgendwie beruhigend. Ich schlief tief und fest, aber bei Weitem nicht lange genug. Mir war natürlich klar, dass diese Ratssitzung so schnell wie möglich abgehalten werden musste, aber ausgerechnet um sieben Uhr morgens?

Meeka sah mich an, als hätte ich den Verstand verloren, als

ich ihr zu verstehen gab, dass wir losmüssten. Das Unwetter hatte sie bis auf die Knochen durchnässt, und sie war immer noch so müde, dass sie, als ich die Tür öffnete, nicht einmal wie sonst die Treppe hinunterhüpfte. Tatsächlich musste ich sie sogar auf den Arm nehmen, zum Wagen tragen und dort in ihre Box setzen.

„Als ob der Sturm meine Schuld wäre", murmelte ich.

Als Antwort drehte sie sich lediglich dreimal im Kreis und ließ sich dann mit dem Rücken zu mir darin nieder.

Das einzige Ratsmitglied, das zu dieser frühen Stunde weder halb verschlafen noch schlecht gelaunt war, war Violet. Da sie ihr Café jeden Morgen bereits um sechs öffnete, war diese Zeit für sie normal. Glücklicherweise kannte sie uns alle gut, hatte reichlich Kaffee mitgebracht, und Sugar steuerte Frühstück bei.

„Der Göttin sei Dank", seufzte Morgan auf, als sie den Sitzungsraum betrat. „Scones und Kaffee. Ich liebe euch Leute."

„Schlimme Nacht?", fragte ich sie.

„Dieser Sturm." Sie schüttelte den Kopf. „Da unsere Pflanzen uns das Überleben sichern, haben Mama und ich schon vor Jahren Rahmen mit Planen bespannt, die wir bei schlechtem Wetter über sie stellen können. Inzwischen sind wir ziemlich schnell darin, sie aufzubauen, aber dieses Unwetter kam ja wie aus dem Nichts."

„Hast du große Schäden zu beklagen?", erkundigte sich Effie, während sie sich zwei Scones aus der Schachtel nahm.

„Ich habe mich heute Morgen noch nicht getraut, nachzusehen", erwiderte Morgan. „Wir waren die halbe Nacht damit beschäftigt, ein paar besonders empfindliche Pflanzen, die es gleich zu Anfang erwischt hatte, mit Stützen zu sichern."

„Wenn ich irgendwie helfen kann, komme ich nach der Sitzung gerne vorbei", bot ich an.

„Sei gesegnet, Jayne, aber ich befürchte, das liegt jetzt

nicht mehr in unserer Hand, sondern in der der Göttin, das zu retten, was sie retten will."

Ich verkniff mir die Bemerkung, dass sie, wenn es nach der Göttin gegangen wäre, den Sturm einfach hätte wüten lassen sollen, ohne sich um Planen und Stützen zu sorgen. Stattdessen goss ich uns beiden Kaffee ein, füllte Meekas Reiseschüssel mit Wasser, stellte sie in die Ecke und setzte mich dann an den Tisch.

Um Viertel nach sieben hatten alle ihre Plätze eingenommen. Flavia war die Letzte, wobei sie Morgan und mich mit bösen Blicken bedachte. Noch bevor wir überhaupt anfangen konnten, das Problem Zeb Warren anzusprechen, brachte sie ihr eigenes Anliegen vor.

„Bis zum Verlust von Karl Brighton hatten wir immer ein Mitglied der örtlichen Polizei im Rat. Diesen Punkt sollten wir nochmals überdenken."

„Das haben wir doch bereits besprochen, Flavia", sagte Cybil, „und abgestimmt, dass Jayne seinen Sitz erhalten soll."

„Es war aber keine einstimmige Entscheidung", betonte Flavia.

„Die einzige einstimmige Entscheidung, an die ich mich erinnern kann, war die, dem Zeb-Jungen eine Chance zu geben", schaltete Mr Powell sich ein. Dann stieß er versehentlich gegen seine Tasse und schüttete sich den heißen Kaffee in den Schoß. Ich schnappte entsetzt nach Luft, aber er versicherte uns, dass es ihm gut ginge. „Das passiert mir öfter. Deshalb trinke ich meinen Kaffee auch immer mit viel Milch. Er ist dann nämlich nicht mehr so heiß."

„Kommen wir zu dem eigentlichen Grund, warum wir dieses Treffen einberufen haben", sagte Morgan.

„Einverstanden", stimmte Effie ihr zu.

„Und worum genau geht es?", fragte Flavia.

Das wusste sie nicht? „Wir müssen über unseren neuen Sheriff sprechen. Ich denke, wir sind uns einig, dass das mit Zeb Warren nicht funktioniert."

„Das sehe ich nicht so", knurrte sie.

„Ich auch nicht", pflichtete Donovan ihr bei.

Mir war nicht entgangen, dass er mich seit Betreten des Raums noch keines einzigen Blicks gewürdigt hatte. Hatte er wegen des Großmutter-Harlekins ein schlechtes Gewissen? Oder einfach nur Angst, ich könnte meine Drohung, ihn fertigzumachen, in die Tat umsetzen?

Die nächsten fünf Minuten diskutierten die Ladenbesitzer über die Dinge, die sie von den Touristen erfahren hatten.

„Das Business im *The Inn* hat noch nicht gelitten." Laurel stand auf, um sich Kaffee nachzufüllen. „Was wahrscheinlich daran liegt, dass die meisten unserer Gäste älter und gesetzter sind. Allerdings stehe ich in Kontakt mit den Besitzern und Managern der Ferienhäuser, wo sich viele Familien und junge Erwachsene einmieten. Sie haben mir erzählt, dass diverse Personen früher abgereist sind und etliche Reservierungen storniert wurden."

„Und du glaubst, das ist wegen Zeb?", fragte Donovan gereizt.

„Ich glaube es nicht nur, ich weiß es", erwiderte Laurel. „Tatsächlich sagten sie, sie hätten gehört, dass es in letzter Zeit Probleme mit der Polizei gäbe und sie aus diesem Grund ihre Kinder nicht mehr hierherbringen wollten."

Ich nahm mir einen Scone aus der Schachtel und gab Meeka einen Bissen davon ab. „Es ist nichts dagegen einzuwenden, auf die Einhaltung der Regeln zu bestehen und die öffentliche Ordnung aufrechtzuerhalten. Das ist ja auch Zebs Aufgabe. Dennoch muss man den Urlaubern auch erlauben, sich ein wenig zu amüsieren, solange das nicht auf Kosten anderer geht. Warnungen auszusprechen ist in Ordnung, Strafzettel wegen Vandalismus für das Pflücken einer Blume zu schreiben hingegen absolut übertrieben."

„Was schlagt ihr also vor, was wir wegen Zeb unternehmen sollen?", fragte Donovan, allerdings nicht mich, sondern den Rat im Allgemeinen. „Ich verstehe diesen

Vorwurf einfach nicht. Sie hat ja gerade selbst gesagt, dass er seinen Job macht."

„Leider nur einen Teil davon." Creed stand auf, legte seine langen, schlanken Hände flach auf den Tisch und beugte sich zu Donovan vor. „Zwei meiner Schausteller sind kurz hintereinander innerhalb von zwei Wochen gestorben. Okay, Mr Warren war noch nicht hier, als das mit Berlin passierte. In Giannis Fall hingegen schon."

„Und wie ich gehört habe, hat er in dieser Sache ermittelt."

„Wenn man das so nennen kann", sagte Janessa ironisch. „Er ist zwar aufgetaucht, jedoch nicht einmal eine Stunde geblieben."

„Können Sie uns schildern, was genau an jenem Tag passiert ist?", bat ich den Zirkusdirektor.

Creed holte zitternd Luft und fing an, am Tisch entlangzuwandern. „Ich befand mich gerade auf meinem morgendlichen Spaziergang. Ich laufe gerne auf der von Gianni gebauten erhöhten Plattform entlang, von wo aus ich die Tiere sehen kann." Als er sich daran erinnerte, was er im Tigerkäfig vorgefunden hatte, schlug er die Hände vors Gesicht. „Deshalb war ich als Erster am Tatort. Abgesehen von fünf Minuten, in denen ich bei Janessa war und sie bat, die Polizei und den Notarzt zu verständigen, habe ich den Bereich nicht verlassen, bis die Leiche abtransportiert wurde."

„Wie lange hat es gedauert, bis Zeb erschien?", hakte Donovan nach.

„Nicht lange", sagte Creed, und Janessa nickte zustimmend. „Ich würde sagen, circa fünfzehn Minuten."

„Das ist akzeptabel", bestätigte ich. „Und wann kam der Gerichtsmediziner dazu?"

„Sheriff Warren sagte uns, er hätte ihn bereits verständigt, bevor er das Haus verließ, dennoch traf Dr. Bundy erst eine dreiviertel Stunde nach ihm ein."

„Was tat der Sheriff, während er auf den Mediziner

wartete?"', wollte Maeve wissen. „War er überhaupt bei Gianni im Käfig?"

Genau das hatte ich mich auch gerade gefragt.

„Nicht sofort", gestand Creed. „Als er aufkreuzte, war der Tiger gerade aus der Bewusstlosigkeit erwacht, und von daher …"

„Moment mal", mischte ich mich ein. „Das Tier war sediert worden? Wer hat das getan?"

„Keine Ahnung", sagte Creed. „Wie gesagt, er kam gerade wieder zu sich, aber wir konnten ihn noch rechtzeitig sichern, bevor er wieder völlig bei sich war."

„Und wer hat sich darum gekümmert?", fragte ich, bereit, meiner mentalen Liste der Personen, die mit dem Tierarzt zusammengearbeitet hatten, einen weiteren Namen hinzuzufügen. Wenn sie wussten, wie man solch ein Raubtier sachgemäß sichert, wussten sie womöglich auch Bescheid über das Ketamin.

„Gianni hatte neben jedem Gehege eine Art Erste-Hilfe-Kasten angebracht", erklärte Creed. „Wir haben ein paar kräftige Mitarbeiter herbeigerufen, und in weniger als zehn Minuten hatten sie ihm ein Stahlband um den Hals gelegt und ihn am Zaun angekettet."

„Und wer waren die Männer?", bohrte ich weiter nach.

Morgan räusperte sich und warf mir einen strengen Blick zu. *Hör auf, dich schon wieder einzumischen*, bedeutete dieser.

„Nachdem sie den Tiger überwältigt hatten, was hat Mr Warren dann unternommen?", fragte sie.

„Er betrat das Gehege, ging neben Gianni in die Hocke, tastete seinen Hals ab und verkündete, dass kein Puls mehr zu spüren und der Gerichtsmediziner unterwegs sei. Danach wanderte er für ein paar Minuten im Inneren des Käfigs umher, starrte auf den Boden und wiederholte die Prozedur außerhalb. Insgesamt dauerte das Ganze vielleicht fünf Minuten. Die übrige Zeit stand er einfach nur herum und wartete auf Dr. Bundy."

„Was beinhaltet eine routinemäßige Untersuchung, Jayne?", wandte Sugar sich an mich.

„Jeder Tatort ist anders", sagte ich, „aber es klingt, als hätte Zeb den Prozess richtig begonnen. Der erste Schritt bestand natürlich darin, sicherzustellen, dass der Tiger niemandem etwas antun konnte. Als Nächstes muss man sich vergewissern, ob das Opfer medizinische Hilfe benötigt oder bereits tot ist."

„Und wenn Sie die Ermittlungen leiten würden, was würden Sie tun, während Sie auf das Eintreffen des Gerichtsmediziners warten?", wollte Laurel wissen.

„Was sollen all diese Fragen?", verlangte Flavia zu wissen. „Sie war nicht vor Ort und kann von daher gar nicht wissen, was zu tun gewesen wäre."

„Aber sie ist eine erfahrene Kriminalbeamtin", sagte Laurel. „Wir versuchen herauszufinden, ob Zebs Fähigkeiten den Anforderungen von Whispering Pines entsprechen."

Zustimmendes Gemurmel ging durch die Runde.

„Nachdem ich den Zustand des Opfers ermittelt hätte, würde ich anfangen zu fotografieren", begann ich. „Wir haben immer jede Menge Fotos gemacht – vom Opfer, seiner unmittelbaren Umgebung und auch dem weitläufigen Bereich außen herum. Ich würde systematisch alles absuchen nach etwas, das einen Hinweis liefern könnte, was Zeb ja auch getan zu haben scheint … Also beispielsweise nach Fußabdrücken, einem heruntergefallenen Zigarettenstummel, eben allem, was uns DNA-Spuren liefern könnte. Es ist nämlich erstaunlich, was Kriminelle so manchmal am Tatort zurücklassen."

„Wie lange dauert so etwas normalerweise?", fragte Laurel, die sich sichtlich für diesen Prozess interessierte.

„Da kommen natürlich verschiedene Faktoren ins Spiel", erklärte ich. „Die Anzahl der Opfer, die Größe des Tatorts, die Menge an Gegenständen, die dort herumliegen … aber generell reden wir hier von Stunden und nicht von Minuten. Danach würde ich mit der Zeugenbefragung beginnen."

„Hat Sheriff Warren das getan?", fragte Mr Powell, an Creed gewandt. „Hat er irgendwelche Zeugen verhört?"

„Er erkundigte sich bei mir, wer die Leiche gefunden hat", antwortete Creed bedächtig, als müsste er sich erst wieder die Einzelheiten ins Gedächtnis rufen. „Ich sagte ihm, dass ich das gewesen wäre, und soweit ich weiß, hat er danach mit niemandem mehr gesprochen."

„Gut, ich denke, das reicht", sagte Effie. „Es scheint verdammt offensichtlich zu sein, dass dieser junge Mann die Dinge nicht richtig gehandhabt hat."

Weiteres zustimmendes Gemurmel aus der Gruppe.

„Wir waren uns doch alle einig, dass Whispering Pines einen neuen Sheriff braucht", ergriff erneut Flavia das Wort. „Da ihr alle der Meinung zu sein scheint, Zeb bringt es nicht … Wem wollt ihr denn stattdessen dieses Amt übertragen?"

„Jayne", sagte Violet.

Ich drehte mich zu ihr um. „Wie bitte? Mir?"

„Das ist doch keine Frage", sagte Violet. „Sie sind perfekt dafür. Das waren Sie eigentlich schon von Anfang an, als Sheriff Brightons Posten frei wurde. Keine Ahnung, warum wir Sie nicht direkt ernannt haben."

„Das sehe ich genauso", stimmte Creed ihr zu. „Sie verfügen über die nötige Erfahrung, und diese Kommune liegt ihnen eindeutig am Herzen. Ich nominiere Jayne O'Shea als Sheriff von Whispering Pines."

Flavia öffnete den Mund, sicherlich, um zu widersprechen, aber bevor sie etwas sagen konnte, schloss Violet sich seiner Ernennung an.

„Wer ist dafür?", fragte Morgan in die Runde.

Dieses Mal schlug Flavia mit der Hand so fest auf den Tisch, dass sämtliche Kaffeetassen in die Höhe hüpften. „Diese Sitzung leite immer noch ich, auch wenn man das nicht denken sollte, so wie sie aus dem Ruder gelaufen ist. Also bin auch ich es, die zur Abstimmung aufruft."

„Nur zu, wenn du dich dadurch besser fühlst", sagte Cybil, während sie in der Schachtel mit den Scones herumstöberte.

Flavia gab ein Zischen von sich. „Vorab möchte ich euch aber alle noch daran erinnern, was passieren könnte, wenn eine O'Shea solch eine Machtposition innehat."

„Was soll das denn bitte heißen?", fuhr ich sie an, während einige der anderen Ratsmitglieder hörbar nach Luft schnappten.

Sie hob ihre spitze Nase in die Luft und ließ mich keine Sekunde aus den Augen. „Also, wer ist dafür?"

Sieben Hände schossen in die Luft – Laurel, Creed, Effie, Cybil, Janessa, Violet und Morgan.

„Und wer dagegen?", fuhr sie fort und hob den eigenen Arm.

Maeve und Mr Powell kannte ich noch nicht sonderlich gut, und dass Donovan sich ihr anschloss, damit hatte ich sowieso gerechnet, so dass mich dieses Ergebnis nicht sonderlich überraschte. Allerdings tat es weh zu sehen, dass auch Sugar gegen mich stimmte.

„Jayne." Flavias Ton war ganz geschäftsmäßig. „Sie haben sich nicht geäußert. Nicht, dass das wirklich eine Rolle spielt, denn Sie verfügen bereits über die Mehrheit. Sie müssen aber trotzdem wählen oder sich offiziell enthalten."

Schockiert von dieser Wende der Ereignisse erhob ich mich, und alle Augen waren auf mich gerichtet. „An dem Tag, an dem Sheriff Brighton mich aus meiner Position als Deputy entließ, war ich überzeugt, dass es daran lag, dass ich es vermasselt hatte. Und dass damit meine Karriere bei der Polizei endgültig beendet wäre. Seitdem jedoch ist mir bewusst geworden, dass er mich nicht gefeuert hat, weil ich schlechte Arbeit geleistet habe, sondern weil ich sie nicht so gemacht hatte, wie es einige hier im Dorf erwarten."

Ich ließ meinen Blick über den Tisch wandern und bei

denjenigen verweilen, die gegen mich gestimmt hatten. Hatte einer oder eine von ihnen Sheriff Brightons Fäden gezogen? War einer von ihnen für Großmutters Tod verantwortlich? Bei Sugar ging ich ziemlich zügig weiter, aber sie vermied es eh, mich anzusehen.

„Es gibt zwei Dinge, die ich mit Sicherheit weiß", fuhr ich fort. „Zum einen: Whispering Pines ist der Ort, wo ich hingehöre. Das ist mir bereits wenige Tage nach meiner Ankunft klargeworden, und ich möchte hier eigentlich nicht mehr weg. Die andere Sache ist: Ich werde es wohl nie schaffen, mich komplett vom Polizeidienst loszusagen. Das ist wahrscheinlich speziell für diejenigen unter Ihnen offensichtlich, die mir immer wieder zu verstehen geben, ich sollte mich um meine eigenen Angelegenheiten kümmern. Eines darf ich Ihnen versichern: Ich werde die Strafverfolgung nicht auf die leichte Schulter nehmen, fair bleiben und dafür sorgen, dass stets die Wahrheit ans Licht kommt, ungeachtet der Konsequenzen."

Ich fixierte Flavia und Donovan auf der anderen Seite des Tisches. Einen Moment lang wand er sich, sagte dann jedoch:

„Meine Antwort ist ebenfalls ein großes, verdammtes Ja."

Die sieben Leute, die bereits für mich gestimmt hatte, brachen in Jubel aus.

„Für so ein kleines Dorf ist hier leider verdammt viel los", fuhr ich fort. Ich werde einen Stellvertreter brauchen."

„Martin wird in Kürze wieder zur Verfügung stehen", sagte Flavia.

Mein Verhältnis zu Martin Reed, dem ehemaligen diensthabenden Deputy, war anfangs nicht das Beste gewesen, aber irgendwie hatten wir uns dann doch zusammengerauft, auch wenn erst, nachdem ich ihm das Leben gerettet hatte. Dennoch war ich mir nicht sicher, ob es eine gute Idee wäre, Flavias Sohn wieder in unmittelbarer Nähe zu haben. Egal. Darüber würde ich mir Gedanken machen, wenn er wieder einsatzfähig wäre.

„Er steht ganz oben auf meiner Liste. Und falls jemandem von Ihnen sonst noch jemand einfällt, der für die Position geeignet sein könnte, lassen Sie es mich bitte wissen."

Hatte mein Ex-Chef in Madison mir eigentlich schon seine Vorschläge geschickt? Ich sollte dringend mal wieder in meinen E-Mail-Posteingang schauen. Vielleicht wäre ja einer seiner Kandidaten als Stellvertreter geeignet.

Als ob ich bereits jetzt die Verantwortung innehätte, standen alle auf und zerstreuten sich. Janessa und Violet kamen auf mich zu und umarmten mich, und Laurel schüttelte mir feierlich die Hand. Meeka bellte vor Aufregung wie verrückt, und Cybil am anderen Ende des Saals nickte mir lächelnd zu.

„Bitte", sagte Creed und griff verzweifelt nach meinen Händen, „versprechen Sie mir, dass Sie sich als Erstes um diese beiden Todesfälle kümmern werden."

Janessa stand an seiner Seite und blickte ähnlich besorgt drein.

„Das werde ich", versicherte ich ihnen. „Ich komme so schnell wie möglich bei Ihnen vorbei. Sicher können Sie sich vorstellen, dass ich jede Menge Fragen habe."

„Wir werden Ihnen helfen, wo wir können", sagte er, und gemeinsam verließen die beiden den Raum.

„Ich habe die Versammlung noch nicht offiziell als beendet erklärt", brüllte Flavia ihnen hinterher.

„Lass es gut sein, Flavia. All diese Formalitäten sind so was von überflüssig", sagte Effie, kam zu mir herüber und nahm mein Gesicht zwischen beide Hände. „Oh, mein liebes Mädchen. Lucy wäre jetzt so stolz auf dich."

Meine Augen begannen zu brennen, und ich blinzelte. Und da ich viel zu aufgewühlt war, um zu sprechen, lächelte ich sie einfach nur dankbar an. Nur Sekunden später waren die positiven Gefühle jedoch wie weggeblasen, als Sugar sich mir näherte.

# Kapitel Achtundzwanzig

SUGAR NAHM MEINEN ARM UND ZOG MICH IN EINE ECKE. SIE sprach irgendwie gehetzt, als hätte sie Angst, jemand könnte uns belauschen.

„Dass ich nicht für Sie gestimmt habe, hat nichts mit Ihnen persönlich zu tun. Ich habe kein Problem damit, dass Sie unser neuer Sheriff werden. Die Sache ist nur die: Je länger man in Whispering Pines lebt, desto mehr erkennt man, dass dieses Dorf lange nicht so perfekt ist, wie man es ursprünglich angenommen hat." Sie räusperte sich, als ob sie sich verschluckt hätte. „Ich bin sogar nicht einmal mehr sicher, ob es das jemals war."

„Zu der Erkenntnis bin ich auch schon gelangt." Auch ich senkte die Stimme. „Was zum Teufel geht hier vor sich?"

Sie schüttelte nur den Kopf. „Dies ist weder der richtige Zeitpunkt noch der richtige Ort, um Ihre Fragen zu beantworten. Ich wollte Sie nur kurz wissen lassen, dass ich nicht an Ihren Fähigkeiten zweifle, sondern mir einfach nur Sorgen mache, dass Sie noch weiter in diesen ganzen Schlamassel hineingezogen werden."

Sie umarmte mich kurz und eilte aus dem Zimmer, wobei sie sich an Maeve vorbeidrängelte. Die blieb an Mr Powells

Seite, wahrscheinlich um sicherzustellen, dass der tollpatschigste Mann der Welt es aus dem Gebäude schaffte, ohne sich selbst oder jemand anderem Schaden zuzufügen. Mittlerweile saßen nur noch Flavia und Donovan am Tisch. Ihr stand die Wut ins Gesicht geschrieben, während er irgendwie verärgert schien. Hatte sie ihn womöglich eine Standpauke gehalten wegen seiner Zustimmung?

„Komm, lass uns rüber ins Lokal gehen", schlug Morgan vor, während sie mich durch die Lobby des *The Inn* zog. „Wir haben etwas zu feiern."

Eigentlich wäre ich am liebsten direkt zum Revier, um Zeb über die Abstimmung zu informieren, und anschließend zum Zirkus, um endlich herauszufinden, was wirklich mit Berlin und Gianni passiert war. Allerdings stand ich noch immer ein wenig unter Schock in Bezug auf das Ergebnis dieser Versammlung, und ein deftiges Frühstück nach den kleinen, süßen Scones schien mir nicht die schlechteste Idee zu sein. Zudem gingen mir eine Million Fragen durch den Kopf, die ich mit Morgan besprechen wollte.

So früh am Morgen war im Restaurant so gut wie nichts los. Wir hatten kaum Platz genommen und Meeka sich unter dem Tisch zusammengerollt, als Laurel und Sylvie, die Bedienung, auftauchten.

„Es muss zwar erst noch offiziell bekannt gegeben werden, aber Jayne wurde gerade zu unserem neuen Sheriff ernannt", sagte Laurel, an Sylvie gewandt.

Sylvies Lächeln hätte nicht größer sein können. „Das ist die beste Nachricht seit Wochen, denn jedem im Dorf ging dieser unreife Junge mit dem Abzeichen gehörig auf den Wecker."

„Alles, was ihr wollt, geht heute aufs Haus", erklärte die Chefin noch, bevor sie sich wieder zum Gehen wandte.

Morgan bestellte die Obstplatte, einen Erdbeer-Orangen-Muffin und heißen Tee. Mir hingegen war fast schon bewusst, dass es ein langer, anstrengender Tag zu werden versprach, und so entschied ich mich für die Rührei-Pfanne.

„Und bitte auch Kaffee, Sylvie", fügte ich hinzu. „Jede Menge davon."

„Ich bringe Ihnen gleich eine ganze Kanne", versprach sie und eilte in die Küche.

„Hattest du das geplant?", fragte ich Morgan.

„Das Frühstück, meinst du? Na ja, ich esse zwar immer um diese Zeit, aber das heute mit dir einnehmen zu dürfen, freut mich besonders."

Ich bedachte sie mit einem etwas verkrampften Lächeln. „Sehr witzig. Ich meinte natürlich: Hattest du irgendetwas mit dem Ausgang dieser Wahl zu tun?"

O mein Gott, ich war tatsächlich der neue Gesetzeshüter von Whispering Pines. So allmählich ließ der Schock nach und die Realität begann zu sacken.

Morgan glättete die Serviette auf ihrem Schoß. „Alles, was ich getan habe, war, die Mitglieder über den Grund dieses Treffens zu informieren. Okay, bis auf Flavia und Donovan. Die muss ich glatt vergessen haben."

Ich verkniff mir ein Lachen. „Offensichtlich bist du auch eine böse Hexe."

Sylvie erschien mit einer Kanne Kaffee für mich und einer Kanne Tee für Morgan.

Die Freundin füllte erst meine, dann ihre Tasse.

„Obwohl ich über das Ergebnis natürlich hellauf begeistert bin, habe ich niemandem direkt vorgeschlagen, dich als Zebs Nachfolgerin zu wählen." Sie sah mich über den Rand ihrer Tasse hinweg an, und ihr Gesichtsausdruck war zu unschuldig, um glaubwürdig zu sein. „Na ja, zugegeben … Ich habe dich vielleicht letzte Nacht mit einem Zauber belegt."

Klar, das musste es gewesen sein, das die Sache letztendlich besiegelte. Während ich Sahne in meinen Kaffee rührte, dachte ich erneut über die Abstimmung nach.

„Was hatte Flavias Bemerkung über eine O'Shea an der

Macht zu bedeuten?", fragte ich. „Ich weiß ja, dass nicht jeder meine Großmutter geliebt hat, aber je länger ich hier bin, desto mehr kommt es mir so vor, als wäre sie von einer ziemlich großen Gruppe Menschen gehasst worden."

„Ich glaube nicht, dass irgendjemand Lucy gehasst hat. Bestimmt gab es Personen, die mit einigen ihrer Entscheidungen nicht einverstanden waren, speziell mit jenen, die sich darauf bezogen, wer hier leben darf und wer nicht. In derartigen Fällen war ihr Wort Gesetz, und das auch zu Recht, denn immerhin war es ja ihr Land. Und jetzt, wo sie nicht mehr da ist, muss eben jemand anderes den Platz an der Spitze einnehmen. Es liegt in der Natur des Menschen, dass er einen Alpha braucht. Und die Spekulation darüber, wer zukünftig das Sagen haben könnte, ist bestimmt der Hauptgrund für viele der Spannungen."

„Das würde auch erklären, warum Flavia so vehement gegen meine Nominierung zum Sheriff protestiert hat. Es ist ja kein Geheimnis, dass sie diese Alpha sein will. Deshalb leitet sie auch die Ratssitzungen und beabsichtigt, dir den Rang der Hohepriesterin streitig machen."

Morgan lachte leise auf. „Sei versichert: Die Ernennung zur Hohepriesterin war zwar eine Ehre für mich, aber im Hexenzirkel habe ich deshalb auch nicht mehr Macht als alle anderen. Ich leite lediglich die Versammlungen."

„Ach, komm schon. In diesem Ort regieren die Wiccas, und du bist nun mal ihre Anführerin. Dennoch ist dir diese Position nicht zu Kopf gestiegen." Ich nahm einen großen Schluck von meinem Kaffee, während ich über die Hierarchie im Dorf nachdachte. „Du hast mir doch einmal erzählt, Flavia hätte sich selbst zur Bürgermeisterin ernannt. Diese Macht kann jemanden in einem Kaff wie Whispering Pines genauso leicht zu Kopf steigen wie jemanden in einer Metropole wie New York City. Und Flavia ist machthungrig."

Sie deutete mit dem Kinn in Richtung Küche. „Unser Essen kommt."

„Bevor du mir jetzt vorhältst, ich hätte dir den falschen Muffin gebracht, muss ich dir gestehen, dass Wesley ein wenig mit dem Rezept herumexperimentiert hat", erklärte Sylvie, während sie den Teller vor Morgan abstellte. „Er hat die Puderzucker- und Orangensaftglasur gegen Streusel getauscht. Aber bisher sind alle Leute, die ihn probiert haben, absolut begeistert."

Morgan lächelte. „Ich kann es kaum erwarten, ihn zu probieren."

„Sie doch bestimmt auch, Sheriff, oder?"

Zusammen mit meinem eigenen Streuselmuffin setzte sie noch eine tellergroße, gusseiserne Pfanne auf einem kleinen Holzbrett vor mir ab. Diese war gut gefüllt mit Rührei, Kartoffel-, Paprika- und Schinkenstücken sowie Zwiebelwürfeln und bedeckt mit einer ordentlichen Schicht Cheddar-Käse.

„Das kann ich doch nie alles essen", protestierte ich. „Würden Sie mir bitte eine Schachtel bringen? Dann kann ich mir die Hälfte für später aufheben."

„Aber sicher, und ich lege auch noch einen weiteren Muffin dazu." Dann reichte sie mir eine kleine Tüte aus Wachspapier. „Und das ist für unseren sehr gut erzogenen Gast, der sich unter dem Tisch versteckt."

Ich warf einen Blick hinein und sah, dass sich darin jede Menge Hundekuchen für Meeka befanden. Ich streckte ihr zwei davon unter dem Tisch entgegen, und nur Sekunden später drückte sich eine feuchte Nase gegen meine Hand und die Leckerlis waren verschwunden.

Schon die ersten paar Bissen meines Rühreis waren himmlisch, und wieder einmal fragte ich mich, ob nicht vielleicht die Küchenhexen des Dorfs das Essen kochten. Bisher hatte ich noch nie etwas vorgesetzt bekommen, das schlecht oder auch nur annähernd durchschnittlich schmeckte.

„Bevor Sheriff Brighton starb", wandte ich mich erneut

an Morgan, nachdem Sylvie gegangen war, „warnte er mich noch, ich sollte mich vor einigen Leuten im Zirkel in Acht nehmen."

Sie wirkte überrascht, aber auch nicht so sehr, wie ich es erwartet hätte. War ihre Reaktion darauf zurückzuführen, dass es diese Personen tatsächlich gab oder aber, dass der Sheriff mir das anvertraut hatte?

„Und vor wem bitte?"

„Namen hat er leider keine genannt, meinte aber, wenn jemand sie zur Strecke bringen könnte, dann ich. Und er sagte auch noch, ich sollte dafür sorgen, dass deine Mutter und du mich stets beschützen."

Sie schien sichtlich gerührt. „Natürlich werden wir dich beschützen. Ich für meine Person tue das doch schon seit deiner Ankunft, oder?"

„Allerdings." Das war auch richtig süß von ihr, aber ich brauchte keinen Hokuspokus, um mich sicher zu fühlen. „Ich nehme an, die Warnung bezog sich auf Flavia."

„Das kann ich mit Bestimmtheit weder bejahen noch verneinen."

„Glaubst du, sie war an der Verwüstung meines Hauses beteiligt?"

„Beteiligt scheint mir die richtige Bezeichnung", sagte Morgan. „Ich bezweifle, dass sie es selbst getan hat, vermute eher, sie hat jemanden damit beauftragt. Auch wenn ich noch keine Beweise habe, bin ich immer mehr davon überzeugt."

„Aber sie hat doch bestimmt die Graffitis gezeichnet."

„Gut möglich. Wie ich schon sagte, Sigillen haben Macht. Das Szenario, das ich mir am ehesten vorstellen könnte, ist: Sie hat sich ein paar Vandalen gesucht, die das Haus verwüsteten, und anschließend selbst die Wände bemalt und ihren Zauber oder Fluch hinterlassen."

Wieder so ein Hokuspokus. Meiner Meinung nach verfolgte Flavia mit dieser Aktion nur ein Ziel: Sie wollte meine Familie und mich einschüchtern.

„Ich weiß, dass du nicht an so etwas glaubst, Jayne, aber Flavia ist eine mächtige, traditionelle Hexe."

„Was ist eine traditionelle Hexe?"

„Eine, für die noch die alten Werte und Gepflogenheiten zählen. Flavia orientiert sich stark an den Mond- und Planetenphasen und favorisiert Symbolik, also Runen und alte Alphabete."

„Das erklärt die Sigillen auf ihren Roben." Während der Neumondzeremonie vor ein paar Wochen konnte ich nicht umhin zu bemerken, dass die Stickerei auf Flavias Robe fast identisch war mit den Graffitis an meinen Wänden.

„Genau. Zwar behauptet sie, dem abgeschworen zu haben, aber ich weiß, dass sie zumindest in der Vergangenheit schwarze Magie praktiziert und insbesondere Abwehrzauber eingesetzt hat."

Ich musterte sie prüfend. „Ich glaube, du hast gerade meinen Vandalen beschrieben."

Ihre Schultern sackten nach vorne und sie wirkte verstört. „So betrachtet erweckt es fast den Anschein, oder?"

Ich rührte Sahne in eine frische Tasse Kaffee und beobachtete, wie die hellbraunen und elfenbeinfarbenen Flüssigkeiten miteinander verschmolzen. In der Regel bilden sich Menschen bereits bei ihrer ersten Begegnung eine Meinung über den jeweils anderen. Diese konnte entweder positiv sein, so dass man sich besser kennenlernen wollte, oder neutral wie bei Fremden, die einem zufällig auf der Straße über den Weg liefen und an denen man weiter kein Interesse hatte. Oder eben negativ. Der einzige Grund, den ich mir denken konnte, warum bei Flavia und mir Letzteres der Fall war, war, dass es eine Vorgeschichte gab. Irgendetwas musste zwischen ihr und meinen Großeltern vorgefallen sein.

Reeva kam mir in den Sinn, speziell ihre Frage nach meinem Vater. Sie, ihre Schwester, er und viele weitere Dorfbewohner waren alle ungefähr im gleichen Alter. Allesamt mehr oder weniger *Ursprüngliche*. War womöglich etwas zwischen ihnen passiert? Das würde erklären, warum Dad so erpicht darauf war, das Haus zu verkaufen und mit dem Dorf abzuschließen.

„Sosehr ich mich auch mit all der Negativität auseinandersetzen möchte, die hier vorherrscht", sagte ich, sowohl zu mir selbst als auch zu Morgan, „müssen andere Dinge Priorität haben. Jetzt, da ich der Sheriff bin …" Erneut wurde ich mir dieser schier unglaublichen Tatsache bewusst und ich hielt inne. „Ich bin der Sheriff."

Sie grinste. „So etwas in der Art ist mir auch schon zu Ohren gekommen."

Ich richtete mich auf und straffte die Schultern. „Jetzt, da ich der Sheriff bin, können Dr. Bundy und ich offen über seine Erkenntnisse und Einschätzungen bezüglich der Tode von Berlin und Gianni sprechen."

„Was aber im Umkehrschluss bedeutet, dass du über gewisse Dinge nicht mehr mit mir sprechen darfst", warnte Morgan mich. „Oder aber mit Tripp."

Das war so typisch für Morgan. Sie wies mich immer wieder darauf hin, dass das Leben aus permanentem Abwägen bestand.

„Richtig", stimmte ich ihr zu. „Aber ich habe es auch fünf Jahre lang geschafft, mit Jonah über meine Arbeit zu reden, ohne entscheidende Details preiszugeben. Darüber mache ich mir also keine Sorgen."

Das größere Problem war: Ich hatte Tripp erst am Abend zuvor versichert, dass ich mich ab jetzt mit aller Kraft dafür einsetzen würde, das Haus schnellstmöglich in eine Pension zu verwandeln. Und mich nicht einmal zwölf Stunden später schon wieder verzettelt.

# Kapitel Neunundzwanzig

MEEKA, MORGAN UND ICH DURCHQUERTEN DEN PENTAGRAMM-
Garten in Richtung Feenpfad, und dort trennten wir uns. Sie
segnete mich und ging nach links in Richtung *Shoppe Mystique*,
während ich mich nach rechts wandte in Richtung meines
neuen Arbeitsplatzes. Sollten Zeb und Vera noch da sein,
würde das bedeuten, dass sie noch nicht Bescheid wüssten und
diese unerfreuliche Aufgabe mir zufiel.

„Jayne!"

Ich drehte mich um und entdeckte Lupe, die vom *Bear
Grinder* auf mich zugelaufen kam.

„Herzlichen Glückwunsch, Sheriff O'Shea."

„Wie haben Sie das denn so schnell herausgefunden? Seit
dem Ergebnis der Wahl ist noch nicht einmal eine Stunde
vergangen."

„Was wäre ich für eine Reporterin, wenn ich die neuesten
Nachrichten nicht zuerst erfahren würde?"

Violet. Nicht, dass ich an Lupes Fähigkeiten gezweifelt
hätte, aber die Barista musste allen, die ihr Café betraten, die
Neuigkeit direkt auf die Nase gebunden haben. Dennoch war
Lupe natürlich eine gute Journalistin und könnte mir in
meiner neuen Position durchaus von Nutzen sein … wenn ich

denn darauf vertrauen könnte, dass sie tatsächlich mit mir zusammenarbeiten wollte und nicht nur auf eine Story aus war. Vielleicht sollte ich sie einfach zu meiner Stellvertreterin ernennen. Damit wäre dieses Problem schon mal gelöst.

„Das ist ja so was von aufregend." Lupe hielt ihre Kamera hoch. „Was dagegen, wenn ich ein Foto mache? Ich möchte heute Morgen gleich noch einen kleinen Artikel darüber veröffentlichen. Ein längeres Interview folgt dann die Tage. Vielleicht hefte ich mich auch einfach mal ein paar Stunden an Ihre Fersen und ziehe es als einen *Ein Tag im Leben von ...* - Bericht auf."

„Ein kurzer Pressetext scheint mir eine großartige Idee zu sein, aber bitte schreiben Sie nichts Negatives über Zeb. Es war nicht nur seine Schuld. Er hätte keine Position annehmen dürfen, für die er noch nicht bereit war, und Donovan hätte ihn nie vorschlagen dürfen."

„Ganz wie Sie wünschen, Boss."

„Lassen Sie mich noch schnell in meine Uniform schlüpfen, dann können Sie so viele Bilder schießen, wie Sie wollen." Ich deutete den Feenpfad hinunter. „Ich war eh gerade auf dem Weg zum Revier. Hoffen wir mal, dass die Hemden aus meiner kurzen Zeit als Deputy noch da sind."

Als wir an der Kreuzung ankamen, an der sich der Feenpfad nach Norden und Süden teilte und die Polizeiwache direkt vor uns auftauchte, bat ich Lupe, draußen zu warten.

„Lassen Sie mich bitte kurz allein mit Zeb und Vera sprechen. Es könnte sie deprimieren, wenn bei dieser Entlassung auch noch Zeugen dabei wären."

Das Erste, was mir drinnen auffiel, waren die beiden Gefängniszellen, die mit Millennials in Badehosen und - anzügen vollgestopft waren. Sie machten einen müden und frustrierten Eindruck und schienen jämmerlich zu frieren. Als sie mich entdeckten, bettelten sie mich um Hilfe an. Ich hob die Hand, um ihnen anzudeuten, dass ich mich in ein paar Minuten ihrer annehmen würde.

Sowohl Zeb als auch Vera waren da und schienen auf mich gewartet zu haben. An ihren Mienen und aufgrund der Tatsache, dass Zeb anstatt seiner Uniform Khakis und ein Poloshirt trug, konnte ich erkennen, dass sich die Neuigkeit doch schon bis zu ihnen herumgesprochen hatte.

„Herzlichen Glückwunsch, Sheriff." Er sah mich nicht an, als er mir die Schlüssel fürs Revier überreichte. Der Junge musste dringend an seiner Fähigkeit arbeiten, Augenkontakt zu halten.

„Ich möchte, dass Sie wissen", begann ich, „dass ich großes Potenzial in Ihnen sehe. Allerdings müssen Sie noch ein paar Jahre Ihre Erfahrungen sammeln. Und es tut mir aufrichtig leid, dass Donovan Sie in diese Lage gebracht hat."

„Mein Junge hat jede Menge Talent", verteidigte Vera ihn. „Whispering Pines war einfach nicht der richtige Ort für ihn, um sich entfalten zu können."

„Damit könnten Sie wahrlich recht haben, Mrs Warren. Dieses Dorf braucht einfach eine bestimmte Art von Gesetzeshüter." *Der sich auch nicht davor scheut, Flavia die Stirn zu bieten*, fügte ich in Gedanken hinzu. Dann wandte ich mich erneut an Zeb. „Sie verfügen über jede Menge Leidenschaft und Hingabe für ihre Arbeit, und ich könnte mir gut vorstellen, dass Streifenpolizist genau das Richtige für Sie wäre. Wenn Sie möchten, empfehle ich Sie gerne meinem ehemaligen Chef in Madison."

„Wissen Sie was", erwiderte Zeb mit all der Arroganz, die er seit Arbeitsantritt an den Tag gelegt hatte. „Ich finde auch ohne Ihre Hilfe einen Job."

Auch gut. Ich wollte ja nur nett sein.

„Ich nehme an, Sie haben all Ihre Sachen in meinem Büro gelassen?", erwiderte ich stattdessen, bemüht, das Wort *meinem* nicht zu sehr zu betonen, was mir allerdings nicht wirklich gelang. „Ihre Uniform, Ihren Gürtel, Ihre Dienstwaffe, Ihre Marke?"

Nachdem er mir versichert hatte, dass dem so wäre, ging

ich kurz hinein, um mich selbst von der Richtigkeit seiner Aussage zu überzeugen. Ohne ein weiteres Wort verließen die Warrens das Gebäude. Gefühlt drei Sekunden später kam Lupe hereingestürmt.

„Wie hat er es aufgenommen?", fragte sie.

„Schwer zu sagen. Er war nicht wirklich emotional und wollte auch meine Hilfe bei der Suche nach etwas Neuem nicht annehmen."

„Wahrscheinlich war er nicht einmal sonderlich überrascht, weil ihn keiner hier so richtig akzeptierte. Haben Sie seine Uniform und den übrigen Kram sicherstellen können?" Dann fing sie an, das Innere des Reviers aus allen Blickwinkeln abzulichten. „Was machen denn all diese Leute hier hinter Gittern?", fragte sie verblüfft, als sie die Gefangenen entdeckte.

„Ja", rief einer von ihnen zu uns herüber. „Ich dachte, sie wollten uns helfen."

O Mist, die *Schwerverbrecher* hatte ich schon wieder komplett vergessen. Sie glichen den Teilnehmern diverser Campuspartys der UW, die ich im Laufe der Jahre gesprengt hatte.

„Lasst mich raten. Ihr alle habt unten am Strand gefeiert, was das Zeug hielt, und euch dabei nicht gerade vorbildlich benommen", sagte ich, während ich den Schlüssel in die erste Zellentür steckte, ihn jedoch noch nicht herumdrehte.

Vereinzelte Kommentare drangen zu mir heraus.

„Stimmt", gab einer der Typen in einem bunten Speedo zu. „Wir hatten zwar eine Kühlbox dabei, aber keiner von uns war betrunken."

„Es war ja auch nur Bier darin."

„Helen wieder mit ihrer großen Klappe."

„Der Kerl meinte, unsere Musik sei zu laut gewesen."

„Diese Frau … seine Stellvertreterin oder was auch immer sie darstellen sollte …, hat uns eingelocht und angewiesen, über das nachzudenken, was wir getan haben."

„Und habt ihr das auch?", fragte ich, und alle nickten zustimmend.

„Was kann man in einer Gefängniszelle denn sonst tun?", fragte eine Frau in einem pinkfarbenen Bikini.

„Nichts außer schlafen", fügte ein Kerl in gelben Boardshorts hinzu. „Man hat uns ja sogar nach Geschlechtern getrennt."

Ein paar von ihnen kicherten über diese Bemerkung.

„Clark und Jason dürfte das nicht großartig etwas ausgemacht haben."

Noch mehr Gekicher, während zwei Männer im Hintergrund lautstark zu protestieren begannen.

Ich musste meine Stimme erheben, um mir Gehör zu verschaffen. „Okay, hört mir zu. Der Strand ist ein öffentlicher Bereich. Überall hängen Schilder, die darauf hinweisen, dass alkoholische Getränke dort nicht konsumiert werden dürfen. Eine Gefängnisstrafe ist jedoch übertrieben, es sei denn, einer von euch ist minderjährig."

Von allen Seiten wurden Einwände laut und jeder bestand darauf, dass er volljährig sei.

„Wir können Ihnen gerne unsere Ausweise zeigen."

Ich hob die Hände, um ihnen anzudeuten, mich weiterreden zu lassen. „Schon gut, ich glaube euch. Wo genau seid ihr alle abgestiegen?"

„Wir haben ein paar der kleinen Häuschen an der Ostseite gemietet", sagte der offensichtliche Anführer, ein großer Mann mit breiten Schultern, nacktem Oberkörper und beeindruckenden Brustmuskeln.

„Wie wäre es, wenn ihr euer Bier oder was auch immer dort zu euch nehmt? Und versucht, den Geräuschpegel unter Kontrolle zu halten? Es gibt auch einen tollen Pub namens *Grapes, Grains, and Grub* auf der anderen Seite des Pentagramm-Gartens. Der Besitzer würde euch mit Freuden als Gäste begrüßen."

Dieser Vorschlag schien ihnen zu gefallen.

„Betrachtet diesen Vorfall als eine offizielle Warnung." Ich schloss die Zellen auf. „Wenn so etwas nochmals vorkommen sollte, muss ich Bußgeldbescheide ausstellen."

Nachdem sich das Revier geleert hatte, ging ich in mein Büro und suchte an meinem Schlüsselbund den Schlüssel für die Anrichte heraus. In dem mit Stahlplatten verstärkten Schränkchen bewahrte Sheriff Brighton stets seine Waffen, die Munition und weitere Utensilien auf. Auf dem untersten Regalbrett entdeckte ich meine Hemden, ordentlich gefaltet.

„Ich war erfolgreich", verkündete ich und hielt Lupe eines davon hin. „Geben Sie mir eine Minute, um mich umzuziehen, dann bekommen Sie Ihre Fotos."

Ich betrat das kleine Badezimmer zwischen dem Büro und dem Verhörraum und entledigte mich meines Tunika-Hemdes. Dann schlüpfte ich zuerst in ein schwarzes T-Shirt und zog anschließend das Uniformhemd darüber. Mit den Emotionen, die mich dabei überrollten, hätte ich nie gerechnet. Das einzige Mal, wo ich mehr beruflichen Stolz verspürte, war an dem Tag, an dem ich die Polizeiakademie abschloss, und zumindest ansatzweise an dem Tag, an dem ich zum Detective ernannt wurde.

Was jetzt noch fehlte, war der Gürtel, das Abzeichen und natürlich die funktionelle Cargo-Hose. Durch deren geräumige Taschen war sie viel praktischer als eine Jeans. Ich würde Mom oder Rosalyn bitten, mir die, die ich in Madison zurückgelassen hatte, herzuschicken.

Was das Abzeichen anbelangte, so hatte der Rat Zeb nur einen gewöhnlichen „Sheriff"-Stern ausgehändigt. Für den Anfang würde ich mich damit zufriedengeben, aber eigentlich könnten sie auch direkt das glänzende goldene Badge mit dem Schriftzug „O'Shea" darunter bestellen. So schnell würden sie mich eh nicht mehr los.

Als ich aus dem Badezimmer trat, stieß Lupe einen langen, durchdringenden Pfiff aus. Daraufhin tauchte Meeka unter dem Schreibtisch des Deputys auf, setzte sich vor mich, blickte zu mir auf, bellte und wedelte mit dem Schwanz. Sie wusste genau, was dieses Outfit zu bedeuten hatte, und ich konnte sehen, wie sehr sie sich freute, wieder eine K-9 zu sein.

„Sie sehen in dieser Uniform ziemlich heiß aus, Ms O'Shea", neckte Lupe mich.

Ich musste lachen. Dasselbe hatte auch Tripp gesagt, als er mich das erste Mal darin sah.

Sie schoss ein paar Schnappschüsse von mir, gefolgt von ein paar ernsthaften Aufnahmen. „Möchten Sie selbst auswählen, welche ich poste?"

„Nein, ich vertraue Ihnen. Wenn ich nicht gut darauf aussehen sollte, fällt das auf Sie zurück, nicht wahr?"

Dann folgte sie mir in mein Büro und beobachtete, wie ich die Ausrüstungsgegenstände durchsuchte, die Zeb auf meinem Schreibtisch zurückgelassen hatte. Ich bewaffnete mich mit Gürtel, Handschellen, Schlüsseln, einer Taschenlampe, einem Schlagstock und dem obligatorischen Pfefferspray. Während ich die Kugeln in das Magazin meiner Dienstwaffe schob, erinnerte ich mich wieder daran, wie Deputy Reed gelacht hatte, als ich nach einem Taser fragte. Damals erschien mir eine Glock in einem verschlafenen Örtchen wie Whispering Pines etwas übertrieben. Inzwischen jedoch, wenn man bedachte, dass irgendwo ein Mörder frei herumlief, war es besser, auf Nummer sicher zu gehen.

„Was können Sie mir über Giannis Tod sagen?", fragte Lupe plötzlich beiläufig und nahm auf dem Stuhl mir gegenüber Platz.

„Nichts."

„Was? Ich dachte, wir arbeiten gemeinsam an diesem Fall." Schlagartig wurde sie defensiv, die Emotionen schienen in ihr hochzukochen, und sie sprach mit einem stärkeren Akzent.

Ich hob die Hände, um sie zu beruhigen. „Wie Sie ja wissen, wurde ich gezwungen, mich vom Zirkus fernzuhalten, und von daher kann ich Ihnen nichts Neues berichten.

Wahrscheinlich wissen Sie mittlerweile schon mehr als ich. Allerdings werde ich direkt nach unserem Gespräch hinfahren, denn ich habe Creed versprochen, dass der Tod von Berlin und Gianni für mich oberste Priorität hat. Wie also wäre es, wenn Sie mir erst einmal sagen, was Sie herausgefunden haben?"

Sie entspannte sich ein wenig. „Entschuldigung. Ich möchte nur nicht, dass Sie mich ausschließen."

„Ich dachte, Ihre Intention wäre es, lustige Geschichten über ein verschrobenes kleines Dorf zu schreiben, aber Ihre Fragen klingen eher investigativ."

Sie starrte mich ausdruckslos an. „Zwei Morde in zehn Tagen? Drei in den vergangenen zwei Monaten? Die Öffentlichkeit hat ein Recht darauf, zu erfahren, was hier vor sich geht. Die Leute sollen selbst entscheiden können, ob sie mit ihren Familien weiterhin hier Urlaub machen möchten und müssen gewarnt werden, dass möglicherweise ein Mörder frei herumläuft."

Über meinen Schreibtisch hinweg musterten wir uns gegenseitig prüfend. Ehrlich gesagt brauchte ich zu meiner Unterstützung dringend ein weiteres Paar Augen und Ohren und zog erneut in Betracht, sie als meine Stellvertreterin anzuheuern.

„Okay, wie wäre es mit folgendem Deal?" Ich nahm auf meinem Stuhl Platz. „Sie sammeln so viele Details wie möglich. Wenn Sie mir mitteilen, was Sie in Erfahrung bringen konnten, verspreche ich, Ihnen im Gegenzug alles zu sagen, was ich weitergeben darf. Denn bestimmt ist Ihnen klar, dass ich gewisse Dinge nicht direkt preisgeben kann."

„Wenn Sie mir im Vertrauen etwas erzählen, und es käme an die Öffentlichkeit, wüssten Sie doch direkt, wer die undichte Stelle ist. Die Gelegenheit, exklusiv an Informationen zu gelangen, würde ich nie aufs Spiel setzen."

Das klang nach einem plausiblen Argument. Also gut. Solange sie mir keinen Grund lieferte, es nicht zu tun, würde ich ihr vertrauen. „In Ordnung. Wir arbeiten zusammen, wie besprochen."

„Und Sie werden auch wirklich alles direkt an mich weitergeben? Ich weiß nicht, ob Ihnen das schon aufgefallen ist, aber hier leben jede Menge geschwätziger Leute. Und viele der Touristen sind wie Kinder. Egal, was sie sehen oder ob sie es verstehen, sie erzählen es ihren Freunden, twittern oder posten Bilder. Dabei kommen jede Menge Gerüchte in Umlauf."

Ich hob die Hand zum Schwur. „Ich verspreche, Ihnen Informationen zukommen zu lassen, sobald ich mit Sicherheit weiß, dass sie korrekt sind. Aber wenn ich Sie bitte, Details für eine Weile zurückzuhalten, werden Sie sich daran halten? "

Sie tat es mir gleich und hob die Hand. „Ich verspreche es."

„Sehr schön." Ich lehnte mich in dem recht bequemen Ledersessel zurück. „Dann schießen Sie mal los, was im Zirkus so abgeht. Konnten Sie etwas Neues herausfinden?"

„Ich habe weitere Fragen über Gianni gestellt." Sie zog ihr Reporter-Notizbuch heraus und blätterte darin. „Mein Nachruf auf Berlin kam heute raus. Die Zirkusleute müssen ihn gelesen und für gut befunden haben, denn danach waren alle irgendwie viel offener. Sie sagen, dass Gianni geradezu zwanghaft auf seine eigene Sicherheit, die der anderen und die seiner Tiere bedacht war. Niemand glaubte, dass er auf diese Art und Weise versehentlich in den Tigerkäfig gelangt sein könnte. Die ganze Sache ist äußerst suspekt."

Ich konnte mir das ebenfalls nicht vorstellen.

„Sehr suspekt, da stimme ich Ihnen zu. Ich habe seine Besessenheit ja selbst hautnah miterlebt. An einem Tag begleitete ich ihn auf seiner Runde, während er die Tiere fütterte. Und er bestand darauf, dass ich Meeka an die kurze Leine nehme, obwohl wir uns auf einer knapp fünf Meter hohen Plattform hoch über den Käfigen befanden. Dadurch wollte er verhindern, dass seine Schützlinge durch die Anwesenheit eines Hundes verschreckt werden."

Wie war er in das Gehege gelangt? Hatte ihn jemand hineingelockt? Gab es ein Problem mit dem Tiger und er wagte sich zu ihm, um nach ihm zu sehen? Hatte er tatsächlich einen Herzinfarkt, wie Creed beziehungsweise Credence ursprünglich annahm?

Zu viele Fragen, zu wenig Antworten.

Ich dachte laut nach, um diese Informationen mit Lupe zu teilen: „Gianni hat darauf beharrt, dass er der Einzige sei, der Zugang zu den Tieren hatte, sie versorgte und fütterte. Das habe ich ihm aber damals schon nicht abgenommen. Was, wenn er mal krank geworden wäre? Was, wenn eines von ihnen ihn angegriffen und verletzt hätte? Egal, wie vorsichtig er auch sein mochte, es sind wilde Tiere. Es gab einen Plan B, das habe ich von Anfang an gesagt, auch zu ihm direkt. Mindestens eine weitere Person im Zirkus musste Zugang zu dem Ketamin haben und wissen, wie man es anwendet."

„Janessa?", fragte Lupe neugierig.

Ich nickte. „Sie steht ganz oben auf meiner Verdächtigenliste."

Lupe klappte ihr Notizbuch zu und ließ es in ihrer Hosentasche verschwinden. „Sie habe ich zu ihrer Biografie noch nicht interviewt. Ich schaue gleich noch mal vorbei und versuche, sie zu erwischen."

„Okay, aber seien Sie vorsichtig. Meiner Meinung nach haben wir es mit einem einzigen Mörder zu tun. Wer auch immer Berlin getötet hat, hat auch Gianni auf dem Gewissen, und er oder sie läuft immer noch da draußen frei herum. Wenn diese Person mitbekommt, dass wir oder speziell Sie herumschnüffeln, könnte sie nervös werden."

Sie schlug die Hacken zusammen und salutierte. „Keine Sorge. Ich habe schon diverse schräge Typen interviewt und weiß ich, wie man die richtigen Fragen stellt und wann man sich besser zurückzieht."

Nachdem Lupe sich erneut zum Zirkus aufgemacht hatte, stürzte ich mich in die Arbeit. Creed hatte heute Morgen verständlicherweise mitgenommen gewirkt. Der Tod zweier seiner Schausteller lastete offensichtlich schwer auf ihm. Ich holte Gianni Cordanos Akte hervor und las mir Zebs spärliche Notizen zu seinen Beobachtungen im Tigergehege durch. Immerhin bestätigte er die Aussage des Direktors: Es gab keinerlei Blutspuren, also hatte der Tiger ihn nicht angegriffen. In der Mappe befand sich kein einziges Foto, lediglich eine handgezeichnete Karte, die anzeigte, wo Giannis Leiche gefunden wurde – in der Nähe des Eingangstors – und wo sich der Tiger bei seiner Ankunft befand – auf der rückwärtigen Seite des Geheges. Ohne weitere Details war die Karte allerdings so gut wie wertlos.

Wenn Gianni nicht der Mörder war, was mir mein Bauchgefühl sagte, wer dann? Auf einem Blatt Papier rekonstruierte ich die Liste meiner Hauptverdächtigen, die zu Hause in meiner Wohnung an der Wand hing. Im Moment wurde sie von Dallas angeführt, aber es gab ja eine einfache Möglichkeit, um herauszufinden, ob ich noch weiter Zeit auf ihn verschwenden sollte. Laut seiner Aussage war er in der Nacht, in der Berlin starb, mit Abilene im *The Inn* gewesen. Hätte ich heute Morgen schon daran gedacht, diese zu überprüfen, müsste ich jetzt nicht noch einmal hin.

„Los, Kleine, lass uns gehen", rief ich Meeka zu.

Sie war durch die Gitterstäbe einer der Gefängniszellen gekrabbelt und hatte es sich unter einer der an der Wand befestigten Pritschen bequem gemacht. Zwar kam sie einige Zentimeter hervorgekrochen, so dass ich ihr Gesicht im Schatten ausmachen konnte, schien sich dort unten aber äußerst wohlzufühlen und wenig interessiert, irgendwo hinzugehen. Ich brauchte wirklich dringend einen verlässlicheren Deputy.

„An die Arbeit", befahl ich ihr.

Dieser Befehl funktionierte. Sie kroch unter der Pritsche

hervor, zwängte sich zwischen den Stäben hindurch und begab sich zur Eingangstür. Ich nahm sie an die Leine, und innerhalb von Sekunden waren wir zur Tür hinaus.

Auf dem kurzen Fußweg vom Revier zum Gasthaus gratulierten mir mindestens zwanzig Personen zu meinem neuen Job. Einige waren Dorfbewohner, die meisten allerdings Touristen, was durchaus Sinn ergab. Nicht nur waren sie im Moment deutlich in der Überzahl, Zeb hatte auch sehr viel Zeit und Energie darauf verwandt, sie bei jeder sich bietenden Gelegenheit zu maßregeln. Diejenigen, die schon einmal mit ihm aneinandergeraten waren, schienen heilfroh, dass jemand anderes jetzt die Uniform trug.

Wir waren fast am Gasthaus angekommen, als eine Nonne auf einem Fahrrad an uns vorbeirauschte. Die Frau trug tatsächlich eine Ordenstracht.

„Gesegnet seien Sie, Sheriff O'Shea", rief sie mir zu. „Whispering Pines ist gerade zu einem glücklicheren Ort geworden."

Ich hatte sie mit Sicherheit noch nie zuvor gesehen. War sie eine Dorfbewohnerin und unsere Wege hatten sich einfach noch nicht gekreuzt? Oder aber eine Touristin, die Aufmerksamkeit suchte? Ich tippte auf Letzteres, denn eine Nonne auf einem Fahrrad hätte ich doch niemals übersehen können. Dabei fiel mir ein, dass ich mich dringend besser mit dem Dorf und dessen Bewohnern vertraut machen müsste.

Nachdem ich das Gasthaus betreten hatte, fragte ich Emery an der Rezeption nach Laurel.

„Sie ist oben im zweiten Stock und überprüft die Schäden in einem der Zimmer", antwortete er mit belegter Stimme. „Die Treppe hinauf, dann rechts, bis zum Ende des Flurs."

Ich dankte ihm und wandte mich der schmalen, leicht schiefen Treppe direkt links neben der Rezeption zu. Auf dem Weg hinauf knarrte und knatzte sie bei jedem Schritt.

„Was ist denn passiert?" Ich blieb in der Tür zu besagtem

Zimmer stehen, das aussah, als hätte eine Bombe eingeschlagen.

„Ich hatte schon Rockstars hier, die nicht so viel Zerstörung angerichtet haben wie dieser Gast." Sie schüttelte ungläubig den Kopf. „Das war tatsächlich das Werk einer Person, eines Jungen im Teenageralter, der gestern am Strand seine *Seelenverwandte* getroffen hat und durchgedreht ist, als seine Eltern ihm eröffneten, sie würden heute abreisen."

Kissen waren aufgeschlitzt, Matratzen herausgezogen und Bettlaken zerrissen worden. Auch Vorhänge und Gardinenstangen hingen lose von der Wand. Eine beeindruckende Arbeit für einen Jugendlichen.

„Kommt das öfter vor?", fragte ich. „Möchten Sie Anzeige erstatten?"

„Gott sei Dank nicht. Und seine Eltern waren ebenfalls total entsetzt und versicherten mir, sie würden für sämtliche Schäden aufkommen. Sie haben bereits ein Formular unterschrieben, dass ich direkt ihre Kreditkarte belasten kann. Ansonsten hätte ich in diesem Fall wahrscheinlich tatsächlich die Polizei eingeschaltet."

„Ich nehme an, dass Sie neue Gäste erwarten. Wird der Raum denn so schnell fertig?"

Laurel lächelte breit. „Das ist das Fantastische an den Menschen hier. Man ruft sie, und sie kommen zur Rettung herbeigeeilt. Es ist noch nicht einmal eine Stunde her, dass ich mit Mr Powell gesprochen habe, und er hat gerade zurückgerufen und mir versichert, sein Team wäre unterwegs. Wie ich schon sagte, kommt so etwas glücklicherweise nicht häufig vor. Dennoch muss immer mal wieder etwas ausgebessert oder ersetzt werden, so dass ich stets einen Vorrat an Teppichböden, Farben und Bettwäsche in einem Schließfach in Mr Ps Warenhaus auf Lager habe."

„Ich bin mir nicht sicher, ob ich mich für Sie freuen oder Sie bemitleiden soll."

Sie zuckte mit den Schultern. „Das gehört zum Gastgewerbe dazu. Was aber kann ich denn jetzt für Sie tun?"

„Ich wollte mich rückversichern, ob kürzlich ein ganz bestimmter Gast hier übernachtet hat."

„Okay. Gehen wir doch in mein Büro, dann suche ich die Unterlagen heraus. Um wen handelt es sich denn?"

„Dallas Brickman. Er hat mir erzählt, dass er und Abilene in der Nacht, in der Berlin starb, hier waren, und ich wollte das nur kurz überprüfen."

„Dazu muss ich nicht einmal in meinen Akten nachsehen, das kann ich spontan beantworten. Sie waren hier. Es war ihr Geburtstag. Den feiern sie jedes Jahr bei uns."

„Klingt, als wären Sie sich dessen absolut sicher."

„Ich bin mir absolut sicher."

„Wäre es möglich, dass einer der beiden mitten in der Nacht das Hotel verlassen hat?" Die Person hätte zum Zirkus fahren, die Tat begehen und dann wieder unbemerkt zurückkehren können.

„Soviel ich weiß, hat Emery in jener Nacht gearbeitet. In letzter Zeit übernimmt er alle Schichten, die er kriegen kann. Er spart nämlich auf ein kleines Cottage für sich und seine Katzen. Fragen wir ihn doch einfach."

Wieder unten angekommen, erkundigte ich mich bei dem Angestellten, ob er sich an jene Nacht erinnerte.

Ohne zu zögern, antwortete er: „Allerdings, das tue ich."

„Und warum?", hakte ich nach. „Gibt es einen speziellen Grund dafür?"

Er errötete, es war ein leuchtendes Kirschrot.

„Emery?", fragte Laurel mit hochgezogenen Augenbrauen.

„Weil es Abilene war", erwiderte er, als ob damit all meine Fragen beantwortet wären.

Und das waren sie tatsächlich. Ich verstand auf Anhieb. Er war ebenfalls in sie verknallt. Die Dame schien bei den Männern äußerst beliebt zu sein. Ich konnte mir nur zu gut vorstellen, wie der arme, unbeholfene Emery in dem Moment, in dem sie vor ihm stand, keinen Ton mehr herausbrachte.

„Wissen Sie, ob die beiden die ganze Nacht geblieben sind oder ob einer von ihnen irgendwann gegangen ist?"

„Keiner von ihnen hat das Hotel verlassen", bestätigte er.

„Wie können Sie sich dessen so sicher sein?"

„Ich habe die komplette Nacht hier an der Rezeption gesessen."

„Du bist nicht ein einziges Mal aufgestanden, um beispielsweise auf die Toilette zu gehen?", scherzte Laurel.

Er schüttelte vehement den Kopf und antwortete ernsthaft: „Ich habe eine eiserne Blase."

Es war ein interessantes Bild, das da vor meinem inneren Auge auftauchte.

„Außerdem gibt es nur einen einzigen Ausgang aus dem Gebäude", fuhr er fort und zeigte auf die Treppe zu seiner linken. „Und Sie haben bestimmt selbst gehört, wie laut die Treppe knarzt. Wenn jemand sie hinauf- oder hinuntergeht, ist das nicht zu überhören. Wenn sie sich also nicht aus dem Fenster abgeseilt haben …"

Das war zwar eine Möglichkeit, die mir jedoch äußerst unwahrscheinlich erschien. Nach dieser Aussage strich ich Dallas und Abilene mental von meiner Liste. Ganz toll! So allmählich gingen mir die möglichen Täter aus.

# Kapitel Dreißig

IRGENDWIE KAM ES MIR SO VOR, ALS FING ICH BEI DIESEM FALL wieder bei null an. Wenn ich also herausfinden wollte, was mit Gianni passiert war, musste ich mir dringend den Tatort vornehmen. Glücklicherweise kamen wir zeitig genug im Zirkus an, sodass die Darsteller noch nicht in den Vorbereitungen für die Nachmittagsvorstellung steckten. Somit blieb mir ausreichend Zeit, mir Dallas zu schnappen und mich erneut mit ihm zu unterhalten, bevor ich mich zum Tigergehege begab.

Sowohl er als auch Abilene befanden sich im Essenszelt, wo die Stimmung ausgesprochen gedrückt war … verständlicherweise, hatten die Schausteller doch innerhalb von zwei Wochen zwei Kollegen und Freunde verloren. Wobei sie mehr als nur das waren. Diese Menschen lebten Tag und Nacht zusammen und konnten schon fast als Familie bezeichnet werden.

Abilene entdeckte mich als erste und riss erschrocken die Augen auf, als ich mich ihnen näherte. Sie setzte sich aufrecht hin und rutschte auf ihrer Stuhlkante bis nach vorne.

„Ms O'Shea", begrüßte sie mich. „Uns ist zu Ohren

gekommen, dass Sie jetzt der neue Sheriff sind. Herzlichen Glückwunsch."

Dabei knetete sie nervös ihre Finger, und ihr Blick huschte umher. Warum nur war sie so angespannt? Hatte sie etwas zu verbergen? Zwar war ich ihr bereits vorher schon begegnet, hatte aber noch nicht persönlich mit ihr gesprochen. Vielleicht war sie von Natur aus eher nervös.

„Danke. Tut mir leid, dass ich Sie beide beim Mittagessen störe, aber ich müsste kurz mit Mr Brickmann allein sprechen. Wenn es Ihnen nichts ausmacht."

„Mr Brickman." Dallas zwinkerte Abilene zu. „So förmlich. Das kann nichts Gutes bedeuten."

Seine Assistentin sprang auf. „Nein, das macht mir natürlich nichts aus. Ich hoffe, alles ist in Ordnung? Na ja, offensichtlich ist es das nicht, denn immerhin sind zwei Leute gestorben."

„Abilene", sagte Dallas mit sanfter Stimme, „warum gehst du nicht ein wenig spazieren? Ich finde dich schon, wenn ich mit Sheriff O'Shea fertig bin."

Sie nickte, während sie mit dem Ende ihres langen, kupferfarbenen Pferdeschwanzes spielte. „Okay. Ich gehe schon mal zum Zirkuszelt und schaue, ob alles für unseren Auftritt vorbereitet ist."

Dallas wartete, bis sie sich ein gutes Stück entfernt hatte, und wandte sich dann mir zu.

„Normalerweise steht sie nicht so neben sich, aber die beiden Todesfälle haben sie ziemlich mitgenommen." Er lachte leise in sich hinein. „Allerdings ist es ihr Job, mit spitzen Gegenständen beworfen zu werden. Wenn also jemand das Recht hat, nervös zu sein, dann ja wohl sie."

„Da kann ich Ihnen nur zustimmen." Ich deutete auf den Stuhl, von dem sie sich gerade erhoben hatte. „Was dagegen, wenn ich mich setze?"

„Nur zu."

„Wobei, wenn ich es mir recht überlege …" Ich schaute

mich im Zelt um. „Eigentlich möchte ich mit Ihnen ungestört über die Todesfälle reden. Vielleicht sollten wir uns einen Ort suchen, wo wir etwas mehr Privatsphäre haben."

„In Ordnung." Er zeigte auf die hinterste Ecke. „Wollen wir uns dorthin zurückziehen?"

Ich ging voraus und wählte den Platz, von dem aus ich das komplette Zelt überblicken konnte. Meeka lag nur noch mit dem Körper drin, ihr Kopf ragte unter der Plane nach draußen.

„Was gibt's?", wollte Dallas wissen, nachdem auch er sich gesetzt hatte.

„Ich bin gerade dabei, meine Liste der Verdächtigen in den Mordfällen einzugrenzen."

„Sie gehen also davon aus, die beiden wurden ermordet? Es waren keine Unfälle?"

„Die offiziellen Ergebnisse liegen zwar noch nicht vor, aber nein, ich bin fest davon überzeugt, dass es keine Unfälle waren. Ich habe von vielen Leuten hier gehört, dass Berlin und Sie sich ziemlich häufig gestritten haben. Das schien mir kein besonders gutes, aber dennoch ein Motiv zu sein. Also habe ich Ihre Aussage überprüft, dass Sie in jener Nacht, in der Berlin starb, mit Abilene im *The Inn* waren. Und es freut mich, Ihnen mitteilen zu können, dass man mir das bestätigt hat und ich Sie somit von dieser Liste der potenziellen Täter streichen konnte."

Er fuhr sich mit der Hand über den Mund. „Da bin ich natürlich erleichtert. Dennoch überrascht es mich, dass Sie mich überhaupt auf dem Kieker hatten." Er beugte sich leicht vor und umklammerte die Armlehnen seines weißen Plastikstuhls. „Aber was meinen Sie mit *dieser* Liste? Gibt es noch eine weitere?"

Ich glaubte zwar nicht, dass es zwei verschiedene Mörder waren, aber ganz ausschließen konnte ich diese Möglichkeit noch nicht.

„Für die Nacht, in der Berlin starb, haben Sie ein Alibi, aber wo waren Sie, als Gianni ums Leben kam?"

„Gianni?" Er lachte auf. „Sie müssen Ihre Verdächtigenliste erweitern, Sheriff. Ich kann zwar nicht sagen, dass sein Tod mich überrascht hat, aber auch ihn habe ich nicht umgebracht."

„Was ist mit Abilene?"

Jetzt schien er richtig wütend zu werden. Er straffte die Schultern, und seine Nasenflügel bebten. „Jetzt klingen Sie aber ziemlich verzweifelt. Welchen Grund sollte sie haben, ihn aus dem Weg zu räumen?"

Beweise hatte ich ja leider keine, lediglich die Aussage einiger Schausteller, die durch Lupe gefiltert wurde, dass Gianni in Abilene verliebt war. Und obwohl er um einiges älter war, hätte diese seine Gefühle erwidern können. Mir waren schon wesentlich seltsamere Beziehungen untergekommen.

„Dallas, wussten Sie, dass Abilene und der Tierarzt mehr oder weniger ein Paar waren?"

Er sackte in sich zusammen. „Was? Wie kommen Sie denn auf so etwas?"

„Gianni hatte mir erzählt, dass das zwischen ihr und ihm schon seit Monaten lief. Tut mir leid, wenn ich Sie damit jetzt kalt erwischt habe, wirklich. Allerdings ist das Verheimlichen von Beziehungen oder die Rache bei deren Entdeckung ein klassisches Motiv für Mord."

Aus Dallas' hellblauen Augen schossen Feuerblitze in meine Richtung. Hatte ich etwas angesprochen, von dem er tatsächlich noch nichts wusste? Hatte er Kenntnis davon und lediglich versucht, die Sache geheim zu halten? Oder hatte er Gianni auf dem Gewissen und ich kam ihm allzu nahe?

„In jener Nacht, in der er starb, war Abilene bei mir, so wie jede Nacht."

„Wird sie diese Behauptung bestätigen?"

„Was, stehe ich jetzt wieder auf Ihrer Liste? Dass ich

Berlin nicht getötet habe, wissen Sie, aber jetzt versuchen Sie mir den Mord an Gianni anzuhängen? Was sollte ich für einen Grund dafür gehabt haben? Um mich für eine Affäre zu rächen, die es nicht gab?"

Ich schwieg und wartete, dass er weitersprach.

„Natürlich wird sie das bestätigen. Abilene und Gianni hatten nichts miteinander. Die beiden waren lediglich Kollegen." Bevor ich noch etwas dazu fragen konnte, fuhr er fort: „Er war verrückt nach ihr, ja, und bat sie ständig um ein Date, manchmal mehrmals am Tag. Und ganz egal, wie oft sie auch ablehnte, er ließ nicht locker. Machte ihr Komplimente und versicherte ihr, dass sie es bei ihm gut hätte. Irgendwann bin ich eingeschritten und habe ihm gesagt, er solle aufhören mit diesen permanenten Belästigungen. Das schien er aber nicht zu kapieren. Vielleicht war er einfach beschränkt, ich weiß es nicht. Jedenfalls hat Abilene das ziemlich mitgenommen. Der senile alte Sack gehörte eh längst in eine geschlossene Anstalt und nicht hierher, wo er sich um wilde Tiere zu kümmern hatte."

Senil? Ein weiterer Schausteller, der das Gefühl hatte, dass Giannis Verstand nachließ. Mir allerdings war an dem Tag, als ich ihn auf seiner Fütterungsrunde begleitete, nichts dergleichen aufgefallen. Aber wenn dem tatsächlich so gewesen wäre, war das vielleicht der Grund, warum er darauf beharrte, dass nur er, und auch nur er allein, Zugang zum Ketamin hatte. Womöglich war er davon überzeugt.

„Ich sage nicht, dass ich Ihnen nicht glaube, aber Abilene und Sie geben sich gegenseitig ein Alibi bei zwei äußerst suspekten Todesfällen. Gibt es sonst noch jemanden, der bestätigen kann, dass Sie beide in der Nacht, in der Gianni starb, zusammen waren?", hakte ich nach.

Er starrte mich finster an. „Sie überspringen einfach den Teil, in dem Sie die Frau, die ich liebe, einer Affäre beschuldigen und mich, ihren angeblichen Liebhaber getötet zu haben? Na schön. Ja, Creed hat uns in jener Nacht gesehen. Warum reden Sie nicht mit ihm? Und wenn Sie jetzt damit fertig sind, meine Welt ins Chaos zu stürzen, würde ich gerne gehen und meine Freundin suchen."

Ich hob beschwichtigend die Hand. „Natürlich. Und es tut mir auch wirklich leid, wenn ich Sie verärgert haben sollte, aber es ist nun mal meine Aufgabe, alle Bereiche abzudecken. Wenn Sie sich mit Baseball auskennen, wissen Sie, wie schwierig das für eine einzelne Person ist."

Nachdem Dallas verschwunden war, blickte ich nach unten und bemerkte, dass Meeka zu mir aufsah. Ihre Miene war vorwurfsvoll, so als wollte sie mir zu verstehen geben, dass ich wieder mal etwas falsch gemacht hatte.

„Das habe ich nicht", verteidigte ich mich und erhob mich ebenfalls. „Ich mache nur meinen Job. Und manchmal lässt es sich eben nicht vermeiden, dass man Menschen vor den Kopf stößt." Sie gähnte und schaute demonstrativ weg. „Egal, lass uns mal das Tigergehege genauer inspizieren."

Das gelbe Klebeband – Polizei - Zutritt verboten – war quer über die Vorderseite des Tigerkäfigs gespannt. Irgendjemand, höchstwahrscheinlich die Tierschutzbehörde, hatte die Tigerdame mitgenommen. Obwohl es nicht so aussah, als hätte sie Gianni etwas angetan, würden sie sie erst einmal behalten, bis wir Gewissheit hatten. Ich konnte nur hoffen, dass dem nicht so war, ansonsten würde sie eingeschläfert werden. Gianni würde sich im Grab umdrehen, nachdem er alles Menschenmögliche getan hatte, um sie zu retten.

Meeka lag vor dem Gehege, das Kinn auf ihre Pfoten gestützt. Wie die anderen Tiere, die alle in ihren Käfigen schliefen, wusste auch sie, dass hier etwas Schlimmes passiert war. Aber was genau? Ich dachte an das Diagramm, das Zeb gezeichnet hatte, und starrte auf die Stelle auf dem Boden, an der Giannis Leiche gefunden wurde.

„Sie waren in der Nähe der Tür. Haben Sie versucht, zu fliehen? Hat womöglich jemand Sie eingeschlossen und haben Sie um Hilfe geschrien?"

*Ich gehe in den Käfig, weil …*

Obwohl ich eine volle Minute wartete, ob nicht doch noch ein Bild in meinem Kopf entstand, konnte ich den Satz nicht beenden, einfach nicht visualisieren, was hier vorgefallen sein könnte. Vielleicht, weil ich den Tatort nicht persönlich untersucht hatte. Ich hatte weder Giannis Leiche gesehen noch den Tiger, wie der aus der Betäubung erwachte. Ich hatte keine Gelegenheit gehabt, das Gelände nach Spuren abzusuchen. Erst die Verbindung zum Opfer machte es mir möglich, mich in dessen Lage und manchmal auch in die des Täters zu versetzen. Jetzt, da das Gehege leer war, gab es nichts, woran ich mich hätte orientieren können.

Das Einzige, was ich *sehen* konnte, war der Tiger, der hinten im Gehege lag. Warum wurde er betäubt? Der einzige Grund, den ich mir vorstellen konnte, war, dass Gianni ihn irgendwie behandeln musste. Aber warum sollte er das mitten in der Nacht tun? Falsch, es war ja eher früh am Morgen gewesen. Da hatte Credence ihn auf ihrem morgendlichen Spaziergang entdeckt.

Laut Gianni stellte das Ketamin ein Tier seiner Größe etwa eine Stunde lang ruhig. Und wenn der Tiger gerade erst aus der Narkose erwacht war, als Zeb Warren hier ankam, musste der Zirkusdirektor Giannis Tod knapp verpasst haben.

Meeka starrte mich mit eingeklemmtem Schwanz an. Armer Hund. Ganz offensichtlich fühlte sie sich hier äußerst unwohl.

„Okay, Kleine, lass uns Credence suchen gehen. Vielleicht kann sie uns ein paar Details nennen."

Sie stand auf und rannte los, wollte nichts wie weg von hier. Da das Areal aktuell so gut wie leer war, ließ ich sie an der langen Leine.

Ungefähr auf halber Strecke zu dem offiziellen Zuweg, auf einer kleinen Lichtung zwischen den Kiefern hinter dem Wasserwerfer-Zielspiel, entdeckte ich eine Schlangenfrau. Sie glich einem Kreis, mit Brust und Kinn auf dem Boden und den Beinen so ineinander verschlungen, dass auch ihre Fußspitzen diesen berührten. Ich fragte sie, ob sie wüsste, wo ich Creed finden könnte, und sie hob ihr rechtes Bein und zeigte auf das Essenszelt.

„Ich denke, er ist in seinem Wohnwagen", sagte sie. „Folgen Sie dem Pfad hinter dem Zelt durch den Wald und halten Sie Ausschau nach einem einzelnen Trailer. Aber passen Sie auf, er ist leicht zu übersehen."

Ich zeigte auf einen circa sechzig Zentimeter hohen Vogelkäfig, der neben ihr stand. „Lassen Sie mich raten … Sie passen da hinein?"

„Ja. Soll ich es Ihnen zeigen?"

Die Neugierde war zu groß, und so beobachtete ich fasziniert, mit offen stehendem Mund, wie sie langsam ihren kompletten Körper hineinschob.

Ich applaudierte, und Meeka bellte. „Bravo. Das ist ja kaum zu glauben. Ich kann aber unbesorgt weitergehen, denn Sie kommen da allein wieder raus, oder?"

„Aber klar", kam ihre Stimme aus dem Gewirr von Körperteilen. „Kein Problem."

„Fantastisch. Und vielen Dank für Ihre Hilfe."

Sie streckte einen Fuß durch die Gitterstäbe, um mir die Hand zu schütteln. „Gern geschehen."

Wir waren etwa hundert Meter den Weg hinter dem Essenszelt entlanggegangen, als mir klar wurde, warum die Schlangenfrau mir gesagt hatte, ich sollte die Augen offenhalten. Zwischen einer dichten Gruppe von Kiefern und so bemalt, dass er wie weitere Bäume aussah, versteckte sich ein etwa zwölf Meter langer Sattelauflieger. Er war so gut getarnt, dass ich ihn tatsächlich fast übersehen hätte. Um ihn herum standen weitere kleinere Anhänger und eine Reihe von

Hütten. Hier also lebten die Schausteller, wenn es kälter wurde.

Ich stieg die Metalltreppe des Aufliegers hinauf, klopfte an und war ziemlich überrascht, als Janessa die Tür öffnete.

„Hallo, Sheriff", begrüßte sie mich leicht verhalten. „Was kann ich für Sie tun?"

„Ich suche Creed … oder Credence, wie auch immer. Ist er oder sie da?"

„Ja, Creed ist gerade nach Hause gekommen. Nehmen Sie doch bitte Platz." Sie deutete auf ein paar bequeme Gartenstühle draußen am hinteren Ende des Wagens. „Ich hole ihn. Natürlich würde ich Sie auch gerne hereinbitten, aber hier drinnen sieht es aus wie im Schweinestall."

Verwirrt bedanke ich mich und setzte mich. Eigentlich hatte ich gedacht, das wäre Creeds Heim. War es gleichzeitig sein Büro? Wohnte Janessa ebenfalls hier?

Meeka schnaubte, als wollte sie sagen: *O Mann, das ist doch klar.*

„Mir nicht. Ich hatte keine Ahnung, dass die beiden zusammen sind", rechtfertigte ich mich.

Während ich mir noch Gedanken über Janessas mögliche Beteiligung an Giannis Tod machte und mich fragte, ob Lupe sie bereits interviewt haben mochte, kam Creed heraus und stellte ein Glas Limonade vor mir ab.

Ich nahm einen großen Schluck. „Genau das habe ich jetzt gebraucht. Vielen Dank."

„Ich freue mich, Sie hier zu sehen und bin mir sicher, dass allein das Wissen, dass Sie auf dem Gelände unterwegs sind und Nachforschungen anstellen, die Gemüter beruhigen wird. Wie also kann ich Ihnen helfen?"

„Ich habe Fragen." Ich holte mein Handy heraus und öffnete meine Notiz-App. „Fangen wir doch damit an, was Sie an jenem Morgen im Gehege vorgefunden haben."

Creed wiederholte alles, was er bereits bei der Ratssitzung gesagt hatte. Dann berichtete er, was er − genauer gesagt

Credence – beobachtet hatte, was aber nicht viel mehr war als das, was bereits in Zebs Protokoll stand. Gianni lag in der Nähe der Tür, der Tiger weiter hinten, und es gab keinerlei Hinweise darauf, was vorgefallen sein könnte.

„Tut mir leid, dass ich nicht viel mehr dazu beitragen kann", entschuldigte er sich.

Das überraschte mich nicht weiter. Er war in diesem Moment wahrscheinlich extrem aufgewühlt gewesen und hatte nicht auf Details geachtet.

„Das ist schon okay", versicherte ich ihm. „Leider hat Sheriff Warren versäumt, Fotos zu machen. Erzählen Sie mir ein wenig mehr über Gianni. Wer hat ihm bei der Pflege und Versorgung der Tiere geholfen?"

„Niemand. Er wollte sich ganz allein um sie kümmern und war am glücklichsten, wenn wir anderen ihn einfach in Ruhe ließen."

„Das muss viel Arbeit gewesen sein. Wenn ich das also richtig verstanden habe, war er der Einzige, der Kontakt zu ihnen hatte."

„Nicht ganz. Da ist auch noch Leah, die aber nicht für die Pflege verantwortlich war. Sie durfte nur zu den Tieren, wenn sie ihre Nummern mit ihnen einstudierte." Creed lachte auf. „Anfangs war das ein ganz schöner Kampf. Gianni wollte partout nicht zulassen, dass sie auftreten, nicht einmal, dass sie auf diesen riesigen Holzpflöcken hockten. Sie sollte sie lediglich in die Manege bringen und dem Publikum etwas über sie erzählen."

„Klingt eher nach einem Zoo", sagte ich.

„Genau das haben wir auch versucht, ihm begreiflich zu machen. Das Zirkuspublikum erwartet mehr als nur Tiere, die wie Statuen herumsitzen. Schließlich stimmte er zu, solange Leah sie nicht dazu zwang, unnatürliche Dinge zu tun, wie beispielsweise durch brennende Reifen zu springen."

„Hatte sonst noch jemand Zugang zu ihnen, wenn auch nur, um ihnen Futter zuzuwerfen?"

Creed schüttelte den Kopf. „Er bestand darauf, dass sich alle von *seinen* Schützlingen fernhielten. Am Anfang war es noch nicht so schlimm, eher eine strenge Bitte. In letzter Zeit jedoch verhielt er sich schon fast paranoid, hatte permanent Angst, jemand könnte sie ihm wegnehmen." Creed tippte sich an den Kopf und deutete damit ähnlich Dallas an, dass Giannis Verstand getrübt gewesen sein könnte.

„Was ist mit den Medikamenten?", fragte ich und nahm noch einen Schluck von der Limonade. „Mir hat er gesagt, dass niemand sonst Zugang zu dem Ketamin hatte, das er für seine Betäubungspfeile verwendete."

„Das stimmt nicht. Wir hatten ebenfalls Zugriff darauf", erwiderte Creed. „Bei einer derart kontrollierten Droge wie dieser haben wir natürlich täglich den Bestand überprüft."

„Warum hat er mich dann diesbezüglich angelogen?"

„Er hat nicht gelogen, er wusste es schlichtweg nicht." Creeds Stimme brach, und er hielt sich kurz einen Finger an die Lippen, während er sich wieder zu sammeln versuchte. „Er hat nichts gemerkt, aber wir haben ihn permanent überprüft, nicht nur in Bezug auf dieses Beruhigungsmittel. Janessa wartete stets, bis er sein Büro verließ. Dann schnappte sie sich den Schlüssel, zählte die Quittungen und vergewisserte sich, dass er ihr auch tatsächlich sämtliche Rechnungen der Waren, die er bestellt hatte, zukommen ließ."

„Sie hat das übernommen?"

„Das war am unkompliziertesten. Meist schlich sie sich während einer Vorstellung hin, wenn Gianni und der Rest der Truppe beschäftigt waren."

Janessa also hatte Zugang zum Ketamin. Mit ihrer Behinderung wäre es ihr kaum möglich, eine der großen Armbrüste zu halten und abzufeuern. Die kleinen Pistolen hingegen sollten kein Problem darstellen.

„Gibt es sonst noch jemanden, der irgendwie an den Schlüssel hätte rankommen können oder sogar einen eigenen besaß? Oder eben wusste, wo sie aufbewahrt wurden, speziell der für das Ketamin?"

Creed lehnte sich in seinem Stuhl zurück und hielt sich das Glas eisgekühlter Limonade an den Hals, während er darüber nachdachte. „Tatsächlich gibt es eine weitere Person, die Bescheid weiß. Das hat sie uns einmal erzählt. Damals habe ich zu Janessa gesagt, dass wir uns darum kümmern müssten und niemand außer uns Zugang haben sollte."

„Und wer ist das?"

„Tilda. Sie hilft auch ab und zu hier im Geschäftsbüro aus, wenn Janessa die Arbeit über den Kopf wächst."

„Tilda Nelson?"

Sofort musste ich wieder an den Tag denken, an dem sie die Besuchergruppe zu den Zirkuswagen dirigiert hatte, damit Joss ihnen etwas über die Tiere erzählen konnte. Und ich erinnerte mich an das, was Gianni sagte − wie häufig sie den Jungen zu ihm brachte, damit er seine Fragen stellen konnte. Irgendwann musste dem neugierigen Kleinen die Betäubungswaffe an Giannis Hüfte aufgefallen sein. Wahrscheinlich hatte er es hinterher haarklein seiner Mutter erzählt.

„Welchen Grund hätte Tilda haben sollen, einen von ihnen zu töten?", fragte ich, mehr mich selbst als Creed.

„Genau das hat mich auch beschäftigt. Tilda und Berlin standen sich so nahe wie Schwestern. Und ebenso wie solche stritten sie sich auch gelegentlich, aber es war nichts weiter als harmloses Gezänk. Ich hatte nie das Gefühl, dass zwischen den beiden echte Feindseligkeit herrscht."

„Was wissen Sie sonst noch über Tilda?"

„Nicht wirklich viel", entgegnete er mit einem Achselzucken. „Sie ist eher der Typ Einzelgängerin. Zwar liebt sie es, aufzutreten, aber wenn sie nicht auf der Bühne steht, ist sie meist für sich."

„Wie steht es mit ihrer Vorgeschichte? Was hat sie vor dem Unfall gemacht?"

„Ehrlich gesagt, das weiß ich gar nicht. Ich gehe kurz rein und hole ihre Akte."

Während Creed im Wohnwagen verschwand, sah ich gedankenverloren Meeka zu, die gerade ein Streifenhörnchen um einen Baum jagte, und ging erneut sämtliche Mordmotive durch – finanzielle Probleme, häusliche Gewalt, Rache, religiöse Differenzen, Selbstverteidigung, den Einfluss von Drogen oder Alkohol oder die Verschleierung eines anderen Verbrechens.

Traf eines davon auf sie zu? Schuldete sie Berlin und/oder Gianni Geld? Wollte sie sich auf irgendeine Art und Weise an einem von ihnen oder sogar an beiden rächen? Versuchte sie, etwas zu vertuschen?

„Kurz vor dem Unfall", sagte Creed, der, einen Aktenordner in Händen haltend, erneut zu mir heraustrat, „war sie Hausfrau und Mutter und lebte in New York."

„Und von dort hat es sie ausgerechnet hierher verschlagen? Das scheint mir ein ziemlich mühseliger Weg zu sein, nur um einen Job bei einem eher unbedeutenden Zirkus zu ergattern, finden Sie nicht auch? Und noch dazu mit einem Kleinkind."

„Wir ziehen Menschen aus der ganzen Welt an, Jayne." Er lehnte sich in seinem Gartenstuhl zurück. „Tilda ist sehr talentiert, aber aufgrund ihrer Behinderung wäre sie wohl kaum in einer der großen Shows untergekommen. Hier bei uns hat sie eine Art zweite Heimat gefunden. Trotz ihrer körperlichen Einschränkungen begeistert ihre Darbietung die Zuschauer, und auch mit den Kollegen kommt sie prima zurecht."

„Das sehe ich ebenso. Gibt es sonst noch etwas Auffälliges in ihrem Lebenslauf?" Ich deutete mit dem Kinn in Richtung der Akte. „Steht da etwas drinnen über ihre Familie?"

Creed studierte erneut die Blätter. „Es wird nur noch ihr Ehemann erwähnt, Percy Nelson."

„Sie meinen ihren verstorbenen Ehemann, oder?"

„Verstorbener Ehemann?" Er blätterte noch einmal alles von vorne bis hinten durch. „Hier steht nichts davon, dass er tot ist. Ich dachte eigentlich immer, sie wäre geschieden oder hätte sich von ihm getrennt."

„Tilda hat mir persönlich erzählt, er sei bei diesem Unfall ums Leben gekommen."

„Dazu kann ich leider nichts sagen. Ich weiß nur, was in ihrer Akte steht." Noch einmal wühlte er sich durch die Unterlagen und kniff die Augen zusammen. „Eher nicht. Sie hat Percy Nelson in New York als Notfallkontakt für Joss angegeben, sollte ihr etwas zustoßen. Sie hat diese Zeile im Nachhinein zwar wieder durchgestrichen, doch man kann es nach wie vor lesen."

Durchgestrichen? Hatte sie seinen Namen aus Gewohnheit notiert und sich erst dann wieder erinnert, dass er nicht mehr am Leben war? Ich machte mir eine entsprechende Notiz. „Percy Nelson. Ich hatte ihr das wirklich geglaubt, dass Joss' Vater tot sei, und auch keinen Grund, ihre Aussage infrage zu stellen, weil ich sie nie verdächtigt habe. Mal schauen, was ich über den Mann herausfinden kann."

„Warum sollte sie diesbezüglich lügen?"

„Das ist die Frage." Ich legte das Handy auf meinen Schoß. „Eine talentierte Luftakrobatin kommt mit ihrem kleinen Jungen den ganzen Weg aus New York in den Norden von Wisconsin. Klar, sie hat eine Behinderung, aber dennoch: Gab es nichts anderes für sie, näher an ihrem Heimatort?"

„Wie wir alle", sagte Creed in vorwurfsvollem Tonfall, „ist sie geblieben, weil sie hier akzeptiert wird."

„Oder aber, weil sie auf der Flucht vor etwas oder jemandem war."

Er blickte mich überrascht an. „Sie denken, sie ist zusammen mit Joss durchgebrannt?"

„Möglich wäre es." Ich deutete auf die Akte in seiner Hand. „Was hat sie gemacht, bevor sie wegen ihres Sohnes zu

Hause blieb? Ist irgendetwas erwähnt, wo und wie sie aufgewachsen ist?"

„Auf derartige Informationen legen wir normalerweise keinen Wert." Erneut überflog er die Seiten, hielt dann inne und zog verdutzt die Augenbrauen hoch. „Oha. Hier steht, dass sie vor einigen Jahren an den Olympischen Spielen teilgenommen hat, allerdings nicht in welcher Disziplin."

Ein Ehemann, der möglicherweise gar nicht tot war, eine mutmaßliche Entführung und eine Olympionikin, die ihre Sportart nicht angegeben hatte? Es wurde Zeit, der Sache weiter auf den Grund zu gehen. Ich stand auf, trank den Rest meiner Limonade aus und stellte das Glas in den Getränkehalter in der Armlehne des Gartenstuhls. Dann pfiff ich nach Meeka. „Danke für die Informationen, Creed."

„Wo gehen Sie denn jetzt hin? Was haben Sie vor?"

„Ich sollte noch ein wenig mehr über Mrs Nelson recherchieren. Aber bitte sprechen Sie mit niemandem darüber, nicht einmal mit Janessa."

„Glauben Sie wirklich, Tilda könnte hinter den beiden Morden an Berlin und Gianni stecken?" Er schlug entsetzt die Hand vor den Mund und schüttelte ungläubig den Kopf.

Diesen Blick kannte ich nur zu gut. „Bitte, Creed. Klar, Sie haben sie eingestellt und dachten, Sie kennen sie, aber man kann über eine Person immer nur das wissen, was sie bereit ist, preiszugeben. Machen Sie sich deshalb keine Vorwürfe. Sie sind in keiner Weise verantwortlich."

Ohne Vorwarnung zog er mich in seine Arme, und da ich das Gefühl hatte, dass es genau das war, was er brauchte, ließ ich ihn gewähren.

„Müssen Sie sich nicht so langsam auf Ihren Auftritt vorbereiten?", fragte ich schließlich.

Er ließ von mir ab und trat erschrocken einen Schritt zurück. „Das hätte ich jetzt fast vergessen. So etwas ist mir noch nie zuvor passiert. Ja, ich sollte mich wirklich allmählich fertig machen."

Seine Stimme wurde heller, seine Miene und Gestik weicher. Ich war mir ziemlich sicher, dass heute Nachmittag Credence der Zirkusdirektor sein würde. Seine weibliche Seite schien immer dann zum Vorschein zu kommen, wenn eine einfühlsamere Person gefragt war.

„Lassen Sie sich nicht aus dem Konzept bringen. Wie ich schon sagte, Sie sind nicht verantwortlich. Wenn wir in der Lage wären, Mörder zu erkennen, bevor sie zuschlagen, wäre ich im Prinzip arbeitslos."

„Was trotzdem keine schlechte Sache wäre." Er straffte die Schultern und hob den Kopf. „Machen Sie sich keine Sorgen um meine Performance, Schätzchen. Ich bin ein Profi und werde meinem Publikum das geben, was es von mir zu sehen erwartet."

# Kapitel Einunddreißig

AM LIEBSTEN WÄRE ICH AUF DIREKTEM WEG NACH HAUSE zurückgekehrt, hätte mich ins Internet eingeloggt und nach Tilda Nelson gesucht. Dann jedoch fiel mir ein, dass es nach wie vor Zebs Kontaktinformationen waren, die an der Tür des Polizeireviers klebten. Also fuhr ich nochmals dort vorbei, um mich um diese Sache zu kümmern. Ich hatte kaum die Heckklappe des Cherokees geöffnet, um Meeka aus ihrer Transportbox zu befreien, als eine Gruppe von etwa zehn Touristen vorbeikam und mich zu meiner neuen Position beglückwünschte.

Was mich wieder daran erinnerte, dass ich vorerst eine Ein-Mann-Abteilung war und mich auch noch um andere Dinge als die beiden Morde kümmern musste. Vorrangig galt es, den Schaden wiedergutzumachen, den Zeb angerichtet hatte. Meine Recherche würde wohl oder übel noch ein wenig warten müssen.

Es war wieder extrem heiß und schwül heute, was zu einer unglaublich langen Schlange vor dem *Treat me Sweetly* geführt hatte. Bei diesen Temperaturen verlangte es jeden nach einem Eis. Ich beschloss, dass ein geeistes Getränk von *Ye Old Bean Grinder* einen ähnlichen Effekt hätte und begab mich dorthin.

„Das Übliche?"", fragte Violet, als ich das Café betrat.

„Was ist denn heute das Getränk des Tages?"

Sie lächelte breit. „Eiskalter Kokos-Macadamia-Latte."

„Das klingt wunderbar sommerlich. Ich probiere ihn aus."
Mein Blick schweifte zu der abgedeckten Schale auf der
Theke neben mir. „Und einen Scone."

„Kommt sofort."

Während sie meinen Latte zubereitete, schaute sie immer
wieder verstohlen zu mir herüber. Die normalerweise quirlige,
geschwätzige Barista war heute ungewöhnlich zurückhaltend.
Allerdings fiel mir auch auf, dass sie nervös auf der Stelle
trippelte, was nur eines bedeuten konnte.

„Kommen Sie schon, Violet, fragen Sie mich, was immer
Ihnen auf der Seele brennt", ermutigte ich sie, während ich
mir einen Kokos-Schoko-Scone aussuchte.

Sie seufzte dramatisch auf. „Es ist nur so … Mittlerweile
bin ich es gewohnt, dass Sie einfach die gute alte Jayne sind.
Also natürlich nicht alt im wörtlichen Sinne. Ich weiß nicht …
Wie soll ich mich jetzt, wo Sie der Sheriff sind, Ihnen
gegenüber nur verhalten?"

Mit derartigen Reaktionen hatte ich gerechnet. „Ganz
ehrlich, der einzige Unterschied zwischen der Person, die Sie
bis gestern kannten und der, die heute vor Ihnen steht, ist
dieses Hemd." Ich rückte den Kragen meiner Uniform
zurecht. „Und sollten Sie nicht vorhaben, mir irgendwelche
illegalen Dinge zu beichten, die Sie in Ihrer Freizeit drehen,
können Sie sich genauso verhalten wie immer. Ich würde mir
sogar wünschen, dass Sie das tun."

„Gott sei Dank, jetzt bin ich erleichtert." Sie reichte mir
mein Getränk und stützte sich dann mit den Ellbogen auf der
Theke ab. „Dann erzählen Sie doch mal, was im Zirkus so los
ist. Gibt es schon Hinweise darauf, wer der Mörder sein
könnte?"

Wenn Violet jemals beschließen sollte, das Café zu
schließen, würde sie eine hervorragende Klatschkolumnistin

abgeben. Niemand in der Stadt wusste mehr über die aktuellen Geschehnisse als sie.

„Ich habe vielleicht eine Spur", antwortete ich vage. „Aber das bleibt unter uns, versprochen?"

Ein Geheimnis mit dem Sheriff – diese Vorstellung schien ihr zu gefallen.

„Meine Lippen sind versiegelt." Anstatt jedoch so zu tun, als würde sie einen Reißverschluss davor zuziehen, wedelte sie lediglich mit dem Finger vor dem Mund herum.

„Ist das so eine Art Wicca-Geste, dass man schweigen wird wie ein Grab?", fragte ich.

Sie zwinkerte mir nur zu und gab mir einen Keks für Meeka.

Ich warf zehn Dollar in das Trinkgeldbehältnis und winkte ihr nochmals zu, bevor wir uns wieder auf den Weg machten. Die nächsten drei Stunden streiften wir durch den Pentagramm-Garten, begrüßten die neuen Gäste und versicherten denen, die schon eine Weile da waren, dass sich die Lage entspannt hatte. Die Tage der übertriebenen Ahndung kleinerer Vergehen waren vorbei.

Während ich mich mit diversen gut gelaunten Rentnerpaaren und ein paar müde wirkenden jungen Eltern unterhielt, kam wieder die Nonne auf dem Fahrrad den Seeweg entlang. Als wäre das nicht schon kurios genug, folgt direkt dahinter der Typ in Badehose, den ich gerade aus dem Gefängnis entlassen hatte. Er radelte auf einem Einrad und fiedelte dabei auf einer Geige herum. Die Menge jubelte und winkte ihnen zu. Es war schön zu sehen, dass hier alles wieder seinen gewohnten Gang ging.

)⊕(

Es war zwar erst halb fünf, als wir unsere Runde beendet hatten, aber ich beschloss, trotzdem schon nach Hause zu gehen. Ich wollte dringend Nachforschungen über Tilda anstellen, was ich theoretisch natürlich auch im Revier hätte tun können. Vorrangig jedoch wollte ich Tripp von meinem neuen Job erzählen, bevor er die Neuigkeit von anderen erfuhr.

Auf halbem Weg fiel mir siedend heiß ein, dass ich noch immer mein Uniformhemd trug. Auf diese Art und Weise sollte er es nicht herausfinden. So leise wie möglich rollte ich die Auffahrt entlang, parkte auf meinem üblichen Platz vor der Garage und drückte die Autotür vorsichtig zu, anstatt sie wie üblich zuzuknallen. Kaum jedoch, dass ich Meeka rausgelassen hatte, rannte diese bellend ums Haus und schüttelte dabei ihren kleinen pelzigen Kopf.

„Meeka! Pst, sei still!", bat ich sie im Flüsterton.

Sie blieb etwa sechs Meter entfernt stehen, starrte mich irgendwie spöttisch an, wuffte erneut, preschte dann den Pier hinunter und sprang mit einem Satz ins Wasser. Großartig! Das konnte auch Tripp nicht entgangen sein.

Eilig stolperte ich die Treppe hinauf in meine Wohnung und hatte gerade das Hemd ausgezogen, als er auch schon draußen auf der Veranda auftauchte.

„Seit wann bist du denn zurück?", fragte er.

„Seit einer knappen Minute. Wenn du fünfzehn Sekunden früher gekommen wärst, hättest du mich beim Umziehen erwischt."

Er starrte mich mit hochgezogener Augenbraue an und stellte sich offenbar vor, wie ich ohne T-Shirt aussah. „Ich sollte wohl an meinem Timing arbeiten."

„Ich muss dir was erzählen. Sag mir Bescheid, wann es dir zeitlich passt. Wir könnten den Grill anfeuern und ein paar Bratwürste auflegen."

„Klingt perfekt, ich bin am Verhungern. Gib mir noch etwa eine Stunde."

Ich hob die Daumen. „Bring die Bratwürste mit, wenn du wieder rüberkommst. Und den Kartoffelsalat. Und was immer du sonst noch essen möchtest."

Er erwiderte meine Geste, hielt dann jedoch inne und musterte mich prüfend.

„Was ist?", fragte ich.

„Ich weiß nicht, aber du wirkst irgendwie nervös. Möchtest du mir deine Neuigkeiten vielleicht gleich jetzt erzählen?"

„Wie kommst du darauf, dass es etwas Neues geben könnte? Dem ist nämlich nicht so ... ich meine ... zumindest nichts Dringendes, was nicht noch eine Stunde warten könnte."

Konnte jemand noch überzeugender klingen? Er warf mir einen letzten misstrauischen Blick zu und kehrte dann ins Haus zurück. Meeka folgte ihm durch den Garten, wobei sie unaufhörlich kläffte. Verräterin. Nur gut, dass Tripp die Westie-Sprache nicht beherrschte.

Ich holte mir ein Summer Shandy, schaltete meinen Laptop ein und machte mich bereit, über Tilda und Percy Nelson zu recherchieren. Dann öffnete ich den Browser und wartete. Und wartete ... Nichts tat sich. Es wurde keine Verbindung hergestellt. Also setzte ich das Modem zurück und versuchte es erneut, jedoch wieder ohne Erfolg. Auch das Herunter- und Wiederhochfahren des Computers brachte nichts. Ich kam einfach nicht ins Internet. Ich kramte in der Schublade des Beistelltisches im Wohnbereich, fand die Visitenkarte meines Internetunternehmens und rief die 24-Stunden-Servicenummer an.

„Was meinen Sie damit, es liegt an meinem Modem?", fragte ich den Kundendienstmitarbeiter genervt. „Das Teil ist noch nicht einmal einen Monat alt."

„Die komplette Charge hat dieses Problem", erklärte er mir in beschwichtigendem Tonfall. „Sie erhalten natürlich kostenlos Ersatz, aber heute Abend kann ich leider nichts mehr für Sie tun."

„Wenn Sie das doch schon länger wussten, warum haben Sie mich dann nicht früher informiert?"

„Wir haben Ihnen eine E-Mail geschickt."

Tickte der noch ganz richtig? „Und wie bitte hätte ich die abrufen sollen, wenn ich nicht ins Internet komme?"

„Wir sind natürlich davon ausgegangen, dass Sie ihre Mails aufs Handy bekommen, so wie alle anderen Leute auch."

Ich machte mir nicht die Mühe, ihn über meinen Aufenthaltsort und die mangelhafte Netzabdeckung zu informieren.

„Und ich werde dafür sorgen, dass Ihnen morgen so schnell wie möglich jemand ein neues Gerät vorbeibringt."

Na ja, der Typ war ja nicht persönlich für die Produktionsmisere verantwortlich. Also bedankte ich mich bei ihm, betonte jedoch nochmals, wie dringend ich wieder online gehen müsste. Woraufhin er genervt erwiderte, dass er diesen Satz von all seinen Kunden zu hören bekäme und sein Möglichstes tun würde, um Abhilfe zu schaffen.

Tja, somit hatte sich mein Vorhaben, heute Abend noch etwas über die beiden herauszufinden, erledigt. Es sei denn, ich ginge nochmals zurück aufs Revier. Ich hatte diesen Gedanken kaum zu Ende gedacht, als Tripp mit dem Essen in der Hand in der Tür erschien.

„Ich bin schneller fertig geworden als vermutet", rief er mir zu, während er die Bratwürste auf den Verandatisch stellte und den Grill anzündete. „Außerdem bin ich extrem gespannt, worüber du mit mir reden willst."

Okay, jetzt verstand ich. Er hoffte, ich hätte Neuigkeiten bezüglich unserer geplanten Frühstückspension. Ich gesellte mich zu ihm auf die Veranda und öffnete die Packung mit den Würsten.

„Du warst den ganzen Tag weg", fuhr er fort. „Konntest du den Rat überzeugen? Wird Zeb gefeuert?"

Ich legte die Hand auf den Deckel des Grills und wartete darauf, dass dieser warm wurde. „Es war nicht einstimmig – das ist es eigentlich nie –, aber die Mehrheit war der gleichen

Meinung, dass er keinen guten Job macht. Tatsächlich wurde er direkt entlassen und auch schon ersetzt."

„So schnell? Das ist ja großartig, Und wer ist es diesmal? Wieder jemand, den eines der Mitglieder kennt?"

„Es ist sogar jemand, den wir alle kennen. Jemand, der früher für die Polizei in Madison gearbeitet hat."

Ich warf ihm einen Blick über die Schulter zu, um abzuschätzen, wie viele Hinweise ich ihm noch geben musste.

„Aha. Ein gewisser Jemand, der früher bei der Polizei in Madison tätig war." Er sprach leise, während er sich am Kartoffelsalat zu schaffen machte. „Dann sollte ich Ihnen wohl gratulieren, Sheriff O'Shea, oder?"

Der Damm war gebrochen, und ich erzählte ihm alles über den Tag, angefangen mit der Gemeinderatssitzung heute Morgen. War das wirklich erst heute Morgen gewesen? So viel war seitdem passiert, und dabei waren noch nicht einmal zwölf Stunden vergangen.

Aus alter Gewohnheit wollte ich gerade ansetzen, ihm haarklein zu berichten, was ich von Dallas und Creed erfahren hatte, hielt dann jedoch inne. Damit musste ich wirklich aufhören, und zwar aus zwei guten Gründen. Erstens wollte er vielleicht gar nicht jedes Detail meines Lebens wissen, und zweitens ging es um seine eigene Sicherheit. Je weniger er in gewisse Dinge eingeweiht war, desto besser. Zwar war nicht zu erwarten, dass Gangster oder Schwerverbrecher in Whispering Pines herumwanderten, aber mit Gewissheit konnte man das nicht sagen. Also verriet ich ihm lediglich, dass ich nach etlichen Gesprächen mit diversen Leuten im Zirkus so gut wie überzeugt war, eine solide Spur zu dem Mörder gefunden zu haben.

Tripp schwieg, während ich mich um das Essen kümmerte und über meine Begeisterung sowie Bedenken bezüglich der neuen Position philosophierte. Als ich endlich geendet hatte und herzhaft in meine Wurst biss, ergriff er seine Chance, um zu antworten.

„Ich bin mir nicht sicher, was ich davon halten soll", gab er zu. „Einerseits mache ich mir Sorgen um dich, weil dieser Job doch sehr gefährlich sein kann. Andererseits sind wir hier in Whispering Pines, einem ruhigen, friedlichen Ort. Wenn man mal von den beiden Morden absieht."

Mit vollem Mund hielt ich drei Finger hoch.

„Richtig, drei."

Ich kaute und schluckte. „Die Zahl ist schon hoch, wenn man bedenkt, wie klein das Dorf ist. Dennoch glaube ich nicht, dass irgendjemand hier ernsthaft in Gefahr ist, mich eingeschlossen. Bei Yasmine waren es persönliche Gründe. Ich meine, es ist ja nicht so, dass der Täter, wäre sie nicht gewesen, jemand anderen genommen hätte. Was Gianni und Berlin anbelangt, habe ich noch keinen Plan, denke aber nicht, dass es sich um jemanden handelt, der wahllos Dorfbewohner ins Visier nimmt. Mit anderen Worten, wir sind hier genauso sicher wie anderswo, wenn nicht sogar sicherer."

Er schien kurz über meine Worte nachzudenken. „Das beruhigt mich irgendwie. Und ich weiß ja, wie sehr du deine Arbeit liebst. Wenn du also um jeden Preis zurück in den Polizeidienst willst, dann wenigstens hier. Und du könntest somit dauerhaft hierbleiben."

Diesen Satz ließ er unkommentiert im Raum stehen, warf mir aber einen verstohlenen Blick aus den Augenwinkeln zu. Ich wusste genau, was er dachte. Jetzt, wo ich einen Job hatte und innerhalb des Rates einen gewissen Einfluss besaß, könnte ich womöglich auch ihm helfen, Arbeit zu finden.

„Möchtest du mein Stellvertreter werden?"

„Das klingt ja fast wie ein Antrag", entgegnete er mit einem Augenzwinkern, das mich erröten ließ. „Wenn das meine einzige Option ist, ergreife ich sie natürlich."

„Besser nicht. Ich kenne dich. Du wärst total unglücklich. Auch wenn du mit ein paar wenigen Leuten klarkommst, bist du im Grunde ein Einzelgänger."

Er zuckte mit den Schultern und gab ein kleines Grunzen von sich.

„Außerdem ist die Sache mit der Frühstückspension noch nicht vom Tisch", erinnerte ich ihn. „Ich habe Mom erneut angerufen. Sie hat sich zwar bisher nicht zurückgemeldet, aber da auch kein direktes Nein kam, habe ich Hoffnung."

Wir saßen noch ewig zusammen, selbst, nachdem die Sonne untergegangen war, unterhielten uns oder hingen jeweils unseren eigenen Gedanken nach. Irgendwann meinte Tripp, er sei müde und sollte jetzt besser zu Bett gehen. Meeka trottete ihm hinterher und begleitete ihn auf halbem Weg zu seinem Wohnwagen. Dann drehte sie noch drei Runden im hinteren Garten, bevor sie die Treppe heraufgerannt kam, sich schnurstracks in die Wohnung zu ihrem Kissen begab und sich darauf plumpsen ließ. Innerhalb von Sekunden war sie eingeschlafen.

Kurz spielte ich mit dem Gedanken, nochmals zum Revier zurückzukehren und das Internet dort zu nutzen, fühlte mich aber plötzlich ebenfalls total erschöpft. Es war ein langer, ereignisreicher Tag gewesen. Mit Tilda Nelson würde ich mich gleich morgen früh beschäftigen.

Die Tür und die Fenster weit geöffnet, legte ich mich ins Bett und ließ mich vom Flüstern der Kiefern in den Schlaf wiegen.

Fünf Stunden später war ich schon wieder hellwach. Meeka schien äußerst ungehalten, als ich ihr sagte, es sei Zeit, aufzustehen und ins Büro zu gehen. Zwar erhob sie sich von ihrem mit Hundeknochen bestickten Kissen, drehte sich aber lediglich einige Male im Kreis und legte sich wieder hin, wobei sie mir demonstrativ den Rücken zukehrte. Ich ließ sie vorerst gewähren und sprang kurz unter die Dusche. Anschließend füllte ich ihren Napf mit Futter, womit sie sich zumindest von ihrer Schlafstätte weglocken ließ.

Während sie fraß, beäugte sie skeptisch, wie ich den zweiten Tag in Folge in mein Uniformhemd schlüpfte.

Wahrscheinlich hatte sie nach dem kurzen, dreitägigen Einsatz als Deputy so ihre Zweifel. Tja, sie würde schon noch merken, dass das jetzt unser neuer Job war. Allerdings hatte ich nicht vor, meinen Tag immer um fünf Uhr morgens zu beginnen.

„Arbeiten", befahl ich ihr und begab mich mit ihrer Leine in der Hand an die Tür. Sie wedelte ein wenig mit dem Schwanz und setzte sich zögerlich in Bewegung. Da sie ab heute jeden Tag mit mir auf dem Revier sein würde, überlegte ich, ihr ein zweites Kissen zu besorgen. Andererseits hatte sie sich auch unter der Pritsche äußerst wohlgefühlt.

Als ich mich meinem Cherokee näherte, entdeckte ich Tripp vor seinem Faltzelt sitzend, der die morgendliche Ruhe genoss.

„Du kannst es wohl gar nicht erwarten, zur Arbeit zu kommen, wie? Willst du dir nicht wenigstens kurz Zeit für ein Frühstück nehmen?"

Ich erzählte ihm von dem Modem-Problem und dass ich dringend recherchieren musste. „Außerdem habe ich dort noch einen Rest des gestrigen Rühreis aus dem *The Inn* im Kühlschrank."

„Das klingt natürlich viel besser als die Haferflocken, die ich dir vorgesetzt hätte. Bis später dann, ihr beiden."

Dessen war ich mir nicht so sicher. Bestimmt würde er wieder ein wahres Gourmetwunder zaubern, das so rein gar nichts mit dem klebrigen Zeug aus der Tüte zu tun hatte, das ich mir normalerweise reinzog. Nach einem kurzen Stopp bei Violet, wo ich mir meinen obligatorischen Mokka holte, machten wir uns direkt an die Arbeit. Als Erstes richtete ich mein E-Mail-Konto ein. Dann schrieb ich Dr. Bundy eine kurze Nachricht, in der ich ihn darüber informierte, dass ab sofort ich sein Ansprechpartner bei der Polizei von Whispering Pines sei, und bat ihn, mir alles zu schicken, was er über den Tod von Berlin und Gianni bisher herausgefunden hatte. Eine schnelle Internetsuche lieferte einen Artikel über Tilda und den Sport, der ihr einen der ersten Plätze bei den Olympischen Spielen eingebracht hatte.

„Sheriff Jayne?" Gerade als ich die letzten Zeilen des Artikels las, tauchte Lupe in der Tür des Reviers auf. „Ich habe interessante Neuigkeiten. Wussten Sie, dass Tilda bei den Olympischen Spielen als …"

„Biathletin?" Ich deutete auf meinen Bildschirm. „Habe ich gerade im Internet entdeckt."

Ihr Gesichtsausdruck verriet, wie enttäuscht sie war, dass ich ihren Luftballon zum Platzen gebracht hatte. „Wie kamen Sie denn auf die Idee, nach so etwas zu suchen?"

„Creed erwähnte mir gegenüber, dass sie früher Sportlerin war, wusste aber nicht, in welcher Disziplin. Ihnen ist auch klar, was das zu bedeuten hat, oder?"

„Allerdings. Die Frau ist Expertin im Skilanglauf und, was noch wichtiger ist, im Schießen mit einem Gewehr." Sie öffnete ihr Notizbuch und legte einen Finger auf etwas, das sie vermerkt hatte. „Glauben Sie nicht auch, dass einer Frau, die ein Anschutz 1827F Fortner mit einer Genauigkeit von 97 % abfeuern kann, dies auch mit einem Betäubungspfeilgewehr mit der gleichen Präzision gelingt?"

Mein Telefon klingelte dreimal, bevor mir klar wurde, dass ich diejenige war, die rangehen sollte.

„Gott sei Dank", vernahm ich die panische Stimme eines Mannes am anderen Ende. „Ich habe es die ganze Nacht über bei Ihnen versucht. Haben Sie keinen Anrufbeantworter? Ich muss dringend mit dem Verantwortlichen sprechen."

„Sheriff O'Shea am Apparat. Wie kann ich Ihnen helfen?"

„Mein Name ist Percy Nelson."

Beinahe hätte ich den Hörer fallen lassen. Tildas Ehemann … oder Ex-Ehemann … oder verstorbener Ehemann. Okay, letzteres natürlich nicht. Der Mann, über den ich als Nächstes recherchieren wollte.

„Ich habe in einem Artikel über Ihr Dorf ein Foto meiner Frau und meines Sohnes gesehen. Seit fast zwei Jahren suche ich nach den beiden. Ihr Name ist Tilda, Matilda Nelson, und mein Kleiner heißt Joss. Sie würden sie direkt erkennen. Tilda sitzt im Rollstuhl und Joss fehlt der größte Teil seines linken Arms. Bitte, sind Sie noch dran?"

Der Typ klang absolut verzweifelt.

„Das ist ja schon fast Ironie des Schicksals, dass Sie gerade jetzt anrufen, Mr Nelson, denn ich hatte mir für heute vorgenommen, nach Ihnen zu fahnden. Ja, sowohl Tilda als auch Joss sind hier."

Er stieß einen lauten Seufzer der Erleichterung aus. „Ich bin gerade geschäftlich in Chicago, und der einzige Grund, warum ich überhaupt etwas über Whispering Pines weiß, ist, weil einer meiner Kollegen permanent davon schwärmt, wie toll man dort Urlaub machen kann. Irgendwann bin ich neugierig geworden, habe nachgeforscht und bin direkt auf dieses Foto gestoßen. Hören Sie, ich bin auf dem Weg und werde in wenigen Stunden vor Ort sein können. Tun Sie mir einen Gefallen und sagen Sie Tilda nicht, dass ich komme. Bitte. Ansonsten läuft sie erneut weg."

Wie … Sie läuft *erneut* weg? Ich hatte während meiner Polizeilaufbahn schon genug Ehestreitigkeiten mitbekommen, um zu wissen, dass man dem einen Partner nicht einfach so alles glauben durfte. Somit musste ich vorrangig noch weiter recherchieren und hoffen, dass ich weitere Einzelheiten über Percy oder Matilda Nelson fand. Hatte sie ihren Sohn entführt? Wurde sie von ihrem Ehemann misshandelt? Gab dieser Kerl nur vor, ihr Mann zu sein? Was auch immer die Wahrheit sein mochte, meine größte Sorge galt Joss.

„Gute Fahrt, Mr Nelson. Bitte melden Sie sich nach Ihrer Ankunft direkt im Polizeirevier. Fragen Sie sich einfach durch, so ziemlich jeder kann Ihnen den Weg beschreiben."

Ich legte auf und bemerkte, wie Lupe mich anstarrte.

„Entschuldigung", sagte ich, in der Hoffnung, sie würde alles, was sie gerade gehört hatte, ignorieren, auch wenn ich das nicht glaubte. „Was genau haben Sie gerade über Waffen gesagt?"

Sie blickte von ihrem Notizbuch auf, in das sie gerade eifrig geschrieben hatte. „Ich habe mich gefragt, ob die Fähigkeit, mit einem speziellen Gewehr zu schießen, nicht auch bedeutet, dass man problemlos mit anderen Marken umgehen kann?"

„Das weiß ich natürlich auch nicht, vermute allerdings, dass es für diese Person nicht allzu schwierig sein sollte, ein Ziel aus einer Entfernung von fünfundzwanzig Metern mit einem Betäubungspfeil zu treffen. Das war doch Ihre Frage, oder?"

Und wieder klingelte das Telefon. War hier schon immer so viel los gewesen?

„Polizeistation Whispering Pines, Sheriff O'Shea am Apparat. Wie kann ich Ihnen helfen?"

Wäre das ein Notruf gewesen, wäre die Person am anderen Ende inzwischen verblutet. Ich sollte mir ernsthaft Gedanken über eine verkürzte Begrüßungsfloskel machen.

„Sheriff O'Shea, hier spricht Dr. Bundy. Herzlichen Glückwunsch. Schön zu hören, dass Sie jetzt diese Position innehaben."

„Vielen Dank, Doktor. Ich nehme an, Sie haben meine Mail erhalten?"

„Ja, das habe ich, und ich schicke auch gleich alles durch, was mir vorliegt. Allerdings wollte ich Sie direkt über etwas informieren, das dringend sein könnte."

„Und das wäre?" Ich öffnete die oberste Schreibtischschublade und kramte nach einem Block und einem Stift. Dabei machte ich mir eine geistige Notiz, dass ich vorrangig diesen chaotischen Arbeitsplatz aufräumen sollte. „Schießen Sie los. Was haben Sie für mich?"

„Sie erinnern sich doch bestimmt noch an den Betäubungspfeil, der am Tatort gefunden wurde, wo man Berlins Leiche entdeckt hatte?"

„Klar. Was ist damit?"

„Deputy Atkins vom Kreisbezirk war gerade hier, eigentlich, um mit mir über einen anderen Fall zu sprechen. Anscheinend hatte Sheriff Warren ihm unmissverständlich zu verstehen gegeben, dass seine Hilfe nicht mehr benötigt würde, so dass er diese Information auch nicht offiziell weitergab. Ich werde ihn noch entsprechend anweisen, dass er alles, was er in dieser Sache zusammengetragen hat, an Sie weiterleitet, dachte mir aber, ich kontaktiere Sie schon einmal vorab."

„Bitte, Dr. Bundy, spannen Sie mich nicht noch länger auf die Folter. Um was genau geht es?"

„Man hat von diesem Pfeil Fingerabdrücke genommen und festgestellt, dass sie mit denen von Matilda Nelson übereinstimmen."

# Kapitel Zweiunddreißig

Ich wusste zwar noch die ungefähre Lage der Wohnzelte der Schausteller, aber in jener Nacht, in der Tripp und ich Lupe dabei erwischt hatten, wie sie vor Berlins und Tildas Zelt herumspionierte, war es schon recht dunkel gewesen. Von daher war es mir auch nicht möglich, es unter den Dutzenden von Miniatur-Zirkuszelten zu identifizieren.

„In welchem wohnt Tilda Nelson?", fragte ich daher die erste Person, auf die ich stieß. Sie gehörte zu einer Truppe kleinwüchsiger Bodenakrobaten.

„Kommen Sie mit", forderte sie mich auf, und setzte Purzelbäume und Räder schlagend ihren Weg fort.

Meeka und ich folgten der Gruppe, bestehend aus fünf Männern und drei Frauen, und Lupe schloss sich uns an, hielt jedoch gebührenden Abstand. Am Essenszelt bogen die Leutchen links ab.

„Vielen Dank, aber es würde mir auch genügen, wenn Sie mir einfach die Richtung weisen", rief ich ihnen hinterher.

„Was ist denn los?" Credence erhob sich von einem der Tische und kam auf mich zu.

„Kommen Sie einfach mit, und Sie werden es gleich erfahren", antwortete ich und seufzte resigniert.

In dem Moment, als ich das achteckige, tiefrote Zelt aus Segeltuch mit schwarzen Fransen an der Oberkante sah, erinnerte ich mich auch wieder daran.

„Okay, danke für die Eskorte", wandte ich mich an die Akrobaten. „Ab hier komme ich allein klar. Lassen Sie sich nicht länger von mir aufhalten."

Die allerdings verflochten ihre Beine und Arme miteinander und bildeten eine etwa einen Meter zwanzig hohe Protestmauer, um mich wortlos wissen zu lassen, dass sie nicht wegzugehen gedachten. Auch sie wollten endlich Antworten haben. Immer mehr Schausteller gesellten sich zu uns, und da dies ein öffentlicher Ort war, konnte ich sie kaum zwingen, sich zu entfernen.

„Hören Sie, das hier ist ein offizieller Einsatz. Treten Sie wenigstens ein paar Schritte zurück, okay?"

Im Handumdrehen wurde aus der Mauer erneut ein Haufen kleiner Menschen, und als eine einzige kompakte Einheit schoben sie sich hinter Credence und die anderen. Ich verbiss mir ein Lachen. Vielleicht hätte ich mich etwas deutlicher ausdrücken sollen, denn die Meute folgte mir nach wie vor und belagerte nun sogar kreisförmig Tildas Zelt. So hob ich warnend die Hand, in der Hoffnung, sie würden zumindest diese Geste eher verstehen.

Da es keine Tür gab, an die ich anklopfen konnte, rief ich: „Matilda Nelson? Hier ist Sheriff O'Shea. Ich muss mit Ihnen sprechen."

Aus dem Zelt drangen schlurfende und flüsternde Geräusche zu mir heraus.

„Mrs Nelson", wiederholte ich meine Worte, dieses Mal mit mehr Autorität in der Stimme. „Kommen Sie bitte heraus."

Die Zeltplane teilte sich, und Tilda in ihrem Rollstuhl kam zum Vorschein. Sie hatte ein Lächeln aufgesetzt, aber die Nervosität stand ihr deutlich ins Gesicht geschrieben.

„Hallo, Sheriff. Was ist los?" Da ihr Rollstuhl die

Zeltbahnen offenhielt, konnte ich sehen, dass sie gerade dabei war, all ihre Habseligkeiten zusammenzupacken.

„Ich möchte das Hündchen sehen", erklang von innen Joss' quengelige Stimme.

„Ist jemand bei Ihrem Sohn, Mrs Nelson?", fragte ich. „Geht es ihm gut?"

„Wem? Joss?" Sie atmete scharf aus. „Wieso sollte es ihm nicht gut gehen?"

„Lass mich gefälligst los!", forderte der gerade lauthals und kam hinter Tildas Rollstuhl hervorgestürmt. „Meeka! Wusste ich doch, dass du es bist."

Meeka wedelte wie wild mit dem Schwanz, und ich gab Leine nach, damit sie mit ihrem neuen Freund spielen konnte. Als mein Blick von dem kleinen Jungen mit nur einem Arm zu der Frau mit lediglich einem voll funktionsfähigen Bein wanderte, kam mir Lily Graces Vision wieder in den Sinn. Körperteile. Man musste diese Vision ja nicht wörtlich nehmen. Sie bedeutete womöglich gar nicht, dass ich auf einen Haufen blutiger Gliedmaßen stoßen würde, sondern einfach, dass ich speziell auf Tilda und Joss achten sollte. So zumindest würde ich ihre Worte interpretieren.

„Ich kann nicht umhin zu bemerken, dass Sie viele, offensichtlich gepackte Kisten da drinnen haben", sagte ich und deutete mit dem Kinn ins Innere des Zeltes. „Haben Sie vor, zu verreisen?"

Sie warf einen beiläufigen Blick über die Schulter, rollte dann mit ihrem Stuhl ganz nach hinten und ließ die Klappen wieder zufallen. „Ja. Joss und ich ziehen weiter."

Percy Nelsons Bitte klang in meinen Ohren. *Sagen Sie Tilda nicht, dass ich unterwegs bin, ansonsten läuft sie erneut weg.* Wusste sie womöglich, dass Percy auf dem Weg zu ihr war? Oder war das ein Muster, und es war einfach wieder einmal Zeit für sie, zu gehen?

Ich trat einen Schritt näher. „Das kommt aber etwas plötzlich."

Ihr Blick wanderte zu ihrem Sohn und meinem Hund. „Es ist einfach zu viel, verstehen Sie?"

„Was ist zu viel?"

„Erst Berlin, jetzt Gianni."

„Ja, das ist schlimm", stimmte ich ihr zu und senkte meine Stimme. „Deshalb bin ich auch hier. Ich muss mit Ihnen über deren Tod sprechen. Warum begleiten Sie mich nicht aufs Revier? Dort ist es sicher bequemer für Sie, und vor allem wären wir ungestört."

Sie warf einen Blick auf die Gruppe hinter mir und verzog verwirrt das Gesicht. „Okay, einverstanden. Aber könnte Joss erst noch eine Weile mit Ihrem Hund spielen? Es sei denn, Sie würden ihn sowieso hierlassen."

Ich musste laut lachen. „Meeka lasse ich mich Sicherheit nicht zurück. Ich gebe den beiden ein paar Minuten. Brauchen Sie noch etwas, bevor wir gehen?"

„Das kommt darauf an." Tilda rutschte in ihrem Stuhl hin und her. „Wie lange werde ich denn weg sein?"

Wenn die Dinge so liefen wie erwartet, eine sehr lange Zeit.

„Colette", rief ich der Person im Zelt zu. „Könnten Sie bitte ebenfalls herauskommen?"

Nur Sekunden später bewegten sich die Zeltklappen erneut, und Colette steckte den Kopf hindurch. Ich deutete ihr an, näherzutreten.

„Was ist hier los?" Ich zeigte wortlos auf das Zelt.

„Ich habe keinen Schimmer, ehrlich. Tilda bat mich, vorbeizuschauen und ihr eine Weile mit Joss zu helfen. Als ich eintraf, war sie gerade dabei, ihre Sachen zusammenzupacken. Mehr weiß ich leider nicht."

Natürlich konnte ich nicht mit Bestimmtheit sagen, dass sie log, war mir aber auch nicht sicher, ob ich ihr glauben sollte. „Würden Sie auf Joss aufpassen, während ich Tilda mit auf die Wache nehme?"

„Natürlich." Sie zog mich ein Stück zur Seite und fragte

mit leiser Stimme: „Was geht denn hier vor? Hat sie etwas angestellt?"

„Behalten Sie einfach den Jungen für mich im Auge, okay?"

Als Nächstes winkte ich Credence zu mir.

„Ich will es gar nicht hören." Wie zum Schutz schlug sie die Hände vors Gesicht. „Was auch immer es sein mag, ich werde es früh genug erfahren."

„Ich hatte auch nicht vor, Ihnen etwas zu erzählen", sagte ich. „Tilda muss mit mir aufs Revier kommen. Joss werde ich in Colettes Obhut geben, denn an sie ist er gewohnt. Könnten Sie bitte ein Auge auf die beiden haben? Dafür sorgen, dass sie das Gelände nicht verlassen?"

Sie ließ die Hände sinken. „Denken Sie denn, Colette würde mit dem Jungen durchbrennen?"

„Ich will nur für alle Eventualitäten gewappnet sein." Dann pfiff ich nach Meeka und rollte ihre Leine auf, während sie angetrabt kam. An Tilda gewandt, fragte ich: „Sind Sie bereit?" Und Lupe ließ ich wissen: „Tut mir leid, aber Sie müssen einen anderen Weg finden, um zurück ins Dorf zu gelangen."

„Kein Problem, ich kann laufen", versicherte sie mir. „Später allerdings werde ich ein paar Fragen an Sie haben."

Der *Stärkste Mann der Welt*, ein Tier von einem Kerl, der aussah, als könnte er sogar den unglaublichen Hulk beim Bankdrücken besiegen, blieb bei Tilda, während ich meinen SUV holte und über den Weg, der eigentlich für die Pferdekutschen vorgesehen war, zurück zum Zirkus fuhr. Dann hob er sie in den Wagen, klappte den Rollstuhl zusammen und legte ihn auf die Rückbank, während ich Meeka in ihre Transportbox setzte. Am Revier angekommen wollte ich diese Schritte wiederholen, natürlich in umgekehrter Reihenfolge, und bot Tilda an, ihr aus dem Auto in den Rollstuhl zu helfen. Sie jedoch akzeptierte lediglich, dass ich ihn ihr hinstellte, und lehnte weitere Hilfe ab.

Sie schien weder neugierig zu sein, warum ich sie hergebracht hatte, noch sich Sorgen zu machen, dass sie in Schwierigkeiten stecken könnte. Allerdings wirkte sie verärgert, dass ich sie beim Packen gestört hatte.

„Wird das lange dauern? Joss und ich sind fast fertig und möchten los."

Ohne zu antworten, führte ich sie in den kleinen Verhörraum. Ich wollte eine Verhörtechnik anwenden, die ich von meinem Vorgesetzten in Madison gelernt hatte, und schob daher den einfachen Holztisch an die Wand. Ohne Barrieren zwischen uns und ohne Fluchtmöglichkeit war Tilda mir sozusagen schutzlos ausgeliefert. Dann stellte ich meinen Stuhl in die Mitte des Raumes, mit Blick auf die Tür, und zeigte auf eine Stelle mir gegenüber, wo sie ihren Rollstuhl positionieren sollte, mit dem Rücken zum Ausgang. Schließlich startete ich die Aufnahme-App auf meinem Handy und legte das Telefon auf den Tisch.

„Kann ich Ihnen etwas anbieten, bevor wir anfangen?" Damit deutete ich auf den Wasserspender in der Ecke. „Möchten Sie etwas trinken?"

Ihr Blick wanderte durch den Raum und landete überall, nur nicht auf mir. „Nein, danke, ich brauche nichts."

Plötzlich machten sich meine Nerven bemerkbar. Immerhin war es gute acht oder neun Monate her, seit ich das letzte Mal eine formelle Befragung durchgeführt hatte. Um meine Selbstsicherheit zurückzugewinnen, rückte ich meinen Stuhl ein Stück näher an sie heran, und sie lehnte sich, sichtlich unbehaglich, in ihrem zurück. Dieser kleine Riss in ihrer ansonsten unerschütterlichen Fassade war alles, was ich brauchte. Jetzt war ich überzeugt, dass ich es schaffen würde.

„Wie geht Joss mit all den Vorfällen um? Ich meine, mit dem Tod von Berlin und Gianni?"

„Er ist verwirrt." Tilda starrte auf einen Punkt an der Wand hinter mir. „Er weiß, dass Berlin nicht mehr da ist, versteht aber nicht, wohin sie gegangen ist. Und er vermisst sie sehr. Ihm das mit Gianni zu erklären, habe ich noch gar nicht versucht, sondern lediglich gesagt, er musste kurzfristig verreisen."

„Ist das der Grund, warum Sie wegwollen? Weil es für Joss zu heftig wäre, einen weiteren Verlust zu verkraften?"

Sie warf mir einen beleidigten Blick zu, so als hätte ich ihre Erziehungsfähigkeiten infrage gestellt. „Er ist fünf Jahre alt. Zuerst verliert er Berlin, die wie eine zweite Mutter für ihn war, und dann stirbt auch noch der Mann, in dem er sozusagen einen Vater sah. Das arme Kind hat es verdient, wieder glücklich zu sein."

„Stimmt. Sie behaupten ja, sein leiblicher Vater sei bei einem Unfall ums Leben gekommen."

„Behaupten?" Sie richtete sich in ihrem Stuhl auf. „Ich habe Ihnen doch bereits gesagt, dass er tot ist."

Ich hatte nicht vor, das Thema so schnell anzusprechen, aber da sie es selbst anschnitt …

„Das ist ja merkwürdig. Wer, glauben Sie, hat mich heute Morgen angerufen und behauptet, Percy Nelson zu sein?"

Sie riss entgeistert die Augen auf. „Er hat *hier* angerufen? Sie haben aber hoffentlich nichts über uns gesagt, oder?" Sie drehte ihren Stuhl in Richtung Tür, bereit zu flüchten. „Wir müssen weg. Er darf uns auf keinen Fall finden."

Ich stand auf und versperrte ihr den Weg. „Tut mir leid, aber wir sind hier noch nicht fertig. Je früher Sie den Mund aufmachen, desto eher kann ich Sie gehen lassen."

Widerwillig rollte sie an ihren Platz zurück, und ich rückte meinen Stuhl noch näher an sie heran, sodass sie sich kaum bewegen konnte. Eine gefühlte Ewigkeit sagte sie gar nichts, nur ihre Hände wanderten von ihrem Schoß hinauf zu ihrem Hals und wieder zurück zu den Armstützen. Ihre Atmung wurde schnell und flach. Offensichtlich hyperventilierend, nahm sie einen langen, tiefen Atemzug und blies die Luft wieder aus. Dann wiederholte sie das Prozedere. Jede Bewegung war kontrolliert und zielgerichtet und nicht etwa panisch oder spastisch. Das musste ihre Taktik gewesen sein, die sie als Biathletin angewandt hatte, um ihre Atmung zu verlangsamen und ihre Nerven zu beruhigen, damit sie auf der Loipe gezielt schießen konnte.

Irgendwann verlor ich die Geduld und klopfte mit dem Handrücken auf ihr Knie, um ihre Aufmerksamkeit zurückzuerlangen. „Warum erzählen Sie mir nicht, was mit Ihrem Mann los ist?"

Ihre Miene, nein, sogar ihr kompletter Körper schien sich zu entspannen. War sie erleichtert, endlich jemandem die Wahrheit sagen zu können?

„Wir mussten weg von ihm." Erneut starrte sie vor sich hin, als ob sie sich an etwas erinnerte und diesen Gedanken um jeden Preis verdrängen wollte. Dann jedoch, zum ersten Mal, seit sie aus dem Cherokee ausgestiegen war, sah sie mich direkt an. „Wenn Percy einen schlechten Tag hatte, weil beispielsweise bei der Arbeit etwas nicht gut lief, rastete er zu Hause regelmäßig aus. Das Gleiche passierte, wenn ich versuchte, über meinen Job zu sprechen. Er hasste ihn."

„Ich dachte, Sie waren Hausfrau und Mutter? Oder bezog es sich auf das, was sie davor taten. Sie waren Biathletin, richtig?"

Sie blinzelte überrascht. „Wer hat Ihnen das erzählt?"

*Einmal Polizist, immer Polizist,* hatte Lupe mir ein paar Tage vorher zu verstehen gegeben. „Ich war bei der Kriminalpolizei. Auf welchen Job bezog sich sein Hass? Doch sicher nicht auf ihr Hausfrauen- und Mutterdasein, oder?"

„Nein, er fand es gut, dass ich zu Hause war, meinte, dort gehöre ich auch hin." Sie verdrehte die Augen, und als sie weitersprach, klang sie verbittert. „Ich war Sprecherin für einige Biathlon-Ausrüstungsfirmen, und mein wichtigster Vertrag war der mit einem Waffenhersteller."

Ich versuchte, mich an meine Notizen zu erinnern, da ich vergessen hatte, die Unterlagen mitzunehmen, bevor ich mit dem Verhör begann. „Für Ihr bevorzugtes Gewehr? Fortner Modell 18 – irgendetwas?"

„Wow, Sie haben sich ja wirklich ausführlich mit meiner Vergangenheit befasst. Ja, Modell 1827F." Sie lächelte fast ein wenig wehmütig. „Percy sagte mir, dass es eine bescheuerte Art sei, Geld zu verdienen, aber in Wahrheit war er nur eifersüchtig."

Jedes Mal, wenn ich erfuhr, dass jemand so über seinen Partner dachte, zerbrach ein kleiner Teil in mir. Im Märchen wurde uns doch vermittelt, dass Ehepartner die Träume des jeweils anderen bedingungslos unterstützten und sich über dessen Erfolge freuten. Ich schätze, das Stichwort war *Märchen*. Früher hatte ich auch manchmal das Gefühl, dass meine Mutter eifersüchtig auf meinen Vater war. Er konnte die Welt bereisen und seiner Leidenschaft frönen, während sie mit zwei Mädchen in Madison festsaß. Hatte sie ebenfalls auf ein Märchen gehofft? War das der Grund, warum sie manchmal so gefühlskalt und verbittert rüberkam?

Ich konzentrierte mich wieder auf die Gegenwart. „Warum bitte sollte er eifersüchtig auf Sie gewesen sein?"

„Percy ist ein begeisterter Radfahrer. Er fährt mindestens 32 Kilometer am Tag, und es war von jeher sein Traum, irgendwann einmal an der Tour de France und den Olympischen Spielen teilzunehmen. Das Problem ist, dass er so ein Idiot ist, dass ihn kein Tour-Team nehmen wollte, und auch die Olympiade blieb ihm verwehrt. Als ich es dann in die olympische Staffel schaffte, bekam ich zum ersten Mal seine Wut ab. Mit jedem weiteren Vertrag, den ich an Land zog, wuchs sein Zorn."

Ich konnte mich nur zu gut in sie hineinversetzen. Jonah hasste es, dass ich Polizistin war, und es war ihm völlig egal, dass ich meinen Beruf über alles liebte. Als ich dann zum Detective befördert wurde, drängte er mich sogar, einen Bürojob anzunehmen.

„Allerdings brauchte ich das Geld", fuhr Tilda fort, ohne

dass ich sie auffordern musste, weiterzusprechen. „Ich stellte sicher, dass jeder Cent, den ich verdiente, auf ein Bankkonto floss, an das er nicht herankam. Irgendwann hatte ich genug auf die Seite geschafft, um Joss und mir ein anständiges Leben zu ermöglichen. Eines Morgens vor etwa drei Jahren, nachdem Percy zur Arbeit gegangen war, packte ich also unsere Sachen, und wir fuhren los."

„Lassen Sie mich raten", sagte ich, „das war der Tag Ihres Unfalls."

Sie nickte, und Tränen kullerten ihr über die Wangen. „Ich hatte so Panik, dass er uns finden würde. Permanent schaute ich in den Rückspiegel, um sicherzugehen, dass wir nicht verfolgt wurden, und achtete einfach nicht auf den Verkehr. So wurde mein Wagen seitlich gerammt. Ja, es war hauptsächlich meine Schuld, aber der andere fuhr viel zu schnell. Wenn er die Geschwindigkeitsbegrenzung eingehalten oder zumindest ein wenig langsamer dahergekommen wäre, hätten wir kaum nennenswerte Verletzungen davongetragen. Und Joss nicht seinen Arm verloren."

*Körperteile. Blutige Arme und Beine.*

Jetzt brach Tilda endgültig zusammen. Sie schlug die Hände vors Gesicht, weinte heftig, und ihre Schultern bebten. Ich holte eine Schachtel Taschentücher aus einem Schrank in der Ecke und reichte sie ihr. Nachdem sie sich wieder ein wenig gefasst hatte, kam ich auf meine Frage zurück.

„Das, was Ihnen widerfahren ist, tut mir sehr leid. Trotzdem müssen wir über den Tod von Berlin und Gianni sprechen. Was wissen Sie darüber?"

„Nichts." Sie tupfte sich die Augen trocken. „Warum sollte ich?"

Ich bat sie, kurz zu warten, während ich die Aktenordner der beiden von meinem Schreibtisch holte. Aus einem von ihnen zog ich ein Foto hervor und hielt es ihr hin. „Kennen Sie so etwas?"

Sie betrachtete die Aufnahme genauer. „Sieht aus wie ein Betäubungspfeil."

„Haben Sie so ein Teil vorher schon einmal gesehen?"

„Klar. Gianni trug sie wegen der Tiere ständig mit sich herum."

„Richtig." Ich tippte mit dem Finger darauf. „Wir haben diesen Pfeil getestet. Er enthielt Spuren von Ketamin."

Sie wartete darauf, dass ich fortfuhr. Nachdem ich jedoch schwieg, sagte sie: „Und? Das ist ja wohl keine Überraschung. Ketamin ist das Medikament, das Gianni immer benutzt hat."

„Woher wissen Sie das?"

Ihr Ausdruck blieb neutral, aber ihre Hände spielten nervös mit dem Saum ihrer Shorts. „Er muss es wohl Joss oder mir gegenüber irgendwann einmal erwähnt haben. Sie haben doch mitbekommen, wie sehr sich der Kleine für alles interessiert, was mit Tieren zu tun hat."

„Ja, allerdings. Dank Gianni und Ihnen weiß er mehr als die meisten Erwachsenen."

Sie lächelte, ganz die stolze Mutter.

„Giannis Darts waren farbcodiert", fuhr ich fort. „Wissen Sie, warum?"

„Nein, tue ich nicht."

Ihre Antwort kam zu schnell. So allmählich kam ich ihr auf die Schliche. Mein Herzschlag beschleunigte sich.

„Ach, tatsächlich? Mir gegenüber hat er direkt mit seinem System geprahlt, und Joss soll er es nicht erklärt haben?"

„Ach so, Sie meinen die bereits vorbefüllten Pfeile?" Sie nickte und strich ihre Shorts glatt. „Klar, damit hat er nicht hinterm Berg gehalten. Alle wussten Bescheid über die verschiedenfarbigen Stabilisatoren. Er trug sie stets bei sich, in einer schwarzen Tasche, die an seinem Gürtel befestigt war. Jeder Pfeil war mit einer anderen Menge des Medikaments gefüllt, weil Tiere unterschiedlicher Größe unterschiedliche Mengen der Droge benötigen."

Tilda setzte sich aufrechter hin, plötzlich eine wahre Enzyklopädie des Wissens über Betäubungspfeile.

Ich tippte erneut auf das Bild. „Dann wissen Sie also, dass die orangefarbenen Pfeile für die Tiger bestimmt waren."

Sie zögerte kurz, bevor sie antwortete. „Ich denke schon."

„Das wäre mehr als genug, um jemanden von, sagen wir, 53 Kilogramm, außer Gefecht zu setzen." Ich schlug eine Seite in Berlins Akte auf. „Stimmt, sogar exakt, 53 Kilogramm. Tatsächlich war es die dreifache Menge."

Tilda erblasste.

Ich hielt ihr ein weiteres Foto unter die Nase, das Dr. Bundy von Berlins Leiche gemacht hatte.

„Irgendeine Ahnung, was das hier sein könnte?" Ich deutete auf die Stichwunde an Berlins linker oberer Hüfte.

Tilda warf nur einen kurzen Blick darauf, bevor sie wegschaute. „Keine Ahnung."

„Diese Aufnahme wurde während der Autopsie gemacht. Der Einstich rührt von einem Betäubungspfeil her."

Sie kaute auf ihrer Lippe herum und rutschte unruhig hin und her. „Ist das nicht etwas weit hergeholt? Woher wollen Sie wissen, dass sie von einem Pfeil verursacht wurde?"

„Nennen Sie es logische Schlussfolgerung." Ich hielt das Bild erneut hoch. „Dieser Pfeil wurde auf dem Boden in der Manege gefunden. Er enthielt Ketamin, und die Droge war auch in Berlins Körper nachweisbar. Die Wunde konnte eigentlich nur von einem Pfeil herrühren. Und um diese Annahme zu bestätigen, hat der Gerichtsmediziner den Pfeil auf Berlins DNA hin untersucht."

„So also ist Berlin gestorben?", fragte Tilda neugierig, fast schon ein wenig übereifrig. „An Ketamin?"

„Nein. Tatsächlich ist sie erstickt, da sich das Seidentuch um ihren Hals gewickelt hatte." Ich blendete alles um mich herum aus und konzentrierte mich nur noch auf mein Gegenüber. „Sie waren doch mit dem Zeitplan Ihrer Freundin vertraut, oder? Ich glaube, Sie haben an jenem Morgen entweder im Zirkuszelt auf sie gewartet oder aber sind etwas später dazugekommen, als sie bereits mit dem Training begonnen hatte. Sie haben sich mit Ihrem Rollstuhl neben der Absperrung positioniert, die zwischen Gianni und ihr häufiger Streitpunkt war. Dann haben Sie tief durchgeatmet, wie gerade eben, um sich zu konzentrieren, und anschließend den Pfeil auf sie abgefeuert."

„Lächerlich! Wo hätte ich denn eine Dartpistole herbekommen sollen?"

Echt jetzt? Das war ihre einzige Sorge?

„Sportartikelgeschäft? Internet? Flohmarkt? Es sollte doch kein Problem sein, sich so etwas zu beschaffen. Und natürlich wussten Sie, dass Gianni zwei davon hatte. Das Gewehr trug er bei Auftritten bei sich, weil es größer war und dem Publikum mehr Sicherheit vermittelte. Die restliche Zeit hatte er die kleinere Pistole bei sich, die sich leichter überall mit hinnehmen ließ. Es wäre doch ein Leichtes für Sie gewesen, sich die eine oder andere Waffe zu schnappen."

Tilda zuckte nur mit den Schultern.

„An das Ketamin ranzukommen war da schon schwieriger, oder? Die Medikamente hatte er ja gut weggeschlossen in einer Art Safe."

„Der war sogar dreifach verriegelt." Sie klang frustriert. Gianni hatte es ihr offensichtlich nicht leicht gemacht, diesen Mord zu begehen.

„Woher wissen Sie von dem Dreifachschloss?"

Sie räusperte sich. „Ich sagte Ihnen doch bereits, dass wir mit ihm permanent über seine Tiere sprachen und er ja auch gerne mit seinem System prahlte."

Ich wartete schweigend, anscheinend lange genug, sodass sie irgendwann nervös wurde. „Sagen Sie mir die Wahrheit, Tilda. Sie haben diesen Pfeil auf Berlin abgeschossen, nicht wahr?"

„Nein, den habe ich noch nie zuvor gesehen."

Mit dieser Antwort hatte ich gerechnet. Fast wäre ich mit

meiner nächsten Frage herausgeplatzt, zwang mich jedoch, kurz innezuhalten und verzog sichtlich verwirrt das Gesicht. „Wie kommen dann Ihre Fingerabdrücke darauf?"

Eine Schweißperle rann ihr über die linke Gesichtshälfte, und es war nur zu offensichtlich, dass sie nach einer passenden Erklärung suchte. „Gianni hat sowohl Joss als auch mir einmal so ein Teil gezeigt. Wahrscheinlich habe ich es damals angefasst."

Jetzt sollte ich wirklich besser den Mund halten. Mein Schweigen und ihr zunehmendes Unbehagen würden zu diesem Zeitpunkt weit mehr bewirken als jedes Nachbohren.

Und tatsächlich, irgendwann sprudelte es aus ihr heraus: „Selbst wenn ich im Besitz einer Waffe und eines Pfeils gewesen wäre, wie bitte hätte ich an das Ketamin herankommen sollen? Gianni hat sowohl die Tasche als auch seinen Schlüsselbund nie abgelegt. Und ich verfüge nicht über Ersatzschlüssel."

Adrenalin rauschte durch meine Adern. Zurück im Spiel zu sein, wieder einen Verdächtigen zu verhören, war wie ein Rausch.

„Sie vielleicht nicht, aber Janessa", sagte ich daher. „Ketamin ist eine streng regulierte Substanz, deshalb ist Creed auch so sehr dahinterher und behält sie genau im Auge. Er hat mir erzählt, dass Janessa sich während der Vorstellungen regelmäßig in Giannis Büro schlich, um die Mengen zu kontrollieren. Und angeblich haben Sie sie dabei ab und an unterstützt."

Tilda presste die Lippen zusammen und schwieg.

„Okay, meine These lautet wie folgt." Ich beugte mich vor, die Ellbogen auf den Knien abgestützt. „Sie haben sich eine Dartpistole besorgt, entweder selbst eine gekauft oder sich eine von Giannis Waffen *ausgeliehen*. Dann haben Sie Janessas Schlüssel an sich genommen, einen mit Ketamin gefüllten Pfeil aus Giannis Vorrat gestohlen und auf Berlin geschossen, während sie trainierte. Blöderweise haben Sie aber den Pfeil verloren, nicht wahr? Und natürlich war Ihnen klar, dass ihn jemand bei der Untersuchung des Tatortes finden und auch den Tierarzt dazu befragen würde. Deshalb mussten Sie ihn zum Schweigen bringen, um zu verhindern, dass er Sie als Mörderin Ihrer Freundin entlarvte. Liege ich bisher richtig?"

Nach fast fünf vollen Minuten, in denen sie nur auf die gefalteten Hände in ihrem Schoß gestarrt hatte, seufzte sie schließlich auf.

„Ja, das tun Sie. Sie haben es tatsächlich herausgefunden. Herzlichen Glückwunsch. Ja, ich habe Berlin umgebracht, genau so, wie Sie es geschildert haben, während sie trainierte."

Sie verzog das Gesicht, der Schmerz war ihr deutlich anzusehen. War es Reue, dass sie eine Freundin getötet hatte oder Frust, weil sie erwischt worden war?

„Wie sind Sie an das Ketamin rangekommen?"

„Creed und Janessa schließen den Wohnwagen nie ab. Ich habe gewartet, bis sie eingeschlafen waren. Zwar ist der Rollstuhl bequemer für mich, weil mir mein rechtes Bein Probleme bereitet, aber ich komme auch mit Krücken ganz passabel zurecht."

„Also haben Sie sich mitten in der Nacht in den Wohnwagen geschlichen, die Schlüssel an sich genommen, die Droge und einen Pfeil entwendet und anschließend die Schlüssel wieder zurückgelegt?"

Ihre Antwort war ein selbstgefälliges Achselzucken.

„Und wie haben Sie Gianni erledigt?"

„Ich habe ihn nicht …"

„Keine Ausreden mehr, Tilda. Ich weiß doch, dass Sie es waren."

Kurz schien sie mit sich zu kämpfen, was sie darauf antworten sollte, lenkte dann jedoch ein. „Irgendwann letztes Jahr haben wir uns mal über Waffen unterhalten. Eins führte zum anderen, und ich habe dummerweise mit meinen

Schießkünsten geprahlt. Nach dem Mord an Berlin konnte ich nicht riskieren, dass er mich auffliegen ließ. Also habe ich zuerst den Tiger betäubt und, wie erwartet, geriet Gianni in Panik und stürmte in das Gehege, um herauszufinden, was mit ihm los war. Sobald er drinnen war, schoss ich einen weiteren Pfeil auf ihn ab. Die beiden konnte ich wiederfinden und an mich nehmen." Angewidert von sich selbst schüttelte sie den Kopf. „Bei dem ersten war ich einfach zu nachlässig. Ich hätte intensiver danach suchen oder zumindest Handschuhe tragen sollen."

Ihre Einstellung jagte mir einen Schauer über den Rücken. Sonst bedauerte sie nichts? Lediglich die Tatsache, dass sie Fingerabdrücke hinterlassen hatte?

„Wollen Sie damit andeuten, dass Sie draußen vor dem Gehege gewartet und Gianni beim Sterben zugesehen haben?"

Sie schaute weg und weigerte sich, die Frage zu beantworten.

*Nach der Verabreichung kann es drei bis vier Minuten dauern, bis ein Tier vollständig sediert ist,* hatte er mir erst kürzlich erklärt.

Tilda hatte also auf den Tiger gefeuert und sich anschließend im Schatten versteckt, bis Gianni vorbeikam und ihn entdeckte. Dann schoss sie auf ihn und wartete, bis er ohnmächtig wurde. Ob er wohl noch realisiert hatte, wer hinter ihm her war? Starb er eines qualvollen Todes? Eigentlich wollte ich gar nicht darüber nachdenken.

„Sie haben ihn also umgebracht, um zu verhindern, dass er redete. Aber warum Berlin?"

Sie drehte ihren Kopf leicht nach rechts, als würde sie ihr Ziel anvisieren, und starrte mir direkt in die Augen. „Aus ähnlichem Grund. Ich habe leider den Fehler gemacht, ihr zu vertrauen, ihr erzählt, dass Joss und ich vor Percy weggelaufen sind. Dass ich meinen Sohn sozusagen entführt habe, um ihn zu beschützen. Percy hat ihn zwar nie angerührt, aber ich war mir sicher, dass es nur eine Frage der Zeit wäre, bis das passierte. Und zu bleiben und darauf zu warten, kam für mich nicht infrage."

„Sorry, aber das ergibt für mich keinen Sinn. Sie beide standen sich doch so nahe, und sie hat den Kleinen geliebt wie ihren eigenen Sohn. Wie kamen Sie darauf, dass sie Ihnen nicht geholfen hätte, ihn zu beschützen?"

„Ironie des Schicksals." Tildas Lachen klang wahrhaft diabolisch. „Berlin hat als Kind etwas Ähnliches durchlebt. Ihre Mutter floh mit ihr und ihren drei Geschwistern, um sie vor häuslicher Gewalt zu bewahren. Als sie mir davon erzählte, war ich mir sicher, dass sie mich verstehen würde."

„Was sie aber nicht tat?" Ein Geräusch im Vorraum erregte meine Aufmerksamkeit. Wahrscheinlich war es Lupe, die an der Tür lauschte.

„Nein. Sie hat ihrer Mutter nie verziehen, dass sie ihr den Vater wegnahm, war der Ansicht, jedes Kind hätte seinen Dad verdient. Nichtsdestotrotz wahrte sie fast ein Jahr lang mein Geheimnis. Dann jedoch, als die Stimmung im Zirkus umzuschlagen drohte – sie war wütend auf Gianni und die ewigen Diskussionen um die Käfiggitter, verärgert, weil ich immer mehr Druck auf Creed ausübte, damit er meinen Auftritt ausbaute, und zudem erbost über meinen Vorschlag, eine Nummer mit Dallas einzustudieren –, verlor sie die Nerven und wurde zunehmend gereizter. In jener Nacht, bevor sie starb, warf sie mir vor, ihr die Show stehlen zu wollen. Ich versuchte, ihr begreiflich zu machen, dass ich sie einerseits nur entlasten, mir andererseits aber auch selbst einen Namen machen wollte. Sie jedoch war absolut uneinsichtig und drohte mir, dass sie, sollte ich mich nicht zurückhalten, Percy wissen lassen würde, wo wir zu finden wären."

Schlagartig wurde ihre Miene ausdruckslos, als hätte etwas in ihrem Kopf ausgesetzt. Ich erschauderte.

„Was blieb mir denn anderes übrig?", fuhr sie fort, als wäre alles einzig und allein Berlins Schuld gewesen.

„Natürlich weiß ich nicht, ob sie ihre Drohung wahr gemacht hätte, aber dieses Risiko konnte ich nicht eingehen."

„Und um sie davon abzuhalten, Ihren Mann zu kontaktieren, musste sie sterben. Haben Sie wirklich so große Angst vor ihm?"

In diesem Moment tat sie mir fast ein wenig leid.

„Und trotzdem habe ich dich gefunden." Ich hatte mich geirrt. Es war nicht Lupe, die sich hereingeschlichen hatte. In der Tür des Verhörraums stand ein Mann, eine Pistole im Anschlag, die auf Tildas Kopf gerichtet war.

# Kapitel Dreiunddreißig

Er näherte sich uns, und instinktiv sprang ich auf, zog meine Dienstwaffe aus dem Halfter und richtete sie meinerseits auf ihn. Hatte ich eigentlich daran gedacht, sie zu laden?

Zur gleichen Zeit drehte Tilda sich um und erblasste. Mit atemloser Stimme, so dass ich sie kaum verstehen konnte, hauchte sie: „Percy."

Na toll!

„Runter mit der Waffe, Mr Nelson. Zwingen Sie mich nicht, auf Sie zu schießen. Legen Sie sie auf den Boden, und dann können wir in Ruhe über alles reden."

Tilda wandte sich erneut mir zu, und der Schock in ihrem Ausdruck wich blanker Wut. „Haben Sie ihm gesagt, dass wir hier sind?"

„Glaubst du allen Ernstes, ich brauche die Hilfe von jemand anderem, um dich zu finden?" Er trat noch einen Schritt näher an sie heran. „Ich habe dich gesucht, zwei geschlagene Jahre lang. Überall dort, wo ich vermutet hatte, dass du dich aufhalten könntest. Ich habe jeden kontaktiert, der dich kennt. Gestern habe ich dann zufällig ein Bild von dir auf einer Reise-Website entdeckt."

Tilda schien verwirrt. Offensichtlich war ihr nicht aufgefallen, dass Lupe sie während des Interviews auch fotografiert hatte.

Nach wie vor zielte Percy auf seine Frau. Er umklammerte die Waffe so fest, dass seine Knöchel weiß hervortraten. Und wie ich da so stand – den Lauf meiner Pistole auf seine Brust gerichtet, den Zeigefinger am Abzug, bereit abzudrücken, wenn es sein müsste – schossen mir Erinnerungen an einen Tag vor etwa acht Monaten durch den Kopf … An jenen Tag, als mein Partner auf unsere Informantin Frisky Fox schoss. Ich redete auf ihn ein, versuchte, ihn zur Vernunft zu bringen, und glaubte dennoch nicht eine Sekunde lang, dass er Frisky erschießen würde. Diese Erinnerung vermischte sich mit einem anderen Ereignis, das noch nicht einmal einen Monat zurücklag, als ich genau diese Glock in Händen hielt und sie nicht abfeuerte. Wie oft hatte ich mich seitdem gefragt, ob Karl Brighton nicht noch am Leben wäre, hätte ich zumindest einen Warnschuss abgegeben?

„Zum letzten Mal, Mr Nelson. Nehmen Sie die Waffe runter oder ich drücke ab."

Das meinte ich ernst, dennoch spürte ich, wie mir der Schweiß den Rücken hinunterlief. Würde ich es tatsächlich durchziehen?

„Na los doch, machen Sie schon!", forderte Tilda mich auf. „Ich habe Ihnen doch erzählt, was er mir angetan hat und was er irgendwann auch Joss antun wird. Wenn einem von uns etwas zustoßen sollte, sind Sie dafür verantwortlich. Erschießen Sie ihn endlich!"

„Was *ich* getan habe? Du warst es doch, die uns all die Jahre emotional missbraucht hat. Dein einziges Interesse galt dir selbst, deinen Verträgen und deinen heiß geliebten Wettkämpfen. Du hast mir mit der Scheidung gedroht und damit, mir meinen Sohn wegzunehmen, wenn ich nicht alles täte, was du verlangtest."

Mit der Linken zog Percy einen Pack Papiere aus seiner Gesäßtasche und hielt ihn mir hin.

„Hier, das Gerichtsurteil. Die oberste Seite ist eine Verfügung, die mir das volle Sorgerecht für Joss zuspricht." Er ließ die Blätter zu Boden fallen, stürzte auf seine Frau zu und drückte ihr den Lauf seiner Pistole gegen die Schläfe. In diesem Moment kam Meeka in den Raum gestürmt und verbiss sich mit ihren scharfen kleinen Zähnen in seiner Wade.

Das Geräusch des Schusses in dem kleinen Zimmer war ohrenbetäubend, und mir klingelten die Ohren aufgrund des Nachhalls. Meeka quietschte auf, Tildas Blick war ein Mix aus Schock und Entsetzen. Percy sackte zu Boden, während sich über den oberen linken Quadranten seines weißen Poloshirts langsam ein hellroter Fleck ausbreitete.

Mir war immer wieder eingebläut worden, auf die Mitte der größten Masse zu zielen, und das hatte ich auch getan, exakt auf seine Brust. Aus dieser Entfernung hätte es eigentlich ein tödlicher Schuss sein müssen. Ob er sich in letzter Sekunde bewegt oder es etwas mit der Präzision dieser Waffe zu tun hatte, war schwer zu beurteilen. Vor ein paar Wochen, als Sheriff Brighton mich zu seiner Stellvertreterin ernannte und mir eine Dienstwaffe gab, war das das erste Mal seit sechs Monaten, dass ich so ein Teil wieder in Händen hielt … Und gerade eben das erste Mal seit mehr als acht Monaten, dass ich es abgefeuert hatte.

„Ist er tot?", fragte Tilda.

„Nein. Ich habe ihn nur an der Schulter erwischt."

„An der Schulter?", beschwerte sie sich, sichtlich empört. „Ich hätte ihm einen Kopfschuss verpasst."

„Und mit Sicherheit hätten Sie auch nicht danebengeschossen", erwiderte ich, ähnlich angewidert.

In diesem Augenblick kam Lupe in die Wache gestürmt.

„Was ist denn passiert? Ich habe Schü …" Entsetzt blickte sie auf den auf dem Boden liegenden Percy.

„Rufen Sie einen Krankenwagen", befahl ich ihr. „Er muss

in eine Klinik gebracht werden. Oder vielleicht zuerst in das Heilzentrum, die sind näher an uns dran. Die Nummer finden Sie auf dem Schreibtisch neben dem Telefon."

Sie eilte nach draußen und griff zum Hörer.

Nachdem ich Percys Waffe an mich genommen und meine eigene wieder in meinem Gürtelholster verstaut hatte, eilte ich ins angrenzende Badezimmer, schnappte mir einen Stapel Papiertücher, rannte zurück zu dem Verletzten und presste den Packen fest gegen seine Schulter. Sobald Lupe ihren Anruf getätigt hatte, übernahm sie und hielt den Druck aufrecht, bis jemand vom Heilzentrum direkt hinter dem Feenpfad eintraf.

„Müssen Sie vielleicht noch mal auf die Toilette?", fragte ich Tilda.

„Was?" Sie schaute mich an, als hätte ich den Verstand verloren.

Ich hob die Gerichtsakten vom Boden auf und überflog sie kurz.

„Percy wurde bereits vor drei Jahren das volle Sorgerecht für Joss zugesprochen und Ihnen lediglich ein Besuchsrecht unter Aufsicht gewährt. Und, wie ich vermute, sind Sie kurz darauf mit Ihrem Sohn abgehauen." Dann deutete ich auf die gegenüberliegende Seite des Gebäudes. „Ich werde Sie jetzt in einer der Gefängniszellen dort drüben einsperren, bis jemand vom County Sheriff Department Sie abholen kommt. Wenn Sie also nochmals aufs Klo müssen, schlage ich vor, Sie tun das jetzt."

Fünf Minuten später befand sich Tilda hinter Schloss und Riegel und beschwerte sich lautstark über die ungerechte Behandlung. Sie schien komplett vergessen oder verdrängt zu haben, dass sie zwei Menschen getötet hatte.

„Sie dürfen nicht zulassen, dass sie Joss wiederbekommt", meldete Percy sich mit schwacher Stimme zu Wort, während einer der Heiler sich um ihn kümmerte und wir gemeinsam auf das Eintreffen des Krankenwagens warteten.

„Er kriegt ihn aber auch nicht", brüllte Tilda aus ihrer Zelle zu uns herüber.

„Ich verfüge immerhin über einen richterlichen Beschluss, der besagt, dass du dich von unserem Jungen fernzuhalten hast", knurrte er zurück.

Ich beugte mich über den Schreibtisch im Empfangsraum des Reviers und konnte nicht anders, als den Kopf zu schütteln. „Ich sage es ja nur ungern, aber keiner von Ihnen beiden wird Joss in absehbarer Zeit zu Gesicht bekommen. Sie, Tilda, haben zwei Menschen auf dem Gewissen und werden dafür ins Gefängnis wandern. Und Sie, Percy, haben mit einer Waffe in der Hand ein Polizeirevier gestürmt und gedroht, Ihre Frau zu erschießen. Auch Sie werden so schnell nicht wieder nach Hause dürfen."

„Aber was passiert dann mit Joss?", fragte Tilda. „Er hat einen engen Bezug zu Colette. Kann Sie sich um ihn kümmern?"

„Das weiß ich, aber leider obliegt es dem Jugendamt, dies zu entscheiden. Höchstwahrscheinlich wird er erst einmal in einer Pflegefamilie untergebracht. Wenn Colette ihn haben möchte, muss sie sich als Pflegemutter bewerben, und das könnte eine Weile dauern."

Bei diesem Gedanken brach mir schier das Herz. Das arme Kind. Sein Leben war eine einzige Katastrophe, nur weil seine Eltern sich nicht einigen konnten.

Obwohl Percy durch den Blutverlust geschwächt schien und offensichtlich starke Schmerzen hatte, konnte er sich nach wie vor mit seiner Frau streiten. Und diese Debatte zog sich über eine Stunde lang hin, bis endlich der Krankenwagen eintraf. Kurz danach tauchte auch Deputy Atkins auf. Ich war nicht ausreichend qualifiziert, diese Art von Verbrechen zu handhaben, weil ich nur ein kleines Revier leitete, und musste den Fall dem County Sheriff übergeben.

„Irgendwie war mir klar, dass ich bald wieder von Ihnen

hören würde", fiel Evan ohne weitere Begrüßung mit der Tür ins Haus. „Was haben Sie denn heute Schönes für mich?"

Ich spielte ihm die Aufnahme von Tildas Verhör vor und berichtete anschließend, was ich aufgrund der Gespräche mit den anderen Zirkusleuten in Erfahrung gebracht hatte. Daraufhin erhob er offiziell Anklage gegen Tilda wegen Mordes an Berlin und Gianni Cordano und führte sie ab. Bevor er das Revier verließ, hielt er nochmals kurz inne und wandte sich mir zu.

„Herzlichen Glückwunsch übrigens zu Ihrem neuen Job. Aber wenn ich etwas anmerken darf … Sie sollten sich so schnell wie möglich Hilfe organisieren. Für so einen kleinen Ort ist in Whispering Pines ganz schön viel los."

„Das müssen Sie mir nicht zweimal sagen", erwiderte ich. „Die Suche nach einem Deputy steht ganz oben auf meiner To-do-Liste."

Dicht gefolgt von einem Besuch auf dem Schießstand, um mich mit der Glock vertraut zu machen, die ich an meiner Hüfte trug. Vielleicht war es gar keine so schlechte Idee, zumindest während der Touristensaison eine Waffe zu tragen.

Stunden später – ich hatte zunächst gefühlt hundert Fragen von Lupe beantwortet und war mit meinem Bericht über die beiden Todesfälle im Zirkus so gut wie fertig – öffnete sich erneut die Eingangstür, und Reeva Long kam herein. Da ich aktuell die einzige Person war, die hier arbeitete, beschloss ich, mein Quartier im Empfangsraum aufzuschlagen. Auf diese Weise konnte sich auch niemand mehr unbemerkt hereinschleichen.

„Ms Long. Wie schön, Sie wiederzusehen. Kann ich etwas für Sie tun?"

„Eher umgekehrt. Ich habe nämlich gefunden, wonach sie gesucht haben." Sie hielt mir einen dünnen Aktenordner hin. „Er lag auf dem obersten Regalbrett im Schrank in dem Schlafzimmer, das Karl als Büro nutzte."

Ich nahm ihn entgegen und blätterte auf die erste Seite,

auf der mir in fetten, handschriftlichen Buchstaben der Name *Lucy O'Shea* ins Auge stach.

„Falls Sie sich das fragen sollten … Ich habe nicht darin herumgestöbert." Reeva druckste herum und wollte offensichtlich noch etwas sagen, also wartete ich. „Es geht mich zwar nichts an und Sie müssen auch nicht darauf antworten, aber dennoch bin ich neugierig. Was genau ist es, das Sie im Fall des Todes Ihrer Großmutter infrage stellen?"

Konnte ich ihr vertrauen? Klar, Flavia und sie waren zerstritten, aber immerhin Schwestern.

„Ich bin mir nicht sicher, ob ihr Tod wirklich ein Unfall war." Okay, sollte sie das ruhig Flavia zutragen. Vielleicht ließen sich die Dinge dadurch sogar beschleunigen. „Es gibt diverse Unstimmigkeiten, und ich hoffe, in den Unterlagen etwas zu finden, das mir die fehlenden Antworten liefert."

Reeva nickte und schien zu verstehen, was ich meinte. Dann wiederholte sie mehr oder weniger das, was Sugar am Vortag geäußert hatte: „Whispering Pines scheint das perfekte Stück vom Paradies zu sein, nicht wahr? Natürlich habe ich die letzten zwanzig Jahre in der Gegend von Milwaukee gelebt, aber trotzdem weiß ich, dass dieses Örtchen im Vergleich zu anderen um ein Vielfaches besser ist … auch wenn nicht alle gut miteinander auskommen."

Ich musste lachen. „Bitte entschuldigen Sie. Es ist nur so … Ich bin mir durchaus der Tatsache bewusst, dass sich hier nicht alle lieben. Immerhin sind in dem einen Monat seit meiner Ankunft bereits drei Morde passiert." Ich legte die Hand auf Großmutters Akte auf den Schreibtisch vor mir. „Und irgendwie kann ich mich des seltsamen Gefühls nicht erwehren, dass ich kurz davorstehe, einen vierten aufzudecken."

Reeva trat mit verschränkten Armen einen Schritt zurück und musterte mich prüfend. Sie schien mich ähnlich zu analysieren wie ich sie. Auf welcher Seite der Grenze, die dieses Dorf teilte, stand sie?

Dann deutete sie mit ihrem schlanken Zeigefinger auf den Ordner. „Wenn Sie die Wahrheit erfahren wollen, müssen Sie fünfzig Jahre zurückgehen. Ich kann Ihnen zwar nicht sagen, ob sie ermordet wurde, weiß jedoch, dass es Zeiten gab, in denen sie es zutiefst bereute, Menschen erlaubt zu haben, sich hier anzusiedeln."

„Einigen mehr als anderen?"

„Allerdings. Ihre Großmutter war eine fürsorgliche, liebevolle Frau. Sie wusste, dass jeder nach seiner Ankunft im Dorf noch mit den Dingen zu kämpfen hatte, die ihn erst hierhergeführt hatten. Bei manchen äußerte sich das in tyrannischem Verhalten."

Interessante Wortwahl.

„Bisher habe ich im Dorf nur eine Person getroffen, die ich als Tyrannen bezeichnen würde." Reeva zuckte zusammen und machte Anstalten, sich zum Gehen zu wenden. Mir blieb also keine Zeit, um den heißen Brei herumzureden. „War Flavia schon immer so?"

Sie straffte die Schultern und hob das Kinn. „Bitte zwingen Sie mich nicht, über meine Schwester zu reden."

„Ich beschuldige sie ja nicht, sondern frage mich lediglich, was passiert sein könnte, dass sie so verbittert wurde."

Sie schwieg kurz, ging dann jedoch tatsächlich auf meine Frage ein: „Nein, früher war sie nicht so. Wie ich schon sagte: Wenn Sie die Wahrheit herausfinden wollen, müssen Sie weit zurück in die Vergangenheit gehen. Das ist keine leichte Aufgabe. Geheimnisse sind hier tief vergraben, und die Lippen derer, die damit zu tun haben, versiegelt."

Mit diesen Worten machte sie auf dem Absatz kehrt und verließ das Gebäude.

Das war im Grunde das Gleiche, was auch Morgan schon angedeutet hatte. Die Dorfgeheimnisse aufzudecken, würde nicht so einfach werden.

So schwer es mir auch fiel, beendete ich zuerst meine Berichte über Tilda und Percy, bevor ich mich dazu durchrang, Grandmas Akte erneut zu öffnen. Leider schienen sich Reevas und Morgans Vermutungen zu bestätigen. Das, was ich zu finden gehofft hatte, befand sich nicht darin. Enttäuscht, aber irgendwie nicht weiter überrascht, setzte ich mich an den Computer, tippte eine E-Mail an Dr. Bundy und bat um Großmutters Autopsiebericht.

# Kapitel Vierunddreißig

Mein erster vollständiger Arbeitstag als neuer Sheriff endete mit einer befriedigenden Bilanz, da ich die Fälle Berlin und Gianni abgeschlossen hatte. Und das Beste war, dass die Schausteller endlich wieder ruhig schlafen konnten, weil sie nun Gewissheit hatten, dass kein Mörder mehr unter ihnen weilte. Ich verließ das Revier mit der festen Absicht, direkt nach Hause zu fahren, aber die quälenden Fragen über Grandmas Tod ließen mich nicht zur Ruhe kommen. Reeva hatte angedeutet, ich sollte fünfzig Jahre zurückgehen, bis zur Gründung von Whispering Pines. Und wie bitte soll ich das anstellen? Per Zeitreise? Mit Hilfe von transzendentaler Meditation? Morgan bitten, ein Portal in den Kiefern für mich zu öffnen?

Solange mir all diese Fragen im Kopf herumspukten, würde die innere Anspannung nicht nachlassen. Vielleicht wäre der einfachste Weg, in Erfahrung zu bringen, was vor so langer Zeit vorgefallen war, mit jemandem zu reden, der auch schon damals hier gewohnt hatte. Im Moment konnte ich nicht mehr aus Reeva herausbekommen, aber möglicherweise würde sie ja auf spezifische Fragen eingehen. Flavia käme infrage, aber die war natürlich keine Option, zumindest jetzt noch nicht. Für ein Gespräch mit ihr musste ich unbedingt besser vorbereitet sein. Effie oder Cybil? Grundsätzlich ja, aber nicht heute Abend. Sugar, Honey, Mr Powell? Laurel oder Maeve? Wie viele der älteren Leute lebten seit der Gründung in Whispering Pines? Ja, prinzipiell war das ein guter Ansatzpunkt.

Aber wenn ich noch heute Antworten wollte, gab es eigentlich nur eine Person, an die ich mich wenden konnte. Nachdem ich Meeka in ihre Transportbox verfrachtet hatte, fuhr ich auf direktem Weg zu Morgans und Briars Hütte.

„Briar?", rief ich über die Hecke, die ihren Garten umgab. „Sind Sie da drinnen?"

„Natürlich", erklang nur eine Sekunde später eine Stimme, und sie streckte den Kopf durch eine Lücke in den Büschen. „Oh, Jayne. Sieh dich nur an in deinem schicken neuen Hemd."

Ich lächelte, weil ich wusste, dass Grandma dasselbe gesagt hätte.

Dann musterte ich sie genauer. „Sie sehen müde aus", stellte ich fest. „Haben Sie den ganzen Tag hier draußen gearbeitet?"

Sie nickte. „Ich bin immer noch dabei, die Schäden des Sturms zu beseitigen."

„Dann will ich Sie nicht weiter stören. Ich komme ein anderes Mal wieder."

„Jayne." Ihre Stimme hatte einen strengen, zugleich jedoch auch mütterlichen Unterton. „Du bist extra den ganzen Weg hierhergekommen. Was kann ich für dich tun?"

So wie sie es sagte, klang es, als wäre ich quer durchs ganze Land gefahren, anstatt nur die knappen zwei Kilometer vom Dorf hier heraus.

„Ich habe vor etwa einer halben Stunde mit Reeva Long gesprochen. Da ich wusste, sie ist in Whispering Pines aufgewachsen, habe ich sie nach dem Tod meiner Großmutter gefragt. Sie meinte, dass, wenn ich die Wahrheit in Erfahrung bringen wollte, ich bis zu dem Zeitpunkt zurückgehen müsste, als Grandma allen erlaubte, sich hier anzusiedeln."

Briar nickte zustimmend. „Damit hat sie völlig recht. Um ein Problem vollständig zu verstehen, ist es meist nötig, ganz am Anfang anzusetzen."

Sie sprach leise und schleppend, und ich erkannte, dass das nicht der richtige Zeitpunkt für solch ein wichtiges Gespräch war.

„Ich komme ein anderes Mal wieder, dann reden wir ausführlicher darüber."

„Das können wir natürlich gerne machen, aber das wäre nur meine Interpretation der Ereignisse. Eine einzelne Person wird dir kaum weiterhelfen können, dieses Rätsel zu lösen. Mein Vorschlag wäre, du sprichst mit allen, die schon damals hier gelebt haben. Irgendwo zwischen ihren unterschiedlichen Schilderungen sollte sich die Wahrheit finden lassen."

Mit allen, die vor fünfzig Jahren vor Ort waren, um Licht in das Dunkel zu bringen? Das wäre keine leichte Aufgabe, aber andererseits war ich nicht schlecht darin, Leute zum Reden zu bewegen.

„Sobald ich all ihre Geschichten zusammengetragen habe …"

„Dann komm erneut vorbei, und ich werde dir helfen, die einzelnen Puzzleteile zu einem Ganzen zusammenzufügen."

Mehr konnte ich nicht verlangen. Ich riet Briar, es für heute gut sein zu lassen und sich Ruhe zu gönnen. Dann wünschte ich ihr eine gute Nacht und machte mich auf den Heimweg. Als ich schließlich zu Hause ankam, wartete Tripp bereits auf mich. Er hatte es sich in einem der Liegestühle auf der Sonnenterrasse bequem gemacht und hielt ein eisgekühltes Bier in der Hand. Vor ihm auf dem Tisch lag eine mit Folie abgedeckte Pizza, die nur darauf zu warten schien, endlich auf den Grill zu kommen.

„Langer Tag im Büro?", fragte er.

„Du hast mit dem Abendessen auf mich gewartet?"

„Aber sicher doch. Es ist viel schöner, in Begleitung zu essen. Wollen wir? Dann würde ich den Grill anwerfen."

Wie lieb war das denn? „Ja, mach ruhig schon mal. Ich springe währenddessen nur kurz unter die Dusche."

Auf dem Heimweg konnte ich an nichts anderes denken als daran, wo in der Vergangenheit ich ansetzen sollte. Tatsächlich war ich mir sicher, dass all die Negativität, die hier herrschte, von Flavia ausging ... Von Grandmas Tod über die Verwüstung meines Hauses bis hin zu dem, worüber sie und Donovan gerade konspirierten. Und alle hielten dicht, was sie betraf. Wie konnte ich diese Mauer durchbrechen? Beinahe machte es den Anschein, als hätte diese Frau gegen jeden von ihnen etwas in der Hand und alle hätten Angst, sie würde es ausplaudern, sollten sie sich gegen sie stellen.

„Sei dir bewusst, dass es dauern kann", erinnerte ich die Jayne, die mich aus dem Spiegel anstarrte. „Nicht nur wird es Zeit kosten, all diese unterschiedlichen Auslegungen und Einschätzungen zusammenzutragen, du musst nebenbei auch noch ein Haus fertig renovieren und für Recht und Ordnung sorgen."

Irgendwie witzig. Noch vor etwas mehr als einem Monat hatte ich keine Aufgabe mehr. Ich hatte mit Jonah Schluss gemacht, meinen Job bei der Polizei gekündigt und war zurück in mein Elternhaus gezogen. Abgesehen von den täglichen Gassirunden mit Meeka, einem gelegentlichen Hausputz und den Therapieterminen bei Dr. Maddox war mein Terminkalender leer. Inzwischen war Langeweile ein Fremdwort für mich.

Ich trocknete mich ab, hängte mein Handtuch an den Haken auf der Rückseite der Badezimmertür und schlüpfte in Shorts und ein Tanktop. Gerade als ich mir ein Bier geöffnet hatte, bemerkte ich, dass das Lämpchen auf meinem Anrufbeantworter blinkte und zwei verpasste Anrufe anzeigte. Ich drückte auf die Taste zum Abspielen und hörte die Stimme meiner Mutter.

„Bist du da?" Eine zehnsekündige Pause zeigte an, dass sie kurz wartete, ob ich abhob. Dann seufzte sie, als ob meine Abwesenheit ihr missfiel. „Gut, ich rufe wieder an, denn ich muss etwas mit dir besprechen."

Der Zeitstempel war von gestern Morgen um 8:27 Uhr. Da ich regelmäßig vergaß, das Teil abzuhören, würde ich das Telefon jetzt direkt neben mein Bett stellen. Dort sollte ich das blinkende Licht hoffentlich nicht wieder übersehen. Der zweite Anruf kam drei Stunden später.

„Du bist immer noch nicht da? Das kann ja eigentlich nur bedeuten, dass du am Haus arbeitest. Sehr gut. Eigentlich würde ich lieber direkt mit dir reden als mit diesem unpersönlichen Apparat. Also mit persönlich meine ich natürlich, mit dir am Telefon. Nicht, dass du denkst, ich hätte vor, bei dir vorbeizukommen. Dazu bin ich viel zu beschäftigt, wie du weißt. Aber gut, dann muss das eben genügen. Ich konnte endlich deinen Vater aufspüren. Er hat die E-Mail erhalten, die ich ihm geschickt hatte, und zu meinem großen Schock muss ich dir mitteilen: Er hat deinem Vorschlag zugestimmt."

Die Flasche glitt mir aus der Hand und landete unsanft auf der Theke, wodurch das Bier überschäumte und seitlich hinunter auf den Boden tropfte.

„Natürlich müssen wir diese Sache irgendwann offiziell machen", fuhr sie fort, während ich damit begann, das verschüttete Bier aufzuwischen. „Ich fasse mal kurz die wichtigsten Punkte zusammen. Da du wiederholt darauf bestanden hast, alles allein regeln zu wollen, werden wir dich das tun lassen. Der Erfolg oder Misserfolg dieses Vorhabens hängt also einzig und allein von dir ab. Wir übernehmen die Kosten für die Renovierung, aber dein Vater besteht darauf, dass du keine gravierenden Änderungen am Haus vornimmst, die im Falle deines Scheiterns einen Verkauf schwierig bis unmöglich machen würden. Du hast ein Jahr Zeit, bis zum Ende der nächsten Sommersaison, um zumindest die

Gewinnschwelle zu erreichen, die mit den von dir veranschlagten Zahlen machbar sein sollte. Bist du erfolgreich, darfst du gerne weitermachen. Wenn nicht, erwarten wir, dass du das Anwesen zum Verkauf einstellst. Dieser Punkt ist nicht verhandelbar."

Ich hatte keine Zweifel daran, dass das B&B ein Erfolg werden würde, und wenn ich die Mittel hätte, würde ich sie direkt auszahlen. Da das aber leider nicht der Fall war, musste ich mich wohl oder übel auf die regelmäßigen Berichte und Updates einlassen. Was ja eigentlich auch nur fair war, denn immerhin trugen sie das komplette finanzielle Risiko für das kommende Jahr.

„Wie ich schon sagte", fuhr Mom fort, „sprechen wir die nächsten Tage nochmals über die rechtlichen Aspekte. Fürs Erste schlage ich vor, dass dein Freund und du einen Zahn zulegt und mit den Vermietungen beginnt. Wie heißt es doch so schön? Die Uhr tickt."

Meine Hände zitterten, während ich fortfuhr, den Boden zu säubern. Genau das war es, worauf wir gehofft und hingearbeitet hatten. Ich musste es so schnell wie möglich Tripp erzählen.

Draußen auf dem Sonnendeck waren die Mücken im vollen Angriffsmodus. Ich schaltete die elektrischen Insektenvernichter ein, die ich an beiden Enden angebracht hatte, und innerhalb von Sekunden waren die kleinen Vampire glücklicherweise ausgerottet.

„Die Pizza wäre fertig", sagte Tripp. „Wie steht es mit dir?"

Ich öffnete ein frisches Bier und ließ mich in einen der Sessel fallen. Meeka baute sich vor mir auf, und ihr kleines, pelziges Gesicht sprach Bände: *Hast du nicht vielleicht deinen Hund vergessen?*

„Ich bin bereit, du kannst servieren." Dann ging ich nochmals kurz nach drinnen, füllte die Hundeschüssel mit Trockenfutter und stellte sie vor ihre kleine Hoheit hin. Ihre einzige Reaktion war ein Schnauber, als wollte sie sagen: *Tu das nicht noch mal.*

„Was ist denn heute passiert, dass du so lange im Revier bleiben musstest?", erkundigte sich Tripp, während er mir einen Teller mit einem Riesenstück der rustikalen Pizza reichte.

„Ich habe einen Mörder überführt."

„Großartig, herzlichen Glückwunsch", sagte er begeistert, aber ich machte eine abwehrende Handbewegung und biss mit Genuss in die leckere Käsepizza. „Du willst das nicht im Einzelnen hören, glaub mir, und ich möchte eigentlich auch nicht weiter darüber reden. Erzähl mir lieber, was du heute im Haus geschafft hast."

„Morgen werde ich mit dem Streichen der Wände im Erdgeschoss fertig. Dann widme ich mich dem oberen Stockwerk und …"

Ich konnte keine Sekunde länger warten und platzte heraus: „Möchtest du immer noch Manager einer Frühstückspension werden?"

Meine Frage schien ihn zu verwirren. „Du weißt doch, dass ich nichts lieber täte."

Ich sagte nichts, starrte ihn nur an, während ich erneut in meine Pizza biss. Als er meinen vielsagenden Blick bemerkte, riss er entgeistert die Augen auf.

„Das war jetzt aber nicht einfach nur so dahingesagt, oder? Was genau willst du mir damit sagen?"

Ich stand auf, schnappte mir meinen Teller und deutete ihm an, mir nach drinnen zu folgen. Dort drückte ich die Wiedergabetaste auf dem Anrufbeantworter und beobachtete ihn, während er die Nachricht meiner Mutter anhörte. Ungefähr in der Mitte des Textes hörte er auf zu blinzeln.

„Soll ich es noch einmal abspielen?", bot ich an, als das Gerät schwieg. „Willst du es nochmals anhören, um dir sicher zu sein, dass du es auch glauben kannst?"

Tripp nahm mir den Teller aus der Hand, stellte ihn auf

den Küchentresen, hob mich hoch und wirbelte mich herum. Meeka fand diese Aktion offensichtlich sehr lustig und schloss sich uns an, indem sie aufgeregt kläffend und mit dem Schwanz wedelnd um uns herumtanzte. Plötzlich drückte er mir einen festen Kuss auf den Mund, und es war schwer zu sagen, wer von uns beiden schockierter darüber war. Blitzschnell ließ er mich los und wich zurück.

„Tut mir leid", entschuldigte er sich. „Ich wollte nicht …"

„Alles gut. Es war einfach eine spontane Reaktion."

„Nein, das, was ich getan habe, war unangemessen."

„Na ja, wenn man bedenkt, dass ich jetzt dein Chef bin …" Um die Anspannung zwischen uns zu lösen, lachte ich auf und führte ihn zurück auf das Sonnendeck. „Ernsthaft, ist bereits vergessen. Ich freue mich doch, dass du genauso begeistert bist wie ich."

Was war ich doch für eine Lügnerin. Das Gefühl, in seinen Armen zu liegen, seine weichen, vollen Lippen auf den meinen zu spüren und die Art und Weise, wie sein Dreitagebart meine Haut zum Kribbeln brachte … Das würde ich so schnell nicht wieder vergessen.

Schweigend setzten wir unsere Mahlzeit fort und ließen diese neue Realität erst einmal sacken. Als Tripp sein erstes Stück verputzt hatte, war seine Verlegenheit bereits wieder hektischer Aufregung gewichen. Zum ersten Mal konnten wir nun eingehend das diskutieren, worüber wir im vergangenen Monat nur zu träumen gewagt hatten. So viele verschiedene Dinge kamen zur Sprache, dass ich tatsächlich kurz nach drinnen rannte, um Papier und Stift zu holen, damit wir auch keinen der wichtigen Punkte vergaßen. Als unsere Gedanken endlich zur Ruhe kamen, war es bereits weit nach Mitternacht.

„Ich sollte dich ins Bett gehen lassen", merkte er an. „Immerhin musst du morgen wieder früh bei der Arbeit erscheinen."

Er schien glücklicher, als ich ihn seit Wochen erlebt hatte, dennoch klang seine Stimme irgendwie anders.

„Was ist los?", fragte ich. „Dich bedrückt doch irgendwas, oder?"

„Es ist nur … natürlich freue ich mich riesig, dass wir das B&B betreiben dürfen, aber ich dachte eben, wir würden es gemeinsam machen. Doch jetzt, wo du Sheriff bist …"

„Keine Sorge, das werden wir auch. Ja, Sheriff ist ein Vollzeitjob, aber ich werde mir schnellstmöglich Hilfe suchen, dass ich nicht ständig auf der Wache und im Ort präsent sein muss. Ich wünsche mir genauso sehr wie du, dass unsere Pension ein voller Erfolg wird, vielleicht sogar mehr als das. Denn sollte ich scheitern, werde ich mir das ein Leben lang von meinen Eltern vorhalten lassen müssen."

„Okay. Das beruhigt mich zu hören." Er ließ sich in seinen Stuhl zurückfallen und starrte hinüber zu den Bäumen. „Wollen wir dieses Projekt wirklich durchziehen?"

„Keine Frage."

„Gut. Da wir jetzt allerdings eine Frist einhalten müssen, wäre es vielleicht keine schlechte Idee, ein Team anzuheuern, oder? Ich bin zwar nicht langsam im Streichen, aber sieben Schlafzimmer dauern einfach ihre Zeit. Und für die Renovierung der Bäder würden Monate draufgehen, wenn ich es komplett allein mache."

„Da kann ich dir nur zustimmen. Sprich doch morgen gleich einmal mit Mr Powell und schildere ihm, was du brauchst. Ich bin mir sicher, er kann dir ein paar Leute vorbeischicken."

„Okay. Aber da wäre noch eine weitere Sache: Wir brauchen noch einen Namen für unsere Gästeunterkunft." Ein kleines Lächeln umspielte seine Mundwinkel. „Und ich hätte da auch schon eine Idee."

„Tatsächlich?" Ich beugte mich vor. „Lass hören."

„Was hältst du von *Pine Time*?"

Das war seine Bezeichnung dafür, dass alles im Dorf nach

einem anderen, ureigenen Tempo ablief. Mich überlief eine Gänsehaut.

„Das wäre der perfekte Name." Ich hob mein Bier, um mit ihm anzustoßen. „Auf *Pine Time*. Möge es so erfolgreich werden, wie wir es uns vorstellen."

„Auf *Pine Time*." Er bedachte mich mit einem beinahe zärtlichen Blick, und seine Stimme klang rau. „Das perfekte Projekt mit der perfekten Partnerin. Auf viele, viele glückliche gemeinsame Jahre."

Manchmal fiel es mir noch schwer zu glauben, dass Tripp Bennett innerhalb nur eines Monats zu so einem wichtigen Teil meines Lebens geworden war. Wenn ich an Morgans *Das Universum weiß, was du willst*-Hokuspokus glauben würde, müsste ich wohl oder übel zugeben, dass das Schicksal uns zusammengeführt hatte. Eigentlich war es ja ein rein zufälliges Treffen gewesen. Ich benötigte Hilfe bei einer Leiche, und er paddelte just in diesem Moment in einem Kajak vorbei. Dann stellte sich heraus, dass er einen Job brauchte und ich Hilfe beim Renovieren des Hauses. Und zukünftig würden wir sogar zusammen ein B&B führen.

Für mehr als eine geschäftlich-partnerschaftliche Beziehung war ich allerdings noch nicht bereit. Alles andere lag für mich nach wie vor in weiter Ferne. Aber genau wie Whispering Pines sich immer mehr wie mein Zuhause anfühlte, je länger ich hier war, desto häufiger konnte ich mir vorstellen, dass sich da zwischen uns noch etwas entwickeln könnte. Was hielt das Schicksal als Nächstes für uns bereit? Ich war gespannt, es herauszufinden.

Danke fürs lesen GEHÜTETE GEHEIMNISSE. Hier ein kleiner Vorgeschmack auf das nächste Buch dieser Serie.

## DÜSTERE GEHEIMNISSE

Whispering Pines – Das Flüstern der Kiefern
Band 3

Ausgelaugt von der Doppelbelastung als alleinige Ordnungshüterin und zukünftige Besitzerin einer Frühstückspension, findet Jayne O'Shea Trost in den Tagebüchern ihrer Großmutter. Jeder Eintrag bringt sie der Vergangenheit ihrer Familie ein Stück näher – und dem Grund, warum ihre Großeltern einst diesen abgeschiedenen Ort gewählt haben. Doch mit jeder Antwort kommen weitere düstere Geheimnisse ans Licht.

Wenn es Jayne gelingt, alle Puzzleteile richtig zusammenzusetzen, wird sie nicht nur die Wahrheit über den Tod ihrer Großmutter herausfinden, sondern hoffentlich auch den Mörder entlarven, der seit vier Jahrzehnten im Dorf sein Unwesen treibt.

## Über die Autorin

Shawn McGuire liebt es, Figuren und Orte zu erschaffen, zu denen ihre LeserInnen immer wieder zurückkehren wollen. Mit dem Schreiben begann sie, nachdem sie als Kind den ersten Star-Wars-Film (das war Episode IV) gesehen hatte. Und da sie es nicht abwarten konnte, bis der nächste Teil herauskam, erschuf sie einfach ihre eigene Geschichte. Leider sind diese Hefte längst verloren, aber ihr Wunsch, spannende Storys zu erzählen, ist heute noch genauso stark wie damals. Sie lebt in Wisconsin in der Nähe des wunderschönen Mississippi. Wenn sie nicht gerade schreibt oder liest, backt sie, bastelt, unternimmt lange Spaziergänge oder nascht für ihr Leben gerne richtig dunkle Schokolade.